OMNIBUS

Alberto Ledda

IL MIRAGGIO

ARNOLDO MONDADORI EDITORE

Dello stesso autore

Nella collezione Omnibus
Il principio di verità

ISBN 880437929-4

I EDIZIONE APRILE 1994

IL MIRAGGIO

a Ema e Ale

BELLANI: LA FINE

1

Fosse dovuta a suicidio o a omicidio, la morte di Andrea Bellani, il terzo giorno del mese di giugno del 1991, ebbe l'effetto di provocare la sospensione, nelle borse di Milano e Londra, dei titoli della banca Industria e Finanza (*Bieffe*), di cui il defunto era stato il nocchiero verso nuovi, impensabili orizzonti, illuminato fino alla preveggenza, coraggioso fino alla temerarietà.

Il suo potere, a soli quarantatré anni, non si fermava a Milano e alla *Bieffe*. Si estendeva alla banca Reuss di Zurigo, alla Universal Banking Network di Abu Dhabi e, indirettamente, alla First American di Washington.

Prima, dunque, di voltargli le spalle nel 1991, la fortuna era stata, con lui, fin troppo prodiga di favori, sospingendolo senza soste da un quartiere popolare di Milano al vertice di un impero internazionale. «Forse è questo il miglior modo di passare per la terra: rapido, esaltante, con un secco taglio finale» avrebbe commentato un noto corsivista, citando, tra altri, il precedente di Lawrence d'Arabia, vissuto, a onor del vero, quattro anni più di Andrea Bellani.

Secondo un altro opinionista, «Bellani era un *outsider*, avendo fatto la sua corsa senza l'appoggio del sistema e andando, anzi, controcorrente. Ma vivaddio gli anni Ottanta sono stati tempi per *outsiders*. La straordinaria espansione dell'ultimo decennio ha sconvolto e ribaltato valori, regole e graduatorie tradizionali, consentendo a uomini nuovi e indipendenti di concorrere alla pari, o quasi, con i potentati economici. Il fiume in piena ha trascinato in avanti chiunque sapesse nuotare. Finché non è entrato in secca. Non basta però il favorevole contesto economico a spiegare la mirabolante ascesa di Bellani. Sia perché, con i suoi talenti naturali, sarebbe emerso comunque e dovunque; sia perché ha continuato a cavalcare la tigre anche dopo la fine degli anni Ottanta».

Ovvio che la sua morte, avvolta nel mistero, fosse evento di portata tale da causare ripercussioni oltre i confini nazionali; e che le stesse indagini tendessero, ben presto, a indirizzarsi anche all'estero, perché se l'evento si era inequivocabilmente verificato in Milano, era verosimile che gli atti preparatori, il disegno criminoso, i moventi stessi di un eventuale delitto potessero aver radici altrove.

I colpi di arma da fuoco erano stati esplosi nell'ufficio privato, non distante dalla banca, dove si svolgevano gli incontri riservati di Bellani, quelli che dovevano sfuggire all'attenzione degli stessi funzionari dell'istituto.

L'ufficio, al quarto piano di un palazzo di piazzetta Bossi, era composto di quattro locali, dalle pareti trattate a stucco veneziano: un salottino d'attesa, una segreteria, lo studio del banchiere, una cameretta da riposo, oltre il bagno con doccia. Sulla parete dietro il tavolo fratino, nello studio, uno splendido quadro di De Chirico, *I gladiatori*, del 1927. Raffigurava l'impari lotta tra due gladiatori, l'uno in piedi, con elmo, perizoma e scudo, l'altro in ginocchio, senz'armi e indumenti. Sullo sfondo la figura di un arbitro.

Il retro dello stabile si affacciava su di un giardino. La dislocazione isolata e la chiusura degli altri uffici aveva concesso all'assassino, se di omicidio si era trattato, il vantaggio di sapere che i colpi di rivoltella, con tutta probabilità, non avrebbero provocato allarmi.

Il cadavere del banchiere era stato trovato dalla sua compagna, la giovane spagnola Isabel Quinteros. Questa, dopo averlo vanamente atteso a casa fino alle due del mattino, si era personalmente recata nell'ufficio, di cui possedeva le chiavi.

Travolta dall'emozione per la macabra scoperta, aveva chiamato la polizia solo dopo tre ore; un comportamento, questo, che avrebbe formato oggetto di attenta valutazione da parte degli inquirenti.

L'omicidio (o il suicidio), secondo i primi rilevamenti del medico legale, doveva essere avvenuto il tardo pomeriggio del giorno precedente, tra le sette e le otto: l'ipotetico assassino era probabilmente uscito dal palazzo dopo la chiusura del portone esterno.

Il sostituto procuratore Michele Ruffo, le braccia conserte, se ne stava in piedi, assorto, dall'altra parte del fratino dietro il quale era situato il cadavere. Il banchiere era stato ritrovato senza giacca, con le maniche della camicia azzurra arrotolate fino al gomito. La testa poggiava sulla poltrona non con la nuca, ma con l'intero emivolto sinistro. Era così profondamente reclinata sulla sinistra, da sembrare stortata da una violenta rotazione. Come certe teste di Picasso, piantate sul busto umano per traverso e non per diritto. Il corpo aveva seguito solo in parte, con l'anca sinistra, l'inclinazione del capo. La posizione scomposta richiamava la curiosità del medico legale Francesco Arese, che chiese a quelli della Scientifica di fotografare più volte il cadavere da destra verso sinistra.

Quello starsene rigidamente eretto, da parte di Ruffo, era dovuto a una duplice forma di riguardo: verso il morto, e verso quelli della Scientifica che svolgevano il loro duro lavoro. Lo stesso genere di ritegno ne deviò l'attenzione dalla macchia di sangue, dai bordi frastagliati, formatasi su un bracciolo della poltrona girevole. Il sangue di un essere umano è ancora più privato del suo corpo.

Erano le sette e un quarto del mattino. Il sostituto era sopraggiunto per ultimo. Prima di lui erano arrivati, tra le cinque e un quarto e le sette: quelli della Sezione Omicidi, quelli della Scientifica, il commissario capo Pellicanò, il medico legale Arese. Ormai la Scientifica aveva ultimato i suoi rilievi e il cadavere, entro breve tempo, sarebbe stato portato all'obitorio.

Gli spiaceva di non poter parlare a Bellani. Perché lo aveva molto ammirato da vivo. In una circostanza, del tutto casuale, i due erano stati presentati. Era avvenuto alla Scala, una sera in cui era toccato a lui uno degli inviti per l'opera lirica destinati alla Procura. Durante un intervallo, nel passeggiare da solo nel foyer, si era imbattuto in un amico giornalista, in compagnia di Bellani. L'amico l'aveva presentato al banchiere, ponendo in giusta evidenza la sua carica di sostituto procuratore. Bellani l'aveva osservato con sincero interesse e quando lui, riferendosi al melodramma, gli aveva chiesto: «Le piace?», aveva spiritosamente risposto: «Mi hanno insegnato che a un giudice si dice solo la verità, tutta la verità, nient'altro che la verità...».

«In sede di esame testimoniale» aveva chiarito Ruffo, sorridendo. «In altre occasioni, e in particolare alla Scala, si può liberamente mentire. Anche a un giudice.»

«Io voglio rispettare le regole sempre. E allora le rispondo: assolutamente no!»

Al termine dell'opera, si erano ritrovati all'uscita. Bellani, che stavolta era in compagnia di una donna assai bella, gli si era rivolto con un sorriso, chiedendogli: «Debbo dirle la verità?».

«No, la esento» aveva risposto lui.

«Spero di rivederla» si era augurato Bellani.

«Anch'io.»

Ecco. Si erano rivisti. Anzi: i loro destini si erano nuovamente incontrati. Perché Bellani, ormai, non vedeva più.

Per quanto sensibili fossero talune differenze tra loro, altrettanto rilevanti, pensò, erano i tratti comuni. Stessa altezza, moderatamente superiore alla media, stessa corporatura asciutta ma robusta, con spalle egualmente larghe, tanto che avrebbero potuto indossare i medesimi abiti; stessa capigliatura ondulata, seppure castana in Bellani e nera in lui, eguale spaziosità della fronte.

Era negli occhi, nell'incarnato e nella conformazione del naso che assumevano rilievo le diversità tra lui e la vittima, tra un meridionale e un settentrionale. Lui aveva zigomi alti e occhi scuri e vividi da indio – che divenivano infuocati quando la tensione lo assaliva –, naso aquilino, incarnato olivastro. L'altro, occhi celesti (almeno così gli erano stati descritti da quelli della Scientifica, essendo ora chiusi), naso dal profilo regolare, carnagione chiara. La dentatura, quasi candida, escludeva ragionevolmente Bellani dalla categoria fumatori, almeno quelli accaniti come lui. Forse usava fumare di tanto in tanto qualche sigaro, come si poteva desumere dalla raccolta di scatole di varie marche su di un lato del tavolo; ma era più probabile che fossero riservate ai colleghi dell'alta finanza che gli rendevano visita in quell'ufficio, dato che nell'iconografia ufficiale un finanziere non è tale se non ha un sigaro in bocca. Se l'ipotesi era giusta, anche i rispettivi polmoni dovevano essere diversi, a inutile vantaggio della vittima.

Ma la più sostanziale differenza, tra loro, era nelle rispettive espressioni del volto: caparbia e trascinante quella di Bellani, per come la ricordava, al di là dell'incontro alla Scala, nelle immagini pubblicate dalla stampa; scettica e problematica la sua, da anarchico infiltrato nelle file della magistratura.

Nonostante le affinità naturali, i risultati erano stati

abissalmente diversi. Bellani aveva costruito un impero bancario multinazionale, mentre lui era divenuto, ed era rimasto, uno dei tanti sostituti della Procura di Milano. Uno dei più bravi, certo, anzi il più bravo. Sempre, però, un sostituto, che lavorava quotidianamente non a un tavolo d'epoca finemente restaurato, ma a una scrivania di serie, modello "pubbliche amministrazioni"; e sedeva per dieci ore al giorno, non su una poltrona in pelle, fatta su misura, ma su una in similpelle che, negli anni, aveva reso preziosi servigi ad altri magistrati.

Sollevò lo sguardo verso il De Chirico degli anni Venti. Anche lui, dietro la scrivania, aveva un De Chirico. Degli anni Ottanta; era il manifesto di una mostra al Palazzo Reale.

Stava per cedere a un impulso di autoironia, come spesso gli capitava, quando gli venne da rilevare che il colpo di pistola che aveva ucciso Bellani aveva rovesciato i rapporti di forza tra loro due e l'aveva improvvisamente privilegiato, concedendogli il vantaggio supremo della vita.

Quel corpo inanimato era uno spreco che gridava vendetta. La stessa cravatta di seta, a pois rossi, gridava vendetta per essere allacciata al collo di un cadavere, anche se Ruffo non aveva una particolare predilezione per le cravatte, e anzi non le usava mai d'estate, e solo raramente d'inverno. Preferiva pensarlo come un manichino, quel cadavere: era meno inumano.

Due della Mobile commentavano con senso di pietà la carta di identità di Bellani: era nato a Milano il 26 novembre 1948. Un Sagittario, come lui, cui non era riuscito di compiere quarantatré anni.

La pistola era stata rimossa da dove si trovava quando erano arrivati gli uomini della Mobile: sul pavimento, vicino al piede destro del morto. Era una posizione compatibile con l'ipotesi del suicidio, perché il braccio destro era ricaduto (se non era stato fatto ricadere) lungo il fianco e la mano era arrivata a sporgere, quasi per intero, dal sedile: la pistola, dunque, poteva essergli sfuggita di mano ed essere finita sotto la poltrona. Erano rimaste tre cartucce, una in canna, due nel caricatore.

Una Corte d'Assise, se qualcuno fosse mai stato imputato di omicidio, non avrebbe avuto, come lui, gli occhi sulla scena del delitto. Si sarebbe basata su perizie, che sono ben altro che una visione diretta; e avrebbe dovuto tener conto di consulenze tecniche di parte, che sarebbero state pagate per far passare per suicidio quello che, probabilmente, era un omicidio.

Sentiva il medico legale, Francesco Arese, sua vecchia conoscenza, che gli diceva con voce sommessa: «Risultano esplosi due colpi, uno letale, l'altro fuori bersaglio. Quello mortale ha trapassato la massa encefalica con una traiettoria obliqua, originando un tramite, con foro d'ingresso nella regione temporale destra e di uscita al di sopra del padiglione auricolare sinistro. L'altro è stato esploso nel vuoto, in direzione addirittura opposta rispetto al bersaglio Bellani. Come se questi, prima di rivolgere il revolver contro di sé, l'abbia voluto provare, non essendone pratico (cosiddetto "colpo d'assaggio"); ovvero, ipotesi inversa, si sia momentaneamente arreso all'istinto di sopravvivenza, deviando nel vuoto la pallottola che intendeva destinare a sé. Senza escludere una terza variante, e cioè che l'esplosione senza bersaglio avesse la funzione di lacerare i suoi argini psicologici e di dargli la spinta verso il gesto irreparabile».

«Succede?»

«È capitato...» confermò Arese, mentre indicava con la mano un'incavatura nel muro dov'era appeso il De Chirico e spiegava: «Le ogive si sono conficcate in due pareti diverse, ad altezze diverse. L'una ad altezza un po' superiore rispetto a quella di un uomo, su di un lato della parete retrostante rispetto al bersaglio umano; l'altra, più in basso, nel muro opposto. L'incàvo più alto rivela una leggera obliquità e una proiezione ascensionale che coincidono con la direzione della pallottola che ha attraversato la testa di Bellani e, uscendone, si è innalzata di quota. Da ciò, oltre che dal fatto che si trovi dietro e non davanti a lui, si può desumere che il defunto ha ricevuto la revolverata letale, da sé o da altri, mentre stava in piedi».

Ruffo lo sollecitò: «A prima vista, cosa sei portato a concludere?».

Arese lo sorprese: «Che ha tutte le apparenze di un omicidio». La risposta fu data con la voce deliberatamente melliflua di chi voglia lasciar intendere il valore relativo delle apparenze. «Il mio maestro lo definirebbe "un omicidio sparato".»

«Perché?»

«Perché è altamente probabile che il colpo senza bersaglio faccia parte di una simulazione, o messinscena, chiamala come vuoi.»

«Cioè?»

«Che l'omicida, verosimilmente, abbia cercato di far passare il delitto per un suicidio. Per riuscirvi non poteva che provocare una seconda esplosione, con la pistola piazzata nella mano della vittima, per formarvi residui di polvere da sparo; e non poteva, date le finalità fuorvianti, che mancare il bersaglio grosso, perché un suicida non si spara due volte in modo letale. Probabilmente, il nostro fantomatico killer si riteneva sospettabile e si è preoccupato di crearsi un appiglio per il caso di imputazione. Se la vittima ha sulla mano destra residui di polvere da sparo, l'omicida si è già guadagnato una buona fetta di "beneficio del dubbio": i periti avranno pane per i loro denti e non si troveranno mai d'accordo, lasciando ai giudici la responsabilità della decisione.»

«Ci sono residui di polvere da sparo nella mano destra di Bellani?»

«Lo vedremo in obitorio, dopo gli esami.»

«In mancanza di questi riscontri fondamentali, su cosa si basa la tua prima impressione?»

«Su percezioni sensoriali, che un artista di questo mestiere deve avere» fu la compiaciuta risposta di Arese. Che si premurò di chiarire: «Ma non solo su quelle...».

«Cos'altro, allora?»

«I due momenti esecutivi del suicidio, la prova e l'esplosione mortale, avrebbero dovuto, secondo logica, succedersi senza soluzione di continuità, rimanendo il suicida nella stessa posizione. Come pure un tentativo lasciato abortire e uno portato alle estreme conseguenze. Mentre dagli incàvi sui muri si ricava che egli avrebbe agito prima da seduto e poi in posizione eretta. Un po' strano, no?»

Parlava con tono didascalico, in parte per la familiarità, non solo professionale, con Ruffo, in parte perché sapeva di avere, per forza di cose, una maggiore esperienza specifica.

«Ma un omicida così previdente, come l'hai descritto tu, non avrebbe evitato la discordanza tra le due incavature?»

«Un assassino, dopo il delitto, perde lucidità, anche se è stato lucido fino al momento fatale. In questo caso è possibile che gli sia sfuggito il controllo dell'arma, mentre era impegnato nel non facile compito di sorreggere il corpo della vittima e governarne la mano, per indurre l'indice a premere il grilletto.»

Espresse quelle prime opinioni, si mise tra le labbra una sigaretta, senza accenderla (accese o spente, soleva dire, la loro funzione è sempre quella di biberon per adulti: tanto valeva, dunque, risparmiare i fiammiferi e i polmoni).

Aveva i capelli arruffati, in parte per la levataccia (era lì da oltre un'ora ed era stato svegliato prima delle sei del mattino), in parte per abitudine, e vestiva per intero in jeans, dai calzoni alla camicia. Era l'unico uomo, tra i professionisti e gli amici che Ruffo frequentava, che lo facesse sentire conformista.

«È plausibile la sua caduta all'indietro, sulla poltrona, se è stato (o si è) colpito mentre stava in piedi?»

«La forza d'urto di un proiettile blindato come il nostro, di soli 3,4 grammi, non dovrebbe essere tale da sospingere indietro il corpo di un uomo. Questo farebbe pensare che la vittima sia stata *accomodata* sulla poltrona dopo il delitto. Ma è una mera illazione. La specifica dinamica dell'avvenimento – vai a sapere qual è stata – può aver favorito una caduta sulla poltrona, sia in caso di omicidio, che di suicidio.»

Ruffo cercò di semplificare il discorso: «Se provassi a prescindere dalle tue percezioni sensoriali e dai dati di fatto ambigui, e ti attenessi strettamente ai dati certi, cosa mi diresti?».

L'altro non si scompose: «Che ha tutte le apparenze di un suicidio». Lo disse con l'intimo godimento di chi ama i paradossi.

«In altre parole, che è un suicidio sparato...» chiosò Ruffo, parafrasando la precedente definizione del medico legale.

«Appunto.»

«E perché mai?»

«Perché, innanzitutto, la scena del presunto delitto appare naturalmente composta, non scomposta. Sembra che qui non sia davvero successo nulla, tranne due spari e basta. L'equilibrio di un ambiente risulta sempre modificato da un delitto che si sia svolto al suo interno. E l'omicida non è in grado, nell'immediatezza, di ricomporlo. Lui, come ti dicevo, è il primo a essere sconvolto e a non ragionare con la lucidità di prima.»

«Mentre qui?» si ripropose Ruffo.

«Mentre in questo ambiente tutto è come doveva essere secondo l'ordine datogli da chi l'abitava, non secondo quello attribuitogli a posteriori da un ipotetico assassino. La stessa moquette non serba orme apprezzabili e non segnala alcunché di utile. Anche perché è a trama grossa.»

«Ma come fai ad affermare che l'ordine di questo ambiente è quello datogli da chi l'abitava? Mica lo conoscevi Bellani!»

«Solite percezioni sensoriali» spiegò Arese, secondo il suo repertorio.

«Capisco» concesse l'inquirente. «Cos'altro, in base ai dati certi, potrebbe rendere improbabile l'ipotesi dell'omicidio?»

«La traiettoria. Quella del colpo fatale, intendo. Non è usuale che un omicida, trovandosi a distanza ravvicinata, spari alla vittima dal basso verso l'alto, con una traiettoria obliqua. Da vicino, il colpo di un omicida è mirato al bersaglio grosso, che normalmente è costituito dal petto, la fronte o la bocca. È stata la peculiarità della dinamica, a noi ignota, a determinare la traiettoria atipica. E questa atipicità si concilia più con le modalità di un suicidio, che con quelle di un omicidio, anche se non è da escludere la seconda ipotesi. Potresti spiegarla con due estremi movimenti di autoconservazione posti in essere da Bellani, di fronte all'arma già puntata alla tempia: un ritrarsi della testa verso sinistra e un contemporaneo abbassarsi della pistola. Con prevalenza finale della volontà suicida...» E mimò la scena.

«Il ritrarsi del viso sarebbe logico anche davanti a un omicida!» rilevò Ruffo.

«Certo. Ma la reazione di cui ti ho parlato implica una consapevolezza di quello che sta avvenendo. Mentre se la morte è stata causata da omicidio, io credo che questo in tanto poteva essere realizzato, nel nostro contesto specifico, in quanto sorretto al cento per cento dal fattore sorpresa. D'altra parte, la provenienza laterale di un colpo è un classico del suicidio. E allora, se di suicidio si tratta, non è più il caso di sottilizzare sulla traiettoria obliqua anziché retta, perché i gesti di un suicida sono quasi sempre indecifrabili e irrazionali.»

Arese non era sicuramente un superficiale. Su quella morte, seppure in brevissimo tempo, doveva averci meditato con la nota ossessività. Aveva sulla guancia sinistra una grossa voglia che, forse, contribuiva a quell'aria beffarda che riservava a sé e agli altri.

«Anche altri elementi» continuò Arese, quasi argomentasse tra sé e sé «sono più compatibili, in astratto, con il suicidio: l'alone abbastanza ristretto formatosi attorno al foro d'ingresso, segno di un'arma che ha sparato da distanza ravvicinata; il bossolo del proiettile decisivo che ricade vicino alla vittima (mentre se gli avessero sparato dall'altra parte del tavolo si troverebbe là attorno); il fatto che lui fosse in maniche di camicia, mentre se avesse ricevuto qualcuno per ragioni di lavoro avrebbe indossato la giacca; lo stesso tipo di arma, ideale per essere usata a distanza molto ravvicinata... Sono indizi di suicidio, più che di omicidio.»

«Indizi del tutto teorici...» osservò Ruffo.

Arese capì che l'inquirente propendeva per l'omicidio, e cercò di assecondarlo con uno sforzo di immaginazione: «Se si è trattato di un omicidio, lui doveva avere, davanti a sé, qualcuno di cui si fidava. E doveva essersi distratto in qualcosa: la lettura di un rapporto, di una lettera o che so io. L'omicida, seduto davanti a lui, deve aver approfittato della vicinanza e della distrazione della vittima per puntare, d'improvviso, la pistola sul profilo destro del volto e sparare, senza che Bellani avesse tempi di reazione e di movimento. Se di omicidio si è trattato, il gesto dell'assassino deve essere stato fulmineo, tanto da non concedere possibilità di reazione, neppur minima. La Browning 6.35 è arma maneggevolissima, che si presta alla rapidità esecutiva. La dimensione del tavolo fratino, lungo ma stretto, lo ha favorito nello sporgersi in avanti, e nel puntare la pistola senza neppure bisogno di alzarsi: con la lunghezza del braccio, copriva la larghezza del tavolo».

Tirò un sospiro poi aggiunse: «Metti che sia stata una donna, possibilmente mancina. Si siede di fronte a lui, tenendo sulle ginocchia una borsetta con la pistola. A un certo punto della conversazione apre la borsa, mette tra le labbra una sigaretta, e chiede a Bellani il favore di accendergliela. Lui si alza, prende l'accendino che sta ancora alla sua destra, si sporge in avanti per avvicinarsi alla sigaretta e si ritrova la pistola puntata alla tempia. Dopo lo sparo fatale, la messinscena: la donna killer spinge l'arma nella mano della vittima e preme sulle sue dita per provocare una nuova esplosione e, con essa, la formazione di residui di polvere sui polpastrelli».

«Può reggere una simile simulazione?»

«Un buon consulente di parte, adeguatamente compensato, può sostenere a oltranza che Bellani ha fatto partire da seduto un tiro di prova (o di autoesaltazione), per poi alzarsi, per ragioni sue imperscrutabili, e spararsi in testa stando in piedi. Non c'è limite agli impulsi umani...»

«Il supposto omicida, se ho ben capito, avrebbe puntato la pistola standogli seduto o seduta davanti...»

«Sì, certo. Spostato, o spostata, lateralmente, seppur di poco, rispetto a lui. Questo spiegherebbe il percorso del proiettile dal basso verso l'alto e da sinistra verso destra.»

«Che idea ti sei fatto, con la tua fantasia, del possibile assassino?»

Il medico legale non colse l'accenno alla sua fantasia e rispose candidamente: «Una farfalla... Intendo dire qualcuno che sia volato sulla scena con un'agilità ai limiti della leggiadrìa, senza minimamente modificare l'ordine dell'ambiente; e con una prontezza di riflessi assolutamente eccezionale».

«Una ballerina classica...» opinò Ruffo.

«Perché non un ballerino?» replicò il suo interlocutore. Per poi ridimensionare l'intero discorso: «Supposizioni, congetture, niente di più. Fatte senza disporre di riscontri univoci. Anzi: disponendone di contrari!».

Ruffo lo sapeva bene, ma non poté fare a meno di mordersi un labbro in segno di contrarietà: «Tu, al solito, dici tutto e il contrario di tutto».

«Guai se non lo facessi. Solo così si arriva alla sintesi.»

«E qual è la tua sintesi?»

«Che questo è un mistero, ma potrebbe anche non esserlo.»

«Vuoi aiutarmi a capire?»

«Lo farò alla prossima puntata» promise il medico legale.

Più criptico e intrigante non avrebbe potuto essere. Ma Arese era fatto a modo suo e andava preso così: con la sua genialità, la sua generosità, le sue provocazioni. Si mise in tasca la sigaretta spenta che si era rigirata per le labbra, sia dalla parte del filtro che da quella del tabacco, e si chiuse un bottone del blusone jeans, prima di concludere: «A proposito. Fai perquisire con la massima sollecitudine la casa di Bellani. È normale, no? E allora meglio prima che dopo».

Fu a quel punto che, provenendo dalla cameretta adiacente, fece ingresso nello studio di Bellani una giovane donna, dai capelli biondi ramati, che a malapena si reggeva in piedi, e dava la netta impressione di essere sotto l'effetto di sedativi. Nonostante il chiaro disfacimento psicologico e il disarmo fisico, Ruffo ne colse immediatamente la personalità e la bellezza.

Capì che era Isabel Quinteros, la cui immagine fotografica era presente, nello studio, all'interno di due cornici d'argento, in vista sul tavolo: una la ritraeva in costume da bagno, a bordo di un motoscafo; l'altra in abito da sera, in una occasione mondana. Si trattava della stessa signora che aveva intravvisto alla Scala con il banchiere. Le due foto le rendevano immediatamente giustizia, rivelando una radiosità e una gioia di vivere insospettabili nell'attuale frangente. Ci volevano giorni migliori per mettere in risalto l'esaltante fusione, nel suo volto, di carnalità e spiritualità. Era il tipo di donna, inutile negarlo, che piaceva a un mediterraneo come lui: attraente e, nello stesso tempo, intima. Una terza cornice racchiudeva l'istantanea di Bellani che, con espressione raggiante, stringeva la mano al premier spagnolo Felipe González. L'italiano reggeva l'impegnativo confronto con l'uomo politico, rivaleggiando in prestanza e carisma naturale.

Uno della Scientifica, quasi la considerasse una bambina disubbidiente, prese la donna per un braccio, e la riportò verso la camera da letto, dove lei si sistemò su una poltrona.

Ruffo la raggiunse per dirle solamente: «Adesso riposi ancora. Tra poco dovranno procedere all'ispezione della sua abitazione. Verso la una arriverò anch'io, e allora scambieremo due parole».

Quando il sostituto ebbe finito di parlare a Isabel Quinteros, un urlo di donna, acutissimo ma breve (quasi fosse stato represso, di colpo, da imprevedibili fattori esterni), si abbatté sull'ambiente. Gli fece seguito uno scalpiccio, culminante nel rumore, stavolta più netto, di una porta chiusa bruscamente.

La porta doveva essere quella della toilette, e la protagonista dell'urlo la segretaria di Bellani, appena arrivata in ufficio. Ruffo diede disposizioni a un agente della Mobile di accompagnarla nel salottino, dove lui si era spostato, non appena si fosse ripresa dal trauma emotivo.

«Questa tragedia è stata preceduta da un'incredibile calma piatta, durata almeno quindici giorni. Fogli bianchi sull'agenda, pochissime telefonate, quasi nessun incontro particolare. Anche le sue presenze in questo ufficio si erano fatte rare.»

La segretaria pronunziò le sue prime parole con il distacco di chi parla di un fatto accaduto anni prima.

La sosta di quasi dieci minuti nella toilette aveva fatto miracoli, restituendole una compostezza in parte naturale e in parte professionale. Il dolore, se provato, l'aveva frettolosamente sepolto nel profondo dell'animo, con l'epitaffio provvisorio: "questione personale". Un atteggiamento frequente in una segretaria che sia entrata in simbiosi con il suo principale. Nel chiuso della toilette doveva aver riaggiustato anche il trucco del viso.

«Ma Bellani, in questo periodo, viaggiava molto?» chiese Ruffo.

«Il centro della sua attività era divenuto, in prevalenza, la Svizzera. Talora raggiungeva in macchina la sede di Lugano della banca Reuss, e di lì, dopo una sosta, proseguiva fino a Zurigo con la Crossair. Gli ulteriori spostamenti avvenivano da Zurigo, ma erano conosciuti solo dalla sua segretaria svizzera, notoriamente riservata» rispose la donna, con piglio dichiaratamente antagonistico nei confronti della collega estera. «Ma anche lui era terribilmente riservato, specie negli ultimi tempi, tanto che, se attendeva una persona per il tardo pomeriggio, mi faceva uscire prima.» La voce era tesa, senza pause e incertezze.

«Ma qualcuno, almeno, si sarà fatto più volte vivo negli ultimi quindici giorni...»

«L'unico è stato l'avvocato Landolfi di Lugano.»

Levandosi gli occhiali da miope e ricorrendo a una tonalità grave, affermò: «Ho l'impressione che il retroscena di questa tragedia sia all'estero. E che molti abbiano interesse a tenerlo segreto».

«Ieri pomeriggio Bellani è stato sempre in ufficio?» si informò il sostituto.

«No, è uscito un po' prima delle cinque. Alle sei mi ha telefonato da fuori, autorizzandomi a uscire alle sei e trenta. Probabile che volesse vedere segretamente qualcuno.»

Sul pianerottolo del terzo piano, Ruffo si imbatté nella faccia sorniona, qualunque fosse la circostanza, e nei baffi corti, all'americana, del capo della Mobile Pellicanò, con l'immancabile sigaretta tra le labbra. Lui, a differenza di Arese, le accendeva. E tante: forti e senza filtro.

Era suo coetaneo e conterraneo, sicché erano soliti comunicare a sguardi e cenni d'intesa.

Questa volta, però, Ruffo si espresse a parole: «Disponi al più presto l'ispezione dell'appartamento di Bellani».

Pellicanò fece un segno d'assenso. Poi, con una impassibilità più ostentata che reale, chiese: «Altri comandi?».

«Uno solo» si intromise Arese.

«Dimmi» lo invitò Pellicanò.

«Vedi di far controllare tutti i contenitori di rifiuti di questa zona e quelli adiacenti l'appartamento di Bellani. Mi spiace che i tuoi uomini si debbano sporcare le mani, ma è opportuno.»

«E cosa dovrebbero trovare i miei poveri uomini?» domandò sorpreso il capo della Mobile. Pronunziò la frase gonfiando il petto, pezzo forte di un fisico tarchiato.

«È un'ipotesi, solo un'ipotesi, ma va verificata» rispose Arese evasivo.

Ruffo pensò subito che il suo amico avesse un'idea in mente, ma intendesse proteggerla, nei limiti del possibile.

Pellicanò, invece, la prese male: «Prima di ordinare ai miei di imbrattarsi le mani con le immondizie della città, ho il dovere di sapere per cosa lo fanno e cosa cercano». Anche lui, come Ruffo, pur apprezzando Arese, nutriva frequenti riserve su taluni suoi atteggiamenti.

Il medico legale fu costretto a sbottonarsi: «Magari, che so, potrebbero trovare la lettera di addio al mondo e alle persone scritta da Bellani prima di suicidarsi. Ridotta in pezzi, ma ancora ricostruibile. Forse...».

Pellicanò accentuò il tono polemico: «Mai visto un suicida che scrive una lettera di addio, poi la strappa, esce di casa per gettarla in un contenitore di rifiuti, ritorna in ufficio e si spara davvero in testa!».

«Non lui, non lui. Forse un altro può averla stracciata» precisò Arese, ancora sibillino.

Ruffo si frappose tra i due, rivolgendosi al capo della Mobile: «Fai quello che ti dice. Te lo chiedo come favore personale. Il *nostro* è ispirato e va assecondato. Per scoprire la verità si fa questo e altro».

Il dovere d'ufficio indusse Pellicanò a una resa molto perplessa: «Lo farò. Ma non era mai capitato che, per scoprire la verità, dei poliziotti si dovessero trasformare in netturbini!».

2

Imparò ben presto che il senso di colpa può tanto annientare un uomo quanto trasformarsi, col tempo, in senso di responsabilità. Nel suo caso, si verificò la seconda delle alternative.

A colpevolizzarlo per la prima volta fu un episodio verificatosi a dodici anni, quando, giocando nella casa del figlio di un generale a riposo, inferse all'amico un fendente di baionetta alla dentatura (l'arma era solitamente appesa a una parete dello studio dell'ex militare, a fare bella mostra di sé accanto ad altri cimeli bellici), ferendogli tre denti e facendolo stramazzare al suolo per il trauma. Il suo senso di colpa fu, a quel tempo, più durevole del danno provocato all'amico.

Anche la paura può tanto mortificare quanto forgiare il carattere di un uomo. A Bellani lo forgiò.

La più forte paura la provò a diciassette anni: nel camminare tranquillo sul marciapiede di una strada di Milano, fu coinvolto, assieme a un altro passante, nel conflitto a fuoco tra una vettura che recava a bordo alcuni rapinatori in fuga e una Giulietta della polizia che inseguiva a sirene spiegate. Tre pallottole impazzite schizzarono verso di lui e il passante, appena ventenne, che in quel momento lo stava superando. Il giovane cadde sul selciato senza un grido né un lamento e ci rimase. Lui avvertì qualcosa di rovente e fulmineo che gli passava sul capo. Cadde anche lui, ma per un semplice svenimento.

Per tornare al senso di colpa, il secondo, gravissimo anch'esso, lo provò alla fine dell'università. Senza adeguata giustificazione, essendo la responsabilità eccessiva rispetto alla causale. La sproporzione testimoniava della sua dedizione agli obiettivi che di volta in volta si prefiggeva.

La ragione, per farla breve, era veniale: consisteva nell'aver conseguito, alla laurea, la votazione di centodieci senza la lode. E ciò, non per una sua qualche mancanza nella preparazione della tesi, ovvero nella discussione davanti al collegio accademico, ma per una di quelle avversioni naturali che taluni professori non riescono a trattenere nei confronti di giovani brillanti e piacenti, attesi nella vita da un probabile successo.

Per lui si era trattato ugualmente di uno smacco. E di una mancanza nei confronti del suo benefattore per eccellenza: lo zio Francesco.

Andrea Bellani aveva avuto una base familiare modesta. Suo padre era stato un impiegato statale che non aveva fatto né carriera né soldi, neppure attraverso lo sfruttamento di quella rendita di posizione che, di frequente, è la fonte primaria di reddito dei funzionari dell'amministrazione finanziaria.

La famiglia aveva sempre vissuto, in affitto, nella stessa casa popolare nella quale i due sposi erano andati ad abitare al tempo del matrimonio, con l'alibi, da parte del padre, che non voleva perdersi la vista di Sant'Eustorgio. In realtà, non aveva mai avuto i mezzi per cambiare in meglio.

Il fallimento del padre, che l'uomo si era portato stampato su un viso nobile ma perennemente triste, aveva costituito un motivo di angoscia e di imbarazzo, a seconda dei casi e dei punti di vista, per i membri della famiglia, parenti compresi, ma mai di livore.

Sua madre era una donna straordinaria, capace di grandi sentimenti e di totale fedeltà: al marito e alla causa familiare. Aveva, dunque, accettato la frustrazione del marito con coraggio e determinazione, pensando solo a prendersi la sua rivincita attraverso il figlio. Per il quale era stata una grande maestra di vita che, oltre alla saggezza, gli aveva trasmesso la sua bellezza.

Con il padre, Andrea aveva avuto minor confidenza. Ma quando il dialogo, tra loro, era sgorgato, era sempre stato franco e affettuoso. L'ultima volta che l'aveva visto ridere era stato quando lui, Andrea, gli aveva confidato: «Non mi piace l'idea di invecchiare!». Il padre si era aperto a un largo sorriso e gli aveva risposto: «A me invece piace molto». «Perché?» aveva voluto sapere Andrea. «Ma perché è tutto quel che mi resta di una vita che, famiglia a parte, non ho vissuto.»

Un mattino, nello svegliarsi presto come al solito e nel recarsi in cucina ad accendere il gas sotto la caffettiera, che riempiva abitudinariamente la sera prima, suo padre non si accorse di aver lasciato, sul letto, il cuscino intriso di sangue: per tutta la notte, senza rendersene conto, ne aveva emesso dalla bocca in considerevole quantità. Era l'inizio di una fine che l'uomo avrebbe affrontato con ammirevole coraggio. Solo allora il figlio ne aveva inteso la grandezza: per tutta la vita aveva accettato la sfortuna, stando ben attento a difendere i suoi valori supremi, e cioè gli affetti familiari. La fortuna l'aveva lasciata a disposizione del figlio: per intero.

La madre lo aveva assistito con una abnegazione stupefacente. Tanto che Andrea, in una circostanza, aveva esclamato ingenuamente: «Non sapevo che l'amassi tanto».

«E come avrei potuto non amarlo tanto? Mi ha dedicato la vita e dato te!» aveva risposto.

Cinque mesi dopo il marito, era morta lei: di crepacuore.

Di lui, allora diciottenne e al primo anno di università, aveva preso a occuparsi uno zio, degno fratello di sua madre, che, già prima, aveva mostrato predilezione per il nipote, forse per sopperire all'abbandono del tetto coniugale da parte della moglie, che si era portata via le due figlie.

Zio Francesco era uomo di un certo successo. Partito dal nulla, era arrivato al vertice di una banca, seppure non metropolitana. La dedizione alla carriera l'aveva purtroppo distratto dai rapporti familiari, inducendo la moglie, incapace di dedicarglisi completamente, a trovar pretesti per rifarsi un'altra vita. Anche lui aveva provato un gran senso di colpa: una costante, nel parentado di Andrea.

Lo zio gli aveva finanziato la continuazione degli studi e aveva delegato a lui la personale ambizione di una carriera nella banca di una grande città.

Era stato anche per non deludere le aspettative del suo sostenitore che Andrea aveva vissuto con estremo impegno l'esperienza universitaria alla Bocconi, mancando solo la lode.

Ma zio Francesco, la cui saggezza sembrava trapelare, senza bisogno di parole, dalla grande chioma bianca e dagli occhi penetranti, non gliene volle minimamente, per quell'alloro mancato. E continuò a puntare su di lui, a maggior ragione in quanto sentiva accorciarsi il tempo della sua vita. Lo aiutò a ottenere una borsa di studio per un Master negli Stati Uniti, e, dopo, a essere accolto per un periodo di specializzazione in una banca newyorkese.

L'esperienza americana valse ad Andrea l'assunzione da parte di una *merchant bank* milanese, che gli offrì presto la direzione della sede di Parma della banca Industria e Finanza, un istituto di credito da essa controllato.

3

Fosse rimasto a Parma per lungo tempo, Andrea Bellani avrebbe goduto i piaceri della vita, in quella città particolarmente doviziosi, ma non avrebbe fatto la carriera che lo attendeva, per volontà sua e del destino.

La carriera, è risaputo, impone quasi sempre la scelta maniacale della disciplina e delle privazioni, a scapito del permissivismo, per non dire della sregolatezza. Ma è pur vero che un temporaneo rilassamento e una boccata di edonismo sono ingredienti indispensabili per una vita fondata sul senso del dovere, se non si vuol correre il rischio di tirar troppo la corda del sacrificio, fino a spezzarla.

Parma rappresentò, nel tracciato esistenziale di Andrea Bellani, una parentesi di trasgressione tipicamente provinciale, che lui avrebbe ricordato con una punta di scandalizzato compiacimento. Vi imparò a trattarsi bene, che è il presupposto, secondo quanto gli aveva insegnato suo zio, per trattare bene gli altri.

Grazie alla consulenza di una matura e amabile antiquaria, che faceva il mestiere più per hobby che per interesse, cominciò, inoltre, a raccogliere, a ritmo crescente, i pezzi di quello che sarebbe divenuto l'arredamento, stile anni Trenta, delle sue case, prima a Parma, poi a Madrid e infine a Milano.

Vi arrivò nel mezzo dei suoi ventisei anni, da celibe

solitario, dopo la pratica bancaria a New York e il fugace intermezzo milanese. Il caso volle che una famiglia, del tutto atipica e priva dei crismi di legge, se la trovasse lì, confezionata su misura per lui. Non a tempo pieno, ma con il vantaggio di non comportare le responsabilità e le preoccupazioni di una famiglia normale.

A Parma, difatti, ebbe la ventura di vivere un particolarissimo *ménage*, che, almeno alla domenica, equivaleva a una situazione familiare. O quasi. Andrea, insomma, vi intrattenne una relazione con una giovane signora, Federica Bombeni, maritata a un maturo industriale. Ciò, in difetto di altri particolari, non farebbe notizia, e rientrerebbe nell'ordine naturale delle cose.

La peculiarità del rapporto specifico risiedette nel fatto che i due amanti, nel corso della non breve storia, ebbero i loro segreti convegni nella villa della madre di lei, Eleonora, donna nel pieno di una procace e imperiosa avvenenza, trasmessa, tale e quale, alla figlia.

Eleonora Bombeni prestò ad Andrea e Federica non solo la più totale complicità, ma anche l'appartamento per gli ospiti della lussuosa villa, nella campagna parmense, che aveva ereditato dal consorte e nella quale viveva.

Gli incontri avvenivano sempre di domenica pomeriggio, perché il marito di Federica era consigliere della locale squadra di calcio, ed era impegnato, in quel giorno festivo, fino a sera.

Eleonora li ospitava a colazione e, dopo il caffè, si ritirava a riposare, dando modo ai due amanti di impiegare come meglio credevano il tempo libero nell'appartamento per ospiti.

Alle cinque e mezzo del pomeriggio li aspettava nella sala principale della villa, e giocava a carte con loro, non senza avidamente cercare, negli occhi dei due protetti, le tracce del piacere che avevano appena vissuto. In quei momenti, la madre nutriva la sua sensualità, sempre impetuosa, con gli indizi della passione dei due giovani.

La discrezione dei tre complici fu tale che nessuno, in città, seppe mai della storia.

Il singolare rapporto a tre durò finché Federica non chiese un figlio ad Andrea: un figlio che, così gli disse, anche il marito di lei avrebbe gradito, senza sottilizzare sulla provenienza.

L'istinto di Andrea, a quel punto, aveva imposto l'alt alla relazione.

Nella cittadina emiliana Bellani non si limitò a concedersi una pausa di *dolce vita*. Al contrario.

Nel periodo in cui vi operò, egli riuscì a procurare alla *Bieffe*, che occupava uffici in locazione, una sede nuova e, quel che più conta, prestigiosa, mettendo in luce quel fiuto negli affari e quella rapidità nel concluderli che avrebbero contraddistinto la sua carriera di banchiere-finanziere (in effetti, più finanziere che banchiere, come qualcuno l'avrebbe giustamente definito).

Era avvenuto che una antica impresa di costruzioni di Parma, con sede in centro, in un palazzotto ottocentesco (vanto dell'architettura locale), fosse entrata in crisi irreversibile per essersi fortemente esposta con lavori in Iran e Iraq, non più retribuiti. Si parlava già di procedure concorsuali, quando Andrea propose alla ditta di costruzioni di comprarle il palazzo a prezzi realistici, fornendole i mezzi per saldare i creditori, ridimensionarsi nella struttura e continuare l'attività a livelli più modesti. Il giovane direttore avrebbe così ottenuto un duplice risultato: salvare una ditta che apparteneva alla moderna storia cittadina e dotare la banca di un gioiello architettonico.

La trattativa andò in porto, con il suo intervento costante e determinante. Ma questa era solo la prima fase del più ampio disegno che Andrea aveva in mente:

conquistare il cuore di Parma con i lavori di restauro di uno dei suoi più nobili palazzi, affidati a un noto architetto locale.

L'operazione divenne un fatto culturale, ampiamente reclamizzato dalla stampa e dalla televisione, che rese caro e familiare, ai parmigiani, il nome della banca diretta da Andrea. Consentendole di acquisire una inconsueta popolarità e nuovi clienti.

Allo scadere del diciottesimo mese della permanenza a Parma, Bellani ricevette la visita pastorale, nella sua sede, del presidente (alias il "Colonnello") del gruppo che controllava la *Bieffe*, il quale, nel preavvisarlo dell'arrivo, gli aveva fatto sapere che avrebbe gradito un invito a colazione al ristorante "Charly", ambientato in una villa d'epoca.

Il "Colonnello" (noto anche come "Don Ferdinando" e il "Tessitore", ma per l'anagrafe Ferdinando Millo, e cioè il leader incontestato della banca Generale di Credito, primario istituto nazionale per il credito a medio termine e *merchant bank* di grande peso nella city finanziaria) sapeva trasformarsi, quando la circostanza lo giustificava, in un curioso buongustaio, pur essendo, per il resto, uomo dai costumi di vita morigerati e riservati.

Millo, in effetti, era ben più di un colonnello per l'istituto che dirigeva con poteri assoluti: era un generale d'Armata e un capo di Stato Maggiore. Ma quel grado militare gli era stato affibbiato (per la disciplina che aveva saputo imporre agli altri e per la dedizione al lavoro che aveva imposto a sé) quando era ancora direttore, e gli era rimasto una volta divenuto amministratore delegato e presidente. Lui, non c'era scampo, sarebbe andato in pensione con il grado di colonnello.

Al ristorante "Charly", dopo la visita alla banca, Millo disse a Bellani: «Tu hai caratteristiche che raramente convivono in un manager. Sei un organizzatore e nello stesso tempo un divulgatore. Sono doti da missionario, e noi abbiamo missioni sparse per l'Italia. Ho allora deciso che farai il missionario volante, quello che riassesterà le sedi bisognose...».

Il "Colonnello" era come Bellani lo ricordava: nessun tangibile decadimento fisico era intervenuto rispetto all'ultima volta che l'aveva visto. Di statura poco al di sotto della media, magro, dentatura irregolare, capigliatura incanutita, portava dignitosamente e con ironia i suoi sessantacinque anni, con quella sua propensione, tipicamente napoletana, alla sghignazzata, di cui si serviva per ridimensionare persone e cose. Aveva un volto clownesco, con bocca larga, sorriso malizioso, naso pronunciato, grandi occhi lucidi e canzonatori. L'abito che indossava, come al solito, era quasi liso: lui usava sostenere che gli abiti buoni debbono durare almeno sette anni, ed essere portati fino in fondo. Bellani, invece, li rinnovava continuamente, per fare bella figura con i clienti.

Non aveva mai creduto che il "Colonnello" nutrisse affetto nei suoi confronti. L'uomo non ne aveva mai nutrito per nessuno, al di fuori dei familiari. Considerava gli uomini per quello che valevano, non per quello che rappresentavano, anche sul piano affettivo. Non era un bastardo d'elezione, come taluno diceva, quanto piuttosto un cinico per necessità di cose. E di mestiere.

Ma sui suoi meriti e le sue capacità professionali c'era poco da discutere. Millo, in un ventennio, aveva saputo fondare l'unico centro di potere milanese che potesse essere considerato alternativo rispetto al "salotto buono" di via Filodrammatici. E ci era riuscito con lucido intuito e freddo calcolo. Dato per scontato, da parte sua, il dominio di Mediobanca sulle grandi famiglie di Milano e Torino, aveva puntato, nell'aggregazione di interessi attorno alla Generale di Credito, sui gruppi industriali e le famiglie influenti del Nord in senso lato, non disdegnando incursioni fino a Roma e dintorni. E se Mediobanca aveva creato Gemina, lui non era stato da meno, costituendo la sua finanziaria d'affari: la Privata di Investimenti.

Bellani non gradì eccessivamente l'idea di Millo. Avrebbe preferito rientrare nel cuore dell'attività del gruppo e ritrovare la sua città. Fu così che rispose: «Chiamiamo le cose con il loro nome. Diciamo il commissario delle sedi disorganizzate».

«Se preferisci» commentò laconicamente il "Colonnello", che, pur senza il gradimento del suo dipendente, si guardò bene dal variare i piani. «I giovani debbono prima di tutto imparare a sacrificarsi» soleva dire.

Fu così che Bellani cominciò, nel 1976, un suo rapido giro d'Italia. Prima in discesa e poi in risalita: Bologna, Firenze, Torino.

Torino costituì il suo "pass" per la tappa fondamentale della sua carriera: Madrid.

Un imprenditore torinese fu tra i primi a individuare la Spagna, non solo quale mercato ideale per l'espansione della propria produzione, ma quale scenario fertile per acquisizioni di aziende locali, e per l'utilizzo di mano d'opera a basso costo. Accompagnandolo spesso in Spagna, Bellani lo assistette in tutti i risvolti delle sue iniziative, fino a entrare in contatto con istituti locali, a contrarre importanti amicizie e a formarsi un forte *know-how* dell'economia locale. Sulla base dell'esperienza personale, capì a sua volta le chance offerte dalla Spagna a industriali e finanzieri italiani, e indusse l'istituto ad aprirvi i battenti, per offrire assistenza ai connazionali che intendessero operarvi.

Logico che, presa la decisione di rendersi presente in Spagna, la banca lo mettesse a capo della filiale madrilena.

RUFFO: LE PRIME INDAGINI

4

"La Notte" uscì, a poche ore dal ritrovamento del cadavere di Bellani, con un'edizione straordinaria che dedicava all'evento l'intera prima pagina, con foto di lui, di Isabel Quinteros e della signora Irene Ghislandi, maggior azionista e vice-presidente della *Bieffe*.

Poco dopo le undici, al bar del Palazzo di Giustizia, Michele Ruffo («conterraneo, ma non parente, neppure alla lontana» rispondeva invariabilmente a chi gli chiedeva se fosse imparentato alla famiglia che aveva dato i natali a Paola di Liegi) incontrò il procuratore capo, Alessandro Dell'Acqua, che sorbiva, come al solito, il suo quotidiano tè al limone.

Dell'Acqua fece un cenno di richiamo verso il sostituto e, quando questi gli fu vicino, disse: «So che ti sei autoinvestito del caso Bellani». Il tono non era né severo, né neutro: si sarebbe detto, piuttosto, preoccupato.

«Ero qui alle sette, quando è arrivata in Procura la telefonata di Pellicanò, e così mi sono precipitato, data l'importanza dell'avvenimento...»

«Come mai così mattiniero?»

«Volevo dare un'ultima limata al ricordo per Cassazione nel procedimento Ponti...»

«Ah! Fammi dare un'occhiata, prima di depositarlo.»

«Certo. Ma vedrà che l'ho sterilizzato al massimo. E non ho fatto nessuna particolare polemica col Gip.» In realtà la polemica col Gip Vivante, se non era negli atti, era nei fatti. E grossa.

Una decina di giorni prima, Ruffo aveva disposto il fermo di un giovane di venticinque anni, Giorgio Ponti, fortemente sospettato di essere lo stupratore di una minorenne nei dintorni di piazza Udine. L'interrogatorio aveva rivelato non poche smagliature nella difesa e Ruffo, a ragion veduta, aveva reiterato il suo provvedimento. Fu durante un secondo interrogatorio, l'indomani, che Ponti fece il nome di un conoscente, che avrebbe potuto confermare il suo alibi. Questi fu sentito e avallò l'alibi, ma senza dare al sostituto una impressione di sincerità, quanto, piuttosto, di inaffidabilità: a Ruffo era apparso altamente probabile che il giovane avesse confermato l'alibi per essere, in qualche modo, ricattabile dall'indiziato. E, pertanto, aveva richiesto la convalida del suo decreto, ma il Gip Vivante gliel'aveva negata, suscitando le ire del sostituto procuratore, cui erano sfuggite parole di fuoco, rimbombate per i corridoi del tribunale. Di qui la sua impugnazione dell'ordinanza.

Quel contrasto frontale con il Gip aveva ridato fiato, nell'ambiente, alle voci che lui fosse un carattere intemperante. Voci che avevano un preciso precedente: sette anni prima era stato oggetto di un provvedimento disciplinare per un clamoroso gesto di insofferenza verso un presidente di Corte d'Assise, che gli aveva rigettato un'istanza.

In realtà, negli ultimi tempi, Ruffo, grazie all'accresciuta maturità professionale e all'assorbimento della mentalità metropolitana, era divenuto più equilibrato e tollerante di quanto comunemente si pensasse.

Dell'Acqua, ultimato a malincuore il tè (che gli consentiva di sostare al bar tra colleghi magistrati e avvocati, con i quali spezzare la routine), prese sottobraccio Ruffo e lo trascinò verso il corridoio, in direzione dell'ascensore riservato ai magistrati della Procura. Dopo alcuni attimi, gli chiese: «Ti sembra opportuno occuparti del caso Bellani? E se poi devi chiedere la custodia cautelare di qualcuno, e il Gip te lo lascia in libertà, solo per ricambiare le parole, anzi le parolacce che gli hai mandato?».

Ruffo cercò di rasserenarlo e influenzarlo, nello stesso tempo, con un fatto compiuto: «Il mio ricorso alla Corte di Cassazione è così asettico, dopo giorni di limature, che non potrà che suscitare la gratitudine del Gip. E poi prometto di appianare i contrasti con lui. Ma dal caso Bellani non posso più tirarmi indietro: ho memorizzato tutte le confidenze, a caldo, del medico legale e della segretaria del banchiere; e ho convocato per questo pomeriggio la vedova, cioè la compagna, di Bellani... Inoltre ho già predisposto, in quattro e quattrotto, una bozza di richiesta di rogatoria urgente, senza passare per il ministero di Grazia e Giustizia,* alla Procura pubblica di Lugano». E senza dargli il tempo di interloquire, gliela mise tra le mani, aggiungendo: «Chiedo che sia sentito come testimone l'avvocato Landolfi di Lugano, che risulta aver più volte chiamato Bellani, negli ultimi tempi, al suo numero riservato».

Dell'Acqua era un nobiluomo triestino, gran cultore di Svevo e magistrato molto rispettoso delle idee e delle stesse aspirazioni dei suoi sostituti. Ma era pure un ragionatore, che aveva bisogno di meditare sulle decisioni da prendere. Anche questa volta non decise d'impeto. Stette zitto per tutto il percorso e nell'ascensore. Più volte, mentre era soprappensiero, si passò la mano sulla testa d'uovo. Fu Ruffo a interrompere il silenzio dicendogli: «Questo caso me lo sento...».

«Come mai?» gli chiese Dell'Acqua, con atteggiamento serioso.

«È l'uomo, Bellani, che mi colpisce e mi stimola.»

* Le rogatorie internazionali, salvo i casi urgenti, debbono essere inoltrate dal ministero di Grazie e Giustizia per via diplomatica.

«Grosso personaggio» disse Dell'Acqua. «Amato dalle donne e tradito dagli uomini...» commentò pensieroso, come recitando un verso.

Doveva aver letto anche lui "La Notte", pensò Ruffo: la prima edizione veniva portata in omaggio alla Procura, ogni giorno poco dopo l'uscita.

«Per risolvere questo caso occorre entrare nella pelle e nei misteri di un uomo. Una ragnatela di misteri, suppongo. Chi svolgerà l'inchiesta dovrà essere ispirato» sentenziò Ruffo.

«E cosa ti fa presumere che i tuoi colleghi non possano essere ispirati?»

«Non lo presumo affatto. Penso solo che io sono già ispirato...»

«Va bene» concluse Dell'Acqua. «Te ne occuperai tu. Ma a condizione che ti tagli la barba e riprenda a fumare...»

Sapevano tutti, ormai, che lui aveva fatto il voto di non tagliarsi la barba e non fumare (quest'ultimo già trasgredito) fino a quando la Cassazione non avesse modificato il provvedimento del Gip nel caso Ponti.

Alle tredici il sostituto procuratore si recò a casa Bellani, in via Gabba.

Ruffo non aveva mai avuto un debole per gli arredamenti in stile anni Trenta. Ma nel muoversi per la casa che era stata di Bellani avvertì un'insolita sensazione di gradevolezza.

Salottino Hoffmann e *appliques* di cristallo lavorato nell'ampio ingresso; lampadari Venini, poltrone dallo schienale in legno lucido, lungo tavolo rettangolare, dagli angoli smussati, nel salone centrale, ai cui lati alcune colonnine in marmo sostenevano busti di donna in stile neoclassico.

La Scientifica era stata discreta nella sua ispezione. Almeno nel salone. Più disordine si poteva notare nello studio, dove ogni volume della libreria era stato passato al setaccio, senza trovare fogli segreti o qualcos'altro di particolare.

L'ultima lettura del banchiere era stata un saggio di Jean Baudrillard, *La società dei consumi*, rimasto in vista sul tavolino. Nello sfogliarlo, un funzionario della Scientifica aveva rilevato delle annotazioni a mano, segnate qua e là. Non erano tanto commenti al libro, quanto pensieri (altrettanti rebus per gli inquirenti) che dovevano essere venuti a Bellani durante la lettura e che lui aveva voluto fissare, segnandoli negli spazi bianchi al termine dei singoli capitoli. Tra gli altri: "Quanto vale la Ghislandi?". E poi: "Chi è il Caimano?". A pagina 93 era stato messo in rilievo, con un evidenziatore giallo, il primo capoverso: "Una storia: c'era una volta un uomo che viveva nella povertà. Dopo molte avventure e un lungo viaggio attraverso la scienza economica, egli incontrò la Società dell'Abbondanza. Si sposarono e generarono molti bisogni...".

Era forse quella, si domandò l'inquirente, la morale della favola di Bellani?

Sul frontespizio di un altro libro (*Tutti gli uomini di Smiley*, di Le Carré), uno della Mobile aveva notato una dedica, che aveva prontamente sottoposto all'attenzione di Ruffo: "Alla... donna dell'agente segreto, Andrea".

Non vi era cassaforte nella casa. Né alcunché di particolare fu reperito in quella della banca; solo nella cassetta di sicurezza, presso la sede della *Bieffe*, intestata in via congiunta a Bellani e alla Quinteros, fu trovato, insieme a dei gioielli, il contratto di lavoro intercorrente tra il banchiere e l'istituto di credito da lui amministrato: un contratto miliardario, che ridiede fiato al senso di ironica frustrazione già avvertito dal sostituto nella prima parte della mattinata.

Esaurite le incombenze dell'ispezione e compilato il relativo verbale, Ruffo si ritirò con la Quinteros nello studio di Bellani. Due poltrone erano sistemate davanti alla scrivania, con lo schienale rivolto alla libreria.

La donna aveva fatto a tempo a sottoporsi a un frettoloso *make-up*, e sembrava uscita dallo stato di ipnosi che aveva denotato di primo mattino.

Ruffo le pose subito la prima domanda: «Questa tragedia l'ha colta di sorpresa, o vi era stata qualche avvisaglia?».

«Mi ha sorpresa e indignata: per la sua ingiustizia. Andrea amava troppo la vita e...»

«E?» l'interrogò Ruffo.

Rispose dopo un sospiro: «E me». Socchiuse gli occhi verdi e reclinò la testa all'indietro, come a ripescare la memoria, prima di completare il pensiero: «Il nostro rapporto è stato unico».

Ruffo, ricordando la sua vicenda coniugale, non coltivata quanto avrebbe meritato, per essere lui totalmente asservito al lavoro, pensò che tutte le storie d'amore erano uniche.

Lei sembrò intuire la sua riflessione e per evitare dubbi ribadì il concetto: «So quello che dico».

«Da quanto durava?» chiese l'inquirente.

«Da sette anni» precisò Isabel.

Ruffo, nonostante il grave imbarazzo, propose una nuova domanda: «Aveva mai manifestato intenzioni suicide?».

Isabel scosse la testa, in segno di dissenso e disapprovazione. «Suicidio? Perché lei è convinto che si tratti di suicidio?»

«Risponda alla mia domanda» insistette Ruffo con pazienza.

«No, non ha mai, neppure alla lontana, parlato di suicidio. Nessuno di noi due avrebbe spontaneamente interrotto la nostra storia. Men che meno con un suicidio.»

«Come mai ha lasciato passare tanto tempo prima di chiamare la polizia, questa mattina?»

«Ho vissuto ore di delirio e mancamento, durante le quali mi rifiutavo di dare in pasto Andrea agli altri: all'opinione pubblica, alla polizia... Non so cos'altro dirle. È così e basta.»

Ruffo respirò profondamente, prima di informarsi su un altro argomento: «Si erano rivelati motivi di crisi, negli ultimi tempi, nell'impero di Bellani?».

«Io questo impero l'ho visto nascere. Ma dall'esterno. Da un certo punto in poi non ne ho saputo molto neanche dall'esterno. Andrea divideva con gli altri le sue gioie, ma teneva per sé i suoi guai. Era fatto così. Era questa la sua forza e, insieme, la sua debolezza. Particolarmente negli ultimi tempi.»

«Ma i fatti principali della sua vita li avrà pure condivisi con lei!»

«I fatti, non i segreti. Soleva dire: "Il segreto bancario vale anche per le mogli. Nell'interesse loro e dei clienti. Pensa se io ti rivelassi cose delicate e un domani fosse aperta, sulle stesse, un'inchiesta penale: saresti coinvolta e responsabilizzata come teste".»

«Ma l'essersi, negli ultimi tempi, suo marito chiuso in se stesso, come mi è parso di capire, era sintomatico di difficoltà?»

«In un certo senso sì. Ma lui giustificava il suo atteggiamento chiedendomi di capirlo. E dicendomi: "Passerà".»

La sua voce calda doveva sciogliere notevoli nodi psicologici, prima di esprimersi compiutamente, sicché passava attraverso frequenti pause e incertezze.

«Si riferiva, secondo lei, a difficoltà personali o a difficoltà delle banche da lui dirette?»

«A questioni bancarie. Non aveva questioni personali.»

«Sapeva, almeno, chi vedeva negli ultimi tempi?»

«Sapevo solo di quanti erano nostri ospiti oppure ci invitavano a casa loro, o al ristorante. Gente di società... Ma negli ultimi tempi, ripeto, si era chiuso a riccio. Forse per non turbarmi, per non perdere di credibilità ai miei occhi, ammettendo circostanze imbarazzanti.»

«Che significato ha la dedica, fattale da suo marito, sul frontespizio di un libro di Le Carré: "Alla... donna dell'agente segreto"?»

«È una questione privata e personale. Personalissima. Mi consenta di non rispondere, anche perché non ha nessuna attinenza con questa tragedia.»

Ruffo parve rabbuiarsi, ma non profferì parole. Ciò diede modo a Isabel di esprimere il suo stato d'animo, con un filo residuo, stremato, di voce: «Io le chiedo umilmente di non essere interrogata e ferita oltre. Questa morte mi ha profondamente sconvolta, ed è un mistero anche per me: assoluto. La prego di non provocarmi altri tormenti. Ho bisogno di pensare ai funerali e al resto; e poi di tornare per un po' nella mia famiglia e nella mia terra. Quando avrò raccolto le idee, lei troverà in me la miglior collaboratrice, nei limiti del possibile».

«Permesso accordato» concesse Ruffo, cui parve di non aver altra scelta. «Ma mi consenta un'ultima domanda: qual era lo stato di salute di Bellani, negli ultimi tempi?»

«Ottimo. Aveva fatto un check-up alcuni mesi or sono. Ho i risultati a casa.» Colmando spontaneamente una lacuna delle domande del sostituto, soggiunse poi: «Sappia che Andrea non aveva pistole».

«Le pistole, quando servono, si trovano facilmente» fu l'amaro commento di Ruffo.

Della breve conversazione fu redatto e fatto sottoscrivere un sintetico verbale dal segretario di Ruffo, Oreste Compagnone, che aveva accompagnato l'inquirente in via Gabba. Compagnone, napoletano cordiale e generoso, dalla folta capigliatura riccioluta, era un fedelissimo del sostituto procuratore, per il quale aveva fatto tanti straordinari da perderne il conto.

La sera, rientrato nei centoventi metri quadrati (saloncino, studio, camera da letto, cucina e bagno) abbondanti del suo appartamento da scapolo, Ruffo prese in mano l'agenda personale. Anzi, personalissima, perché aveva anche funzioni di diario, e vi scrisse le sue recenti impressioni: "Oggi mi sono investito del caso Bellani. Ero in ufficio alle sette ed è arrivata la chiamata di Pellicanò, che avvertiva della morte violenta del banchiere, personaggio che mi ha interessato, non lo nascondo, da vivo e da morto. C'era una grandezza, nella sua morte, che non so descrivere, ma che eguagliava quella dimostrata in vita. Forse era quel suo aver avuto tutto dalla vita e quel suo, deliberato o meno che fosse, dismettere tutto, della stessa vita, che diffondeva un senso di grandezza. Mi sono venuti in mente i versi di Rilke: *L'eroe perdura; anche la morte, per lui, fu soltanto un pretesto per essere: la sua ultima nascita*. Ciò che non mi convincerà mai del suo suicidio è il fatto che possa aver volontariamente abbandonato una donna come Isabel Quinteros, di cui si avvertono al volo la rarità e lo splendore. Il denaro e il potere, una volta usati e abusati, credo che si possano anche abbandonare (dico credo, perché non ho mai avuto né l'uno, né l'altro). Ma una donna così, no. Non si può proprio".

5

La baia era ampia e profonda all'interno, e chiusa verso l'esterno da due lunghe braccia di costa che ne riducevano l'ingresso. A riva, la spiaggia circolare si estendeva per quasi due chilometri, e su di essa sorgevano, ben distanziate tra loro, alcune costruzioni residenziali.

Al centro del litorale, la maggiore di esse. L'aspetto più appariscente della villa a un solo piano era il tetto spiovente, che arrivava a coprire il patio e sembrava esser stato concepito, dall'architetto, per appiattire ulteriormente l'insediamento. Godeva, verso il mare, del più ampio tratto di spiaggia e, sul retro, di un vasto giardino con bouganvillee di vari colori e ibiscus giganti. Leggermente defilato, un capanno ospitava le docce e i servizi. Mancava la piscina: il mare limpido della baia non tollerava imitazioni.

Nel patio un lungo tavolo, ricoperto da una tovaglia bianca, era imbandito senza risparmio di cibi, bevande e vasi di fiori. Lo spiegamento di argenteria era di per sé rivelatorio di un'occasione fuori del comune.

Erano le cinque del pomeriggio del 24 giugno 1984, quando, a breve distanza dall'ingresso della baia, due motovedette della Marina reale spagnola gettarono l'ancora. Per i residenti e i frequentatori dell'insenatura era un segnale che preludeva all'apparire, in zona, del panfilo reale.

In simili occasioni, varie imbarcazioni prendevano ad accostarsi a loro volta all'imbocco della baia, senza penetrarvi, per assistere all'arrivo del re. Le condizioni climatiche si erano adeguate alle esigenze della particolare circostanza, allentando il vento e placando il movimento del mare.

Il panfilo reale "Fortuna" si profilò all'ingresso della baia un quarto d'ora dopo le cinque. Penetrò nell'insenatura e gettò l'ancora a duecento metri dalla riva. Vennero subito messe a mare due lance e su di esse presero posto il re e la sua corte (la regina, Costantino di Grecia e consorte, alti dignitari). Toccarono riva in pochi minuti.

Ad accogliere il re, che vestiva sportivamente pantaloni e camicia bianca e calzava scarpe Timberland, erano accorsi i padroni di casa, una coppia di cinquantenni dell'alta borghesia madrilena e una ventina di loro ospiti.

Dall'emozione che Juan Carlos suscitava nelle persone, Bellani intuì di quale ascendente egli fosse dotato; e per quali virtù fosse stato capace di traghettare la Spagna dal franchismo alla democrazia.

In breve i protagonisti dei due gruppi si mischiarono e presero a conversare. Tra gli ospiti, prima dell'arrivo dei reali, erano state garbatamente fatte circolare le regole di comportamento: dovevano rendere omaggio al re e alla regina, quando presentati, chinando il capo e baciando loro la mano, ma senza profferir verbo, a meno che non fossero interpellati. Regole che furono ben presto ridimensionate dalla spontaneità e dal calore umano dei personaggi della corte.

Solo quando i reali furono sbarcati a riva, dalla spiaggia di una villetta, distante circa trecento metri, si staccò un motoscafo con a bordo, oltre al marinaio, un uomo alto e distinto e una donna, i cui capelli fluenti erano agitati da quel tanto di brezza ch'era rimasta e dal movimento d'aria provocato dall'incedere dell'imbarcazione. Doveva trattarsi, pensò Bellani, di nuovi ospiti dei padroni di casa, che avevano atteso, prima di salpare, per non increspare le acque al re, mentre questi raggiungeva terra. Approdarono a rispettosa distanza dalle lance del "Fortuna".

La donna indossava un semplice abito bianco, aderente, che le arrivava all'altezza delle ginocchia e lasciava trapelare un fisico slanciato e ben modellato. Man mano che si avvicinava alla villa, divenivano sempre più nitidi i lineamenti purissimi e la luminosità dello sguardo. Folgorato da un'emozione incandescente, Andrea sperimentò sulla sua pelle la solarità di quel volto.

L'uomo che l'accompagnava si precipitò a ossequiare il re, che gli concesse benignamente la mano, mentre lei fu intercettata dalla padrona di casa, che la intrattenne per qualche minuto. Quando si presentò a sua volta a Juan Carlos, questi le riservò un atteggiamento ben più attento di quello dedicato al suo accompagnatore.

«¿Quién es?» chiese Bellani all'ospite, un uomo prestante, dai capelli argentati e il sorriso cordiale.

Questi s'illuminò in volto più di quanto fosse solito e commentò: «Vaya con esos italianos! Qué ojo tienen! Saben valorar en seguida la belleza de una señora! Y es Isabel Quinteros Montalbàn, la maravilla de la Costa Brava!».

Fatta la precisazione, soggiunse, senza abbandonare il sorriso: «Pero, cuidado! No te acerques a ella...».

Bellani lasciò cadere quell'ammonimento, chiaramente scherzoso, e insisté: «¿Y él?».

«Es Alonso de Aguero, descendiente de una familia de cortesanos, y cortesano él también.»

L'ospite non gli diede tempo per altre domande, perché richiamato dai suoi doveri. Si chiamava Alfonso Arellano ed era un imprenditore edile che aveva costruito importanti insediamenti turistici sulla Costa Brava, con il contributo di Bellani e di altri investitori italiani.

Ben presto il re e Costantino di Grecia chiesero agli

ospiti il permesso di utilizzare lo spogliatoio, per cambiare abbigliamento. Il padrone di casa li accompagnò verso il capanno accanto alla villa. Poco dopo, i due ne uscirono in short e, senza frapporre indugi, si immersero in acqua, prendendo a nuotare vigorosamente, quasi in gara tra loro.

Nessun altro dei presenti osò tuffarsi a sua volta, per non inquinare le acque ai due personaggi di sangue reale, che nuotarono da un capo all'altro della baia per una mezz'ora, prima di tornare a riva. Juan Carlos emerse dal mare con un urlo di felicità, decisamente informale.

Solo dopo che i due si furono ritirati nello spogliatoio, alcuni ospiti indossarono il costume e si immersero a loro volta in mare. Tra di essi Isabel Quinteros Montalbàn, il cui *bañador* rosso ne esaltava la figura mirabile e la carnagione brunita dal sole. Dopo aver riguadagnato la riva, la giovane donna, cui non era sfuggita l'ammirazione sempre più intensa dell'italiano, lo gratificò con un lampo degli occhi.

Verso il tramonto i reali di Spagna presero commiato, invitando a bordo, per la cena, i proprietari della villa. Non senza scusarsi, molto educatamente, di non poter ospitare tutti, a causa delle dimensioni limitate del locale da pranzo del "Fortuna".

La sera, quanti tra gli ospiti non avevano potuto salire a bordo del "Fortuna" cenarono nel patio della residenza estiva degli Arellano, tranne Isabel Quinteros, rientrata nella sua villa.

Al suo tavolo, Andrea Bellani si trovò davanti una signora dai capelli fulvi e dall'incarnato lentigginoso. Sul petto abbronzato, una collana tempestata di rubini.

Gli occhi penetranti e lo sguardo disinibito denotavano una donna molto sicura di sé. Si trattava di una delle sorelle Radziwillowa, più precisamente Fernanda, l'erede di una delle maggiori fortune di Spagna, accumulata dal defunto padre, finanziere e costruttore di origine polacca. Le due sorelle vantavano una storia scintillante e avventurosa, più volte ripresa dalle pagine della stampa internazionale.

Avevano sposato, entrambe, giovani finanzieri, che, forti delle ricchezze delle mogli, si erano lanciati nei grandi affari, alleandosi con il banchiere De la Cruz, uno degli astri della scena economica spagnola.

Le ambizioni dei mariti delle sorelle Radziwillowa (soprannominati "Los Enriques", avendo entrambi lo stesso nome) si erano rivelate illimitate, tanto da indurli, nel 1982, a mettere in atto una "scalata ostile"* alla prima banca spagnola: il Banco Central. Ma il tentativo era fallito.

Dopo alcuni anni di matrimonio, Fernanda Radziwillowa aveva scoperto che il marito la tradiva con una marchesa madrilena (meglio conosciuta come "Madame sans culottes", per via dell'abitudine, a molti nota, di non indossare biancheria intima). Ferita nell'orgoglio, aveva immediatamente chiesto la separazione, ritirando i suoi capitali tanto al marito, quanto al banchiere De la Cruz.

Quella sera, dopo aver a lungo esaminato il suo dirimpettaio e averlo investigato nei gesti e negli occhi, disse improvvisamente: «Lei è il banchiere Bellani...». Non era una domanda, ma una constatazione.

«Certo» confermò Andrea.

«Mi hanno parlato molto bene di lei gli Arellano, che solitamente non sono generosi nei giudizi...»

* Nel gergo finanziario è ostile la scalata che si ripropone di rovesciare e sostituire il Consiglio di amministrazione in carica. È amichevole la scalata che abbia intenti solo collaborativi.

«Sono generosi con me!» commentò Andrea, con atteggiamento umile.
«Penso che la verrò a trovare nei prossimi giorni, se lei vorrà gentilmente ricevermi.»
«Sono a sua disposizione» si affrettò a rassicurarla Andrea.
Con quello scambio di battute, il patrimonio liquido di una delle eredi Radziwillowa prendeva la direzione della banca Industria e Finanza, sede di Madrid.

Una delle maggiori fortune, che possa capitare a un uomo, è quella di imbattersi in una svolta epocale riguardante un'intera nazione, avendo la capacità di intuirla tempestivamente e di mettersi al suo passo e, venendo richiesto dalla forza degli eventi, di dare un suo contributo. L'uomo a cui tutto ciò capiti (e che sia all'altezza di una simile occasione) è destinato a divenire un protagonista del suo tempo.
Ebbene, Andrea Bellani era giunto in Spagna, oltre sette anni prima dell'incontro con il re, nel momento storico in cui, in quel paese, era in gestazione una radicale trasformazione della società, della politica e dell'economia. Che lui fiutò infallibilmente e alla quale, nel suo piccolo, diede un personale apporto, incentivando la partecipazione dei capitali italiani al processo in atto, tanto da meritare la riconoscenza di Felipe González, che lo ricevette in occasione di una emissione obbligazionaria patrocinata dalla *Bieffe*.
Quella svolta epocale esaltò la fantasia e la genialità di Bellani.
Per i clienti italiani che seguirono i suoi consigli, la Spagna divenne un nuovo Eldorado. Egli indovinò tutto: la fede nell'economia locale, i settori da finanziare, la moneta su cui scommettere e, nei limiti del lecito, speculare. Fu uno dei primi, in Europa, ad abbandonare la regola della scelta, per le riserve e le gestioni patri-

moniali, delle monete forti, ma dai bassi interessi, e a puntare, invece, sulle monete deboli, ma dagli alti rendimenti, avendo previsto che la speculazione internazionale si sarebbe mossa, in futuro, dietro gli alti tassi d'interesse. La peseta, sua moneta prediletta, si sarebbe mantenuta stabile, e anzi apprezzata, distribuendo i più alti tassi di interesse in Europa. Chi l'avesse comprata alla fine degli anni Settanta si sarebbe ritrovato, negli anni Ottanta, con una moneta rivalutata e con una plusvalenza di interessi, rispetto a quelli delle monete forti, del dieci per cento. La Spagna, nel frattempo, avrebbe smentito le più retrive diffidenze nei suoi confronti, realizzando una ripresa economica che sarebbe culminata in un "boom" di vaste proporzioni.

Per consentire alla Industria e Finanza di piantarvi stabili radici, Bellani aveva compiuto una scalata amichevole a uno dei principali istituti bancari di Madrid, rastrellando fino al dieci per cento del capitale sociale e conseguendo due seggi nel Consiglio di amministrazione.

La vocazione di divinatore della finanza di Andrea Bellani si realizzò in Spagna. E lui avrebbe potuto fermarsi lì, incamerando la posta finallora accumulata: fama, benessere e amore, in misura di gran lunga superiore a quanto sia solito capitare a un comune mortale.

Ma Bellani volle andare oltre Madrid. Forse i nove anni trascorsi nella capitale spagnola furono a tal punto intensi, frenetici e convulsi da passare in un lampo, senza consentirgli il tempo di rendersi conto che lui era diventato, a tutti gli effetti, uno spagnolo e che, in quella terra, aveva piantato radici. O forse l'ambizione è una forza così impellente da annullare qualsiasi forma di passato e da proiettare l'uomo solo verso il futuro.

Sta di fatto che egli non si lasciò trattenere dal suo recente passato e si fece trascinare in avanti dal suo futuro. Non valse a radicarlo in Spagna neppure l'incontro, negli ultimi due anni di permanenza, con la donna più importante della sua vita, Isabel Quinteros Montalbàn.

Pur senza rinunziare a lei, e riservandosi anzi di attirarla nella nuova sede, Andrea rimase vulnerabile al richiamo di Milano, quando esso si manifestò concretamente.

Al di là dell'essere la sua città, Milano gli appariva un trampolino insostituibile per ulteriori orizzonti. Mentre, in realtà, conteneva i germi della sua sfortuna.

6

Bellani sarebbe tornato a Milano agli inizi di febbraio del 1986, atterrando a Linate alle undici di una luminosa, freddissima giornata di sole, con un volo Iberia proveniente da Madrid. Avrebbe sempre ricordato il gesto istintivo di rialzare il bavero del cappotto blu, per difendersi da una folata di aria fredda. Ad attenderlo, un dirigente della banca Generale di Credito, la holding della *Bieffe*.

Il suo ritorno in Italia non era ancora previsto per quella data. Ma questioni urgenti e vitali avevano convinto il "Colonnello" a richiamarlo prima del tempo.

Il dirigente della *merchant bank* si affrettò a dirgli che Millo lo aspettava nel suo ufficio a un quarto all'una. Poi avrebbero fatto colazione al "Toulà", tanto per rispettare le personali abitudini del capo.

A Bellani era dunque lasciata poco più di un'ora per prendere possesso della elegante foresteria riservatagli al quinto piano di un palazzo in via dei Giardini.

La sede della Generale di Credito era situata nella parte centrale di un palazzo patrizio del Settecento, totalmente restaurato, in una via esclusiva e segreta che, da piazzetta Bossi, si inoltrava verso via dell'Orso. Il vasto cortile era ornato da un'opera monumentale di un celebre scultore contemporaneo.

Millo lo ricevette, alle 12,45, nello studio di sempre: soffitto a cassettoni, lampadario d'epoca, tenuto sempre spento per una buona metà delle lampade. Lui gradiva un ambiente ovattato, immerso nella penombra, il più possibile lontano dagli echi della realtà e dalle tentazioni del mondo. E quando la luce di una radiosa giornata invadeva il locale, faceva abbassare le tapparelle. In quell'istituto si lavorava di riservatezza, come in un laboratorio. Il "Colonnello" lo salutò con inconsueto fervore, poi lo prese sottobraccio e lo guidò nello scendere gli scaloni dell'istituto: non usava mai l'ascensore, anche perché il suo ufficio era al secondo piano e due piani di scale, non di più, fanno bene alla circolazione.

Per strada, si fermò alla solita edicola dove comprava personalmente qualche giornale, tanto per rovistare, con gli occhi, tra le varie pubblicazioni.

Al "Toulà", infine, occupò il suo tavolo riservato, vicino alla parete di fondo rispetto all'ingresso. In tale posizione aveva un muro dietro le spalle e poteva controllare l'intera sala.

Avviò la conversazione con una domanda di prammatica: «Cosa mi dici di nuovo della Spagna?».

«Penso che il boom economico continui almeno per un biennio, che la Borsa debba dare ancora il meglio di sé, che la peseta rimarrà a lungo la moneta che paga meglio il risparmiatore, senza fargli correre, almeno per un certo tempo, rischi di svalutazione.»

«Una manna per chi ha seguito le tue raccomandazioni, investitori economici e risparmiatori...» commentò Millo.

«Ma il bello deve ancora venire...» profetizzò Bellani prima di ordinare al maître due soli piatti: un antipasto di scampi e un branzino al sale.

Millo interpretò l'ultima frase di Bellani come un

pretesto per non rientrare stabilmente a Milano. Fu per questo che si affrettò a precisare: «La Spagna potrai continuare a seguirla anche da Milano».

«Certo» convenne Bellani, che in effetti non era alla ricerca di pretesti.

Bellani capì che l'uomo sarebbe presto venuto al dunque: al motivo per il quale l'aveva urgentemente richiamato in Italia.

E così fu. Con la sua voce leggermente stridula, ma incisiva, gli disse: «Sei tornato in un momento difficile per il nostro gruppo. Starei per dire decisivo. La nostra maggiore partecipata nel settore creditizio ordinario, il nostro feudo bancario, è oggetto di scalata. Una scalata, bisogna ammetterlo, che ci ha colti di sorpresa. Impreparati come dilettanti». Fece una pausa, prima di chiedersi: «Crisi di rilassatezza o di strutture? Ecco perché di questa vicenda ti devi assolutamente occupare tu: un uomo nuovo». Il lungo servizio a Milano e la frequente pratica dell'inglese avevano attenuato la sua pronuncia originaria.

L'istituto cui Millo si riferiva era proprio la banca Industria e Finanza, della quale Bellani dirigeva la sede spagnola. Una delle maggiori banche private italiane, con sedi nei maggiori centri, e la cui compagine azionaria era stata ricucita, negli anni Settanta, dal "Colonnello" e dalla Generale di Credito.

Era una specialità della Generale quella di applicare la regola del "divide et impera": frazionare tra vari soci i pacchetti azionari di controllo e divenire l'elemento di raccordo e la gerente fiduciaria delle varie componenti.

All'interno e all'esterno della Generale di Credito, la *Bieffe* era affettuosamente, o ironicamente, a seconda dei casi, denominata "la protégée".

«Cosa posso fare?» chiese Bellani, con una punta di fatalismo.

«Serrare le fila dell'azionariato di controllo della banca. Uno schieramento eterogeneo, certo, non facile da tenere indefinitamente a freno, ma che finora ha retto tutte le prove e che d'ora in poi deve essere pronto ad affrontare altri sacrifici.»

«Quali?»

«Tirar fuori i soldi per comprare, quanto e più degli scalatori, altre azioni della banca: quelle che restano in mercato, se ancora ce ne sono, o quelle degli scalatori se questi, dopo aver raggranellato il bottino, le metteranno in vendita. Sotto questo profilo, il nostro tallone d'Achille è un personaggio singolare e imprevedibile, che risponde al nome di Irene Ghislandi. Tallone d'Achille per un verso, ma unica, potenziale salvatrice per l'altro, perché detiene da oltre un ventennio il pacchetto di azioni più importante dopo il nostro. Per lei, è arrivato il momento della verità: può disfarsene, vendendolo a noi e realizzando un colossale *capital-gain*, o può assumersi le sue responsabilità, schierandosi al nostro fianco e facendo un tutt'uno con noi.» Nell'esprimersi, usava puntare e muovere nel vuoto, come a esplorarlo, il grosso indice della mano destra.

«Qual è l'attuale schieramento azionario della banca Industria e Finanza?»

«Trentacinque per cento controllato dalla Generale di Credito per sé e terzi, venticinque per cento dalla signora Ghislandi, venti per cento in Borsa, dieci per cento da azionisti vari, dieci per cento dal vecchio signor Rodari, azionista storico, che, giunto agli ottant'anni, ha ritenuto di disfarsene. La scalata è iniziata con l'acquisto di questo dieci per cento, che gli acquirenti hanno tenuto nascosto per un certo tempo, senza chiedere l'iscrizione a libro soci.»

«Ma la Ghislandi non è vincolata al patto di sindacato?» chiese Bellani, accarezzandosi con un rapido gesto della mano il naso regolare.

«No, lei non ha mai voluto aderire formalmente al patto, ritenendosi, come dire, speciale e indipendente. Ha solo inviato una lettera di intenti, priva di un reale valore giuridico, nella quale ha promesso di tener conto delle ragioni e degli obiettivi del gruppo di controllo, ma senza sentirsene vincolata.»

«Finora come si è comportata?»

«Ci ha sempre detestato e disprezzato, ma nei momenti decisivi si è assunta le sue responsabilità e ha fatto blocco con il gruppo di controllo: ma con ostentata discrezionalità.»

«Perché ci detesta?»

«La banca, come saprai, fu lanciata ai massimi livelli dal suo consorte. I dirigenti che gli sono succeduti, secondo la "Madama", sono stati tutti degli omuncoli. Ma ci detesta, soprattutto, perché il nucleo di azionisti da me costituito salvò il marito, quindici anni fa, da un difficile momento, costringendolo peraltro a cedergli buona parte del suo pacchetto: vecchia regola della finanza. Io ti salvo, ma tu mi dai un bel pacchetto di azioni.»

«Quanti anni ha la signora Ghislandi?»

«Tra i cinquanta e i sessanta, ma portati bene. Il marito, Maurizio Ardemani, la sposò giovanissima, poco più che ventenne.»

«Quanti anni di differenza c'erano tra di loro?»

«Molti.»

«Ma quale fu la storia personale del marito della signora Ghislandi? Come arrivò al controllo di una banca, intendo?»

«Ancora giovane, meno che trentenne, divenne a Milano il fiduciario dei gerarchi fascisti della Repubblica di Salò e il collettore di contributi per il regime.»

«Tangenti?» ipotizzò Bellani.

«No, contributi reali. Molti industriali del Nord, all'epoca, temevano che i tedeschi, in caso di resa totale del fascismo, smontassero i loro impianti e li portassero in Germania. A causa di questo timore avevano interesse a che la Repubblica di Salò sopravvivesse, garantendo il permanere dello "status quo": e così provvedevano al suo sostentamento.»

«Ho capito.»
«Ardemani era a tal punto fiduciario della Repubblica, che con i fondi gestiti per suo conto acquistò una vecchia banca lombarda che vivacchiava pigramente, e la rilanciò, facendovi confluire i capitali dei sostenitori del regime. Era un uomo sicuramente straordinario, dotato di notevole fiuto, iniziativa e spregiudicatezza. Un avventuriero in grande stile, fascinoso e piacente. Fu così abile, che sopravvisse al disastro fascista e, quasi certamente, ci lucrò sopra, perché più d'uno dei patrimoni lasciatigli in gestione fiduciaria finì per trasformarsi in una sua proprietà personale.»

Si permise un sogghigno dei suoi prima di aggiungere: «Raccontano che nel 1944 la banca fosse soprannominata "Repubblichina"... E che lui, nel 1946, volesse adeguarla ai tempi denominandola "Repubblicana". Ma qualcuno, per sua fortuna, lo dissuase».

«Come conobbe la Ghislandi?»

«In modo molto semplice: la famiglia di lei era divenuta cliente della banca. Questo in un periodo di tempo, parlo dell'inizio degli anni Cinquanta, in cui lui mirava a espandere il raggio di azione dell'istituto, acquisendo, in luogo della clientela ch'era stata alla base del suo lancio, la borghesia lombarda in senso lato, industriale e commerciale. Lei si innamorò perdutamente di lui, e il *nostro* profittò di quella passione per impalmare la futura erede di una notevole fortuna. La Ghislandi lo amò fino alla morte; lui, forse, la usò, più che amarla. Ma la coppia funzionò. Perfettamente. Fin quando lui morì, a metà degli anni Settanta.»

«Ho capito» commentò Bellani.

Dopo una breve pausa, il "Colonnello" riprese: «Ora, la signora Ghislandi è diventata l'ago della bilancia. E difatti gli scalatori puntano sulla sua alleanza o quantomeno sulla sua neutralità: è un risultato che dobbiamo impedire. Io spero che, pur insultandoci, la signora avverta il senso di responsabilità verso la banca. L'istituto è un valore che trascende i sentimenti personali».

«In che modo la signora dovrebbe dimostrare il suo senso di responsabilità?»

«Firmando, formalmente, un patto di sindacato con noi. Metterebbe subito in fuga gli scalatori. Tu sei la persona adatta per convincerla: le ricorderai il marito.»

7

Casa Ghislandi occupava i due ultimi piani di un palazzo d'epoca del centro storico di Milano: destinato l'uno alla rappresentanza e l'altro, il superiore, al privato.

La peculiarità della dimora era costituita dalla concentrazione, in essa, di quel genere di beni che una legge dello Stato definisce di "interesse culturale", e sottopone a speciali vincoli, vietandone in particolare l'esportazione. Tale peculiarità era evidente in modo più vistoso nelle alte pareti del salone centrale, in quelle del locale da pranzo e nei labirintici corridoi. All'interno di casa Ghislandi, in effetti, era esposta la più ricca collezione di Boccioni e di altri pittori della sua scuola, che Bellani avesse mai avuto l'occasione di vedere, o solo di sospettare. Di quantità e qualità tali, da poter legittimamente rappresentare, a Palazzo Reale o in un museo nazionale, una rassegna del movimento pittorico a cavallo tra l'Ottocento e il primo Novecento.

Gli sguardi dell'ospite (che era stato in un primo tempo introdotto nel salone, per essere poi pilotato dal maggiordomo verso una saletta più interna, dove avrebbe incontrato la signora) andavano a colpo sicuro, in un simile scenario, perché almeno uno su due dei quadri esposti era un capolavoro.

I vari ambienti di casa Ghislandi si adeguavano al disegno circolare dell'appartamento, che riproduceva, a sua volta, la struttura del palazzo. La lunga parete, che scorreva lungo il corridoio e fronteggiava le porte aperte dei vari locali, era per intero ricoperta di specchi, e questo moltiplicava l'effetto ottico della collezione di dipinti. Bellani poté ammirare, tra gli altri, un *Crepuscolo* di Boccioni del 1909, un *Mattino* dagli accesi colori, dello stesso anno, uno studio per il *Ritratto di Adalgisa Maffei*. E poi dipinti di Carrà, Bonzagni, Previati e altri.

Alcuni esemplari della collezione erano in prestito a varie mostre aperte per il mondo, com'era segnalato da taluni cartellini apposti su spazi rimasti vuoti.

Il mobilio e l'arredamento della casa, di gran pregio anch'essi, apparivano secondari rispetto all'importanza dei quadri. Anche se non erano trascurabili i tappeti Cina e una vasta selezione di ceramiche di Faenza e Montelupo (le qualificazioni dei pezzi gli sarebbero state fornite, al termine della visita, dalla padrona di casa). Su di una consolle, in un angolo della saletta dove fu infine accompagnato, erano posate numerose cornici d'argento che ritraevano volti maschili e femminili, per lo più giovanili.

«Parenti?» avrebbe chiesto Bellani, sul finire dell'incontro.

«Io non ho avuto figli. Ma una grande famiglia sì: figli e figlie di amici, li ho considerati tutti come miei» avrebbe risposto lei.

Quando gli apparve di fronte, la signora Ghislandi gli rivelò un'alta statura e un corpo di costituzione robusta, ma asciutto. A prima vista, per via della conformazione fisica solida, l'avrebbe detta una originaria del Veneto o delle valli bergamasche, il cui fondo provinciale fosse stato riveduto e corretto dagli istituti di bellezza e dalle sartorie di via Montenapoleone e dintorni, che le avevano conferito un tocco di classe ormai congeniale. Ma i tratti del volto erano rimasti forti e volitivi. La volitività era anzi così rilevante, nel suo viso, da far passare in secondo piano il quesito se l'immagine fosse gradevole o meno: la stessa impressione che gli suscitava il volto di Angelica Houston quando lo vedeva sullo schermo. Anche il profumo era decisamente caratterizzato. Sulla naturalezza della folta capigliatura castana, Bellani non avrebbe scommesso.

La padrona di casa lo accolse con un festoso: «Finalmente! Sono felice di conoscere il *campione* di Madrid, per giunta un *bel fioeu*...».

Millo si era raccomandato, con lui, di riempirla di complimenti. Ed ecco che lei, grazie forse al suo istinto femminile, gli aveva sottratto quell'arma convenzionale, con l'aggravante di abusarne.

Non gli restava, ormai, che esagerare a sua volta: «Sono io a essere onorato di conoscere la primadonna della finanza italiana».

«Non mi illuda! E non si illuda...» commentò lei di rimando. Gli strinse la mano e lo invitò a sedersi sulla poltrona cui era più vicino. La scelta di quel locale più riservato, come luogo di conversazione, doveva essere stata fatta per rendere l'ospite meno vulnerabile dalle distrazioni della collezione di dipinti.

Dopo essersi a sua volta accomodata su un divano, la signora precisò i motivi del suo apprezzamento: «Un anno e mezzo fa incontrai un santone del mondo finanziario che, parlandomi di lei, mi disse: "È l'unico cavallo di razza di cui dispone il nostro ambiente, il solo che può competere alla pari e vincere sulle piste internazionali"».

Bellani dimostrò un chiaro imbarazzo e non poté fare a meno di correggerla: «No, no. Quel santone era troppo pessimista. Vi sono molti colleghi della mia generazione che possono correre sulle piste internazionali».

«Santone o no, sono una sua ammiratrice. Puntare per anni sulla Spagna e sulla peseta, senza avere un attimo di esitazione, come ha fatto lei, è stato geniale. Ha guadagnato per i gerontocrati della Generale il quindici per cento all'anno, mentre gli altri istituti rimediavano a malapena il cinque, sei per cento con le cosiddette monete forti...»

Bellani rispose con studiata serietà: «Chi ha avuto la fortuna di vivere la realtà spagnola in questi anni straordinari non poteva comportarsi in modo diverso».

La donna considerò esauriti i preliminari e fece una dichiarazione che mirava a far scoprire Bellani: «Deve esserci in ballo qualcosa di grosso, se Millo mi manda lei come diplomatico».

Fatta trascorrere una sapiente pausa aggiunse: «Dopo averla fatta tornare ad hoc dalla Spagna».

«Non proprio ad hoc» mentì Bellani. Che, peraltro, ammise: «In ogni caso, lei sa meglio di me che c'è davvero qualcosa di grosso all'orizzonte».

«Lo so, lo so» concesse lei con un sorriso allusivo, mentre si accendeva una Rothmans che aveva lentamente infilato in un bocchino. Poi proseguì: «Millo non ha capito i tempi. E per logica conseguenza, non ha compreso questo nuovo sviluppo: la scalata alla sua banca prediletta. Millo, mi creda, non ha più la voce per cantare alla Scala. Capito? L'avevano messo dove si trova perché era un napoletano, sperando che facesse il napoletano, che è, normalmente, un uomo che vive e lascia vivere. Lui, invece, ha voluto fare il lombardo, accentrando il potere fino a strozzarsi. Per poi tornare a fare il napoletano, questa volta deteriore, e a sentire il "richiamo della foresta". Chi, se non lui, ha tramato per fare entrare, in un istituto di tradizioni padane, come il nostro, una specie di camorrista, con il pretesto che era dotato di liquidità illimitate? Lui, Millo! Quella che è in atto non è una scalata. È una controscalata! È una difesa del carattere originario della banca».

«Chi sarebbe il camorrista?» chiese Bellani, che davvero non ne sapeva nulla.

«Un tale Corvano, un nome che è tutto un programma. Non so se sia camorrista in senso stretto. Ma ne ha i modi, le apparenze e la nomea. È un uomo che, con inestricabili intrecci politici, è stato il più grande accaparratore nazionale delle commesse di servizi da parte delle aziende pubbliche. Ebbene, per Millo, i suoi capitali sono una risorsa che va sfruttata. Anche se non è denaro della miglior qualità. E anche se un uomo di questo genere non può che rappresentare un sottobosco politico che mira alla banca per finalità equivoche.»

Bellani non trovò parole per obiettare. E si limitò a dire: «Comunque, io sono qui per trovare una sintesi degli opposti punti di vista. E vengo subito al dunque. Il nostro gruppo le propone l'acquisto di tutto il pacchetto azionario attualmente nelle sue mani. A prezzi di mercato, oltre a un premio da convenirsi. Ma lei sa bene che il premio, per un pacchetto "pesante" di azioni quotate in Borsa, può arrivare al trenta per cento».

Lei ebbe un gesto di indifferenza per l'ultima precisazione, prima di commentare: «Ovviamente, dopo averlo acquistato da me, la Generale lo spartirebbe all'interno del gruppo di controllo, a prezzi ancora maggiorati. Conosco bene questi giochini. Sono stati per anni la specialità di Millo».

Bellani fece un gesto da uomo di mondo, che voleva dire: "Così fan tutti, non solo Millo". Aveva comunque abbondantemente capito che per la Generale di Credito, all'interno di casa Ghislandi, non spirava una buona aria.

La signora lo guardò intensamente negli occhi, e chiese: «E se non accettassi questa fortuna?».

«Le proporrei un patto di sindacato, di ferro, contro gli scalatori. Che, poi, non sono altro che speculatori.»

«Chi glielo dice che sono speculatori?»

«Il mestiere e l'istinto.»

«Ahi, ahi, il mio "cavallo di razza". Ho paura che mi stia deludendo.»

«E cos'altro vuole che siano?»

«Operatori che vogliono difendere la miglior tradizione della banca, e imprimerle un nuovo corso: pulito.» Il finale era dichiaratamente provocatorio. «Ma è inutile discutere sul sesso degli angeli. Le chiedo piuttosto: e se non accettassi il patto di sindacato?»

Aveva finito di fumare la sigaretta e l'aveva spenta in un prezioso portacenere, con ostentata lentezza.

«Concorrerebbe a dare la banca in mano a degli avventurieri» insisté Bellani.

«Ma lei è fissato! Vede speculatori e avventurieri dappertutto. E poi, chi le dice che i nuovi avventurieri siano peggiori dei vecchi?»

«Sono comunque una incognita» se la cavò Bellani.

«E io le dico che questa scalata, ormai, non la si può contrastare. La si può solo cavalcare.»

«E chi può cavalcarla?»

«Voi no di certo.»

«E chi altro?»

«Io!»

Seguì un silenzio profondo, che entrambi, per opposte ragioni, vollero accentuare, mentre il volto di Bellani non poteva fare a meno di confessare un senso di sconcerto.

Fu lei a riprendere la parola per prima: «Chi le dice che io non faccia già parte del gruppo degli scalatori?».

«È una grossa cifra, quella che è stata investita in questa operazione. Ci sono dentro anche banche svizzere.»

«Lei quanto mi valuta?»

«Non so» ammise lui.

«Sappia che sono la persona che ha ricevuto più eredità al mondo, da parenti e amici, in Italia e all'estero, Svizzera compresa. Sappia che il mio circolo di vedove ricche è in grado di rilevare, in poco tempo, un consistente pacco di Fiat. Sappia, infine, che quando Millo comprò da mio marito le azioni di controllo della Industria e Finanza era convinto di aver concluso un ottimo affare, e di averlo reso pessimo al mio consorte, mentre fu esattamente il contrario. Le bastano questi dati?»

«Mi bastano e avanzano» scherzò Bellani.

«Lei è troppo dotato di talento, nonostante le delusioni che mi sta infliggendo oggi, per restare attaccato a un carro superato, mio caro. Ed è troppo un bel figliolo. È totalmente sprecato e lo sarà sempre di più.» Lo disse come emettesse una sentenza che la addolorava molto.

«E cosa dovrei fare?» chiese Bellani, inserendo lui, stavolta, nel discorso una punta di provocazione.

«Cambiare campo. A me manca solo uno come lei per rilanciare la banca ai livelli che le competono, e ai quali mio marito l'avrebbe sicuramente condotta.»

«In conclusione?» chiese Bellani.

«Non vendo e non firmo patti di sindacato» fu la fermissima risposta della Ghislandi. «Aspetto che le azioni siano contate una per una e, nel frattempo, compricchio. Questo è un caso in cui le azioni si contano e non si pesano. Chi vorrà le mie, o meglio, il loro voto, dovrà dare la gestione ad amministratori scelti da me. Uomini nuovi e dinamici. La finanza è per i giovani, anzi, per gli *enfants prodiges*. Come lei, non l'ha ancora capito?»

Quando più tardi, rientrato nella sede della Generale di Credito e subito accolto nell'ufficio del "Colonnello", Bellani gli fece il resoconto dell'incontro con la signora Ghislandi, riferì quasi tutto, omettendo solo gli inviti della signora al cambio di campo.

Concluse: «Mi ha anche fatto un'allusione pesante».

«Quale?»

«Mi ha detto che la Generale intendeva snaturare la tradizione della banca inserendo tra gli azionisti un camorrista.»

«Ha detto proprio così?»

«Proprio così. Camorrista: una sola volta, mi pare, ma lo ha detto.»

Millo trasse nervosamente una pillola da una scatoletta e l'ingoiò prima di precisare: «Io volevo, e lo voglio tuttora, denaro fresco per la banca. Non la camorra. E lui, il cosiddetto camorrista, il denaro fresco ce l'ha: non si usa dire che il denaro non ha odore?».

«Ma chi è quest'uomo?» chiese Bellani, sinceramente incuriosito.

«È un trafficone delle *lobbies* politiche, lo ammetto. Ma alla grande. Per vent'anni, con la complicità di certi partiti, è stato il beneficiario di tutte le più grosse commesse di servizi delle aziende pubbliche, a partire dalle Ferrovie dello Stato per finire ai Ministeri e all'Alitalia. Lui le ha rifornite di tutto: dalle lenzuola alle coperte, dalle saponette ai cestini per i rifiuti, dai servizi di ristoro alle tavolette per i water. Ha accumulato una fortuna enorme, che non sa più dove mettere.»

Si accese un sigaro, e aggiunse: «Ai miei occhi, ha due grandi meriti: ha saputo resistere per vent'anni in un'autentica giungla, ed è stato capace di uscirne indenne. In quel mondo, nel novanta per cento dei casi, si finisce bruciati. Lui no. Ora vuol cambiare pelle. Si ricorda di Rhett Butler, il protagonista di *Via col vento*?».

«Certo» rispose Bellani.

«Un avventuriero che voleva rifarsi un'immagine, non un delinquente. Anzi, in un certo senso, era il personaggio positivo del romanzo!»

«Ma è proprio necessario far ricorso a un uomo così?»

«E chi altro, in Italia, ha i capitali freschi che ha lui? Mettiamoci bene in testa, caro Bellani, che la liquidità, in Italia, ce l'hanno solo i personaggi come Corvano. Gli industriali non attraversano un ciclo economico di alti profitti, e il denaro se lo devono tener stretto per le loro necessità aziendali.»

«C'è la Borsa» opinò Bellani.

«Quella non digerisce più certi aumenti di capitale. Non quelli che ho in mente io. E poi è troppo tardi. Parliamoci chiaro: il Mercato Comune è alle porte. Se la *Bieffe* non si potenzia e si espande, sparisce. Questi sono i termini reali della questione. Viva l'ex camorrista redento (non dico viva la camorra!), se mi porta centinaia di miliardi di denaro fresco.»

«Ma la banca diverrebbe sua!»

«Non necessariamente. Corvano dovrà accettare patti parasociali di ferro. In questo siamo divenuti maestri.»

«Ma non è proprio possibile trovare un'alternativa a un uomo così scomodo?» chiese Bellani, consapevole di essere irriverente.

«No» rispose secco Millo.

A Bellani non piacque quel fatalismo: interessato o disinteressato che fosse. E non seppe impedirsi di commentare: «Qualcuno potrebbe pensare che abbiamo perso parte della nostra identità e della nostra autonomia».

Gli occhi di Millo lo fulminarono. Bellani non ci fece caso, perché gli era venuta in mente un'altra considerazione: «Ma se disponete, tramite Corvano, di capitali così rilevanti, perché non comprate voi più azioni di quante ne comprino gli scalatori?».

«Perché è già stato accaparrato quasi tutto quello che poteva essere comprato. Queste sono le ultimissime notizie. L'unico pacchetto a rimanere disponibile, se lei lo vende, è quello della Ghislandi.»

«La signora ha insinuato di poter essere tra gli scalatori» osservò Bellani.

«Bluffa» opinò Ferdinando Millo.

«E se non bluffa?»

«Siamo fottuti. Per un colpo di sonno da parte di chi doveva star sveglio.»

«Chi ha dormito?» chiese Bellani.

«Io. Comincio ad avere colpi di sonno durante la giornata» confessò il "Colonnello". Sul suo volto apparve un'ombra di tristezza e rincrescimento.

Quella frase, fondamentalmente onesta, colpì Bellani

per un'altra ragione: era una dichiarazione d'inefficienza. E la finanza non può essere inefficiente. La signora Ghislandi era sicuramente più attenta del boss della Generale di Credito.

Dopo aver assunto per lunghi attimi un'aria pensierosa, Millo sbottò: «Devo parlarle anch'io!». E senza consultare Bellani, come preso da un'ispirazione irresistibile, sollevò la cornetta e ordinò alla segretaria di chiamare la signora Ghislandi.

Gli fu passata dopo pochi minuti. Dall'altro capo della linea arrivò la sua voce squillante. Millo fu pronto a ossequiarla: «Buongiorno, signora! Mi sono permesso di disturbarla per chiederle scusa di non aver parlato direttamente con lei, sa, di quella questione vitale per la banca... Di averle mandato un collaboratore, intendo».

«E cosa le fa pensare di essere più gradevole del suo collaboratore?» gli arrivò, di rimando, dall'altro capo della cornetta.

«Non pretendo di essere più gradevole, ma rappresento l'istituto» rispose Millo con chiaro imbarazzo.

«Lei mi ha mandato la persona giusta. Anzi, giustissima: averne, di emissari così! Solo che non era giusta la proposta.»

«E perché?»

«Per i motivi che ho spiegato al suo bel collaboratore. Se li faccia raccontare.» La voce, ora, era ineluttabilmente ironica.

«Me li ha già raccontati.»

«E allora?»

«E allora non li condivido. Lei è in errore. Scusabile, ma in errore. La scalata non passerà, e lei avrà perso un'occasione unica di vendere a prezzo astronomico le sue azioni.»

«Complimenti vivissimi.»

Millo si spazientì, anche per il tono sempre più canzonatorio di lei: «Cosa se ne fa di quelle sue azioni, mia gentile signora?».

«Per favore, non mi chiami gentile signora, che mi fa sentire una Madama.»

Millo si corresse, ma insistette: «Cosa se ne fa signora? È il momento di venderle. Conosce le regole del gioco: comprare quando il prezzo delle azioni è basso, vendere quando è alto».

«Diciamo che sono masochista. È un sentimento raro, che possono capire in pochi, cavaliere...»

Millo non le diede la soddisfazione di precisarle che non era cavaliere, cosa che lei sapeva già benissimo per conto suo: non lo era diventato per non aver debiti con i politici. Le disse invece: «Ricorda il *Gattopardo*? Per conservare tutto, bisogna cambiare tutto. È questo che vuole?».

«Lo dice lei, che è un Gattopardo, e certamente di queste cose se ne intende. Io però, mi creda, vorrei davvero cambiare tutto.»

8

La stessa mattina del ritrovamento del cadavere di Bellani, un'ora dopo l'uscita dell'edizione straordinaria de "La Notte", arrivava in Questura la prima telefonata anonima. Un uomo, della probabile età di quarant'anni, affermava di essersi trovato a sostare in macchina, verso le sette e mezzo del giorno prima, di fronte al palazzo dove era stato ucciso il finanziere. E di averne visto uscire, dopo la chiusura del portone, «una nota *entraîneuse* greca di un noto locale notturno milanese». La donna, secondo l'anonimo informatore, sarebbe uscita a passo spedito e visibilmente emozionata.

Il messaggio dell'anonimo si era concluso con una sghignazzata, che voleva esprimere il perverso divertimento per il fatto che, dietro una morte così eccellente, si celasse (o potesse comunque celarsi) una banale storia di sesso.

Nel corso delle prime ore di indagini, alcuni agenti della Squadra Mobile si erano recati in piazzetta Bossi e vi avevano interrogato portieri di stabili e commercianti. Da questa sommaria inchiesta era stato possibile accertare che l'anziano portiere dello stabile dove si trovava l'ufficio di Bellani aveva chiuso, la sera prima, il portone con un leggero anticipo rispetto al solito orario e se n'era uscito, lasciando il palazzo del tutto privo di custodia.

I camerieri del bar, dall'altra parte della strada rispetto all'ufficio di Bellani, rivelarono poi una circostanza importante: il banchiere era entrato nel locale verso le sei e mezzo con una giovane donna, snella e bruna, che poteva corrispondere all'indicazione dell'anonimo che aveva telefonato in Questura. «Una donna di classe» aveva commentato, con uno schiocco della lingua, il cameriere che li aveva serviti al tavolo. Completando la descrizione con l'aggettivo: «Esotica!». I due si sarebbero parlati per un quarto d'ora con atteggiamento di confidenza e cordialità, prima di uscire assieme. Richiesto se lei avesse avuto con sé una borsetta, quello che aveva fatto schioccare la lingua aveva risposto affermativamente.

Due dei camerieri furono tradotti in Questura per consentire agli esperti la formazione di un identikit.

Al termine di alcune ore di lavoro, era emersa questa immagine di donna: capigliatura nera, che arrivava alle spalle; fronte alta; arcata sopraccigliare marcata e sfilata verso l'esterno; orbite spaziose; ciglia lunghe; grandi occhi neri; naso diritto; labbra leggermente asimmetriche; collo slanciato.

La statura era di poco superiore alla media femminile, il corpo tornito, le gambe regolari e proporzionate al resto del fisico. Indossava un vestito di lino bianco e calzava scarpe leggere senza tacchi.

La descrizione del viso e dei capelli poteva corrispondere alla fisionomia di un'ipotetica donna greca, e di conseguenza Pellicanò diede ordine di setacciare tutti i night club della città alla ricerca dell'indiziata. Non senza commentare, tra sé e sé: "Troppo facile per essere vero".

A conclusione della prima giornata d'indagini (che si rivelarono infruttuose quanto alla ricerca, nei contenitori di rifiuti, di una lettera di addio del supposto suicida) Pellicanò ricevette, a tarda sera, il direttore della

Bieffe e la segretaria personale di Bellani, quella operante all'interno dell'istituto.

Essendo sul piede di partenza per un sopralluogo a Torino, li invitò, rispettivamente, a redigere nei giorni seguenti un resoconto delle maggiori operazioni effettuate dalla banca nell'ultimo mese, e a stilare un elenco delle persone ricevute da Bellani nello stesso arco di tempo.

In particolare, Pellicanò richiese al direttore di documentare i maggiori finanziamenti in corso e le più ragguardevoli sofferenze; e alla segretaria di esibire l'agenda personale di Bellani.

Tutto il materiale richiesto sarebbe stato trasmesso al sostituto procuratore Ruffo, il quale avrebbe sovrinteso alle indagini (e disposto con decreto il sequestro dei documenti ritenuti utili per l'inchiesta penale).

Sul "Corriere della Sera", l'indomani, numerose le partecipazioni al lutto per la scomparsa di Andrea Bellani, e altrettanto numerose le defezioni.

Prima, tra le partecipazioni, quella di Isabel Quinteros, con il testo di una poesia: "*Verrà un giorno e io sparirò dalla superficie della terra / furono in tanti a cadere in questo abisso / sparirà tutto quanto danzava e cantava / Amatemi allora per ciò che io amavo / Amatemi allora per ciò che io vivevo / Amatemi per ciò che morirò*".

Poi la partecipazione di Irene Ghislandi e quelle del finanziere arabo Hafiz Abdel Assadi, di Antonio Corvano, di Hans Reuss e di Gerard Schuh. Ma soprattutto quelle dei suoi assistenti e dipendenti, uno stuolo di uomini che l'aveva amato come un capo e che l'avrebbe seguito fino all'inferno.

Per ultimo, un messaggio di addio indecifrabile quanto a provenienza: "Te ne vai senza rimpianti, dopo aver assaporato tutto della vita, e averle dato senza risparmio il meglio di te. Fede".

Mancavano i necrologi dei personaggi istituzionali, quelli che, pur avendolo ben conosciuto, non potevano dolersi per un possibile suicidio dal fondo equivoco: sindaco, prefetto, rappresentante della Banca d'Italia, governatore della Banca Federale Svizzera (o chi per lui), qualche sceicco arabo che avrebbe fatto meglio a ricordarsi del defunto.

Il pezzo dedicato alla morte del banchiere riportava, tra le altre, l'indiscrezione che Andrea Bellani aveva contratto, in Svizzera, una assicurazione sulla vita, a favore di Isabel Quinteros, di rilevante importo. Nel riferire, infine, del personalissimo dolore della signora Irene Ghislandi, citava una sua frase: «Alle sette del pomeriggio avrei dovuto trovarmi io nel suo studio. Ma un disguido me l'ha impedito. Chissà, fossi stata presente, avrei potuto evitare questa tragedia. O esservi coinvolta».

Quella dichiarazione suscitò l'interesse di Ruffo: perché mai la signora aveva confidato al cronista sconosciuto, e reso di pubblico dominio, un particolare di natura personale? Forse perché ci teneva a mettere le mani avanti, fornendo in anteprima, a quanti (tra essi gli inquirenti) sapevano, o avrebbero potuto sapere, dell'appuntamento, la versione del disguido?

Fu al secondo giorno che le indagini della polizia, tra gli ambienti dei night club, segnarono un punto a favore. Una *entraîneuse*, difatti, fece il nome di una donna greca, tale Sofia Lynkas, di ventisette anni, che avrebbe aiutato il proprietario nella gestione del locale notturno presso cui lei lavorava. La signora Lynkas aveva lasciato il night sei mesi prima, avendo trovato, a dire della testimone, qualcuno molto ricco che la manteneva.

Della indiziata fu presto reperita una fotografia dall'archivio del locale notturno. Esibita ai testimoni della prima ora, la foto portò alla tanto attesa identificazione: era lei, la riconobbero tutti senza incertezze. L'assenza momentanea, da Milano, del proprietario del night impedì l'immediato reperimento dell'indirizzo della ricercata.

La Lynkas fu infine trovata, alcuni giorni dopo la morte di Bellani, nel suo appartamento di via Baracchini: quattro locali, cucina e bagno. Non proprio un appartamento di lusso, ma neppure squallido. Era evidente che la donna, nei limiti del possibile, cercava di tenerlo curato. Nel guardaroba della camera da letto, un assortimento di eleganti abiti da sera.

Sottoposta, nel tardo pomeriggio, a fermo di polizia giudiziaria, passò la notte in una "camera di sicurezza" della caserma di via Moscova. Non disponendo di un legale di fiducia, le spettava un difensore d'ufficio. Questi, a sua volta, aveva diritto a essere avvisato ventiquattrore prima dell'interrogatorio, fatta eccezione per i casi di "assoluta urgenza". Ruffo procedette, l'indomani mattina, in conformità a quest'ultima ipotesi normativa, dopo aver nominato difensore d'ufficio l'avvocato Mario Gherardi, con il quale la Lynkas si consultò brevemente prima dell'interrogatorio, esternandogli, tra i singhiozzi, il suo imbarazzo a dover rendere di pubblico dominio la sua relazione intima con il defunto. L'avvocato le consigliò, in un primo tempo, la massima sincerità.

Quando fu portata al cospetto di Ruffo, che le fece presente la sua facoltà di non rispondere, in quanto indiziata di reato, la donna esordì con tono rassegnato e riguardoso: «Signor sostituto procuratore...».

Ruffo tagliò corto: «Signor sostituto procuratore è troppo lungo. Mi chiami o sostituto o procuratore ci sbrigheremo prima».

L'altra fece un segno d'assenso con il capo e iniziò a parlare: «Signor procuratore, mi dispiace per quello che sto per dire. Non volevo fare del male alla memoria di un uomo che è stato buono, tanto buono con me. E non volevo recare dolore alla sua compagna».

Lasciò a Compagnone il tempo di trascrivere la dichiarazione d'apertura, quindi, quasi facendo violenza a se stessa, rivelò: «Sono stata l'amante di Andrea negli ultimi sei mesi. Ci vedevamo a casa mia quando lui aveva un po' di tempo libero. Ieri sono passata nel suo ufficio per salutarlo per l'ultima volta. Sono in partenza per Atene, dove conto di stabilirmi nuovamente. La mia esperienza a Milano non è stata fortunata, tranne all'ultimo, quando ho conosciuto Andrea. A lui ho potuto spiegare la mia solitudine e le mie frustrazioni, a lui ho potuto confidare il mio desiderio di tornare in Grecia non appena avessi avuto un gruzzolo, con il quale ripresentarmi senza apparire una sconfitta».

Si interruppe su invito del verbalizzatore, che non riusciva a starle dietro, dato il carattere precipitoso della deposizione. Infine fu autorizzata a continuare: «Sono figlia di un *attaché* diplomatico, attualmente alle Nazioni Unite, dopo essere vissuto per anni a Roma, assieme alla famiglia. Mio padre ha seguito la mia educazione e i miei studi finché ho avuto diciotto anni. Poi si è separato da mia madre e ha preso a vivere con una donna americana molto più giovane di lui. Io, da allora, mi sono dovuta arrangiare».

«Come è arrivata a Milano?»

«Al seguito di un regista teatrale, con il quale avevo una relazione e che mi faceva anche recitare delle parti minori. A Milano aveva ricevuto un'offerta per la direzione biennale di un teatro, ma dopo un anno l'accordo saltò. Fu, insomma, una esperienza sfortunata, al termine della quale ci lasciammo.»

«Tornò a Roma?»

«No, nell'ultimo periodo milanese avevo conosciuto un uomo maturo e concreto, proprietario di alcuni night della città, con il quale stabilii un rapporto non temporaneo.»

«Fu lui a introdurla nel lavoro di *entraîneuse*?»
«Io non facevo l'*entraîneuse*, nel night dove lavoravo.»
«E cosa, allora?»
«Avevo un ruolo di "alter ego" (*l'espressione è del verbalizzatore, n.d.r.*) del titolare, nel sorvegliare l'ambiente e il personale. Inoltre svolgevo un ruolo di rappresentanza nelle serate particolari...»
«Ma eravate intimi?»
«Veniva a trovarmi settimanalmente a casa e facevamo dei week-end insieme.»
«La pagava?»
«Sì, per le mie presenze al night. È andata avanti così per oltre un anno. Ma io sapevo di essere alla deriva e meditavo da tempo di tornare ad Atene. È stato Bellani a recuperarmi moralmente e a darmi la forza e i mezzi per allontanarmi da quell'ambiente. È stato lui a darmi ventisettemila dollari, che ho depositato in una cassetta di sicurezza della Comit. Potete controllare le mie affermazioni. Il biglietto aereo lo troverete a casa mia.»
(Da successive indagini sarebbe emerso che i ventisettemila dollari, trovati effettivamente nella cassetta di sicurezza della donna, presso la Comit, non provenivano dalla banca Industria e Finanza.)
La donna rivelava una notevole personalità. Ruffo ne mise subito a fuoco la figura: il corpo sostanzioso, la carnagione olivastra, la trasparente passionalità. Dovette convenire che un simile esemplare di femminilità mediterranea aveva le carte perfettamente in regola per il ruolo che si era attribuito. Agli occhi di un altro inquirente sarebbe anzi apparsa un'amante di lusso per lo stesso Bellani, non solo per l'uomo comune. Ma il suo istinto rispondeva di no: Isabel Quinteros, ai suoi occhi, non aveva concorrenza. Entrambe erano dotate di una carica di erotismo. Ma se era scoperto e aggressivo quello di Sofia, era intimo e languido quello di Isabel: un giacimento aurifero per arrivare al quale occorreva scavare a fondo. Ed era questo il genere d'erotismo che più lo sti-

molava. Nulla però escludeva che Bellani, messo sotto pressione da difficoltà che coinvolgevano le sue banche, avesse cercato un'evasione con una femmina stuzzicante come lei.

Il sostituto si riprese dai suoi pensieri: «Ma perché Bellani sarebbe stato così generoso con lei?» chiese.

«Perché era buono. E potente. E perché io l'avevo fatto felice, nei miei limiti.»

«Come l'aveva conosciuto e quando?»

«Una notte di gennaio. Lui entrò nel locale per bere un whisky. Era stato finallora da qualche parte, lì vicino, per una seduta di lavoro, ed era stanco e affamato. I ristoranti della zona erano chiusi. Entrò nel locale, andò al banco, e si fece servire un whisky, che bevette solo in parte, con qualcos'altro da mangiare che non ricordo. Poi mi notò e io capii subito che mi apprezzò. Molto. Mi avvicinai e lui mi offrì da bere.»

Nuova richiesta di interruzione da parte del segretario Compagnone, il quale, profittando del fatto che Sofia Lynkas si era distratta a bere un bicchiere d'acqua, commentò sottovoce, rivolto a Ruffo: «Questa non è una confessione. È una prolusione...».

Sofia Lynkas riprese il suo racconto: «Mi disse ch'era lì per caso, di passaggio: non era uomo da locali notturni. Ma aggiunse che avrebbe voluto rivedermi e mi chiese il numero di telefono. Io sulle prime glielo negai, invitandolo a tornare nel locale. Ma lui fu categorico: non era uomo, mi ripeté, che poteva farsi vedere in giro per night club. Allora cedetti, e gli diedi il mio numero di casa. Fu così che cominciò la nostra relazione, che durò fino all'ultima settimana».

Ruffo si piccava di saper leggere negli occhi delle persone, uomini e donne, che interrogava. Ma questa volta non gli riusciva. Gli occhi di Sofia gli interponevano, senza forzature, una cortina di ferro insormontabile. Una cortina che doveva esserle congeniale.

Pareva aver effettuato, sul suo viso, una ripartizione

di compiti, affidando alla lingua e ai sorrisi formali le "relazioni esterne", e cioè il mandato di persuadere l'inquirente, e agli occhi il ruolo di baluardo della sfera interiore. O diceva la verità, pensò Ruffo, o era una grande attrice.

Si consolò pensando di non aver mai interrogato una donna greca, poi tornò alle sue domande: «Ogni quanto vi vedevate?».

«Due, tre volte al mese.»

«Il portiere del suo stabile ha mai visto Bellani salire a casa sua?»

«Il nostro è un portiere "part-time", va via alle dodici e trenta. Bellani veniva sempre verso le sei, sette del pomeriggio.»

«Si è presa una bella liquidazione per un periodo di tempo così breve e per delle prestazioni così sporadiche» commentò Ruffo, con un sospiro in parte provocatorio, in parte autentico.

«Non era una liquidazione. Era un atto di solidarietà» replicò la donna, arricciando il naso leggermente schiacciato.

«Va bene, chiamiamolo atto di solidarietà. E quella sera là, l'ultima, intendo, quanto stette con lui, nel suo ufficio?»

«Dieci minuti, non di più. Era un addio veloce, lui aveva mandato via la segretaria, con una scusa. Così eravamo soli. Ma aveva fretta. Aspettava una persona.» (La segretaria aveva già detto di essere uscita dall'ufficio in anticipo, autorizzata, anzi addirittura sollecitata, dal capo.)

«Chi?»

«Non me l'ha detto. Non mi diceva mai nulla del suo lavoro.»

«Quindi è stato un breve addio. Formale, diciamo, non carnale.»

«Certamente!»

Ruffo, a quel punto, provò a tenderle un tranello:

«Aveva dei segni particolari sul corpo, il suo amante? Lei, per sua stessa ammissione, doveva conoscerlo intimamente».

Sofia indovinò la risposta: «Nessuno».

«Aveva peli sul petto?»

«Sì, certo.»

Ruffo si astenne dal chiederle se erano molti o pochi, perché l'altra avrebbe avuto diritto di rispondergli che non li aveva mai contati.

Il difensore, preso atto della stanchezza della donna, chiese una nuova pausa, durante la quale si consultò con la sua assistita. Nel ripresentarsi a Ruffo, gli dichiarò di ritenere esauriente la collaborazione finallora prestata, e che di lì in poi l'indagata si sarebbe valsa della facoltà di non rispondere.

Nessun indizio fu evidenziato dall'esperimento del tampone riscaldato cui la donna fu sottoposta: nelle sue mani non furono rilevati residui di polvere da sparo. Anche una nuova perquisizione della casa non rivelò alcunché di interessante.

L'indomani, infine, si concluse a vantaggio dell'indiziata un confronto con Isabel Quinteros, disposto da Ruffo a seguito dei contrasti di fondo tra le due versioni. Sofia Lynkas affrontò con sofferta dignità la compagna di Bellani, dimostrando una eccezionale padronanza di nervi. Al punto che non ebbe altra reazione che quella di passarsi una mano sulla guancia quando la Quinteros le sputò in faccia, apostrofandola con le peggiori parole che si possano rivolgere a un'altra donna: puttana e mentitrice.

L'avvocato difensore, dopo il confronto, anticipò un'istanza di rimessione in libertà. Su di essa Ruffo avrebbe espresso parere negativo e richiesto al Gip, per contro, un'ordinanza di custodia cautelare dell'indiziata. Fosse anche stata innocente di un eventuale delitto, poteva aver taciuto circostanze essenziali all'accertamento dei fatti. Ci pensasse il tribunale del Riesame a liberarla. La Lynkas poteva farvi ricorso entro dieci giorni dall'esecuzione della misura coercitiva. Il tribunale, a quel punto, avrebbe dovuto decidere nei dieci giorni successivi alla ricezione degli atti.

Il Gip Vivante avrebbe convalidato il fermo e disposto la custodia cautelare, dimostrando la sua imparzialità e spassionatezza. Nella circostanza, con un sorriso aperto e cordiale che doveva essere inusuale nel suo volto serioso, aveva commentato, con chiaro riferimento al caso Ponti: «Se il Gip accogliesse tutte le richieste della Procura, ci saremmo già giocato questo nuovo processo penale che ci ha tanto stimolati».

«Ma certo!» aveva convenuto Ruffo, che si era ormai dimenticato della polemica.

9

Il nuovo incontro di Bellani con la signora Ghislandi (la Madama, come ormai anche lui la chiamava) avvenne per caso al Circolo della Stampa di Milano, sette giorni dopo il primo, in occasione della presentazione di un libro sull'economia italiana scritto da un importante ministro in carica. C'era, inevitabilmente, il "tout Milan" della finanza, annoiato, ma ossequiente.

Nella sala d'accesso, prima dell'inizio della conferenza, Bellani si sentì chiamare da un'esclamazione esplicitamente canzonatoria: «Come sta il nostro cavallo di razza?».

Lui ricambiò con un sorriso, che voleva lasciare intendere di non essere imbarazzato dal tono di lei, e che, anzi, si divertiva a quel tipo di approccio: «Bene. E sempre a sua disposizione».

«Davvero?»

«Certo!»

«Sa a cosa intendo riferirmi io?» alluse lei, insinuante.

«Be', io intendo a disposizione in genere, nei limiti del lecito. Per quanto la cosa possa sorprenderla, la Generale di Credito e io guardiamo a lei con grande simpatia e ammirazione.»

«Ma davvero! L'hanno istruito bene il campione.»

«Mi sono istruito da solo» precisò lui.

«Bene, bene, bene. Quindi lei non deve niente a nessuno.»

La frase intendeva snidarlo dal suo autocontrollo.

Lui indietreggiò, rispetto a quel gioco: «Non intendevo dir questo».

«Ma insomma! L'ha capito o no, il mio discorso dell'altro giorno?»

Con quella interrogazione allo scoperto, la donna rivelava per intero le sue stigmate di lombarda: pratica e senza falsi pudori.

«L'ho capito» ammise Bellani.

«E ci ha pensato?»

«Sì.»

«E allora?»

Bellani invertì il discorso: «Ma perché, benedetto Iddio, non vende le sue azioni? Salva l'istituto e realizza un incredibile *capital gain*. Negli Stati Uniti mi hanno insegnato che certe occasioni si ha il dovere di sfruttarle. Sono un "must"!».

«Questo è il ragionamento dello speculatore, mio caro. Negli Stati Uniti le avranno insegnato anche questo, ma io non sono una speculatrice. Sono una investitrice che crede nel suo investimento. Vedrà che bella rivalutazione avrà la banca una volta sottratta ai gerontocrati! Non si illuda, non cederò mai. Sarà lui, il suo boss, a doversi dare per vinto.»

«Ma è davvero lei la scalatrice?»

«Mi perdoni, ma le domande le faccio io. Lei può solo darmi risposte. Ma non mi risponda subito. Le do sette giorni per pensarci bene. Sette giorni che valgono una vita.» Detto questo, lo salutò e si avviò verso il ministro con il più smagliante dei sorrisi femminili.

C'era anche il "Colonnello", naturalmente. Bellani lo avvicinò per dirgli: «La donna è irremovibile e fa discorsi da Nostradamus. Mi sto convincendo che sia davvero la principale scalatrice».

«Ma andiamo! Com'è possibile?» esclamò Millo con angosciata incredulità.

«Io non lo escluderei. Non a questo punto.»

«No, non posso crederci. Vorrebbe dire che, in questa vita, non ho capito niente degli uomini.»

«Potrebbe aver capito tutto della vita e degli uomini, ma non delle donne» ironizzò Bellani.

Il "Colonnello" sorrise benevolo, poi gli indicò un uomo alto e compassato, di circa sessant'anni, precisando: «È lui l'agente di Borsa che ha rastrellato il maggior numero di azioni per gli scalatori. Non è il solo, beninteso: ne hanno impiegati tanti, di agenti, per meglio dissimulare gli acquisti. Ma lui è il capocommessa». Lasciò Bellani, e abbordò l'uomo. Senza preamboli, gli disse: «Dunque, ci scalate!...».

L'altro non batté ciglio.

Millo non si arrese: «Quando ci porterete sul tavolo le azioni, per offrircele a un prezzo stratosferico?».

L'altro continuò a non batter ciglio.

"Anche maleducato" pensò Don Ferdinando.

Stava per voltargli le spalle, quando lo sentì affermare: «Lei mi parla di una partita ormai chiusa».

Millo accusò il colpo e tornò da Bellani avendo dipinto, sul volto, uno sguardo nebbioso e autunnale: «Siamo spacciati. Come comandante della nave, ho il dovere di lanciare il "si salvi chi può". Prima le donne e i bambini».

Cosa voleva dirgli? Aveva forse intuito le profferte della Madama e intendeva lasciarlo libero di accettarle?

Fu a quel punto che Bellani colse al volo, tra i presenti, la figura rotonda di Massimo Prada, un broker che dirigeva la sede milanese di un'importante agenzia di New York, alla quale lui aveva consentito ottimi affari in Borsa, segnalando titoli spagnoli in fase di rivalutazione.

Gli fece con la mano un cenno quasi imperioso, e il destinatario non si sottrasse al richiamo. Gli si accostò, con in mano un bicchiere colmo di champagne, e lo salutò con sincera cordialità: «Andrea!».

Bellani non perse tempo: «Massimo, tu non puoi né mentirmi, né essere reticente».

«Certo, certo» ammise l'altro, un po' sorpreso.

«Bene!» concluse Bellani rassicurato. «Allora devi dirmi chi sta dietro alla scalata della Industria e Finanza.»

«Ma come? Millo è così rincretinito da non capirlo?»

«Diciamo che è stato colto in contropiede ed è spiazzato.»

«Dietro la scalata, lo sanno tutti, sta uno schieramento impressionante di banche dalle più disparate bandiere: svizzere, bermudesi, panamensi, Isole del Canale, e chi più ne ha, più ne metta. Non si era visto mai niente del genere dopo la scalata alla Binvest*» scherzò.

«Sì, d'accordo. Ma dietro di loro?»

«Ogni interpretazione, al riguardo, è da fantafinanza. Dietro la scalata, ci può star tutto: dal Vaticano alla... mafia» continuò a scherzare.

«Ma tu non credi a queste ipotesi. Chi c'è dietro, allora?»

«Il paradosso di questa storia, mio caro, consiste nel fatto che nessuno vuole capire che si tratta di un segreto di Pulcinella.»

«Fuor di metafora?»

«La Ghislandi, diamine!» esclamò Prada.

«Ma come fa, da sola, a rastrellare tutte quelle azioni?»

Prada lo attrasse verso un divano, appoggiato a una parete sulla quale erano appesi due grandi quadri di scuola lombarda. Il *délabré* delle tappezzerie, del velluto delle poltrone, degli stessi legni del locale, contribuiva a creare un'atmosfera di calore. Una volta sedutosi,

* Binvest: l'impero Bonomi, scalato dal finanziere Micheli e dalla Montedison.

Prada chiese: «Millo e i suoi manager hanno mai fatto i conti in tasca alla Ghislandi? Hanno mai provato a pensare quanto denaro può averle lasciato in Svizzera suo marito?».

«A me risulta che suo marito, poco prima di morire, fu costretto a vendere alla Generale di Credito gran parte delle azioni della *Bieffe*...»

«E chi ti ha detto che lo ha fatto per reale necessità? E non, invece, perché non credeva più in questo paese, e aveva in mano altre possibilità di investimento all'estero?»

Qualcosa del genere, ammise Bellani tra sé e sé, gliel'aveva lasciato intendere la stessa Ghislandi. Rivolto a Prada, disse: «Va' avanti».

«Io penso che, quando il marito della Ghislandi divenne il fiduciario del regime di Salò, divise i patrimoni amministrati tra Italia e Svizzera: probabile, anzi, che in territorio elvetico abbia situato la maggior parte dei capitali. È verosimile, dunque, che lui abbia operato per anni su due fronti, manovrando grossi capitali di qua e di là. Altrettanto deve aver fatto l'erede, la Ghislandi intendo, che aveva avuto modo di divenire la fiduciaria sia della clientela originaria del marito, sia della borghesia lombarda che si era successivamente avvicinata alla banca. Nella finanza, lo sai, nessuno è mai se stesso, quanto piuttosto gli interessi che rappresenta. Ecco allora, se questo teorema è esatto, che lei, i capitali per riacquistarsi la banca, li aveva: direttamente e indirettamente. Alla sua età, per la Ghislandi è più importante glorificare l'immagine del marito, riconquistando la sua banca, che avvicinarsi alla morte come un Paperone al femminile.»

L'interpretazione aveva una sua logica, pensò Bellani. Che tagliò corto, e disse: «Tu che la sai lunga su tutto, sai anche che un gruppo di scalatori non è mai compatto al cento per cento; e sai che, se non è del tutto omogeneo, basta dirottare uno dei partecipanti, offrendogli il doppio del suo guadagno, per sbaragliare la scalata...».

«Bah! Se tu gli offri il doppio, lui va dagli altri e chiede il triplo per rimanere fedele... Ma non è questo il punto. Il fatto è che gli scalatori, in questo caso, costituiscono un gruppo compatto, granitico, tenuto insieme dalla mano... virile della Ghislandi.»

«Lo pensi proprio?»

«Sinceramente, anche se posso sbagliarmi.»

Preso atto della nuova situazione e lasciato Prada ad altri ospiti della serata, Bellani cominciò a pensare a se stesso. A quale fosse la scelta giusta per lui: seguire il perdente per mera coerenza o saltare per ambizione sul carrozzone dei vincitori? Ma il problema non si poneva solo in termini di ambizione e coerenza. Il problema era anche di praticità e opportunità. Di che utilità sarebbe stato alla Generale, ora che la "protégée", presso la cui sede in Spagna aveva lavorato per anni, passava di mano?

Non c'era il rischio di divenire inutile per il gruppo, e di essere autolesionista?

Se, d'altra parte, traeva a quel punto un consuntivo freddo e realistico della sua vita, non poteva non considerare che le alleanze che finallora avevano sorretto la sua carriera si erano esaurite, o erano, comunque, inadeguate a interferire a certi livelli. Lo zio, anziano e pensionato, era decisamente fuori dal giro. Altrettanto le amicizie spagnole, che erano state il suo trampolino di lancio, ma che non erano in grado di incidere in Italia.

A lui era sempre e solo concesso di scommettere su se stesso e sulla sua fortuna. E quest'ultima era lì, che bussava alla porta del suo destino, con l'aria beffarda della signora Ghislandi, di chi, cioè, ti fa chiaramente capire che non concederà prove d'appello.

Riserve nostalgiche, nei confronti di Millo, non ne aveva: era stato lui a insegnargli, più con i fatti che con le parole, che nella sfera finanziaria contano solo i rapporti di forza.

E, negli ultimi avvenimenti, era parso meno forte, pronto ed efficiente della signora Ghislandi, la quale aveva un bisogno di lui maggiore di quello che, allo stato delle cose, poteva avere il "Colonnello" e, perciò, era verosimilmente disposta a proposte di più vasta portata. Era questo l'aspetto pregnante: quanto la Ghislandi gli proponeva era un salto di qualità, che lo avrebbe trasformato da mero dirigente bancario in banchiere! Perché lei poteva controllare l'istituto solo delegando a un uomo come lui il ruolo di banchiere. La prospettiva che gli si offriva era storica: quella di divenire imprenditore.

Lui si adattava perfettamente alle esigenze della Ghislandi e alla situazione che si andava delineando. Era, anzi, indispensabile. Aveva il controllo del mercato e degli investimenti spagnoli; conosceva il mestiere e aveva un'età su cui si poteva investire per lungo tempo; era, infine, privo di alleanze politiche e finanziarie da contrapporre eventualmente alla Ghislandi. Rappresentava, insomma, l'uomo ideale.

Nel mettere a fuoco la problematica, provò emozione e paura. Ma si riprese, con una promessa che fece subito a se stesso: quella di vivere la nuova condizione esistenziale, se l'avesse accettata, con l'animo di sempre. L'animo dell'uomo cresciuto in un ambiente umile e fattosi duramente da solo. Senza compromessi.

10

Sei giorni dopo, nel tardo pomeriggio, Irene Ghislandi lo chiamò per proporgli un incontro urgente nella sua abitazione. Bellani, dopo un attimo di incertezza, accettò, e varcò, per la seconda volta, la soglia del palazzo nel centro storico di Milano, venendo stavolta introdotto, dal maggiordomo, nello studio della signora, dalle alte librerie in mogano, al cui centro due poltroncine, foderate in lino a disegni floreali, si fronteggiavano attorno a un tavolo rotondo. Lo studio non conteneva nessun dipinto di Boccioni o di altro pittore della sua scuola. Riservato e intimo, si fregiava di un solo dipinto, ma di grande pregio: un De Chirico del 1927, della serie *I gladiatori*. Bellani ne rimase ammirato e lo confessò apertamente.

La signora sedette su una delle due poltroncine attorno al tavolo, e fece accomodare Bellani su quella di fronte. Accese una delle sue abituali sigarette Rothmans e porse il pacchetto a Bellani, che declinò cortesemente. «Pure virtuoso!» si compiacque la Ghislandi, prima di entrare in argomento: «Le do, in anteprima, una notizia ufficiosa, da considerarsi ufficiale: la scalata è riuscita». Gli occhi le brillavano per l'esaltazione interiore. Un'esaltazione solenne.

«Lo sapevo» commentò Bellani.

«Facendo seguito al discorso che avevo già iniziato con lei, sono qui a proporle l'amministrazione delegata, e, in futuro, la presidenza della banca. Lei ha tutti i numeri. Ha esperienza nazionale e internazionale, è un milanese purosangue!»

«Di ringhiera!» precisò Bellani.

«Questo le fa più onore» replicò la signora, che l'ammonì: «Prima che lei dia risposte avventate e senza vie di ritorno, intendo sottolinearle che questa proposta non solo corrisponde alla stima mia e dei miei amici nei suoi confronti, ma anche alla volontà di mantenere un ideale collegamento con la precedente proprietà. Lei può rappresentare l'elemento di congiunzione tra il passato e il futuro. E può essere il portatore del messaggio, ai clienti, che il cambio è indolore e senza spargimento di sangue».

Lasciò trascorrere alcuni attimi di silenzio, prima di rilevare: «Non dimentichiamoci che lei è già dipendente della Industria e Finanza, anche se ha sempre fatto capo a Millo e alla Generale di Credito, e che pertanto, accettando la mia proposta, non fa altro che rimanere al suo posto».

Bellani la stupì, perché non si perse in preamboli: «Chi sono i suoi amici? Questo è per me un elemento fondamentale di valutazione».

«I miei amici, per lei, sono io. Io e basta.»

«Questo vuol dire che lei sarebbe la mia sola interlocutrice?»

«Chiunque, in regime di democrazia, può essere suo interlocutore. E nel nuovo corso di questa banca intendiamo applicare i principi di democrazia. Ma io sono "l'interlocutrice per eccellenza". Non dimentichi che l'istituto di cui parliamo era di mio marito, e che se io mi sono esposta in questo modo è per farlo diventare quello che lui voleva divenisse.»

«Lei, dunque, controlla il gruppo che l'ha affiancata nella scalata?»

«Certo che lo controllo, anche se non posso dire di identificarmici. Chiamiamolo il "Circolo delle Vedove Ricche".»

«Al di là della battuta, può darmi una vaga indicazione di chi sta dietro di lei?» chiese Bellani.

«Lei sa meglio di me, e pertanto non può scandalizzarsene, che all'estero si muovono tonnellate di capitali italiani che, gira e rigira, i proprietari non sanno dove investire o investono male, quando non malissimo: perché non conoscono gli enti e i mercati internazionali, non trovano interlocutori affidabili ecc. E allora va sempre a finire che tornano in Italia sotto le mentite spoglie di investimenti esteri...»

Si interruppe per spegnere la sigaretta, poi proseguì: «Gli italiani sono tra i maggiori risparmiatori del mondo. Tutti gli arabi che ho conosciuto... sono italiani. E poi diciamo pure, brutalmente, alcune altre cose. Così saremo in chiaro. La Generale si era fatta molti nemici, anche e soprattutto a livello politico. Quella che è avvenuta è una resa dei conti tra due diversi establishment.

Una resa dei conti che si è servita anche di me per raggiungere i suoi scopi. Ovvio, dunque, che al di là dei miei mezzi, sono stata aiutata».

«C'è un punto essenziale che va chiarito» dichiarò Andrea.

«Mi dica» l'incoraggiò la Ghislandi.

«Millo aveva ragione quando riteneva che la banca fosse sottocapitalizzata e quindi inadeguata ai cambiamenti che si profilano nello scenario internazionale. Anche se io non condividevo, e non condivido, l'eccessiva importanza data al MEC.»

«Perché non la condivide?» chiese la Ghislandi, incuriosita.

«Perché secondo me il processo di integrazione europea sarà più lungo e difficile del previsto, e non del tutto corrispondente ai disegni iniziali. Ma il problema è un altro...»

«Quale?» insisté la Ghislandi.

«Il problema è che la banca deve non tanto europeizzarsi, quanto internazionalizzarsi: il mondo non finisce in Europa. Si continuerà a fare affari e ad aver rapporti con le Americhe, con l'Asia, con l'Australia, con il Medio Oriente ecc.»

«Capisco» lo assecondò la Ghislandi.

«E allora la banca va ricapitalizzata per questi nuovi ruoli e rapporti. Millo aveva ragione. Avete i capitali per farlo?»

«Mi dica prima come intenderebbe investirli...»

«Comprerei una banca estera.»

«E che banca?»

«Innanzitutto una banca svizzera.»

«Perché?»

«Provi a pensarci, signora. Gran parte del capitale che ha partecipato alla scalata della Industria e Finanza proviene dalla Svizzera, anche se dissimulato tra varie bandiere di comodo. È verosimile che quanti hanno effettuato gli investimenti in Italia abbiano ancora, in

Svizzera, capitali almeno equivalenti, se non superiori. Perché allora lasciare che questi capitali restino passivamente nelle mani di questa o quella banca elvetica? Non è meglio investirli per comprarla, una di queste banche?» E concluse la spiegazione fissandola intensamente negli occhi.

La Ghislandi ricambiò quello sguardo profondo, con un senso di apprezzamento e di intesa, deliberatamente lasciato trapelare. Ma non commentò il suo stato d'animo. Quell'intesa doveva rimanere senza parole. Bellani ruppe il silenzio, denso di significato, per precisare: «Ma vi sono anche altri motivi per acquistare una banca svizzera, di cui le parlerò un giorno. Quando sarà il momento».

La signora Ghislandi diede infine risposta alla domanda originaria di Bellani: «Stia tranquillo, non avremmo fatto una scalata del genere se non avessimo avuto i capitali anche per futuri aumenti, da destinare a nuove acquisizioni».

«Quindi saranno gli scalatori a ricapitalizzarla?»

«Loro e i soci tradizionali, che non hanno interesse a perdere di peso nell'azionariato.»

«Bene» commentò Bellani. «Prendiamo per buono tutto il suo discorso, in particolare la volontà di rinnovare la banca. Diciamo allora che, per un risultato del genere, ci vogliono anni. E che un uomo che accettasse un simile incarico non sarebbe serio se non chiedesse almeno dieci anni di mandato garantito. Lei è in grado di assicurarmi tanto?»

«Cinque anni» replicò la Ghislandi. «Vorrei lasciarmi aperta una via d'uscita per il caso che lei non corrispondesse alle mie attese...»

«Sette» rilanciò Bellani.

«Va bene, accetto.»

«In più mi deve essere riservato il diritto di esprimere il mio parere sui membri del Consiglio d'amministrazione.»

«Non le sembra un po' troppo?»

«È fondamentale, mi creda. Ma dovrà essere un parere ragionevole e motivato. Se non sarà tale, lei potrà prescinderne.»

«Mi sta bene. Emolumenti?»

«Massimi della piazza.»

«Lei parte al galoppo, mio caro.»

«Non sono forse l'unico cavallo di razza che può correre sulle piste internazionali?»

«Mai parlare troppo, me lo diceva sempre il mio povero marito» commentò con voce lamentosa la Ghislandi, che però si riprese e disse: «Diciamo quasi massimi. Diverranno massimi con il tempo».

«Mi sembra corretto.»

Quando si alzarono dal tavolo, la signora Ghislandi si avvicinò al quadro di De Chirico e disse: «Questo dipinto le arriverà in ufficio in occasione del suo insediamento. Non sarà un regalo, per ora. Diciamo che glielo presto, per aumentare il suo prestigio agli occhi dei clienti. Lei è libero di sistemarlo dove vuole».

«Ne sono lusingato» dichiarò Bellani con un lieve imbarazzo.

«Inizia l'era Bellani!» esclamò con enfasi la signora Ghislandi, sollevando un calice di champagne che il maggiordomo, da lei allertato, aveva appena finito di riempire. «Mi aspetto grandi cose da lei!»

«Spero di non deluderla» auspicò Bellani, alzando a sua volta il calice che gli era stato servito.

Ingerito l'ultimo goccio di champagne, la Ghislandi confidò, con gli occhi lucidi: «Anch'io ho le mie piccole ambizioni».

«Quali?» chiese Bellani incuriosito.

«Vorrei che la banca divenisse il maggiore sponsor del Museo Poldi Pezzoli. Lei non lo sa, ma vi sono esposte alcune tele del mio più famoso antenato, il pittore Vittore Ghislandi, noto come Fra' Galgario... Se fosse possibile ampliarne i locali, un domani vorrei donargli la mia collezione.»

«Un progetto che le fa onore» commentò Bellani.

Scendendo le scale dell'aristocratico palazzo che ospitava casa Ghislandi, a Bellani venne da rivolgere un doveroso pensiero a suo padre, sua madre e suo zio. Il brindisi l'aveva dedicato anche a loro, oltre che a sé e alla Ghislandi.

Chiamò Millo, per chiedergli un appuntamento urgente. Intendeva comunicargli la sua decisione di seguire la *Bieffe* e, con essa, la signora Ghislandi. Millo respinse la richiesta con parole definitive: «Il tuo futuro è ormai prevedibile, le spiegazioni non servono...».

Andrea non reagì. A un perdente si poteva lasciare il privilegio dell'ultima parola.

«Piuttosto» disse ancora il "Colonnello" «vedi di ritirarci o farci ritirare le nostre azioni, come usa nelle migliori famiglie. Almeno in casi del genere...»

Andrea rispose: «Se lei mi rimanesse amico, o comunque non mi divenisse nemico, io potrei garantirle l'acquisto, da parte della banca, del quantitativo di azioni proprie consentito dalla legge. Il resto potrebbe tenerselo come investimento in un istituto destinato a una sicura rivalutazione: scommetta su di me e non se ne pentirà. In cambio, lei mi terrà presente nei consorzi di collocamento di azioni e obbligazioni, e nelle altre iniziative finanziarie che passano per la vostra sfera di influenza. Altrimenti sarò costretto, come tutti gli orfani e i derelitti, a chiedere protezione a Mediobanca».

Millo lasciò trapelare una punta di compiacimento: «Parli già da padrone. Disponi dell'acquisto di azioni senza neppure sentire il Consiglio di amministrazione, stringi alleanze ecc. Questo è un buon segno: è quello che ci vuole alla *Bieffe*. Per quanto riguarda la tua proposta...».

Lasciò che passasse una pausa non breve, quasi volesse creare un clima di suspense, prima di concludere: «Io con te, nonostante tutto, potrei stabilire un *modus vivendi*. Anche perché mi fai tenerezza...».

«E perché mai?» chiese Bellani.

«Perché troverai parecchi ostacoli sulla tua strada. Milano è un centro borghese piuttosto retrivo, non ama le novità e non ama i giovani come te: troppo "self made man", troppo bello, troppo bravo. Il perfetto servitore del capitano d'industria milanese deve vestire l'abito grigio, avere un atteggiamento opaco e un fisico dimesso...»

«Credo di capire quel che vuol dire» commentò Bellani senza troppo preoccuparsi, prima di tornare a quanto gli stava a cuore: «Con me, dunque, può stabilire un *modus vivendi*...».

«Con te forse. Ma con la Ghislandi no, proprio no. Ti faccio una confidenza. Mi sta per essere consegnata una nuova dentiera, il massimo in fatto di solidità e incisività. E tu sai che io ho la ganascia larga. Bene, il mio sogno preferito è quello di inaugurare questa dentiera addentando le "carni mature" della signora Ghislandi. Non ho proprio niente contro il cannibalismo. Anzi, per il fatto stesso di essere finanziere, ci sono naturalmente portato...»

Bellani rise: «In fin dei conti a dividervi è stato solo Corvano...».

«Non solo quello...» precisò Millo.

Prima di concludere la conversazione, Millo si riservò le battute finali: «Consentimi due rilievi amichevoli e a fin di bene».

«La prego» l'autorizzò Bellani.

«Il primo: tu, nel nostro panorama bancario, sei un fenomeno paranormale. Sei dotato di un talento naturale che, se applicato in Italia, potrebbe anche portare a turbative degli attuali equilibri finanziari. Se non vuoi divenire un protagonista perverso, evita il nostro paese e espanditi all'estero.»

Bellani sorrise tra sé, senza rispondere. Millo proseguì: «Secondo: tu sei uno spregiudicato inconsapevole. Nel senso che la tua spregiudicatezza è ammantata di spontaneità e candore, ma non cessa di essere tale. Stai attento a te!».

I due, negli anni seguenti, avrebbero applicato un accettabile sistema di convivenza. Bellani avrebbe fatto acquistare dalla *Bieffe* un dieci per cento di azioni proprie detenute dalla Generale di Credito, e Millo non lo avrebbe discriminato nelle operazioni finanziarie a vasto raggio che sarebbero state gestite dall'istituto da lui governato. Ma quando, per una grossa rivalutazione del titolo Industria e Finanza, avrebbe avuto l'occasione di realizzare un rilevante *capital gain*, Millo avrebbe passato le azioni residue in suo possesso a mani private, con il gradimento di Bellani.

11

Al termine dell'assemblea del 20 marzo, Millo accettò il risultato della votazione senza sollevare polemiche ed eccezioni: cavallerescamente, in altre parole. Un atteggiamento tanto più dovuto, in quanto era ormai notorio che la resa avveniva a una donna: Irene Ghislandi. Anche se ciò non risultava, e non poteva risultare, ufficialmente.

La conta delle azioni non riservò sorprese. Il cerimoniale, dall'esito annunciato, si svolse in via Pantano, presso la sede dell'Associazione Industriali. Il controllo della *Bieffe* passò di mano, secondo le previsioni degli addetti ai lavori: l'alleanza tra la Ghislandi e gli scalatori (che, secondo i bene informati, avevano in buona parte agito per suo conto, anche se non a suo nome) sanzionò la sconfitta della banca Generale di Credito.

Il vecchio Consiglio di amministrazione venne rovesciato, e sostituito da uno di fiducia della nuova maggioranza. Amministratore delegato dell'ente veniva nominato Andrea Bellani, il più giovane leader di una primaria banca privata italiana.

Nella circostanza, il quotidiano finanziario della city gli riservava una lunga intervista, che ripercorreva i principali passaggi della sua carriera.

Interrogato sulle caratteristiche del banchiere moderno, rispondeva tra l'altro: «La capacità di illudersi e quella di illudere».

«E il rischio più pericoloso di un banchiere?»

«Cader preda di un miraggio.»

«Ma l'illudersi e il cader preda di un miraggio non sono la stessa cosa?»

«No, sono stati d'animo simili, ma con gradazioni diverse. L'illudersi comporta fede e fantasia, il cader preda di un miraggio implica incapacità di controllare la fantasia.»

«L'arte di arrangiarsi è una qualità anche del banchiere moderno, come lo fu del banchiere *ancien régime*?»

«No, non lo è. E non credo lo fosse neppure dei banchieri di un tempo. Se un banchiere arriva al punto di doversi arrangiare, è meglio che chiuda i battenti.»

«Queste cose dove le ha imparate? Non certo in Italia.»

«Diciamo in giro per il mondo. Ma anche in Italia. Perché essere scettici sull'Italia? Io ho avuto fiducia nella Spagna e ora ho fiducia nell'Italia.»

«Lei è stato negli Stati Uniti, dove si fanno i grandi giochi finanziari. Che lezione ne ha ricevuto?»

«L'insegnamento migliore l'ho ricavato da una raccomandazione di un *merchant banker*: "Nella finanza non si debbono fare falsi movimenti. Basta stare seduti alla scrivania e leggere i giornali: gli impulsi vengono dalla realtà".»

«Che futuro vede per il sistema bancario italiano?»
«Ci sarà, grazie a Dio, sempre più spazio per le banche private.»
«Perché dice "grazie a Dio"?»
«In uno scenario sempre più privatistico, il sistema bancario cesserà di essere il mero strumento del mondo politico e delle grandi oligarchie. E questo sarà un risultato epocale.»
La signora Ghislandi lesse l'intervista con autentica euforia: l'uomo, ai suoi occhi, appariva sempre di più quello giusto.

Per Bellani era arrivato il momento di chiedere a Isabel Quinteros, la sua compagna degli ultimi anni spagnoli, di lasciare definitivamente il marito e venire a vivere con lui in Italia.
Il nuovo incontro con lei non fu dovuto a una presentazione da parte di amici comuni, ma alla contiguità dei rispettivi uffici, rivelatasi dopo un certo tempo.
La sede madrilena della banca Industria e Finanza era difatti situata di fronte a un ufficio distaccato del ministero degli Esteri spagnolo, dove (così avrebbe scoperto) Isabel lavorava *part-time*.
L'aveva dunque rivista a Madrid, una mattina di settembre (quasi tre mesi dopo il casuale incontro sulla spiaggia della Costa Brava) in cui lui, per ingannare la nervosa attesa di un cliente, si era affacciato al balcone del suo ufficio: cosa che faceva di rado, anche perché non ne aveva il tempo.
Il caso volle, con provvidenziale complicità, che all'imbocco dell'isolata stradina sottostante si profilasse la figura della giovane che l'aveva incantato sulla Costa Brava e alla quale aveva ripensato più volte con un doloroso senso di frustrazione, ritenendola felicemente sposata e inavvicinabile.
In un'occasione, aveva tentato di provocare Alfonso

Arellano, chiedendogli della donna con il *bañador rojo*, ma lui aveva ripetuto: «No te acerques a ella!».

Indossava un vestito aderente, a disegni floreali, e un cardigan blu. Prima ancora che lei sollevasse distrattamente lo sguardo verso il balcone, ne riconobbe il corpo morbido e armonioso, quasi solenne, che sembrava esprimere languori e sensualità della terra spagnola. Con il cuore in tumulto, la seguì con gli occhi e la vide entrare al bar "Goya y Lucientes", farvi una breve sosta e poi attraversare il portone dell'ufficio del ministero degli Esteri.

Più tardi, la stessa mattina, si affrettò a recarsi al bar "Goya" e a informarsi, con un cameriere cui aveva lasciato una lauta mancia, se Isabel fosse una abituale cliente. Venne così a sapere che lavorava in quell'uffico ministeriale.

Infine il colpo di fortuna. L'incontrò a un rinfresco offerto dall'Ambasciata italiana di Madrid. Nella circostanza l'aveva avvicinata senza titubanze, spinto da un'attrazione ormai irresistibile. Dopo essersi presentato quale rappresentante, in Spagna, della banca Industria e Finanza, aveva aggiunto: «Noi siamo dirimpettai. E difatti la vedo spesso, di mattino, mentre passa davanti ai nostri uffici, fa una sosta al bar "Goya y Lucientes" e poi entra al ministero...». Andrea, ormai, si esprimeva in spagnolo con assoluta naturalezza.

«Davvero?» aveva chiesto lei divertita. Vestiva un tailleur molto attillato e portava, stavolta, i capelli tirati all'indietro e raccolti a chignon, quasi a voler evidenziare i lineamenti del volto.

«Davvero» aveva confermato lui. «E se non le bastasse, io e lei ci siamo già incontrati in una circostanza, come dire, regale...»

«Regale?» aveva esclamato lei sorpresa.

«Certo. Nella spiaggia dei signori Arellano, sulla Costa Brava, quando il re venne a farvi il bagno...»

«Ma certo!» confermò lei. «Il suo viso mi ricordava qualcosa di noto...»

«Come vede non racconto storie» rimarcò lui, che si presentò facendo il proprio nome e cognome.

Lei ricambiò presentandosi a sua volta: «Isabel Quinteros».

«Quinteros Montalbàn» completò lui.

La giovane sorrise di sorpresa e compiacimento, poi scherzò: «Non si spinga troppo oltre, si fermi a Quinteros».

«Va bene» accondiscese Andrea.

«Allora, prima o poi finiremo per prendere un caffè assieme» aveva commentato lei.

«Mi sembra inevitabile. È buono il caffè al "Goya"?»

«È buono come in altri bar. Sono speciali, al "Goya", l'ambiente e l'atmosfera...» Sembrava ironizzare sui goffi tentativi, da parte di lui, di avviare una conversazione durevole.

«Perché non mi offre subito una occasione di andarci con lei?» chiese Andrea ingenuamente.

«Subito? A quest'ora?» aveva ancora scherzato Isabel.

«Intendo nei prossimi giorni» aveva precisato lui. «Tanto più che io ho bisogno di assistenza dal vostro ministero.»

«Ah sì? E di che genere?»

«La nostra banca cura gli investimenti di imprenditori italiani in Spagna. E deve essere aggiornata sulla legislazione spagnola. Ultimamente è uscita una nuova legge sugli investimenti nei settori strategici e sulle condizioni per parteciparvi. Mi interesserebbero le relazioni ministeriali al riguardo.»

«Ho capito. Lei può telefonarmi quando le è più comodo, e io cercherò di esserle utile, anche se non è il mio settore specifico. Naturalmente, a condizione che poi mi offra il caffè al "Goya"» aveva concluso, con il suo ormai abituale tono giocoso.

«Quello è fuori discussione» aveva garantito Andrea, che si era subito informato: «E il suo numero di telefono?».

«Non ho con me il biglietto da visita. Se ha un pezzo di carta, può annotarselo: Isabel Quinteros, 53241261. È il numero d'ufficio, s'intende.»

Andrea aveva levato di tasca la penna e si era affrettato a prenderne nota sulla sua agendina.

La conversazione, quel pomeriggio, non era finita lì. I due avevano parlato a lungo dell'Italia e della Spagna, e la donna, pur senza lasciarlo trasparire, era stata colpita dalla sua vivacità, dal suo indiscutibile fascino e dal fatto che, così giovane, dirigesse la sede madrilena di una importante banca italiana. In particolare, poi, era rimasta impressionata dalla sua conoscenza di Madrid e, più in genere, dall'amore per la Spagna.

Andrea sapeva, di Madrid, cose a lei ignote. Le aveva parlato con entusiasmo, per esempio, di una *sala de fiestas**, il "Pasapoga", a lei assolutamente sconosciuta.

A distanza di pochi giorni, l'aveva chiamata in ufficio. Lei, sulle prime, aveva dato la sensazione di voler ristabilire le distanze, dopo la mondana disponibilità dimostrata nel corso del primo incontro. Alla sua richiesta, infatti, di un appuntamento presso il ministero, per poter consultare il materiale legislativo di cui le aveva parlato, Isabel aveva risposto: «La metterò in contatto con lo specialista del settore».

«Preferirei parlarne con lei direttamente» aveva insistito lui con tono fermo.

«Perché mai, se non è la mia materia?» aveva avuto buon gioco a replicare la spagnola.

«Ormai ho stabilito un rapporto con lei» aveva rile-

* *Sala de fiestas* è in spagnolo l'equivalente di cabaret.

vato Andrea. Prima di aggiungere, con ancora maggiore allusività: «Lei è il mio contatto con l'Ufficio Esteri del governo spagnolo». In altre parole: "Ho trovato lei, e intendo coltivarla". Il messaggio era chiaramente lanciato. A lei la scelta tra coglierlo e lasciarlo cadere.

«Va bene» si era arresa Isabel senza ulteriori commenti, lasciando impregiudicate le ragioni della sua accettazione.

Andrea le rese visita due giorni dopo. L'ufficio della donna era lindo e ordinato: tenuto con la cura tipica di chi vuol rendere gradevole, giorno per giorno, il proprio ambiente di vita. Fiori freschi sul tavolo in legno pregiato, foto di persone care, alcuni dipinti di scuola iberica, di presumibile proprietà statale.

Il locale sfociava infine in un balcone, nel quale erano raccolti altri vasi di fiori. "Deve avere una bella casa," pensò Andrea "se cura in questo modo l'ufficio."

Isabel lo fece accomodare con voce allegra (lo definì "il mio vicino di ufficio") e gli mise subito a disposizione tutta la documentazione richiestale.

«Come vede, non c'era bisogno dello specialista» aveva chiosato Andrea.

«Perché ne era così sicuro?»

«Istinto» aveva affermato lui con sicurezza.

«Lei si fida del suo istinto?»

«Totalmente» aveva risposto Andrea, fissandola con ostentazione negli occhi.

«È un uomo fortunato» aveva concluso Isabel. «Ma verso l'istinto è meglio avere qualche diffidenza.»

Lasciando cadere quel commento, Andrea aveva levato da un taschino della giacca due biglietti: «Sono per la *sala de fiestas* di cui le ho parlato». Dopo una breve pausa, aveva aggiunto: «Ho prenotato per la metà della prossima settimana».

Lei l'aveva guardato intensamente, quasi severamente, prima di chiedere: «Cosa le fa pensare che accetterò l'invito? L'istinto, forse?».

«No. Questa volta è solo una speranza.»
«Lei è sposato?» Il suo sguardo si era fatto ancora più indagatore.
«No.»
«Io sì, invece» aveva affermato lei. Prima di aggiungere, con un velo di tristezza leggibile nella voce e negli occhi: «Ma, purtroppo, non ha un gran significato».
Nell'abbandonare la stanza, Andrea aveva notato, all'interno di una cornice di legno appesa a una parete, le parole di una poesia. Recitava: *"Verrà un giorno e io sparirò dalla superficie della terra / furono in tanti a cadere in questo abisso / sparirà tutto quanto danzava e cantava / Amatemi allora per ciò che io amavo / Amatemi allora per ciò che io vivevo / Amatemi per ciò che io morirò"*.
«Sono parole di una poetessa russa: Marina Cvetaeva. Affascinanti e raggelanti, è vero?» aveva spiegato Isabel, cercando il suo consenso.
«È vero. Ma perché l'ha incorniciata?»
«Per non farmi mai prendere dall'euforia della vita. È un concetto cristiano.»
Da quel giorno cominciarono a vedersi all'uscita dall'ufficio, dove lei lavorava fino alle dodici e trenta. A quell'ora, prima di conoscerlo, era solita tornare a casa o vedere qualche amica, durante quello che per gli altri era un intervallo di lavoro. Invece di continuare le sue abitudini, iniziò a incontrare lui, scoprendo che con quell'italiano, sensibile e determinato in tutto ciò che faceva, le era facile parlare di sé.
Nella serata dedicata al "Pasapoga" si recarono, dopo lo spettacolo, in un ristorante lontano dal centro. In quella circostanza, lei si confidò con Andrea più di altre volte, rivelandogli la sua vita sentimentale: il grande amore, al tempo dell'università, per un uomo affascinante, ma dal mestiere incompatibile con una convivenza matrimoniale e con la sua stessa tradizione familiare; la successiva accondiscendenza, da parte sua, a nozze annunciate dal destino e ostinatamente volute

dalla sua famiglia e da quella del marito, che si conoscevano e frequentavano da decenni. Lui era discendente di un casato che aveva ricoperto alti incarichi di Corte al tempo del franchismo, e che, anche ora, vi aveva mantenuto un importante ruolo. Lei apparteneva a una famiglia di diplomatici, anch'essi introdotti a Corte. Il loro matrimonio aveva costituito uno degli avvenimenti mondani del 1982. Ma si era trasformato in un naufragio immediato e inesorabile. Il marito si era rivelato un uomo fatuo, privo di ambizioni e trasporti, dedito esclusivamente a sport aristocratici e al gioco.

Alla prova dei fatti, insomma, i due non erano riusciti a stabilire un dialogo coniugale. Ben presto, avevano preso a vivere da separati in casa e, infine, a riconoscersi reciproca libertà, a condizione di non creare scandalo e di mantenere le apparenze del matrimonio.

Questa era la sua penosa storia personale, aveva concluso scoppiando a piangere. Sarebbe stato quello sfogo a dare via libera alla loro relazione, equivalendo, da parte sua, a una dichiarazione di disponibilità. Per contro, il sentimento di Andrea era così trasparente e ingenuo da non aver bisogno di essere professato con particolare enfasi e da poter essere agevolmente inteso da Isabel.

Essendo rimasto colpito, nel racconto di lei, dall'accenno all'uomo "affascinante, ma incompatibile con una convivenza matrimoniale e con la tradizione familiare", le aveva chiesto: «Chi era quell'uomo?». Lei aveva risposto: «Questo è un segreto». E sorridendo aveva ribadito: «Proprio un segreto».

Sarebbero divenuti amanti quando, a fine estate, lui l'avrebbe raggiunta a Formentera, dove, da una settimana, Isabel si era concessa un periodo di vacanze.

Durante quel soggiorno, la passione li aveva colti alla sprovvista. Come un'imboscata fatale, che aveva sopraffatto ogni residuo ritegno, restituendo ad Andrea suggestioni e smarrimenti tipicamente giovanili. La segreta bellezza del corpo di Isabel gli parve un'illusione ottica, dovuta al fanatismo della sua sensibilità. Eppure era previsto, e comunque prevedibile, il suo splendore. Ma l'impatto con la palpitante carnalità trascendeva l'approssimazione immaginaria. Se finallora il suo amore era stato quasi prevalentemente spirituale, ora toccava nuove profondità: l'orgoglio di possederla, la sensualità, l'emozione dell'intimità.

Isabel gli si era concessa con commosso fervore, e con uno spirito di dedizione che intendeva esaltare la personalità del suo nuovo uomo e consacrargli la propria. Non a caso gli aveva detto: «Che Dio ti ripaghi di quello che mi hai dato». Mai Andrea si sarebbe aspettato da una donna, donatasi con totale trasporto, una frase come quella. Solo da sua madre. Se ancora ne avesse avuto bisogno, capì quella sera di aver trovato una donna capace di grandi sentimenti. E le aveva risposto: «Che Dio ripaghi te, benedetta!».

Sempre nel corso di quella vacanza, lui aveva voluto soddisfare una curiosità già manifestata, ma invano: «Chi era il tuo primo amore?».

Lei questa volta aveva sciolto il suo riserbo: «È un agente dei servizi segreti spagnoli. Con il quale, devi saperlo, sono rimasta in rapporti di grande amicizia».

Da allora, la loro relazione divenne consapevole e profonda. Tanto che, tornati a Madrid, furono meno accorti nel coprirla.

Poco dopo, non a caso, Andrea ricevette una telefonata dal marito di lei: «Sono lo sfortunato consorte di Isabel», questo il suo esordio, velleitariamente spiritoso.

Poiché Andrea non fece commenti immediati, l'altro proseguì:

«Volevo solo sapere se la vostra storia rappresenta, come dire, qualcosa di serio e duraturo.»

«Sì. Direi anzi irreversibile» rispose Andrea, senza lasciare via d'uscita al suo interlocutore.

«Ah!» esclamò l'altro. «Andiamo dunque verso uno scandalo.»

«Perché uno scandalo?»

«Per la Spagna sarà uno scandalo» aveva replicato il marito di Isabel.

«E scandalo sia!» l'aveva sfidato Andrea.

Ma il marito non accettò la sfida, ritenendo più opportuno non farlo esplodere. Fino a quando, almeno, Isabel avesse continuato ad abitare la casa coniugale. Anche per lei, d'altra parte, il divorzio rimaneva un ostacolo difficile da superare.

Fu così che Bellani la sera della sua nomina a amministratore delegato della *Bieffe* chiamò Isabel per dirle: «Ti do quindici giorni di tempo per venire a Milano e per rimanerci. Sto assumendo un incarico permanente e non posso fare a meno di te. Al momento opportuno ci sposeremo. Magari da vecchi».

Isabel stette zitta, forse perché vicino a lei c'era il marito, o qualcuno di famiglia. Ma Bellani si convinse di aver fatto centro. Era sempre così, quando era motivato.

Quella stessa sera, Bellani si recò a visitare la sede deserta della banca Industria e Finanza, che lui aveva solo saltuariamente frequentato, limitandosi a salire, per lo più, al secondo piano, dove si trovava l'Ufficio Esteri, cui lui faceva riferimento (Millo, invece, lo andava a trovare presso la sede della Generale di Credito).

Il palazzo era un tipico esempio di architettura monumentale anni Trenta, costruito su quattro piani, con alte finestre e massicci balconi di marmo.

Doveva essere stato, sin dall'inizio, realizzato come sede di banca, perché il piano terreno si risolveva in una vasta sala circolare per il ricevimento della clientela. Al centro, un grande tavolo rotondo in legno pesante.

Le pareti erano ricoperte di una *boiserie* lucente. La tromba delle scale era illuminata da pesanti lampioni in ferro battuto.

Bellani salì a piedi i quattro piani, visitò le camere e le sale principali, entrò infine nel grande locale della direzione, tappezzato della stessa *boiserie* del salone al piano terreno.

Notò subito che la pelle delle poltroncine situate attorno al tavolo da riunione era lisa. L'indomani avrebbe subito dato ordine di rifoderarle.

Nello scendere velocemente le scale sentì il cuore in tumulto. Più che emozionato, era commosso. E giurò a se stesso che sarebbe sempre stato all'altezza delle sue responsabilità.

12

Il documento del medico legale, di poche pagine, rivelava ufficialmente che gli esami nel frattempo effettuati avevano riscontrato, sulla pistola, le sole impronte digitali di Bellani; e, alla base dell'articolazione metacarpale falangea, tra il primo e il secondo dito del banchiere, residui di polvere da sparo. Ciò veniva ad attribuire maggior spessore alla ipotesi del suicidio. Secondo gli stessi esami, la morte era stata istantanea.

La relazione si concludeva, peraltro, con una richiesta di proroga dei termini, per accertamenti supplementari.

Lo sbilanciamento di Arese verso l'ipotesi del suicidio provocò in Ruffo, convinto in cuor suo dell'omicidio, una forte irritazione. Se era altamente probabile (parole di Arese) che il colpo esploso in direzione opposta al bersaglio fosse il frutto di una messinscena; e se era (parole sempre di Arese) egualmente improbabile che Bellani avesse potuto far partire un colpo da seduto e un altro standosene in posizione eretta, il perito avrebbe dovuto approfondire questi aspetti, senza valorizzare più di tanto (come invece sembrava fare) i risultati degli esami di laboratorio, che non escludevano una simulazione, ma anzi facevano parte della sua stessa logica.

L'irritazione del momento gli fece ingenerosamente pensare che, nell'accentuare i motivi di incertezza sulla morte di Bellani, Arese intendesse, in realtà, riservare a sé un ruolo protagonistico; e che a indurlo a rimescolare continuamente le carte fossero la sua volatilità intellettuale e la sua libidine di sorprendere gli altri: altrimenti che genio sarebbe stato?

Lo stesso pomeriggio del deposito della relazione, sollevò la cornetta del telefono e lo chiamò.

Non ebbe difficoltà a trovarlo e gli chiese un appuntamento.

«Adesso?» replicò l'altro.

«Alle sette» rilanciò Ruffo con fermezza.

«Mi arrendo. Vieni all'istituto, che ti aspetto.»

Quando, nel tardo pomeriggio, entrò nei locali di lavoro di Arese, la cui caratteristica principale era sempre stata la penombra, fino a che non venivano accese le lampade per le autopsie, e si accomodò davanti al tavolo del medico legale, Ruffo non si perse in preamboli e chiese a muso duro: «Perché hai firmato quella resa incondizionata all'ipotesi del suicidio?».

Arese assunse il tono di chi redarguisca un amico dal quale si senta incompreso: «Non è una resa incondizionata, Michele! È una perizia che rappresenta tutto (anche ciò che viene incontro alle tue convinzioni) e non esclude nulla».

Si passò una mano sulla fronte e, assumendo un atteggiamento paziente, continuò: «Ti debbo spiegare un po' di fatti e di principi. Anzi, prima i principi e poi i fatti. Dunque: la pistola che ha sparato è una Browning 6.35, con finestrella laterale destra, che, pertanto, dovrebbe espellere residui di polvere nella piega tra il pollice e l'indice. La nostra polizia, sulla scia di quella americana, adotta quasi sempre, come sai, il sistema del tampone riscaldato, che si limita a riscontrare la presenza, o meno, di *microsferule* alla base del primo e del secondo dito della mano che l'ha usata, e non, invece, la loro esatta localizzazione».

Guardò negli occhi Ruffo, per assicurarsi che capisse. Poi, proseguì: «Il tampone riscaldato, dopo esser stato fatto aderire al dorso della mano, viene passato al vaglio di un microscopio elettronico, che punta cinquecento zone, non di più. Una volta accertata la presenza di residui, la prova finisce lì. Quindi, non è neanche possibile valutare se la polvere sia finita nelle cosiddette "zone elettive"».

«Allora procedete anche alla prova del guanto di paraffina!» lo invitò il sostituto.

«Ho fatto di più. Ho eseguito solo questa! E l'esame ha segnalato *microsferule* nelle "zone elettive". Il che comporta: o che la vittima si sia davvero sparata, almeno una volta; o che chi ha azionato la mano del morto per la messinscena del suicidio fosse esperto di armi e sapesse come provocare la formazione di residui nei punti giusti; ovvero, ancora, che questo stesso killer sia stato fortunato nel conseguire l'effetto voluto.»

«Qual è, tra le tre, l'ipotesi più probabile?»

«Non puoi dirlo, sulla base delle sole risultanze obiettive. Nel nostro caso abbiamo riscontrato elementi confliggenti. L'ipotesi del suicidio è contrastata dalle ragioni che ti ho già esposto il primo giorno. Quella dell'omicidio è, a sua volta, messa in discussione da altri elementi, che pure conosci. Per risolvere il caso, devi ricorrere non tanto a ulteriori esami medici, quanto a ulteriori valutazioni: la personalità dell'individuo, la sua storia ultima, l'esistenza di moventi ecc. Ecco il perché della richiesta di supplemento.»

«Quando pensi di sciogliere la riserva?»

«Non dipende da me.»

«E da chi?»

«Dalla donna...»

«Chi?»

«Isabel Quinteros: chi altro?»

«E cosa c'entra lei con la tua perizia?»

«C'entra, perché mi può dare gli elementi che mancano...»

«Ma cosa dici?» Ruffo apparve sinceramente stralunato.

Il medico legale se la prese calma, invitando implicitamente il suo interlocutore a fare altrettanto: «Prova a pensare alla tempistica del dopo delitto: è lì la chiave di lettura. La Quinteros arriva nell'ufficio di Bellani alle due di notte (dice lei; io, chissà perché, penso prima, molto, ma molto prima!). Entra nella scena del misfatto e sviene, dice sempre lei. Poi rinviene quando le pare, in modo da far passare altro tempo, e attraversa un periodo di choc emotivo che la getta in uno stato di irresponsabilità e la blocca mentalmente, inibendole iniziative elementari, come quella di chiamare la polizia. Altro tempo che passa e che lei guadagna per la sua ricostruzione degli eventi. Poi, verso le cinque del mattino, dico le cinque, la nostra spagnola si riprende e chiama gli inquirenti».

«Be', mi sembra abbastanza comprensibile. In certe situazioni, tu mi insegni, la prima reazione è quella di non avere tra i piedi gente estranea al tuo dolore e che comunque non ti può riportare in vita la persona amata.»

«Può essere. Ma si dà il caso che dopo tutto questo, io mi ritrovi l'ipotesi del suicidio seriamente avversata dalla messinscena di un improbabile secondo colpo, che mi sposta l'asse delle conclusioni verso l'ipotesi opposta.»

«E allora?» insisté l'inquirente, sempre sconcertato.

«E allora mi chiedo: e se questo bel risultato, molto insolito, me l'avesse provocato lei?»

«Cosaaa?»

Il suo interlocutore lasciò che Ruffo si placasse. Ma questi, invece, lo aggredì con una domanda: «E perché mai la donna avrebbe lasciato trascorrere deliberatamente tutto quel tempo prima di chiamare la polizia?».

Il medico legale lo fissò negli occhi, poi disse: «Vuoi proprio saperlo?».

«Certo che voglio saperlo.»

Arese diede l'impressione di parlare a malincuore: «Per dare tempo alla pistola di raffreddarsi dopo il secondo colpo, intervenuto a un certo intervallo, che non riusciremo mai a determinare, dal primo...».

«La pistola si raffredda in meno tempo e lei poteva constatarlo.»

«Ma non poteva sapere in base a quali altri elementi i periti avrebbero potuto ricostruire la distanza di tempo tra un colpo e l'altro.»

Si mise una sigaretta spenta in bocca e aggiunse: «Lei aveva anche un altro motivo per perdere tempo. Eliminare l'eventuale lettera di addio di Bellani».

«Ma le ricerche di questa fantomatica lettera hanno dato esito negativo» reagì il sostituto.

Il suo interlocutore fece un gesto di insofferenza, come a dire che quella lettera poteva essere stata gettata chissà dove, prima di riprendere il filo del suo discorso: «Abbi fede, e seguimi. Finora, abbiamo constatato insieme che nessuna delle due ipotesi, omicidio e suicidio, scorre liscia...».

«Giusto.»

«Vuoi sentirla, allora, un'ipotesi che scorre liscia, ma proprio liscia?» chiese provocatoriamente Arese.

«Certo» concesse Ruffo come ipnotizzato.

«Stammi a sentire. La donna entra nella stanza, e si trova di fronte a un suicidio perfetto, di cui deve conoscere le ragioni (e magari le spiegazioni lasciate per iscritto dal banchiere). L'uomo si è sparato con tutti i crismi, e deve essersi guadagnato sui polpastrelli i suoi bravi residui di polvere da sparo. Colpo letale e deposito delle *microsferule* avvengono nel primo atto. Non c'è nessuna messinscena, per provocare il deposito dei residui: ci sono già. Se questo è vero, torna tutto: la traiettoria del colpo, lo sparo ravvicinato, quasi aderente, dal basso verso l'alto ecc. E non c'è da porsi il problema di come Bellani si sia sparato il secondo colpo, perché non se lo è proprio sparato...»

«Ma...»

«La donna, ripeto, trova avanti a sé il quadro parlante di un suicidio perfetto, consumato, secondo norma, con un solo colpo. Un suicidio che non le può stare bene, e che lei, dopo averci a lungo pensato, trasforma in un suicidio imperfetto, introducendovi elementi di equivocità: l'unico risultato che le è concesso di provocare. La messinscena c'è, ma non è diretta a far passare per suicidio un omicidio, bensì l'esatto contrario...»

«Ma stai ammattendo? E perché lo fa?»

«Perché è cattolica, e non può accettare, davanti all'opinione pubblica, un suicidio del compagno. E perché c'è una polizza di assicurazione non pagabile in caso di suicidio...»

«Vuoi dire...?» chiese Ruffo, sconcertato.

«Voglio dire che, facendo violenza a se stessa, raccoglie la pistola (ovvio che si sarà messa dei guanti, magari facendo un salto a casa), e spara un secondo colpo, standο attenta a non ledere ulteriormente il corpo del suo uomo, e pertanto lo indirizza nel vuoto...»

«È questo che pensi?» chiese Ruffo, ancora incredulo.

«Continua ad aver fiducia e ti farò entrare nei segreti reconditi di questa storia» lo istigò Arese.

Ruffo fece un cenno d'assenso.

«Se l'omicida vuol attribuire alla vittima uno sparo ulteriore rispetto a quello fatale, deve trovargli una motivazione logica: farlo apparire un primo tentativo, fallito di un soffio, di ledersi mortalmente; ovvero il tentativo, mancato anch'esso, di assestarsi un colpo di grazia. In entrambi i casi non deve sparare nel vuoto, ma deve farlo verso il bersaglio, pur mancandolo o colpendolo solo di striscio; e deve collegare la seconda revolverata con la prima. Nel nostro caso, invece, l'esplosione non letale risulta orientata in direzione addirittura opposta rispetto al bersaglio, e ad altezza più bassa rispetto all'altra. Le ragioni di questa anomalia non possono che essere queste:

«1. il regista della messinscena (non ho detto l'omicida) non ha la forza fisica per sollevare il cadavere dalla poltrona, in modo tale da far partire il colpo simulatorio da un punto più elevato, coincidente, almeno approssimativamente, con l'altezza dell'altro foro;

«2. lo stesso regista non ha comunque la forza morale (per motivi affettivi) di sparare in direzione della vittima;

«3. il nostro (o la nostra) vuole che la simulazione sia riconoscibile come tale, e che pertanto appaia contraddittoria, per accreditare non la tesi del suicidio, ma quella dell'omicidio con messinscena. Ragionando in questo modo, che, ammetterai, non fa una grinza, si arriva diritti a Isabel Quinteros e alla conclusione che essa volesse deliberatamente orientare gli inquirenti verso l'ipotesi dell'omicidio camuffato da suicidio.»

Ruffo, questa volta, fu meno perentorio nella risposta. Nella voce, se non nella sostanza. Perché in effetti il suo commento fu: «Questa è pura fantasia».

«Andiamo, Michele, è assurdo che una donna, di fronte a un uomo ferito a morte, non chiami subito la polizia o un ospedale. Diamine, magari poteva ancora essere salvato! Come faceva a escluderlo?»

«Non devi sottovalutare le capacità dei profani di diagnosticare una morte. E poi ho imparato da te che in certe situazioni le reazioni sono imprevedibili e irrazionali.»

«In questo caso le mie perplessità sono forti, molto forti.»

«In definitiva?»

«Concedo alla bella signora il tempo per ritrovare il suo equilibrio e per spiegarci meglio il suo singolare comportamento.»

«E se non lo farà?»

«Continuerò a pensare che questo è un caso ben strano. Da inserire nei trattati di medicina legale.»

Ruffo si alzò a fatica. Aveva la testa e le gambe pesanti.

Intuendo i suoi pensieri, Arese gli propose: «Se hai delle riserve sul mio conto, puoi chiedere la costituzione di un collegio di periti».

Ruffo tagliò corto: «Mi basta che alle ulteriori operazioni peritali intervenga, su specifica nomina della Procura, anche il tuo sostituto, che è abituato a tenere i piedi per terra. Tu sei stato officiato dal Gip. La Procura e la signora Quinteros hanno diritto a nominare loro consulenti tecnici».

Nel lasciare l'istituto di medicina legale, a Ruffo venne da meditare sul fatto che una stessa persona potesse suscitare sensazioni diametralmente opposte in due soggetti dai caratteri affini: Isabel era una donna sensibile e affidabile per lui, un'intrigante per Arese.

BELLANI: ISABEL LO SEGUE A MILANO

13

Dopo otto giorni di silenzio-meditazione, Isabel rispose all'appello di Andrea. Nel modo più diretto: arrivando a Milano con armi e bagagli.

Dopo aver fatto tappa alla foresteria di Andrea, che aveva tutto l'aspetto di una *garçonnière*, chiese subito: «Dovrei vivere qui?».

Davanti al muto imbarazzo dell'uomo, che si rese improvvisamente conto di averla fatta arrivare senza aver prima trovato un alloggio per due, Isabel sorrise, per rimetterlo a suo agio, prima di domandare ancora: «Hai un'idea di dove andremo ad abitare?».

«No» ammise Andrea.

«Non importa, ci penserò io: sarà più bello così. Nel frattempo, ci aggiusteremo qui.»

Dal giorno seguente al suo arrivo, Isabel prese a contattare, quotidianamente, le maggiori agenzie immobiliari milanesi, e a rispondere agli annunci di locazione di appartamenti che apparivano sul "Corriere della Sera".

Nel giro di una settimana, aveva visitato non meno di dieci locali.

Un pomeriggio Andrea sopraggiunse in un appartamento, dalle parti di via dell'Annunciata, dove sapeva che Isabel si sarebbe recata; e, difatti, la trovò, sola, che misurava con un metro una sala deserta. Quando lei lo vide, accettò frettolosamente un bacio sulla guancia e riprese a misurare i muri, invitandolo ad aiutarla. Conclusi i rilevamenti, sentenziò decisa: «Troppo piccola per una sala da pranzo. La casa di un banchiere deve avere almeno una sala, per ricevere gli ospiti».

Alla fine delle esplorazioni per Milano, che ebbero il pregio di farle conoscere la città, Isabel puntò decisamente su un appartamento in via Fratelli Gabba, che si affacciava su un vastissimo giardino alberato. Tanto brigò, che riuscì a convincere, con una buona uscita, l'anziana signora che vi risiedeva con una nipote, a trasferirsi rapidamente in uno degli altri alloggi da lei visitati nella stessa zona, e ad affittare a lei, a caro prezzo, l'abitazione. L'avidità della proprietaria si rivelò decisiva.

Non era solo la vista, il bello di quell'alloggio; era anche la disposizione delle camere, razionale e funzionale, mirata a concedere il maggior spazio possibile al locale centrale, adatto a fungere da camera da pranzo e da sala ricevimenti. Giusto quello che serviva, secondo la concezione di Isabel, per la casa di un banchiere.

Quando, due mesi dopo, Isabel ebbe portato a termine il restauro, a tappe forzate, dell'appartamento di via Gabba e vi ebbe trasferito i mobili che Andrea aveva preso a raccogliere fin dal suo soggiorno a Parma, invitò a Milano la madre.

Quello fu, per lei, un passaggio fondamentale. Amando ancora teneramente i genitori, voleva convincerli che la sua scelta milanese era quella giusta, in grado di reggere per una vita. E intendeva, nello stesso tempo, risarcirli del dolore che aveva loro inferto con la sua partenza.

La madre giunse un sabato pomeriggio, e si trattenne cinque giorni. Per tutto il periodo della sua permanenza, Andrea si astenne dal frequentare via Gabba, e tornò ad abitare la foresteria di via dei Giardini.

In compenso, portò quotidianamente a pranzo e a cena madre e figlia, facendo loro conoscere i migliori ristoranti cittadini. Era evidente, e perfino commovente, in lui, lo sforzo di conquistare e rasserenare una madre che aveva visto la propria figlia lasciare, contemporaneamente, il suo consorte e la sua terra.

In quest'opera di conquista della nobildonna spagnola, si rivelò determinante la complicità della signora Ghislandi, che l'ospitò due volte, per il tè e per la cena, nella propria casa-museo; e la invitò nel suo palco per una serata alla Scala.

Con la sua energia, la voce calorosa e squillante, l'esibizione di potere e cultura e, soprattutto, con l'atteggiamento materno nei confronti di Andrea, seppe infonderle un senso di sicurezza sull'avvenire di Isabel.

In un ristorante, poco prima della sua partenza, profittando del fatto che Isabel si era recata alla toilette, la vecchia signora chiese ad Andrea: «Lei è convinto di poter fare la felicità di mia figlia?».

«Ne sono convintissimo.»

«Che cosa le dà questa convinzione?»

«Il fatto che l'ami incondizionatamente.»

La signora controllò, negli occhi di Andrea, quell'impegnativa dichiarazione, poi commentò: «D'accordo, ma il divorzio rimane un peccato... almeno per me».

Andrea rimase muto. E lei poté chiedergli: «Ha ricevuto un'educazione cattolica?».

«Certo. E da una madre esemplare e cattolicissima.»

«Meno male» sospirò lei. Ebbe un attimo di raccoglimento. Gli occhi della donna erano capaci, Andrea l'aveva già notato, di esprimere una gravità solenne prima di acquietarsi, d'improvviso, in una cordialità benigna.

Quasi con timidezza, stavolta, si informò ancora: «Cosa faceva suo padre?».

«Era ufficiale nello Stato Maggiore» mentì Andrea, a fin di bene.

«E sua madre?»

«Era una casalinga, ma di nobili origini» mentì ancora lui.

La donna sciolse la gravità di quei suoi occhioni e si aprì a un sorriso: «Grazie per quello che mi ha detto». Era un modo per far capire che aveva apprezzato le sue menzogne. In fin dei conti non cercava altro.

La signora Remedios Quinteros ripartì felice, come da tempo non le capitava. Quella circostanza familiare le aveva fornito, seppur tardivamente, l'occasione di vivere la realtà. E di conoscerla, nonostante i pregiudizi.

14

"I fatti cruciali e veramente cardinali che danno un'importanza alla nostra vita sono frutto del silenzio e della solitudine. Noi attribuiamo molta importanza agli incontri casuali, li consideriamo vere svolte fondamentali della nostra esistenza, ma questi incontri non sarebbero mai accaduti se a essi non ci fossimo preparati."

Sono parole di Henry Miller, che introducono, come meglio non si potrebbe, gli sviluppi della storia di Andrea Bellani. Alle parole di Miller si può solo aggiungere che un incontro, per quanto importante, non è di per sé determinante per la vita di un uomo, se questi non ha la capacità di intuirne il potenziale. Ma il talento di Andrea, si è già avuto modo di rilevarlo, era proprio questo.

La saletta d'attesa, nella quale fu fatto accomodare, al quarto piano del palazzo, appariva riservata, più che alla clientela ordinaria, agli ospiti di riguardo del presidente e dell'amministratore delegato.

Era arredata con mobili, lampadari e poltroncine stile impero, e dava l'impressione di un ambiente ricostruito per un museo dell'antiquariato. Le banche minori, lo sapeva bene, ricorrevano a certi esibizionismi e leziosità per recuperare, almeno in stile, nei confronti delle grandi banche.

Ma il maggior pregio le era conferito dalle due alte finestre che si affacciavano sul fiume Limnat e sul retrostante scorcio cittadino.

Zurigo, una delle capitali più sofisticate del cinismo finanziario, è dolce, mite e poetica nella sua dimensione architettonica.

Andrea vi era arrivato per due diverse ragioni. Per negoziare un prestito obbligazionario, e per sbrogliare una complessa matassa ereditaria. Alla banca Reuss si era recato per la seconda ragione.

Un imprenditore italiano, tale Francesco Rovani, ultimo discendente di una famiglia che, per generazioni, aveva operato nel settore dell'import-export, era morto dopo aver designato tre beneficiari del suo patrimonio: il figlio Antonio, ingegnere, impegnato professionalmente in altre attività; la sua compagna di vita (era vedovo), e, infine, un istituto di ricerche mediche.

L'asse relitto era composto dalle azioni della ditta di import-export, che l'imprenditore, in prossimità della morte, aveva promesso di vendere a una società concorrente; e da una fortuna liquida ragguardevolissima, costituita in più di una generazione e incrementata dal defunto.

Le azioni di maggioranza della ditta erano "esterovestite", e cioè intestate a fittizi azionisti esteri in base a una vendita simulata, avvenuta nel lontano 1975. Azioni e capitali si trovavano presso la banca Reuss.

Essendo anziano, e refrattario ai viaggi all'estero, l'esecutore testamentario, fu il figlio dell'imprenditore defunto a recarsi per primo a Zurigo, presso la banca, per recuperare l'asse relitto. Ma si sentì frapporre, da parte dell'amministratore delegato Hans Reuss, difficoltà che riguardavano l'intera eredità.

Per Reuss, le azioni della ditta dovevano essere vendute all'estero, tramite la stessa banca svizzera, perché, se fossero state riportate in Italia e lì trasferite agli acquirenti, avrebbero potuto, a suo dire, essere confiscate o comunque penalizzate.

Quanto ai capitali, essi non sarebbero stati disponibili prima di un anno, perché investiti in operazioni a medio termine in base a un mandato di gestione pressoché illimitato, conferito alla banca dal defunto.

L'erede era così tornato a Milano a mani vuote, e con gravi preoccupazioni per la testa. E si era rivolto a Bellani, di cui era cliente, per averne aiuto.

Questi gli aveva spiegato come fosse abbastanza "consueto", per un banchiere svizzero, tentare di tenere presso di sé le azioni estero-vestite di una ditta e di gestirne il loro trasferimento. In tal modo, coglieva due piccioni con una fava. In primis, disponendo della società, fittiziamente estera, che controllava le azioni della ditta italiana di import-export, poteva costringere (o, comunque, convincere) l'acquirente a mantenere in atto le strutture societarie di comodo, e, pertanto, a rilevare le azioni esterovestite, anziché quelle della controllata. Questo non solo avrebbe legato l'acquirente alla banca Reuss, ma avrebbe fatto confluire presso quest'ultima sia il prezzo della compravendita, sia i futuri dividendi distribuiti dalla società italiana. Altrettanto consueto, il tentativo di ritardare il trasferimento delle liquidità: le banche sanno bene che ogni giorno di ulteriore detenzione di forti capitali è fonte, per esse, di nuovi guadagni.

In altre parole, Andrea aveva inquadrato il comportamento di Reuss nel contesto delle "cattive abitudini" delle banche, non solo svizzere, senza ancora arrivare a conclusioni del tutto pessimistiche sulla sorte dell'asse relitto.

Aveva accettato, comunque, l'incarico di tutelare gli interessi dell'erede presso la banca Reuss. E vi si era recato pochi giorni prima della fine del 1986.

Dopo cinque minuti di attesa, una delle due porte fu aperta con decisione, quasi bruscamente. L'uomo che fece ingresso era minuto, basso e dai capelli rossicci. Vestito con accuratezza (spiccava sulla camicia bianca la cravatta gialla lucente), e sembrava voler recuperare, con l'abbigliamento e con la fermezza dei modi, i limiti della prestanza fisica.

«Il signor Bellani?» chiese, rivolto ad Andrea.

«Piacere» disse Andrea, rispondendogli implicitamente.

«La prego, mi segua nel mio ufficio personale» l'invitò Reuss, con modi rapidi. E fece strada all'ospite, attraverso il corridoio coperto di tappeti, verso uno studio situato sullo stesso piano: interamente foderato da una *boiserie* di legno chiaro, si affacciava sul Grossmünster, la cattedrale di Zurigo.

Reuss, che rivelava un'età tra i quarantacinque e cinquant'anni, cominciò a parlare col tono morbido di chi cerca complicità, o, quantomeno, comprensione: «Sono lieto di poter affrontare la questione con uno del mestiere, che potrà certamente capire le mie perplessità e le mie riserve». Si esprimeva, compiacendosene, in un inglese fluente.

«Lo spero» concesse Andrea, rivelando uno scarso entusiasmo collegiale e argomentando tra sé e sé che il nome Hans non si adattava al suo interlocutore, perché faceva pensare a un tedesco alto e biondo.

Reuss capì al volo che la complicità del collega era al di fuori della sua portata, e, fattosi serioso, proseguì: «Forse è bene che le riepiloghi i termini della questione...».

«Li conosco tutti, dalla a alla zeta» lo gelò Andrea, trasmettendo deliberatamente un'impressione di sicurezza e determinazione.

«Allora,» ripiegò Reuss «è bene che lei prenda visione della procura generale rilasciatami dal defunto.»

E trasse, dal fascicolo che aveva avanti a sé, un documento di due pagine.

Bellani lo anticipò: «Una procura decade con la morte del conferente».

«Queste cose le sappiamo anche in Svizzera» commentò Reuss, con una trasparente punta di polemica. «Ma il fatto è che io ho disposto dei capitali, in base alla procura, quand'era ancora vivo il conferente. Ecco il punto!»

«Ma il dominus di quei capitali è oggi un altro. Anzi, sono altri. E le decisioni, da oggi in avanti, spettano a loro, non più al defunto.»

Reuss incassò bene quella constatazione lapalissiana, e cercò una scappatoia: «Questo è vero, ma le disposizioni, finché i capitali sono indivisi, gli eredi me le debbono dare congiuntamente, mentre davanti a me se ne è presentato uno solo».

«Mi pare ragionevole» concesse Andrea.

Reuss si rincuorò, e pose un suo quesito: «È sicuro che se i capitali verranno riportati in Italia, non saranno confiscati?».

«Assolutamente certo. L'illecito è stato commesso dal "de cuius", e l'erede non ne risponde.»

«Sicuro?»

«Sicurissimo» confermò Andrea. Che ribadì: «L'erede non ne risponde».

«Su questo, per mia tranquillità, gradirei un parere legale.»

«Senz'altro» garantì Andrea, che riprese l'iniziativa della conversazione. «Piuttosto, potrei sapere come sono stati investiti i capitali?»

«Si tratta di investimenti a medio termine.»

«Di quale genere?» insisté Bellani.

«Questo, se mi consente, è allo stato assolutamente top secret.»

«Perché mai?» chiese Bellani, denotando la sua sorpresa.

«Perché lo è! In base alla procura, ero autorizzato a qualunque genere di investimento. Metta che li abbia utilizzati per una scalata, dalla quale i capitali investiti potrebbero trarre un grosso *capital gain*: glielo potrei confidare ora?»

Bellani neppure rispose. E tornò a chiedere: «Posso conoscere l'ammontare, almeno, di questi investimenti?».

«L'esatto ammontare preferirei renderlo noto alla presenza di tutti gli eredi, e non di uno solo, o di un suo mandatario. È un suggerimento che mi viene dal mio legale. Non le nego, comunque, che si tratta di decine di milioni di dollari.»

«Investiti tutti in una sola moneta?»

«Non proprio. Io le ho espresso il valore globale in dollari.»

«Lei mi sembra molto più ermetico di quanto un banchiere sia o possa essere, in circostanze del genere.»

«Un banchiere non deve essere necessariamente ermetico. Ma un mandatario generale, quale sono io, sì.» Si accese una sigaretta, prima di farsi più possibilista: «Non vorrei essere ultimativo nel mio rigore formale. Mi trova in partenza per quindici giorni di vacanze. Meritate, mi creda. Al ritorno, mi consulterò definitivamente con il mio staff di legali, e le farò conoscere, in via ufficiale, la mia posizione. Ma esigo, fin d'ora, di avere di fronte a me l'esecutore testamentario e tutti e tre gli eredi».

Anche Andrea era in partenza, a giorni, per due settimane di vacanza. Ma non glielo disse. Pensò solo che il suo interlocutore sfruttava alla perfezione la mancanza di compattezza tra gli eredi e la pigrizia dell'esecutore testamentario.

Viaggiò in taxi verso l'aeroporto sotto una pioggia battente. E quando arrivò a Kloten vide gli aerei decollare e atterrare sollevando alti spruzzi di acqua.

Entrando nella saletta riservata ai viaggiatori di prima classe, dopo il check-in e il controllo passaporti, si sentì accogliere da un'esclamazione femminile che attraversò l'ambiente senza falsi pudori. Un'esclamazione nella quale erano mescolate ansia e gioia, forse speranza: «Andrea!».

Era Federica Bompeni, la sua amante di Parma, che si alzò dalla poltrona nella quale era sdraiata e si slanciò verso Andrea come sospinta da un impeto irresistibile.

«Federica!» non seppe trattenersi dall'esclamare a sua volta Andrea, con un fondo di remota tenerezza. «Cosa fai qui a Zurigo?»

Gli occhi della donna si inumidirono improvvisamente: «Mia madre. È in una clinica di Zurigo per un consulto. Un consulto per modo di dire. Sappiamo tutti, ormai, di cosa si tratta, ma fingiamo di non esserne sicuri».

«E di cosa si tratta?» volle sapere Andrea.

«Di un tumore al seno.»

«Operabile, spero.»

«Lo spero anch'io» sospirò Federica, che aggiunse: «Stasera debbo essere a Parma a tutti i costi. Ma domani pomeriggio sarò di nuovo qui».

«Tuo marito non ti accompagna?» volle sapere Andrea, che stava per aggiungere (ma non lo fece): "In una circostanza del genere".

«Mio marito è morto. L'anno scorso...»

«Mi dispiace.»

«Lascia perdere» fece lei con aria di indifferenza al pensiero del defunto consorte.

«Ho saputo che hai un figlio...»

«Una figlia... Paola.»

«Sono felice per te...» Non le chiese chi era il padre e se ora viveva con lei. Notò che la donna sembrava più vecchia di quanto non apparisse la madre sulla soglia dei cinquant'anni.

«Domani, quando tornerai da tua madre, salutamela tanto. Ho un bellissimo ricordo di lei.»

«Certo, lo farò. Ma domani è ancora lontano. Stasera,

ti prego, stammi vicino. Almeno sull'aereo. Sono sola come un cane...»

«Va bene» l'assicurò Andrea. «Fino a quando atterreremo a Milano. All'aeroporto sono atteso da mia moglie.»

«Ah» esclamò lei con delusione, che fu abile a trasformare in una simulazione di gioia: «Sono contenta per te. Non potevi rimanere solo per tutta la vita...».

Più tardi, quando l'aereo della Swissair atterrò a Milano, Federica fece a tempo a dirgli: «Non sono mai riuscita a dirtelo in modo giusto. Ma ricordati che ti ho amato! Molto...».

«Buona fortuna» seppe solo rispondere Andrea.

«Anche a te. Tanta, ma proprio tanta...»

15

Andrea partì per la Giamaica, insieme a Isabel, tre giorni dopo l'incontro di Zurigo con Hans Reuss.

Il programma di viaggio, predisposto dalla sua agenzia di fiducia, prevedeva il volo Milano-Londra, una sosta nella capitale, dal pomeriggio del giorno d'arrivo al mattino di quello seguente, la partenza, infine, per la Giamaica con un volo British Airways.

A Londra fu loro prenotata una suite all'hôtel Claridge e, per la cena, un tavolo al ristorante "Scotts", il migliore in assoluto in fatto di pesce.

L'albergo giamaicano si trovava a meno di mezz'ora dall'aeroporto di Montego Bay.

Il "Round Hill" non è solo un albergo. È, più in generale, un comprensorio rigorosamente esclusivo che si estende in lungo e in largo su di una collina ricchissima di vegetazione, nella quale convivono eleganti ville private e i cottage del più raffinato hôtel dell'isola, la cui "club house" è a ridosso del mare.

Per posizione naturale, flora e varietà di uccelli, è una delle imitazioni più veridiche di quello che si pensa possa essere stato l'Eden.

Vi arrivarono verso le sette del pomeriggio, ora locale, e Andrea si fermò nella villetta loro riservata solo il tempo necessario per un rapido cambio di abbigliamento. Ne uscì poco dopo per dare un'occhiata all'ambiente, lasciando a Isabel le incombenze dell'apertura delle valigie e della sistemazione nell'alloggio. Quando arrivava in una località sconosciuta, sentiva il bisogno di prendere visione del paesaggio, di impadronirsi del territorio.

Percorse un sentiero lastricato, in mezzo a un'alta vegetazione, e raggiunse una spaziosa rotonda, dal pavimento in cemento e cintata verso il mare da una ringhiera in ferro, intervallata da colonnine in pietra scolpita che sorreggevano delle bocce.

Sedette a un tavolo dal ripiano in marmo e ordinò una bevanda al rhum, curiosando avidamente tra persone e cose.

Fu così che la sua attenzione cadde su una donna alta e dal fisico atletico, interamente vestita di nero (calzoni, camicia e calzature), tranne il foulard bianco al collo. Immaginò fosse una sportiva "praticante", del genere lanciatrice di giavellotto, verosimilmente tedesca, come lasciava desumere la stessa capigliatura bionda.

Scendeva dalla collina e si avviava verso il bar all'interno della rotonda. Fu seguendo lei con gli occhi che arrivò a lui. All'uomo che, dandogli le spalle, era seduto al banco del bar. Quando la donna gli si accostò e gli diede un bacio sulla guancia, l'uomo si girò di fianco, consentendo ad Andrea di riconoscerlo: era Hans Reuss!

Si era scelto la compagna su misura per lui, ironizzò tra sé e sé.

Per l'imbarazzo ruotò sulla sedia girevole, di centottanta gradi, e si rivolse al mare. Non era psicologicamente pronto a incontrare, e neppure a salutare, lì e in quel momento, il banchiere svizzero.

Continuò a puntare rigidamente, per un certo tempo, lo sguardo verso il mare, sul quale cominciavano a calare le ombre del tramonto, favorite dalle carovane di nuvole che si muovevano in cielo.

Poi provò a voltarsi cautamente verso il bar e poté constatare che i due si erano allontanati.

Quella sera, su richiesta di Isabel, che più di lui avvertiva la stanchezza, ordinò la cena in camera: il loro alloggio era dotato di un ampio balcone, sul quale era possibile apparecchiare una tavola.

Dopo cena uscì nuovamente per una breve passeggiata e questa volta rischiò la collisione con Reuss. Lo svizzero, difatti, scendeva con la sua compagna dal pendio asfaltato che, dall'ingresso del "Round Hill", digradava verso la spiaggia, e sul quale saliva, in senso contrario, Andrea. I tre, avessero continuato i primi a discendere e il secondo a salire, si sarebbero inevitabilmente incontrati. Ma Reuss, una trentina di metri prima di incrociare Andrea, svoltò verso destra in direzione di una villetta che doveva costituire il suo alloggio. Tutto, però, lasciava intendere che entrambi si fossero ormai identificati.

L'indomani mattina, nell'uscire presto dall'appartamento, alla ricerca del primo, indispensabile caffè doppio, ritrovò Reuss. Stavolta l'uomo se ne stava solo, seduto al bar. Lo svizzero, quando lo vide, gli fece un cenno con la mano per invitarlo al suo tavolo. Andrea non poté esimersi dall'accettare. Una volta seduto, si sentì chiedere: «E allora, ci parliamo o ci evitiamo?».

«Ci parliamo, come no!» rispose Andrea. «Per me è un piacere.» E si sedette accanto al collega elvetico.

«È venuto qui per fare il turista o il golfista?» chiese Reuss.

«Sono venuto qui soprattutto per riposare. Ma ho portato l'attrezzatura da golf.»

Reuss colse solo la prima parte della frase: «Mestiere impegnativo il nostro, è vero?».

Senza attendere risposta aggiunse: «Stressante e rischioso». Poi tornò alla seconda parte della precedente risposta di Andrea, per commentare: «Anch'io ho l'attrezzatura da golf. Spero di poterla frequentare, anche perché sarebbe impossibile non farlo, e di poter giocare a golf con lei». Nell'esprimere quella speranza, alzò, quasi fosse un calice, la sua tazzina di caffè.

16

Il colonialismo inglese ha lasciato in Giamaica residenze, ville, costruzioni in genere, di eleganza ammirevole. Inserite con grande armonia nel contesto naturale.

Andrea e Isabel lo poterono constatare percorrendo la parte nordoccidentale dell'isola, da Montego Bay a Negrill, attraverso strade tortuose, a saliscendi, che costeggiavano fittissime boscaglie tropicali, lungo le quali era frequente imbattersi in spacci improvvisati di marijuana, offerta allegramente ai turisti alla stregua di bevande dissetanti.

Gli spacciatori si avvicinavano sorridenti alle macchine dei visitatori dell'isola, esibendo la merce con le mani alzate.

La boscaglia si diradava infine in prossimità del mare, lasciando spazio a immensi prati collinari, sui quali sorgevano le ville in stile coloniale.

Tra le costruzioni lasciate dagli inglesi, una delle più tipiche e grandiose, a parte Rose Hall, è quella dell'hôtel Tryall, situato sul picco di una collina antistante il mare, e circondato, a valle, da una sconfinata prateria, puntualmente trasformata in un campo da golf.

Su questo campo, al quinto giorno dal loro arrivo in Giamaica, giocarono la loro prima partita Bellani e Reuss.

In precedenza avevano avuto altre occasioni per frequentarsi, e una sera avevano cenato allo stesso tavolo, assieme alle rispettive compagne. Parlando di tutto, anche di banche, ma non del caso Rovani.

Per Andrea la pratica del golf era un atto di servizio. Aveva imparato a giocarlo, e continuato a esercitarlo, per poter discutere di affari, con i clienti, anche sul *green*. E il suo senso del servizio arrivava al punto di far vincere, abitualmente, anche clienti che poteva comodamente battere.

La partita durò tre ore e fu vinta da Andrea, che dovette promettere una rivincita. Quella volta si era imposto di vincere, per stabilire una supremazia psicologica sul banchiere svizzero. Al termine, i due fecero sosta sulla spiaggia dell'hôtel Tryall, a bere una "Red Stripe", la birra giamaicana.

Il mare agitato attraeva l'attenzione, quasi morbosa, di Andrea. Era sottilmente inebriato. Non dalla birra, non dalla vittoria nella sfida a golf, ma, molto più concretamente, dalla terra e dal mare giamaicano. Il vento, ora, gli scompigliava i capelli, ma lui non faceva nulla per riassettarli. Udì la voce di Reuss, come remota, quasi gli pervenisse a fatica attraverso il vento. Gli stava dicendo: «Ora che ci conosciamo meglio, mi sento incoraggiato a farle una proposta».

«Quale?» chiese Andrea, recuperandosi di colpo dalla sua distrazione.

«Le propongo un'alternativa. La prima è che lei mi lasci in pace per un anno, mettendo da parte le sue rivendicazioni ereditarie e, insieme, mi faccia transitare tra le mani la vendita delle azioni della ditta di import-export e il relativo prezzo... Riavrà puntualmente i suoi capitali, con interessi di tutto rispetto.»

«La seconda?» chiese subito Andrea.

«La seconda è che il suo istituto compri la maggioranza della banca Reuss a condizioni ragionevoli. La Reuss, non dimentichi, è uno dei gioielli privati del sistema bancario svizzero. E vanta una forte clientela italiana.»

«Perché mai la vuole cedere, allora?» domandò Andrea, sinceramente sorpreso dall'*avance*.

«È semplice: non ho i mezzi per comprare le azioni degli altri soci. E, questa banca, con i tempi che corrono e con il MEC alle porte, ha bisogno di una forte guida monocratica, libera dalle redini degli altri azionisti.»

Anche Reuss, pensò Andrea, doveva essere preda di una ebbrezza ambientale, per aprirsi così scopertamente su argomenti che, normalmente, richiedono un ermetismo dialettico da giocatori di poker.

«Allora le converrà vendere a una delle prime cinque banche elvetiche...»

«Non è detto. Più è potente la controparte, più imperative sono le sue condizioni.»

«Anche la mia è una grande banca.»

«Senza offenderla: non quanto una delle "Big five" elvetiche.»

«Ne potremo parlare» concluse sbrigativamente Andrea, che era nello stesso tempo interessato e sconcertato dall'improvvisa apertura di Reuss. «Dopo che mi sarò consultato con i miei.»

In realtà, intendeva prendere tempo per un'altra ragione: informarsi con maggior precisione su Reuss e la sua banca. L'avrebbe fatto subito.

Prima di salutarlo, gli chiese con apparente distacco: «A proposito, quanto valuta le azioni di maggioranza?».

«Millenovecento franchi svizzeri per azione» rispose Reuss deciso, ai limiti della perentorietà. «Per un totale di trecentottanta milioni e seicentomila franchi, comprensivi del premio di maggioranza.» Reuss evitò di precisare quanto avesse valutato il premio di maggioranza.

Poiché Bellani era rimasto muto e impassibile, ritenne di soggiungere: «Si tratta di duecentoquattromila azioni ordinarie...».

«Le condizioni, suppongo, sono da intendersi rigide» opinò l'amministratore della *Bieffe*, con implicita ironia.

«Il giusto prezzo sarebbe di duemila franchi per azione» completò Reuss.

Nel tornare verso il suo alloggio, Andrea fece un rapido calcolo. Se il venditore chiedeva millenovecento franchi per azione, il loro valore reale, a occhio e croce, avrebbe dovuto essere di millequattrocento franchi, compreso il premio di maggioranza. Di conseguenza, la quotazione di quelle di minoranza avrebbe dovuto aggirarsi sui mille-millecento franchi.

L'interminabile telex, inviatogli dopo soli due giorni dal suo fiduciario in Zurigo, cui aveva chiesto una relazione, recitava in lingua italiana: "La Reuss è una banca di ottime tradizioni, con sedi sparse in tutti i quattro Cantoni. Tre generazioni di Reuss affiancate, per altrettanti lustri, da una minoranza qualificata, sempre la stessa: la famiglia Schuh. Secondo vecchi accordi tra le due famiglie, le decisioni di straordinaria amministrazione possono essere prese solo con il voto favorevole di due terzi del capitale sociale e quindi con il consenso della minoranza. La famiglia Reuss detiene il cinquantuno per cento del capitale, la famiglia Schuh il quarantanove per cento. I rapporti all'interno delle due famiglie e tra i due gruppi di azionisti hanno funzionato alla perfezione, contribuendo alla fortuna della banca, fino alla morte dell'ultimo presidente, il padre di Hans Reuss e dei suoi due fratelli. Gli anni di maggior fulgore della banca Reuss sono stati quelli durante i quali l'istituto si specializzò nel fornire coperture formali (società panamensi, liberiane, bermudesi ecc.) agli italiani che detenevano illegalmente capitali all'estero.

"Alla morte del genitore, i rapporti tra i fratelli Reuss si sono deteriorati: Hans, per ottenere la leadership, ha dovuto condurre e vincere una dura lotta con i fratelli. Il padre non aveva lasciato disposizioni per la successione, mentre la famiglia Schuh avrebbe preferito come leader uno qualsiasi dei fratelli. Hans è un carattere accentratore ed è portato a una certa spregiudicatezza. I risultati, per un certo numero di anni, gli hanno però dato ragione. La banca ha aumentato la raccolta e gli investimenti, pur perdendo colpi nella capacità di far profitti. Ciò a seguito del progressivo decrescere dell'attività di copertura dei capitali clandestini, per via della imminente depenalizzazione, in Italia, del reato valutario."

Seguivano alcuni dati economici, riguardanti l'entità della raccolta, del capitale sociale, dei mezzi propri. Quindi la relazione proseguiva: "Una trattativa per la cessione della banca sembrava avviata a buon fine: quella con una delle 'Big five' svizzere. Ma sul più bello è avvenuto qualcosa di grave. Per chiamare le cose con il loro nome, un tentativo di sopraffazione da parte di Hans nei confronti della famiglia Schuh. Accampando ragioni fiscali e di altro genere, che avrebbero consigliato la costituzione di una società a Nassau destinata a fungere da holding della banca, raggruppando sia le azioni di maggioranza che quelle di minoranza, e ottenuto il consenso e la più ampia delega all'esecuzione del progetto da parte degli Schuh, Hans lo attuò a modo suo. Costituì una società alle Bahamas, ma, in essa, pur riconoscendo davvero alla famiglia Schuh le previste percentuali di azioni (quarantanove per cento), riservò nello statuto, con un colpo di mano, a sé e ai fratelli le cosiddette 'azioni fondatori'.

"Lei sa meglio di me cosa siano le 'azioni fondatori'.

Sono categorie particolari di azioni, a cui lo statuto può riservare un diritto di voto plurimo (nel nostro caso, venticinque voti per azione), a differenza delle ordinarie, cui compete un solo voto per azione. Può così succedere che, nell'ambito di una stessa società, due gruppi di soci che detengano un numero pressoché equivalente di azioni, abbiano un potere deliberativo abissalmente diverso, sia nelle assemblee ordinarie che in quelle straordinarie, per via del voto plurimo vantato dalle 'azioni fondatori'. Con questo ingegnoso sistema, Hans veniva a conquistare il potere assoluto anche nelle delibere straordinarie, pur mantenendo un diritto ai dividendi quasi eguale a quello degli altri azionisti. L'*escamotage* è stato scoperto con un certo ritardo da parte degli Schuh e reso oggetto di denuncia penale. Reuss si è difeso sostenendo, non solo di essere stato autorizzato verbalmente al riconoscimento statutario del voto plurimo alle 'azioni fondatori', ma di aver attuato un sistema che si volge a vantaggio di una maggior funzionalità della banca. Un giudice elvetico gli ha dato ragione, rilevando l'inverosimiglianza del fatto che il nuovo statuto fosse stato adottato a insaputa degli Schuh (colpevoli, fosse vera la loro tesi, di grave negligenza), e statuendo che la controversia, in ogni caso, è di carattere civilistico e non penalistico. Nei dieci giorni successivi alla decisione del primo giudice, i denuncianti hanno proposto rituale reclamo alla Camera dei Ricorsi Penali del Tribunale d'Appello e formulato istanza di apertura di istruzione formale. Reuss, ancora una volta molto abile, ha chiesto e ottenuto una vistosa proroga dei termini a difesa. La vicenda, per quanto non apparsa sui giornali, è divenuta nota negli ambienti bancari, e ciò ha provocato l'interruzione delle trattative per l'acquisto della banca Reuss da parte di un importante istituto zurighese. I denuncianti insistono nel tenere sotto pressione giudiziale Hans Reuss, ma ormai il loro vero intento sembra quello di utilizzare un possibile ritiro della querela penale contro una congrua liquidazione delle loro azioni: pare chiedano, in prima battuta, milleduecento franchi per azione. Ma Reuss non ha i capitali per liquidare i denuncianti e i suoi stessi fratelli, che a loro volta hanno preso le distanze da lui, pur senza attaccarlo espressamente. Anch'essi, come gli azionisti di minoranza, sarebbero pronti a farsi liquidare. Ma nessun istituto svizzero può permettersi il lusso di acquistare azioni in un tale contesto: da nessuna delle due parti litiganti.

"Reuss è dunque nel mezzo del guado. Una sconfitta giudiziale comporterebbe il sequestro delle 'azioni fondatori' e l'inizio di un'azione penale nei suoi confronti, ipotesi che lo costringerebbero a una resa immediata, se vorrà salvare la banca (ma, secondo buon senso, dovrebbe transigere al più presto).

"Un'ultima informazione, o meglio, una curiosità. Uno dei maggiori clienti della banca è un signore milanese vicino ai cinquant'anni, da un certo tempo trasferitosi a Zurigo dopo aver ceduto in Italia (e incassato in Svizzera il prezzo, essendo "estero-vestita" la proprietà) un'azienda ereditata dal padre e che lui non si sentiva di portare avanti. L'uomo, con affari misteriosi, continua ad accrescere costantemente le sue disponibilità presso la banca Reuss, che ammontano oggi a circa quaranta milioni di dollari e trentacinque milioni di marchi. Abita una lussuosa villa a tre piani, sulla collina circostante la città, nella quale risiede la più ricca e tradizionale borghesia svizzera e si trova l'hôtel Dolder. Vive dal 1985, o giù di lì, con una siciliana poco più che ventenne. L'ha portata via al marito, sparatosi sei mesi dopo la separazione, e al suo lavoro di hostess dell'Alitalia. Un intero piano della stessa villa è abitualmente riservato a un uomo d'affari arabo, amico dei due, tale Hafiz Abdel Assadi, che passa a Zurigo almeno dieci giorni al mese. Qualcuno mormora su questo ménage a tre, piuttosto reprensibile in una città molto borghese."

La lettura della lunga e meticolosa relazione del suo fiduciario suggerì ad Andrea una ipotesi sulle ragioni della condotta di Reuss nel caso Rovani.

L'uomo, probabilmente, stava tentando di acquistare dagli Schuh, o da uno di essi, le loro azioni, con una base finanziaria costituita da capitali altrui: tra cui, forse, quelli degli eredi Rovani e di altri clienti. Con la riserva mentale (e l'alibi morale), che, una volta che si fosse impadronito della banca, avrebbe potuto restituire i capitali attingendo alle riserve dell'istituto.

Un piano spregiudicato come pochi e sintomatico di uno stato di affanno finanziario. Se così non era, lo scenario diveniva più problematico.

Reuss, al punto in cui era giunto del conflitto con gli Schuh, poteva vincere anche il secondo "round" giudiziario, guadagnando il completo controllo della banca, e tenerla, o venderla, da questa posizione di forza. Ovvero "andare a Canossa", e smantellare, prima di una decisione penale a lui sfavorevole, la società di Nassau ristabilendo lo *status quo ante*. Perché non adottava la seconda soluzione?, si chiese Andrea. La risposta era, a suo avviso, complessa. All'origine, Reuss doveva aver fatto ricorso all'operazione caraibica perché l'esigenza della banca era davvero quella di una gestione unitaria e monocratica: il potere di straordinaria amministrazione, in questa prospettiva, doveva essere concentrato nelle mani di una sola persona. Oppure, il controllo dell'assemblea straordinaria, oltre che ordinaria, gli era necessario al solo fine di imporre ai soci di minoranza la vendita della banca. Ma una volta scoppiato l'incidente penale, la prudenza dei grandi istituti svizzeri doveva aver fatto cadere l'ipotesi dell'acquisto da parte di uno di essi; e averla resa impossibile anche in caso di restauro dello *status quo ante*. A tal punto, Reuss era rimasto solo con il suo abuso di potere. Governare senza amministrazione straordinaria gli era impossibile; altrettanto vendere. Sicché, volente o nolente, era costretto a giocare fino in fondo la sua partita a poker. Che aveva una caratteristica, finora non emersa: quella di offrire la chance, agli stessi soci di minoranza, di rendersi loro acquirenti, a buon prezzo, della quota di maggioranza, date le difficoltà nelle quali si dibatteva Reuss. Strano, rilevò, che non avessero ancora pensato a un'eventualità del genere.

Vide Isabel che si avvicinava ai bordi della piscina e si stava sdraiando, dopo essersi slacciata il reggiseno con naturalezza, ma anche con ingenua provocazione. In pochi giorni aveva preso un colore discreto, che si intonava alla sua personalità. Andrea la guardò con avidità, ma tornò a concentrarsi sui suoi pensieri.

Sapeva, ormai, di aver preso una decisione. Si recò nello studio, all'interno della villa, si munì di carta e penna e scrisse il testo di un fax per il corrispondente di Zurigo:

Ti chiedo di provvedere con estrema urgenza a questi adempimenti:

I. incarica il miglior studio legale zurighese, che non sia già coinvolto nella pratica, di stendere un parere urgente sulla questione. Particolarmente, sul quesito: quali probabilità vi sono che i soci di minoranza riescano a far valere le loro ragioni avanti alla Camera dei Ricorsi Penali?

II. Se il parere è ragionevolmente positivo, contatta la Fiduciaria Fires, e incaricala di avvicinare i soci di minoranza per proporre l'acquisto del pacchetto in loro possesso, subordinatamente al successo del loro ricorso avanti alla Camera dei Ricorsi Penali. Per incentivare il loro interesse, ci impegniamo a sostenere le spese giudiziali. In pratica siamo pronti a gettare in campo la nostra maggior forza e determinazione. L'acquisto delle azioni di minoranza non vuol essere un ridimensionamento delle nostre ambizioni, ma la premessa per il rilevamento di quelle di maggioranza. Indebolito moralmente e finanziariamente, nel caso che gli venga dato torto dall'autorità giudiziale, Reuss non avrà la forza e la credibilità per contrastare un agguerrito socio di minoranza quale saremmo noi. Dovrà cedere le azioni e abbassare la cresta quanto al prezzo. Con lui non si può trattare direttamente allo stato attuale: troppo prepotente e troppo poco realista. L'unico modo di avere le sue azioni a prezzo conveniente è stanarlo dall'interno.

III. Gli Schuh chiedono milleduecento franchi svizzeri per azione. Partirei da un'offerta di novecento franchi, con margini di miglioramento a seconda del verificarsi di una delle seguenti due ipotesi:

1. acquisto della minoranza, reintegrata dei suoi diritti, a seguito del successo del ricorso degli Schuh (e di acquiescenza di Reuss all'esito giudiziale): il prezzo potrà essere tra i novecento e i mille franchi;

2. acquisto anche della maggioranza, a seguito di disimpegno di Reuss dalla banca, come inevitabile conseguenza dell'ipotesi uno: il prezzo per le azioni degli Schuh potrà essere portato a millecento franchi. In questa ipotesi, però, il nostro impegno di acquisto si ridurrà quantitativamente e loro dovranno mantenere una partecipazione dell'ordine del venti, ventiquattro per cento. Noi abbiamo interesse a contenere i costi e loro, con un socio affidabile nella banca, possono avere interesse a rimanervi.

Nessun acquisto e nessun prezzo, evidentemente, in caso di rigetto del ricorso Schuh. A essi, in tal caso, sarà dovuto solo un equo premio, da convenirsi, per averci consentito il tentativo di scalata.

La fiduciaria può fare il nome mio e della banca mandante, ma deve porre come condizione, alla famiglia

Schuh, che l'attuale azione penale sia proseguita, seppure a nostro rischio e pericolo.

Questo era il modo di essere di Andrea: freddo e impetuoso in egual misura. Quando il fiuto gli faceva avvertire un affare, lui precorreva i tempi. Perché pensava che, in caso contrario, poteva perderlo.

Consegnato il fax alla reception, tornò alla villa; più precisamente, al bordo della piscina. Isabel era sempre là, invitante e disponibile. La prese per un braccio e l'attirò verso l'interno della villa. Lei lo seguì docilmente.

Fu, per entrambi, un amplesso tormentoso e veemente, perché Andrea vi scaricò l'ossessiva concentrazione che l'aveva finallora attanagliato, e perché lei lo capì e lo volle assecondare. Lo conclusero con un gemito, che era, per entrambi, di sollievo.

Poco dopo, nell'accendersi, ancora nudo sul letto, una delle rarissime sigarette che si concedeva, Andrea le disse d'improvviso: «Aiutami a restare un uomo, con la sua morale e con i piedi per terra».

«Perché mi dici questo?» chiese lei sconcertata.

«La finanza, poco per volta, ti fa perdere la spiritualità. Il denaro, inevitabilmente, prevale sulla morale e ti involgarisce. Se ti compromette anche l'umanità, sei finito: sei pronto a uccidere e a farti uccidere» spiegò Andrea.

Isabel diede una strana risposta, che parve attingere dall'inconscio, tanto che le venne da pronunziarla nella sua lingua originaria: «También el amor puede hacerte matar». Si chinò sul corpo del suo uomo e prese a baciarlo, mormorando parole di adorazione, quasi avvertisse un impagabile debito di riconoscenza verso un eroe che le avesse salvato la vita.

Più tardi Andrea incontrò Reuss, che gli chiese: «Pensato sopra?».

«Pensato sopra» rispose. «Ma è prematuro discuterne. Ne riparleremo a Zurigo.» Non rivelò, naturalmente, quello che in quel momento gli passava per la testa: "Lei è uomo da prendere con le pinze".

«Si ricordi che c'è fretta» insisté l'altro.

«Certo, certo» tagliò corto Andrea. Ma non scoraggiò Reuss, che si riservò il commento finale: «Voi italiani avete i capitali per comprarvi la Svizzera, e finite per lasciarli in mani nostre, perché ci possiamo comprare mezza Italia e mezza Europa. Provi lei, che è un pioniere, a invertire la tendenza: si compri la Svizzera, o almeno una parte di Svizzera».

«Cosa le fa pensare che io sia un pioniere?» chiese Andrea.

«So tutto di lei. Vuole che non mi informi anch'io sugli uomini con i quali debbo trattare affari importanti?»

Sulla cima della collina del "Round Hill" sorgeva la splendida villa bianca di Ralph Laureen, lo stilista americano, il quale, durante il giorno, scendeva a fare i bagni nella spiaggia dell'albergo, in compagnia della moglie e dei due figli.

Puntualmente abbordato da Hans Reuss, invitò a cena, in un ristorante sulla Costa, i due banchieri europei, con le loro donne. L'insegnamento che Andrea poté trarre, nella circostanza, da Ralph Laureen (lui era pronto a trarre insegnamenti da tutto e da tutti) fu quello che nei Caraibi si porta lo smoking come in città: giacca possibilmente bianca, calzoni neri, scarpe lucide. Con una piccola variante, messa in evidenza dall'ospite: non si debbono portare i calzini!

Con grande tempestività, rispetto alla richiesta, giunse da Zurigo, nei giorni seguenti, il parere del primario studio legale di Zurigo, scelto dal suo fiduciario, sulla controversia tra soci all'interno della banca Reuss. Karl Hünziker, titolare dello studio, era perentorio: Hans Reuss aveva commesso un sopruso, e l'inspiegabile archiviazione disposta dalla Procura pubblica sarebbe stata sicuramente revocata dalla Camera dei Ricorsi Penali.

Di ritorno dalla Giamaica, Andrea e Isabel fecero sosta per due giorni a New York. Andrea doveva definire i rapporti con il nuovo broker americano da lui scelto per la Industria e Finanza: le prestazioni del precedente, negli ultimi tempi, non erano state ottimali, e lui aveva deciso di cambiarlo.

Il nuovo istituto era uno dei principali degli Stati Uniti. Si trovava nella 57ª Strada e occupava un intero edificio bianco, moderno, vicino all'avveniristico grattacielo, dalla facciata curva, ideato dall'architetto Gordon Bunshaft.

Lo ricevette uno dei *senior partners*, un dirigente sui quarant'anni, biondo, gli occhi di ghiaccio, di una cortesia reale, ma rapida. Si chiamava Milton Freedmann.

Parlarono per un'ora dei rispettivi programmi, poi l'americano gli disse: «Se vogliamo iniziare bene i nostri rapporti, è meglio che io le dica qualcosa che un broker normale non le direbbe. Ma che lei deve tenere rigorosamente riservato per sé e utilizzare solo per la sua banca».

«Non ho difficoltà a impegnarmi in questo senso. Anche perché questo è il mio stile» l'assicurò Andrea.

«Sono notizie che abbiamo da fonti speciali, diciamo così.»

«Ho capito» commentò Andrea.

Esaurite le premesse, il broker questa volta pose una domanda: «Siete molto investiti in Borsa?».

«Sì» rispose Andrea.

«Smantellate velocemente gli investimenti azionari. Andiamo incontro a un crack di dimensioni apocalittiche...»

Andrea non rimase del tutto sorpreso della teoria: anche lui pensava qualcosa del genere. Ma non immaginava che il crack fosse alle porte.

Era il gennaio del 1987. Il crollo sarebbe arrivato in ottobre.

Nei nove mesi di intervallo, Andrea avrebbe preso a ridurre a zero l'esposizione in Borsa della clientela, suscitando non poco sconcerto negli investitori tradizionali in azioni.

Ma quando il crack si sarebbe materializzato, bruciando con la rapidità di un incendio fortune ritenute incombustibili, Andrea si sarebbe guadagnato la fama di benefattore e profeta.

RUFFO: LE DEPOSIZIONI DI MILLO E DELLA GHISLANDI

17

Millo entrò nell'ufficio del sostituto procuratore con l'aria di chi metta piede in un girone infernale: un ambiente che non poteva e doveva competergli.

Ruffo capì a volo il suo stato d'animo e lo rassicurò: «Stia tranquillo, dottor Millo. Lei non è qui per essere interrogato, ma per offrire i suoi lumi, "quale persona informata dei fatti", alla povera giustizia».

Il banchiere parve tranquillizzarsi e commentò: «Mai messo piede in un tribunale, per quanto ricordi».

«Sono peggio gli ospedali» replicò Ruffo.

«Questo è vero!» ammise il "Colonnello".

«Allora, dottor Millo... Lei è stato il padrino di Bellani, almeno agli inizi della sua carriera...»

«Be', padrino è un po' troppo. Io non amo essere il padrino di nessuno. Diciamo che avevo preso atto con compiacimento delle doti di Bellani e le avevo trovate congeniali agli interessi della banca...»

«Quali doti?»

«Rapidità dell'intuizione, determinazione e velocità nello sfruttare le occasioni. E poi il sesto senso...»

«Per cosa?» lo sollecitò Ruffo.

«Per i cambi monetari. Un sesto senso strabiliante. Sembrava avere una sfera di cristallo... Ma non è neanche questo il punto.»

«E qual è allora?»

«Bellani era un monomaniaco. Aveva in testa la banca e la carriera, e solo quelle. Possedeva, in altre parole, la capacità di nutrire grandi ambizioni. Ed era precoce in tutto: a trentasei anni era già un maestro dei rovesciamenti di fronte...» non seppe trattenersi dal concludere.

«Come mai, allora, questo incredibile finale?»

Millo si schiarì la voce prima di dare una risposta: «Le storie, purtroppo, si ripetono. E si ripetono in modo eguale, con gli stessi copioni e gli stessi colpi di scena, ultimo dei quali il suicidio, o quel che sia: Sindona, Calvi...».

«Cosa vuol dire?»

«Che la morale è sempre la stessa: ci si espande troppo in fretta e troppo "in lungo", se mi passa l'espressione. Anzi, in lungo e in largo. Troppo per degli italiani che, sulla scena finanziaria internazionale, non hanno reali collegamenti e che pertanto debbono inventarli o, comunque, prendere per buoni quelli che trovano. In questo modo si finisce per colludere con interessi misteriosi e incontrollabili, che prima o poi si rivolgono contro il banchiere improvvisato.»

«Bellani era un banchiere improvvisato?»

«Era un grosso manager di banca, un grande esperto di nuove tecniche finanziarie: ma tutto questo non fa un banchiere.»

«E cosa fa il banchiere?»

«Il potere. Il tessuto di relazioni.»

«Ah!» esclamò Ruffo, con il tono di chi ascolta una lezione di alta finanza.

«E lui non l'aveva?»

«L'aveva in certa misura in Italia e in parte in Spagna. Non altrove, soprattutto dove è importante averlo. Nonostante ciò, lui si è spinto arditamente in avanti, fino in Medio Oriente e oltre...»

«Vuol dire che è lì la chiave della sua fine?»

«Non intendo fare nessuna ipotesi sulla sua morte. Io

parlo dell'impero che aveva troppo in fretta costruito. Anzi, più che costruito, improvvisato.»

«Però, affrettatamente o meno, un impero l'ha davvero creato...»

«Certo. Ma il creatore, sembra, si è poi sparato un colpo di rivoltella in testa...»

Ruffo non gradì il cinismo di quella frase.

Millo, accortosene, adottò un tono più neutro: «Questo è il mistero: il contrasto tra la creazione di un impero e una fine incompatibile con le opere di cui si è stati capaci. Torniamo sempre ai casi Sindona e Calvi: in una espansione eccessiva e affrettata si inseriscono fattori incontrollabili...».

«Quali?»

«Non lo so. Di Bellani mi è noto il primo atto, mi sono ignote le altre sequenze.»

«Quale fu il primo atto?»

«Bellani diventa banchiere in nome e per conto della signora Ghislandi, come alter ego della stessa. È lei che vuole diventare banchiere e che per farlo si serve di una controfigura. Sia ben chiaro: di un fior di controfigura, di qualcuno cioè che il suo mestiere lo conosceva a menadito.»

«Si spieghi meglio.»

«La Ghislandi, per divenire padrona della banca, necessitava di qualcuno che conoscesse tutti i segreti tecnici di un organismo così complesso, mentre lei conosceva solo la funzione di azionista. Passare dal ruolo di azionista di banca a quello di banchiere non è semplice, anzi è quasi impossibile: a meno che non si agisca per interposta persona. Bellani doveva essere l'interposto per conto della Ghislandi. Forse, chissà...»

«Chissà?»

«Forse lei pensava di controllarlo fino in fondo, mentre lui, probabilmente, le è sfuggito di mano. Ma sono ipotesi, solo ipotesi.»

«Dove può esserle sfuggito di mano?»

«Probabilmente nelle banche estere nelle quali la *Bieffe* aveva acquisito partecipazioni di controllo o comunque rilevanti.»

«Quali?»

«È ufficiale, risulta dai bilanci: la banca Reuss di Zurigo e la *U.B.N.* di Abu Dhabi. Forse è opportuno lei sappia, al riguardo, che Bellani era ultimamente entrato nella rosa dei candidati all'amministrazione delegata della *U.B.N.*. Valuti lei le possibili implicazioni di una tale ambizione, in un nido di vespe quale è una Corte mediorientale.»

Ruffo memorizzò quell'informazione, poi passò ad altro, rispettando la sua tabella di quesiti.

«Come andava il matrimonio, o comunque, il rapporto sentimentale tra Bellani e la Quinteros?»

«Sembrava esemplare.»

«Lei, dunque, attribuirebbe scarso credito alla possibilità che egli avesse un'amante?»

«Sulla virtù di un bell'uomo non si può mai scommettere. Meno di tutti può farlo un banchiere.»

Prima di congedare il suo interlocutore, Ruffo gli disse: «Mi consenta due sole righe di verbale sulla nostra conversazione. Lei conferma, vero, di non essere a conoscenza di alcuna circostanza attinente la morte di Andrea Bellani?».

Il segretario Compagnone, che per l'occasione si era tagliato i riccioli, ai quali era molto affezionato, verbalizzò la domanda. Millo, con una punta di imbarazzo, rispose: «Lo confermo».

L'aiutante levò il foglio dalla macchina da scrivere e lo fece firmare in calce dall'illustre banchiere.

Nell'accompagnarlo verso la porta, Ruffo chiese, con apparente noncuranza: «A proposito, le dice qualcosa l'appellativo "il Caimano"?».

Millo, sulle prime, sembrò sinceramente interdetto. Poi, d'improvviso, sbiancò in volto. Ma riuscì a rispondere : «No!».

Poco dopo l'uscita di Millo, Ruffo sentì riaprirsi la porta e vide la testa del collega Moscati che faceva capolino. «Posso?» chiese l'intruso.

«Certo che puoi! Sei il benvenuto...» rispose il sostituto con sincera cordialità. Prima di sposarsi, Moscati aveva frequentato con lui tutti i ristoranti della zona Brera, la sua preferita, allacciando anche una relazione con una gallerista della zona.

«Volevo solo dirti che ho dato un'occhiata al fascicolo Bellani. Non il tuo, quello di Dell'Acqua» precisò.

«Ti manda lui?»

«No» garantì il collega.

«Ho capito: vuoi segnalarmi le tue idee al riguardo...» si corresse Ruffo, che aveva preso atto della spontaneità dell'amico.

«Solo le mie impressioni, molto sfumate e superficiali» ridimensionò l'altro.

«E quali sono?» lo stimolò il titolare dell'inchiesta.

«Hai mai pensato all'ipotesi che Bellani abbia ingrandito il gruppo, estendendolo fino in Medio Oriente, per poter sfilare la *Bieffe* dalle mani della Ghislandi? E che lei, accortasi del gioco, l'abbia ucciso, sentendosi tradita?»

«È un'ipotesi logica. Anzi una delle più logiche. Ma non regge» replicò Ruffo.

«E perché?»

«Perché Bellani era corretto. Rispettava le regole del gioco, altrimenti non sarebbe arrivato sin dove è arrivato.»

«Capisco: guai a chi ti tocca l'eroe!»

Era una battuta, certo. Ma poteva esserci un fondo di verità, ammise Ruffo. E se avesse davvero mitizzato Bellani, e si stesse identificando in lui?

Decise di sentire la signora Ghislandi presso la banca di cui era vice presidente, anziché in Procura: un minimo di riguardo non guastava. Così, d'altra parte, aveva modo di dare un'occhiata alla sede dell'istituto. Nell'occasione indossò un completo blu elettrico e si mise addirittura una cravatta, la più seria del suo ridottissimo repertorio. Nella routine quotidiana, qualunque fosse la stagione, preferiva gli abiti spezzati (quando non gli era proprio possibile limitarsi a dei calzoni sportivi e a un giubbotto) e le camicie "button down" slacciate all'altezza del collo.

Alla *Bieffe* fu introdotto nella sala riunioni. La signora vi entrò, poco dopo, diffondendo un profumo intenso ed esibendo l'eleganza, la sicurezza e lo charme che le erano congeniali: aveva superato, all'apparenza, lo choc per la morte del suo pupillo. Il sorriso, subito rivolto al sostituto procuratore, sembrava sincero.

Ruffo, dopo averle stretto la mano, le spiegò: «Vorrei avere uno scambio di idee con lei, a proposito della morte del dottor Bellani».

«Sono a sua disposizione» replicò la donna. Formale, ma con un fondo di cordialità.

«Mi è stato detto che Bellani ha avuto un padrino nella figura del signor Millo e una madrina nella sua persona, signora Ghislandi...» la stimolò Ruffo.

«No, no. Io me lo trovai fatto e compiuto dopo una lunga esperienza che lui aveva vissuto a Madrid, su nomina e per conto di Millo. E non nascondo che quella esperienza mi tornava utile.»

«Perché?»

«Perché ero azionista storica della banca, e avevo interesse che fosse diretta da persona competente e aggiornata sulle nuove tecniche internazionali.»

«Quindi fu lei a scalare la banca...»

«Alto là. Io la difesi dal degrado. E su questo progetto trovai l'adesione di vari investitori esteri.»

«Proprio esteri?» chiese Ruffo, fissandola con uno sguardo intenso e ironico nello stesso tempo.

«Proprio esteri. Sono a libro soci!»

«Ah, certo» incassò il sostituto. «Ma perché mai investivano ingenti somme per una partecipazione di minoranza in una banca italiana?»

«Se lei prende quale esempio una grande banca internazionale, come la Bruxelles Lambert, noterà che l'azionariato è frazionato in tante partecipazioni di minoranza. Io ho voluto ripetere uno schema del genere.»

«Cosa può dirmi delle banche dirette da Bellani?» chiese Ruffo, che non poté ribattere alla precedente affermazione della signora.

«Erano divenute un suo giocattolo personale. Solo lui aveva una visione a 360 gradi degli affari del gruppo. Anche l'ingresso nella *U.B.N.* l'ha concepito, trattato e realizzato lui.»

«Cos'è esattamente la *U.B.N.*?»

«È una banca arabo-pakistana, di cui possediamo il venti per cento.»

«Quanto vale lei, signora Ghislandi?» le domandò a sorpresa Ruffo.

«Chi?»

«Lei, proprio lei, signora.»

«Io?» ripeté lei stupita.

«Deve sapere che Bellani, poco prima della morte, si pose proprio questo quesito, scrivendolo in calce alla pagina di un libro...»

La Ghislandi decise di stare al gioco: «Io valgo le azioni della banca in mio possesso!».

«Questo suo valore lui lo conosceva già, quando si pose l'interrogativo. Ci dev'essere qualcosa di più, almeno secondo Bellani. E rilevante anche...»

«Era un interrogativo senza fondamento» tagliò corto lei.

Ruffo divagò: «Ho letto su un quotidiano, il "Corriere", mi pare, che lei, quel tardo pomeriggio del tre giugno, era attesa proprio nell'ufficio di Bellani...».

«Esatto.»

«Ma le è stato impedito di recarvisi per un disguido, mi pare. Che genere di disguido?»

«Tornavo da Lugano diretta a Milano. Alcuni chilometri dopo il casello di Como è avvenuto un incidente che ha bloccato il traffico per un'ora. Un'esperienza allucinante. Un ingorgo! Siamo stati fermi in colonna per un'ora, anche di più, e poi avviati su una metà dell'altra corsia e costretti a procedere a passo d'uomo per alcuni chilometri. Arrivata a Milano ero così isterizzata e stremata, che ho preferito tornare a casa a farmi una doccia.»

«La sua macchina avrà di certo l'aria condizionata!»

«Sì, ma lo scopo della doccia era quello di distendermi i nervi, non di rinfrescarmi.»

«Ha preavvisato Bellani del disguido?»

«L'ho chiamato alle sette, sette e un quarto, non posso essere precisa, ma non ha risposto nessuno.»

Ruffo guardò con aria assorta il piccolo block-notes che si era portato dietro e che conteneva alcuni appunti per l'incontro.

«Lei sa, perché i giornali l'hanno riportata, che Bellani sottolineò una frase del libro di Baudrillard trovato nel suo studio. Poteva costituire un messaggio?»

«Non credo. Lui amava i paradossi, tutto qui» replicò la Ghislandi.

Senza dare alla cosa eccessiva rilevanza, Ruffo si informò ancora: «Le dice niente l'appellativo "il Caimano"?».

La signora ebbe la stessa reazione di Millo. Anche lei capì in ritardo una realtà che doveva conoscere, ma non intendeva ammettere.

Prima di salutarla, Ruffo chiese a lei, come già aveva fatto con Millo: «Conferma di non essere a conoscenza di alcun fatto attinente la morte del signor Bellani?».

«Lo confermo» rispose lei con tono sospiroso.

Uscito dalla banca e rimontato in macchina, chiamò Pellicanò con il telefono di servizio per dirgli: «Verifica con la Stradale, per favore, se il tre di giugno, verso metà pomeriggio, vi è stato sulla Como-Milano un ingombro stradale e, se la risposta è affermativa, fino a quando è durato. Quando lo sai, richiamami, anche a casa».

Il capo della Mobile richiamò alle otto di sera: «L'incidente c'è effettivamente stato. Ma già alle sei è ripresa la normale circolazione. Chi si fosse trovato in quei pressi nel momento critico, avrebbe comodamente potuto raggiungere il centro di Milano prima delle sette. A meno che non si sia fermato a un distributore a far benzina o a... visitare una toilette».

BELLANI: ALLA CONQUISTA DELLA BANCA REUSS

18

Furono necessari tre mesi, alla fiduciaria di Zurigo, per portare a compimento la trattativa per l'acquisto, condizionato, del pacchetto di azioni della banca Reuss in mano alla famiglia Schuh, facendo accettare ai venditori le modalità e i termini proposti da Bellani.

Il diritto di prelazione dei Reuss era ormai scaduto, a seguito di recente offerta in vendita delle azioni di minoranza, rimasta senza riscontro da parte degli altri soci.

La richiesta di approvazione, al Consiglio della *Bieffe*, del progetto di investimento nella banca Reuss, fu una mera formalità, in quanto Andrea aveva da tempo ottenuto il benestare della Ghislandi.

Nella seduta consiliare, un solo amministratore si concesse di chiedere come mai «con il MEC alle porte, si comprasse una banca svizzera».

La risposta di Bellani fu decisa: «Perché è un affare irripetibile e gli affari, quando capitano, vanno colti al volo. Quanto al MEC, ci siamo già dentro noi con la *Bieffe*, sicché non vedo la necessità di duplicare la presenza. Le banche svizzere, inoltre, lungi dall'essere ridimensionate dal Mercato Comune Europeo, saranno stimolate ad acquisire mercati alternativi e diverranno le beneficiarie privilegiate dell'internazionalizzazione dei paesi dell'Est. In pratica sostituiranno l'Ovest europeo con l'Est».

Richiesto se, oltre all'opportunità strategica di essere presenti in Svizzera, vi fosse, in termini monetari, una previsione di ritorno dell'investimento, Bellani fece presente che «già il fatto che acquistiamo azioni svizzere con una moneta italiana sopravvalutata, e destinata a un ridimensionamento nel prossimo futuro, rappresenta un sicuro guadagno, calcolabile tra il venticinque e il trenta per cento in alcuni anni. Ma il ritorno reale verrà dall'evoluzione del sistema bancario elvetico, che nei prossimi anni procederà a una serie di fusioni su larga scala tra istituti di credito. La Reuss diverrà uno degli obiettivi di queste fusioni e ne ricaverà una forte rivalutazione».

Per la conclusione del contratto preliminare (sottoposto alle note condizioni e a quella ulteriore che l'esame dei bilanci societari, da parte di un primario istituto di Revisione, confermasse la valutazione negoziale delle azioni) Bellani si recò personalmente in Svizzera, per incontrarvi il leader degli Schuh. L'incontro avvenne in una saletta riservata dell'hôtel Baur au Lac – che da allora in poi sarebbe divenuto il suo hôtel abituale, tranne qualche escursione al Dolder – ed ebbe attimi di commozione da parte del vecchio Gerard Schuh, che vestiva un abito scuro, quasi da cerimonia, e di tensione emotiva da parte dello stesso italiano.

Per il canuto banchiere, quasi settantenne, si trattava di uno storico cambio della guardia, di un affidamento in mani straniere di un patrimonio non solo familiare, ma dell'intera città.

Gerard Schuh rievocò brevemente, a Bellani, i trascorsi della banca, rimarcando con enfasi che il tratto distintivo della stessa, nel passato, era stato quello di finanziare l'industria e il commercio e non, invece, di perseguire affari o raccolte di denaro a rischio. Queste ultime tendenze si sarebbero invece manifestate nella gestione da parte di Hans Reuss, ingenerando tensioni tra i soci.

«Hans, nonostante la tradizione familiare, non ha ancora imparato la differenza tra un *gagneur d'argent* e un banchiere, e ha finito per coltivare il primo ruolo, anziché il secondo.»

Al termine di quell'incontro Bellani promise che, se avesse conquistato la maggioranza e ristabilito l'ordine all'interno della banca, avrebbe riservato agli Schuh una significativa presenza in Consiglio di amministrazione: aveva bisogno di un banchiere saggio e introdotto come lui.

Il vecchio gli strinse la mano, dichiarando con solennità: «Questa stretta, per me, vale più di un contratto».

Le perizie sulla banca confermarono, in tempi rapidi, la correttezza dei dati contabili e patrimoniali forniti dagli Schuh, conferendo così efficacia, seppur condizionale, agli accordi: si era alla fine del mese di maggio del 1987.

L'intesa prevedeva, per il caso di acquisto, da parte della *Bieffe*, anche delle azioni di maggioranza, l'eliminazione della clausola statutaria che imponeva il consenso della minoranza per le decisioni di straordinaria amministrazione.

Tre giorni dopo la conclusione dell'accordo tra la *Bieffe* e la famiglia Schuh, Bellani ricevette una telefonata, a Milano, da Hans Reuss, che gli disse, con una punta di amara ironia: «Ho saputo che lei mi ha stretto d'assedio». La voce era controllata, e voleva, anzi, apparire disincantata. Ma tradiva una inconfondibile punta di irritazione.

«Io?»

«E chi altro?»

«Non mi risulta» reagì Bellani deciso.

«A me invece sì. E per certo. Quel che non capisco è perché l'ha presa così alla larga, per arrivare alle mie azioni. Gliele avevo offerte!»

«Le sue azioni non mi interessano. Mi interessano, in teoria, quelle di minoranza» bluffò il banchiere italiano.
«Non mi racconti queste storie...» lo invitò Reuss.
«Sono storie vere. Se investo in una banca estera, preferisco lasciare la gestione all'azionista storico.»
«Allora non ha proposte da farmi?»
«Se proprio vuole, gliene faccio una: rinunzi alle "azioni con voto plurimo" e torni allo *status quo ante*. Sarò lieto, in tal caso, di rilevare la minoranza al posto degli Schuh» continuò a bluffare Bellani.
«Non coabiterei mai con un drago come lei. Preferisco vendere a terzi.»
«Lo faccia.»
«Ma lei in questo caso avrebbe il diritto di prelazione» lo provocò Reuss.
«Ci rinuncerò» fu il secco commento di Bellani.
«Smettiamola, Bellani. Lei vuole il controllo della Reuss. Lo paghi!»
«Quanto?» chiese d'improvviso Bellani.
«Voglio essere realista: millesettecento franchi.»
«Milletrecento» replicò Bellani.
«Lei è un bel tipo. Si diverte a stracciare i prezzi delle azioni e pretende di farsi regalare le banche svizzere. Dico svizzere!»
«Allora?»
«È un prezzo assurdo, lo sa.»
«Se lei non mi ferma entro dieci secondi, ritiro l'offerta...» affermò Bellani con tono perentorio.
«Stia calmo! Vorrei solo che non facesse un errore di calcolo. L'eventuale apertura di una istruzione penale nei miei confronti, in Svizzera, non comporterebbe alcuna incriminazione formale immediata. La procedura potrebbe durare anni, e sarebbe particolarmente vischiosa, avendo a che fare anche con la legislazione delle Bahamas. Insomma, io potrei resistere a lungo, con le azioni di maggioranza in mano» bluffò a sua volta Reuss.

«Potrebbe resistere per anni, ma senza azioni in mano,» corresse Bellani «perché nel frattempo le verrebbero sequestrate.»

«Chi lo dice?»

«Il mio legale: un ottimo avvocato, glielo posso garantire.»

«Tutto era cominciato con una partita di golf» commentò Reuss, con ostentato disappunto.

«Ed è continuato con un buon affare.»

«Per lei!»

«Per tutti e due. Io la sto cavando da un grosso guaio.»

«Può darsi. Ma un premio di maggioranza viene sempre pagato, in tutte le vendite dei pacchetti di controllo!»

«L'operazione mi viene a costare troppo. A questo punto, avendo già opzionato le azioni della famiglia Schuh, posso offrirle, ripeto, solo milletrecento franchi per azione, che comprendono un premio di maggioranza.»

«Ma lei sa che è un importo del tutto inadeguato!»

«Io so che è l'unica cifra che sono in grado di spendere.»

«È l'ultima parola?»

Bellani avrebbe voluto limitarsi a rispondere: «L'ultima». Ma, poi, decise di mostrarsi aperto. Parlando con tono calmo e professionale disse: «Vede, Reuss, io ho studiato i bilanci della vostra banca nel suo periodo d'oro: quando lucrava milioni di dollari di commissioni, limitandosi a fornire agli italiani coperture formali per i loro capitali esteri».

Reuss era sul punto di rispondere con tono risentito, quando Bellani lo anticipò: «Poi li ho confrontati con gli ultimi, intaccati dalla prospettiva della caduta, in Italia, della legge valutaria. Il calo dei profitti è rilevante, anche se sono rimasti immutati i valori patrimoniali. Questa è una banca che, dopo aver vissuto alla grande, ma parassitariamente, per molti anni, deve essere ristrutturata con grandi sacrifici. E poi...».

«E poi?»

«E poi io sono in grado di evitare all'istituto perdite che lei invece non potrebbe impedire. Nelle sue mani i patrimoni gestiti dalla banca subirebbero, a breve termine, notevoli perdite, che diminuirebbero lo stesso valore delle azioni Reuss. A che pro tenerle? Mi creda, so quello che dico...» Bellani si riferiva, senza dirlo apertamente, all'imminente crollo di Wall Street pronosticato dal suo broker americano.

Reuss lasciò trascorrere alcuni momenti, quasi volesse creare un clima di suspense, che infine lasciò abortire: «Non è un bel gesto da parte sua».

«Se mi consente, non era un bel gesto neppure il suo tentativo di rifilarmi delle azioni che erano coinvolte in un processo penale. Il prezzo è giusto, lei lo sa meglio di me: è speculativo il suo, non il mio. E poi lei non ha altri compratori.»

Il venditore sembrò avere un'ultima incertezza, poi annunciò la resa: «Un giorno ci incontreremo di nuovo, lo sento, e ci capiremo. Per il resto, affare fatto. Non perché io ceda alla vostra prepotenza, ma perché ho altri programmi e altre ambizioni».

«Ah, sì? E quali, se mi è consentito?»

«Costituirò una finanziaria per concorrere alle iniziative di sviluppo dell'Estremo Oriente. Il ritorno di Hong Kong alla Cina e il rilancio industriale di questo paese rappresentano il maggior evento economico di fine secolo: e le puntate finanziarie su di esso si fanno oggi, non domani. Sono già in contatto con Gordon Y. S. Wu, il progettista dell'opera, per partecipare al Consorzio di finanziamento della superstrada Hong Kong-Guangzhou, che collegherà Hong Kong alla Cina. Se vorrà una quota della mia impresa, al prezzo che stavolta le farò io, sarà il benvenuto.»

«Avremo occasione di riparlarne» ribatté Bellani, ammirato, in cuor suo, delle ambizioni di Reuss. Era uno spregiudicato ma conosceva il mestiere.

«A proposito. Per l'acquisto della maggioranza della banca Reuss da parte di un ente italiano è necessaria l'autorizzazione della vostra Commissione Federale?» si informò Bellani.

«Non vedo difficoltà da parte della Commissione, una volta che sia acquirente uno stimato istituto. Anzi saranno felici di concedergliela: lei riporta tranquillità nell'azionariato di una banca che è oggetto di controversia.»

Bellani ebbe un ultimo dubbio: «Il fatto che, con le azioni della banca, io venga ad acquistare la sua sede, e quindi un immobile, non è contrario alla legge che vieta, in Svizzera, gli acquisti immobiliari da parte di cittadini stranieri?».

«No, la proprietà dell'immobile da parte della banca è meramente strumentale, rispetto all'attività bancaria, che rimane elvetica.»

Al termine della conversazione, Bellani avvertì un calore alle tempie e un senso di mancamento alle gambe. Intuiva che quello era un passaggio chiave, per sé e per la banca italiana da lui gestita: al di là della soddisfazione per aver pagato il pacchetto di maggioranza quasi al prezzo di quello di minoranza, era importante che la Industria e Finanza divenisse, attraverso il controllo della Reuss, un'entità internazionale. Era il primo passo verso un impero che ancora sfuggiva alla sua stessa immaginazione.

Il successivo 20 giugno l'assemblea della *Bieffe* deliberava l'aumento di capitale sociale per l'acquisto del settantasei per cento del capitale sociale della banca Reuss. Il residuo capitale sociale, secondo le intese, rimaneva nel possesso degli Schuh.

In quell'occasione Bellani cercò di capire, attraverso

suoi canali di informazione, quali fossero le fonti di finanziamento della signora Ghislandi. Ma non arrivò ad alcun risultato. Quell'argomento, tra loro, sarebbe rimasto un segreto.

19

Ai vertici operativi della banca Reuss, Bellani volle uomini suoi. Al riguardo aveva idee precise. Lo staff di una banca appena conquistata, e che aveva la sua sede in territorio estero, doveva essere composta da fedelissimi: tutti, o quasi, uomini del nuovo... re.

Scelse come direttore generale Alfred Hurlimann, che aveva conosciuto negli Stati Uniti al tempo della pratica bancaria, e che era rimasto a New York più a lungo di lui, presso la sede locale di una banca elvetica, incamerando *know how* sulle nuove tecniche finanziarie americane.

(A Manhattan, Hurlimann disponeva del miglior appartamento da scapoli che si potesse desiderare: centrale, elegante e dotato di una camera per ospiti. Ed era solito accoglervi, generosamente, amici e amiche. Una volta un collega gli aveva chiesto di alloggiarvi, per una settimana, una modella negra in cerca di successo, facendogli intendere che gli era riconosciuta libertà di approccio. La giovane si era rivelata molto attraente, tanto che, al terzo giorno, lui non aveva saputo resistere alla tentazione di fare un'avance. Per sentirsi rispondere: «Tu pensi che io sia una puttana solo perché sono una negra». Preso atto del diniego, Hurlimann si era ostentatamente astenuto da ulteriori approcci. Finché, al sesto giorno, se l'era ritrovata nel letto, nuda e profumata. Al suo stupore, lei aveva replicato: «Ora che hai capito che non sono una puttana, si può fare!». In realtà, lui non l'aveva né pensato prima, né escluso dopo.)

Era ritornato in Svizzera a metà degli anni Ottanta,

per sposarvi la figlia unica di un noto industriale zurighese. Il ricco matrimonio, agli occhi di Bellani, era un altro motivo che giocava a favore di Hurlimann: chi è agiato per suo conto, utilizza la banca in cui lavora per realizzare le sue personali ambizioni e non per derubarla.

Bellani, da Madrid, si era sempre appoggiato a Hurlimann per le operazioni di Borsa sulla piazza americana, e, successivamente, per quelle sul mercato di Zurigo. Indipendenza personale ed esperienza internazionale, sommate a un ragguardevole *phisique du rôle,* ne facevano un direttore ottimale.

A capo della sede di Lugano, Bellani volle invece un italiano, Mario Persico, suo vice, per anni, a Madrid.

Diversi i criteri adottati per i Consigli d'amministrazione. Andrea, difatti, vi tenne, seppure in minoranza, esponenti della vecchia guardia. In particolare un rappresentante della famiglia Reuss e tre della famiglia Schuh: una piazza tradizionalista, come Zurigo, doveva essere rassicurata sulla continuità della banca. Lui, Andrea, assunse la presidenza e l'amministrazione delegata: la Ghislandi, cui era stato proposto il massimo ruolo rappresentativo, aveva voluto dimostrare l'apprezzamento e l'affetto per Bellani lasciandogli, per la prima volta, una carica di presidente. Se l'era meritata sul campo. Vice presidente fu nominato Gerard Schuh

In occasione della prima seduta del nuovo Consiglio di amministrazione, all'inizio di luglio, Andrea espose, per grandi linee, i suoi criteri di conduzione.

La Reuss doveva divenire strumentale rispetto alle esigenze delle grandi banche elvetiche ed estere, e ciò attraverso la specializzazione in nuove tecnologie finanziarie; e, nello stesso tempo, strumentalizzare, per le esigenze proprie, le piccole banche, ricche di liquidità, ma prive di programmi.

Nel presente e nell'avvenire c'era posto (questo il nocciolo del suo pensiero) solo per banche globali e per istituti agili e dinamici, dai servizi personalizzati e le tecnologie sofisticate.

Il destino della Reuss doveva essere quello di *investment bank* e di *financial advisor*.

La Svizzera, secondo lui, non sarebbe entrata nel Mercato Comune; ma non per questo le sue banche avrebbero dovuto limitarsi a coltivare i loro orticelli. Al contrario, avrebbero dovuto puntare sui nuovi mercati dell'Est e su quelli del Medio e dell'Estremo Oriente. L'aeroporto di Zurigo era uno dei punti nevralgici del traffico internazionale: un simile privilegio garantiva anche nuove rotte finanziarie.

Parlò in inglese stretto, con qualche frase in spagnolo e francese, tanto per darsi un tono con gli gnomi di Zurigo, che, in fatto di lingue, e non solo di quelle, ritengono di saperne una più del diavolo. Era stato attento anche all'abbigliamento: vestì un abito grigio, gessato, con cravatta blu. In fatto di eleganza e portamento, tra lui e gli elvetici non c'era confronto.

Dopo l'insediamento al vertice della banca Reuss, Andrea trascorse a Zurigo, senza soluzione di continuità, quasi due settimane, per coordinare il riassetto dell'istituto, conoscerne gli uomini, contattare i locali "cacciatori di teste". Lavorò, in quel periodo, occupando l'ufficio del precedente direttore, che aveva dato le proprie dimissioni.

La sede centrale della banca era ispirata a un'architettura svizzera fine Ottocento. Dipinta in grigio chiaro, era adornata da balconi bombati in ferro lavorato, ricolmi di gerani parigini. Sul cornicione del primo piano, un lungo striscione di bassorilievi in pietra, che rievocavano temi mitologici.

Fu a metà circa di quel soggiorno che Andrea ricevette la visita di Lorenzo Arlati, l'italiano che gli era stato descritto come uno dei principali clienti della banca.

L'uomo gli apparve radicalmente diverso da come se lo era aspettato. L'aveva immaginato dai lineamenti gioviali e dall'approccio mondano, tipici, entrambi, di chi è sempre stato ricco e si è goduta la vita; oppure un languido aristocratico, se non un pingue provinciale.

Si trovò di fronte un uomo alto e dinoccolato, con gambe e braccia da cestista e la maschera nobile, ma grave, di un attore drammatico, sulla quale i sorrisi (lo avrebbe notato nel corso della conversazione) usavano stamparsi con l'aria triste dei sogghigni; e le cui pupille castane sprigionavano spesso bagliori crudeli. Per quanto la sorte gli avesse regalato la ricchezza, il singolare personaggio lasciava trapelare un'esistenza complessa e tortuosa.

Andrea aveva già avuto modo, prima di incontrarlo, di esaminare i suoi estratti conto e i relativi movimenti di capitali. Arlati risultava cliente da poco più di un anno. Ebbene, in quel periodo i suoi investimenti (avvenuti al di fuori della banca, che si era limitata a registrare, al riguardo, solo le uscite e le entrate) avevano prodotto profitti dell'ordine del trentacinque per cento!

Altro particolare sorprendente: gli investimenti erano sempre a breve, quando non brevissimo, termine. Attualmente egli disponeva, nelle due principali sedi della banca Reuss, di quaranta milioni di dollari e trentacinque milioni di marchi: il conto in dollari si trovava a Lugano, quello in marchi a Zurigo. Tutto lasciava intendere che egli disponesse di maggiori capitali presso altri istituti svizzeri.

Sul piano personale l'uomo, tra i quaranta e i cinquant'anni, rivelava modi da signore, e una sincera curiosità verso il nuovo gestore dell'istituto. Naturalmente non mancò di fargli presente che la sua qualità di cliente di spicco della banca gli era valsa, nelle precedenti gestioni, un trattamento di favore. Andrea lo rassicurò sulla continuità di quel particolare riguardo.

Al termine del breve incontro, Arlati invitò lui e Isabel

a cena per il sabato successivo nella villa, sulle colline circostanti Zurigo, in cui abitava e di cui gli fornì l'indirizzo. Andrea accettò volentieri, anche perché (dovette ammetterlo tra sé e sé) era curioso di conoscere la giovanissima compagna di cui gli avevano parlato.

Fu sempre durante quel suo primo soggiorno a Zurigo che Andrea fu richiesto di un appuntamento dal rappresentante locale di un'agenzia finanziaria americana.

Accondiscese a riceverlo in considerazione del buon nome dell'istituto di New York, pur pensando che l'agente non avrebbe fatto altro che proporgli l'avviamento di rapporti professionali.

Il tenore dell'incontro, in realtà, si rivelò ben diverso. L'uomo, dopo aver illustrato le referenze della sua mandante e il curriculum personale, introdusse senza troppe perifrasi il motivo della sua visita: «Lei sarà stato informato, suppongo, dal signor Reuss della collaborazione che questa banca prestava a investimenti a brevissimo termine, che venivano effettuati da un pool ristretto di istituti di brokeraggio e di società finanziarie...».

«Cosa intende per investimenti a brevissimo termine?» chiese Andrea.

L'altro lasciò trapelare un accenno di imbarazzo, che non gli fece disonore, e sciolse con una certa esitazione la riserva sull'espressione che aveva appena usato: «Speculazioni in cambi».

«Speculazioni in cambi?» chiese conferma Andrea.

«Certo. Il pool di cui le ho parlato rastrellava in ambienti bene informati indiscrezioni sul trend dei cambi, e la banca Reuss faceva la sua parte finanziando speculazioni a 24-48 ore.»

«Il signor Reuss si è ben guardato dal parlarmene» rispose Andrea.

«Ne prendo atto» bofonchiò l'altro. Che, ripreso coraggio, aggiunse: «Il che non toglie che gliene possa parlare io».

«Certo che lei può parlarmene, visto che si trova nel mio ufficio, ma sarà del tutto inutile...»

Andrea lo fissò negli occhi, cogliendone lo stupore, e chiarì: «Mio caro signor Hoffmann, la banca Industria e Finanza è venuta in Svizzera per svolgere attività bancaria. Non tradizionale, le anticipo, bensì moderna e innovativa. Ma solo attività bancaria. Non intendiamo assolutamente far concorrenza agli speculatori e ai broker. A ciascuno il suo...».

«Dev'esserci un grosso equivoco» cercò di rimediare il broker. «Io ho usato impropriamente l'espressione speculazioni. In realtà intendevo parlare, come ho detto all'inizio, di investimenti a breve termine. Avendo lei mostrato difficoltà a capirmi, ho usato impropriamente il termine speculazione.»

«Di investimenti a breve termine potremo sempre parlarne» concesse Andrea, tanto per dare il suo contributo al recupero di immagine dell'avventuriero. «Sono io a scusarmi per averla forzata a usare l'espressione speculazione.»

«Ma si figuri!» si premurò di rassicurare l'altro. «Avremo tante occasioni per capirci meglio.»

Il discorso finì lì e non ebbe seguito.

Ma Andrea, da subito, cominciò a farsi, per Zurigo, la fama di persona poco malleabile.

Percorrendo la strada a tornanti che, dalla periferia est di Zurigo, si arrampica fino all'hôtel Dolder, per la fitta abetaia che pervade le colline intorno alla città, si ha modo, anche di sera, di intravvedere, tra gli alberi, le splendide ville nelle quali si rifugia la ricca borghesia zurighese, sottraendosi alla volgarità e ai disagi della metropoli.

La villa Arlati, a tre piani, non aveva nulla da invidiare a quelle dei più privilegiati tra gli zurighesi. Disponeva di un lungo viale d'ingresso, di uno spiazzo per le macchine degli ospiti, e di alti lampioni, che, nelle ore notturne, illuminavano discretamente l'ambiente.

Andrea vi arrivò con Isabel, puntuale, il sabato della seconda settimana di permanenza a Zurigo.

Trovarono ad attenderli, sullo scalone d'accesso, Lorenzo Arlati, che indossava uno smoking dalla giacca bianca. Andrea non poté fare a meno di notare che l'ospite stringeva la mano con una tale forza da farne scricchiolare le ossa. La padrona di casa la conobbero all'interno del salone principale, in compagnia di un altro ospite, l'arabo di cui avevano già sentito parlare.

La donna vestiva un abito da sera nero. Accollato e quasi vedovile sul davanti, lasciava scoperta, a sorpresa, l'intera schiena, velata solo di chiffon trasparente. Anche i capelli, ricci e corti, erano neri. Le varianti cromatiche, nella sua immagine, erano costituite dalla carnagione bianca e dalla collana d'oro, tempestata di zaffiri blu. La sua stretta di mano, per fortuna, era carezzevole e leniva gli effetti di quella del suo compagno.

La signora Arlati colpì subito, misteriosamente, Bellani. Aveva un volto affilato, dalla pelle diafana, e uno sguardo penetrante, capace, sin dal primo impatto, di coinvolgere l'interlocutore in una complicità segreta. Gli occhi intriganti erano a tal punto l'elemento dominante del suo volto, da sottrarre in gran parte l'attenzione dell'osservatore dai lineamenti, per quanto fini essi fossero.

L'arabo vestiva un abito scuro, come Bellani. Di statura media, aveva folti capelli neri, appena brizzolati, e membra moderatamente arrotondate, quel tanto da conferirgli, assieme al volto pacioso, un'aria gaudente e giovanile. Solo Allah doveva conoscere la sua età.

Alcuni camerieri in livrea bianca servirono subito agli invitati champagne Cristal Louis Roederer 1986 in sottili flûtes.

Dopo aver brevemente intrattenuto gli ospiti nel salone della villa, che si affacciava con i suoi balconi sulla foresta di abeti ed esponeva, di lato, un prezioso pianoforte a coda, i padroni di casa li introdussero nella sala da pranzo.

Arlati informò Bellani che il Console italiano a Zurigo, anch'egli invitato con la moglie, non aveva potuto essere presente alla serata per un impedimento dell'ultima ora. Il suo rincrescimento era testimoniato da un grande mazzo di fiori.

Nell'avvicinarsi alla tavola riccamente imbandita, sulla quale spioveva un lampadario di Boemia, Isabel bisbigliò all'orecchio di Andrea, riferendosi senza ombra di dubbio alla padrona di casa: «Colpito?».

«Colpito» ammise lui, sorridendo.

«È bassa! Se le levi i tacchi a spillo precipita» la ridimensionò Isabel.

Andrea non la contraddisse. Ma per lui, se una donna aveva proporzioni armoniche, era secondario che fosse alta o bassa.

La conversazione tra i commensali, nonostante si trattasse di un primo incontro, fluì agevolmente, dando luogo a una piacevolissima serata.

Andrea, con il suo innato spirito di osservazione, mise progressivamente a fuoco la personalità dei suoi ospiti e di Assadi. Questi esibiva una espressione docile, quasi languida, portata con naturalezza al sorriso, sia con gli occhi scintillanti, sia con la bocca. L'ambiguità trapariva dal solo fatto che il sogghigno, pressoché costante (tanto da costituire il suo prevalente mezzo di comunicazione), poteva egualmente essere inteso come cordiale e come canzonatorio.

Ma anche Andrea, nel frattempo, si sentì indagato e oggetto di valutazione: da parte di Anna Arlati, che lo sbirciava di frequente, sapendo sempre cogliere i momenti giusti per non essere notata dagli altri.

Il suo compagno svolgeva al meglio il ruolo di ospite,

informando sulle qualità dei vini e proponendone altri in alternativa, di diverse annate e gradazioni. Ma al di là della cordialità formale, Bellani capì che la mente di Arlati doveva essere occupata da pensieri gravi e misteriosi, che l'educazione e l'esperienza sociale facevano di tutto per dissimulare. Anche questo accresceva il suo indefinibile fascino.

Se non si parlò di finanza, fu per un atto di cortesia mondana da parte del padrone di casa verso Isabel Quinteros. Sapendola spagnola, Arlati si complimentò con lei per il fatto che il governo di Madrid fosse stato capace di sottrarre alla Svizzera la collezione Thyssen.

Isabel colse la palla al balzo per precisare di aver fatto parte della commissione che aveva svolto la trattativa.

«Davvero?» aveva commentato con stupore il padrone di casa, snebbiando, almeno in parte, i suoi occhi fondamentalmente tristi.

«Certamente. Ma il paradosso è che ho partecipato al negoziato senza aver visto che pochi quadri della collezione. Conosco le liste dei pittori, ma non i dipinti» confessò simpaticamente Isabel.

«È un peccato. È realmente una collezione meravigliosa» affermò Arlati. La sua voce era profonda e sonante, e induceva gli interlocutori maschili ad alzare la loro per tenersi alla pari.

«Lei la conosce bene?»

«L'ho visitata molto spesso. Diciamo quasi ogni volta che ho avuto del tempo libero trovandomi a Lugano.»

Si inserì nella conversazione la padrona di casa: «Lui, a Lugano, ha due riferimenti preferiti. Ossessivamente preferiti: villa Favorita, per la collezione Thyssen, e l'hôtel Eden, perché ha le finestre che si affacciano sul lago».

«Allora le consiglio l'hôtel Nationale di Lucerna. Ha la più bella vista su un lago che io conosca...» suggerì scherzosamente Andrea, rivolto all'ospite.

«Lo conosciamo» rispose Anna, anticipando Arlati.

«Ma tra il Nationale e il lago c'è un viale, mentre all'Eden, se uno vuole, può buttarsi direttamente dal balcone sul lago» concluse ridendo.

Anche Arlati sorrise, mostrando di apprezzare l'ironia della compagna.

«Quali sono i pezzi più importanti della collezione Thyssen?» chiese Isabel, riportando la conversazione sul tema strettamente pittorico.

«Difficilissimo a dirsi» rispose l'ospite. Che poi si concentrò alcuni minuti, prima di dire: «I Tintoretto e i Tiepolo, sicuramente. Quasi tutti. Alcuni Goya e il Carracci... Ma se debbo esprimere la mia preferenza, scelgo il ritratto di Enrico VIII, di Holbein il Vecchio».

«E lei quali preferisce?» volle ancora sapere Isabel, rivolta questa volta ad Anna Arlati.

«Io preferisco la raccolta moderna. È la più raffinata selezione di arte del XX secolo che abbia mai potuto ammirare, e comprende pezzi di valore assoluto, soprattutto i Kandinskij e i dipinti degli espressionisti. La vidi a Parigi e ne rimasi affascinata.»

Isabel fece un cortese cenno d'assenso, mentre Arlati le esternava una sua curiosità: «Ma che tipo di donna è questa sua conterranea, la marchesa Von Thyssen, che ha giocato un ruolo decisivo nella destinazione della collezione alla Spagna?».

«Carmen Cervera? Una donna di ambizioni illimitate» rispose Isabel.

Lo sguardo di Anna Arlati lasciò chiaramente intendere che lei era in grado di capire, fino in fondo, le grandi ambizioni femminili.

L'arabo seguiva la conversazione con l'abituale sorriso sulle labbra, fingendo di comprendere, dei discorsi, più di quanto realmente capisse, e mostrando un sincero compiacimento per la cultura e la vivacità di Anna Arlati.

La conversazione si protrasse animata, senza pause, fino al commiato.

Andrea ritenne di aver speso bene il suo tempo: gli ospiti gli erano apparsi interessanti. Particolarmente quell'arabo misterioso, che doveva contare più di quanto non lasciasse intendere.

Nell'accomiatarsi da Arlati, Andrea gli chiese: «A proposito, come mai lei tiene la maggior parte dei suoi capitali nella nostra sede di Lugano, anziché in quella di Zurigo? Non che voglia interferire nelle sue scelte, per carità. È solo curiosità».

«Perché ho molti rapporti d'affari con l'Italia. D'altra parte, anche a Zurigo tengo cospicui capitali: talora, secondo le circostanze, capita che ne abbia più là che a Lugano.»

«Lei si servirà anche di altre banche, suppongo...» lo stuzzicò Andrea.

«Questo è un argomento top secret!» fu pronto a rispondere Arlati, con un sorriso risarcitorio.

Tornati al Baur au Lac, sulle sponde del fiume Limnat, e appena entrati nella sontuosa camera da letto, Isabel, prendendolo per mano, attrasse Andrea verso di sé e lo baciò sulla bocca. Quando staccò le labbra dalle sue, gli rivelò: «Aspetto un figlio».

Andrea rimase sbalordito: «Quando lo hai saputo?».

«Dieci giorni fa.»

«E perché mai me lo dici solo stasera?»

«Attendevo l'occasione propizia.»

«Ed era questa l'occasione propizia?» insisté Andrea.

«Era proprio questa. Perché stasera hai conosciuto una femmina tentatrice: *una sinvergüenza que puede embrujar!* E io debbo richiamarti all'ordine e al senso di responsabilità» rise Isabel.

«Matta!» sentenziò Andrea. Ma era un modo di esprimere la sua felicità.

20

Il collegamento tra la banca Reuss e la Industria e Finanza comportò, nella vita di Andrea e Isabel, una consuetudine alla rotta aerea Milano-Zurigo.

Isabel rimase affascinata da Zurigo, che esalta le singolari caratteristiche delle città svizzere. Per lei, prima che città, era atmosfera: di lindore, rigore, riserbo, silenzi. E, soprattutto, costituiva un caso rarissimo di prevalenza della natura sulle strutture metropolitane. Sommando lago e colline, la natura è a Zurigo così estesa e grandiosa da affogare la città, e non viceversa.

Confidò spesso quelle sue sensazioni ad Andrea (che a Zurigo, per lo più, se ne stava rintanato in banca, mentre lei vagabondava per strade e stradine), arrivando più volte a prospettare l'ipotesi di metter su casa in quella città. Ma poi, sia lei che Andrea, avevano finito per convincersi che l'hôtel Baur au Lac era più piacevole e meno costoso di un appartamento.

Durante le loro visite a Zurigo, ricevettero due nuovi inviti a cena nella fiabesca villa di proprietà Arlati, sulla strada per il Dolder. Era bello, per loro, risalire i tornanti in mezzo all'immensa abetaia, sulla collina sovrastante la città, in direzione della villa degli italiani.

Nelle due nuove serate, Arlati ampliò il numero degli invitati, facendo conoscere a Bellani esponenti della finanza zurighese. Assadi fu presente solo alla prima di esse.

Nella seconda, Arlati e Bellani, isolandosi dagli altri, approfondirono, seppur timidamente, la loro conoscenza. L'ospite, tra l'altro, gli rivelò: «Mio padre costruì, alla fine degli anni Settanta, uno stabilimento in Spagna. E avendo sentito parlare di lei, aveva in mente di contattarla. Ma poi, per un insieme di circostanze, non se ne fece niente. Sa, mio padre applicava principi americani. Secondo lui, un uomo dà il meglio di sé prima dei quarant'anni, poi comincia a essere obsoleto. Per questo apprezzava uno come lei e considereva fuori gioco uno come me...».

«La prendo come una battuta» commentò Bellani.

«Cosa si aspetta dalla Svizzera?» gli chiese Arlati.

«Questo paese dovrà compiere, nei prossimi anni, una grossa trasformazione e un salto di qualità. Non perderà, secondo me, molti degli affluenti tradizionali e ne acquisirà di nuovi. Per fare un discorso molto concreto, e a titolo di esempio, tutte le tangenti relative alla ricostruzione dell'Est verranno pagate in Svizzera. E si tratterà di cifre mostruose. Ma è solo un esempio, ripeto...»

«Non ci avevo pensato» ammise Arlati.

«E lei, come intende utilizzare la sua fortuna?» lo interrogò Bellani. «A fini di bene, di lucro, o di potere?»

«Vorrei utilizzarla per creare qualcosa che resti. E per contare. Una fortuna cospicua dev'essere investita in qualcosa di più grande ancora, che sia idonea a moltiplicarne il potere reale in un ragionevole arco di tempo. Non sono un conservatore. Preferisco il rischio.»

«Per esempio?»

«Per scaramanzia mi consenta di non scoprire le carte, per il momento. Ma avrò il piacere di parlargliene quando i tempi saranno maturi.»

Prima di concludere la conversazione privata, l'ospite disse a Bellani: «Io e lei abbiamo alcune cose in comune: la Spagna, l'ambizione, e... l'amore per le belle donne. Speriamo di averne altre ancora!».

«Me lo auguro» gli fece eco Bellani.

Si accostò ai due, con fare deciso, Anna Arlati, che rimproverò il suo compagno: «A un ricevimento non ci si isola! Neppure tra uomini...».

Senza attendere giustificazioni, prese per mano Andrea e lo trascinò con sé per la sala: «Le farò conoscere uno dei pezzi grossi della Swissair...» gli promise.

Sull'angolo del buffet, stazionava un uomo alto, dal portamento eretto e l'aria distinta, che conversava con una signora dalla capigliatura candida curiosamente cotonata, la giacca nera con bottoni d'oro e la camicia bianca, con jabot a pizzo.

Anna presentò Andrea, e si trattenne con i tre. Lo svizzero, esprimendosi in un inglese molto formale, disse: «Ho piacere di congratularmi con un italiano che ha sposato la finanza elvetica!».

«Speriamo che sia un matrimonio duraturo» auspicò Andrea.

«Il mio istinto dice di sì. E mi dice anche che, prima o poi, profitterò della sua fantasia tipicamente italiana per avere qualche consiglio in più sui problemi della Swissair, che sono sulla bocca di tutti, del resto...»

Il banchiere non ci pensò sopra due volte a esprimere subito il suo parere: «La sua compagnia dovrà fondersi con altre, non c'è ombra di dubbio».

«Lo pensiamo anche noi. Ma con chi?»

«Con la KLM, l'Austrian Airlines e la S.A.S., in modo da formare un polo aeronautico del Nord, indipendente dai grandi colossi. A condizione che trovi un partner americano, del livello della Delta Airlines o della Northwest, per avere una buona entratura negli Stati Uniti. Oppure...»

«Oppure?»

«Dovrà finire nelle braccia della Lufthansa...»

«Un abbraccio mortale!» sentenziò l'interlocutore, prima di chiedere, con una punta di ironia: «E lei si fonderà con qualcuno, nel prossimo futuro?».

«Io per ora non mi fondo e... non mi faccio fondere. Per il momento debbo dirigermi oltre questi confini.»

«Come Marco Polo...»

«Solo che non so ancora dove puntare» concluse Andrea.

Fu in quel periodo di fervore professionale e felicità sentimentale che Andrea incorse nella prima disgrazia, da quando era iniziata la sua straordinaria avventura finanziaria: a metà ottobre Isabel dovette abortire.

Per entrambi si trattò di un colpo durissimo. Ma per Andrea la disgrazia ebbe effetti più profondi e traumatici che per Isabel. Lui vi intravvide una perversa compensazione alla fortuna sin lì goduta. Voluta da una sorte che se l'era presa, anziché con lui, con la persona sbagliata. E di ciò si sentì personalmente responsabile.

I familiari di Isabel, nella circostanza, diedero prova di grande solidarietà. Anche il marito le inviò un telegramma affettuosissimo. Il padre e la madre giunsero subito a Milano, quando lei era ancora ricoverata in clinica.

Il padre, più che un personale conforto, portò la sua nobile presenza. L'uomo non parlava mai, o quasi: salutava con il capo, si inchinava a suore e professori, stringeva mani. Ciò non per snobismo o altro, ma perché era nel suo carattere. Ad Andrea rivolgeva brevi cenni del capo. C'erano rispetto e pudore, nel suo atteggiamento verso un uomo che si era dedicato alla sua adorata figlia.

I due anziani coniugi si fermarono a Milano sette giorni, ospiti di Andrea all'hôtel Principe di Savoia. Quindi tornarono mestamente a Madrid, con la promessa, da parte di Isabel, rivelatasi più forte di tutti, che il tanto atteso nipotino era solo rimandato.

Al di là della intrinseca tristezza, quella circostanza valse ad attribuire, a Isabel e Andrea, la benedizione definitiva da parte di entrambi i genitori di lei, ormai preparati ad accettare anche il suo divorzio.

Confermando la regola che le disgrazie non arrivano mai sole, a metà novembre morì lo zio Francesco. Andrea ne soffrì come per la morte dei suoi genitori. Per reagire al secondo colpo infertogli dal destino, si attaccò sempre più tenacemente a Isabel e alla stessa signora Ghislandi, le uniche persone al mondo che gli facessero avvertire un senso di familiarità.

Le due perdite segnarono l'inizio di un periodo di turbolenze nella vita di Bellani, sospinta fino a quel punto dal soffio della buona sorte. Turbolenze apparentemente transitorie, ma dagli effetti durevoli.

Tra di esse la rottura del *modus vivendi,* fondato sulla reciproca tolleranza con Ferdinando Millo.

Le ragioni della rottura erano dipese da un progetto che Bellani aveva preso ad accarezzare con sempre maggior determinazione e che stava per tradurre in pratica: quello di scalare una grande banca privata e fonderla con la Industria e Finanza, costituendo il primo polo privato del mercato italiano.

Il progetto era divenuto possibile in quanto uno scalatore solitario aveva silenziosamente e pazientemente rastrellato il pacchetto azionario di maggioranza di una banca concorrente, e alla fine dell'operazione, stremato dall'impegno, era pronto a trattarne la vendita.

Bellani, cautamente contattato, aveva mandato, pur senza esporsi, segnali positivi: sapeva da chi e come approvvigionarsi dei capitali necessari.

Ma per singolare fatalità, la notizia della segreta trattativa era pervenuta anche a Millo, il quale aveva subito intuito non solo il grande disegno di Bellani, ma anche "come e da chi si sarebbe approvvigionato di capitali". E tutto questo, nel suo insieme, non gli stava bene, perché aveva, tra l'altro, il sapore della beffa.

Fu così che Millo, servendosi anche di potentissimi sostegni (a livello di Banca d'Italia), fece arrivare allo scalatore solitario il veto a vendere a Bellani. E trovò per il pacchetto azionario alla ricerca di un nuovo proprietario, una diversa destinazione.

Ma la beffa, per Millo, era solo rinviata.

21

Le indagini, se si eccettuava l'identificazione di Sofia Lynkas, non guadagnavano terreno. E Ruffo si convinceva sempre più che la ragione dell'impasse risiedesse nel fatto che il bandolo della matassa non si trovasse a Milano ma, chissà dove, all'estero.

Il pomeriggio del 13 giugno avrebbe dovuto recarsi a Lugano, dove la Procura pubblica aveva immediatamente disposto l'espletamento della richiesta rogatoria e, pertanto, l'audizione dell'avvocato Landolfi, quale "persona informata dei fatti".

Al mattino, prima di partire per la Svizzera, decise di fare, ad uso personale, il punto della situazione. Di riepilogare per iscritto i dati, le indicazioni, le opinioni finallora emerse sulla morte di Bellani.

Ruffo amava scrivere su *legal pads* americani, dai fogli gialli rigati, che trovava in una cartoleria dalle parti del tribunale, dove pure acquistava penne a sfera di produzione giapponese, in plastica bianca e dal formato delle stilografiche anni Cinquanta. Aveva le sue piccole manie, insomma.

Questo il testo delle annotazioni che il sostituto trascrisse sul suo *legal pad* dai fogli gialli:

1. La segretaria personale di Bellani è convinta di un

retroscena estero, difficilmente svelabile perché protetto dal segreto bancario e da altri interessi.

2. Il presidente della *Bieffe*, con una carriera bancaria alle spalle quasi cinquantennale, ipotizza con convinzione un disegno di scalata all'istituto (divenuto più che mai appetibile, in considerazione della sua crescita vertiginosa), che passava, necessariamente, attraverso l'eliminazione di Bellani. L'anziano gentiluomo ha assicurato, quando è stato sentito come testimone, che la banca non ha rilevanti sofferenze e controversie in corso.

3. Pellicanò è straconvinto della responsabilità diretta e personale di Sofia Lynkas. Sarebbe stata la stessa donna a fornire un movente inconfutabile: era stata liquidata da Bellani dopo soli sei mesi di rapporto, quando lei, avventuriera di professione, aveva ben altre ambizioni in mente. Per Pellicanò il caso è chiuso e continuare le indagini a oltranza equivarrebbe a sprecare risorse professionali e finanziarie dello Stato. Questo ha detto a chiare lettere, dopo avermi rappresentato l'inconcludenza di tutte le altre indagini e verifiche svolte, anche su mia richiesta. Nell'occasione mi ha anche implicitamente minacciato uno... sciopero della Mobile, limitatamente al caso Bellani.

4. Il datore di lavoro della Lynkas, in contrasto con Pellicanò, esclude che la stessa fosse capace di uccidere e avesse motivo di farlo. Garantisce sulla sua sostanziale moralità e serietà professionale. Non fa ipotesi sul delitto, in quanto la cosa non lo riguarda e lui ha altro cui pensare.

5. L'autista di Bellani giura sulla fedeltà del banchiere alla sua donna, anche se ammette che talora il suo datore di lavoro lo rimandava a casa prima del tempo e si muoveva in taxi.

6. Dell'Acqua è convinto che Bellani sia stato ucciso. Per lui il caso criminale per eccellenza, nel dopoguerra, è stato l'omicidio Sacchi da parte di Pia Bellentani (seguito a ruota dal caso Bebawi). Nella sua mente, dunque, il triangolo amoroso, torbido e perverso, rimane uno dei filoni principali di delitto. Ebbene: il caso Bellani gli fa pensare a quello Bellentani. Anche in esso – sottinteso o meno, esplicito o implicito – vi è, a suo dire, un triangolo: Bellani, Quinteros e... Ghislandi. Cosa poteva aver sospinto un uomo, ancor giovanissimo, verso responsabilità così alte e contratti tanto remunerativi, se non la passione di una donna potente come la Ghislandi? Era allora altamente probabile, secondo lui, che Bellani, per arrivare dov'era arrivato, fosse passato attraverso una complicità intima e segreta con la "Zarina della finanza" (come lui la chiamava). La Ghislandi, probabilmente, aveva in un primo tempo accettato che il suo amante sposasse la Quinteros, sia per motivi di rappresentanza, sia per esaudire il legittimo desiderio di una famiglia. Ma doveva aver accondisceso al matrimonio a condizione di continuare ad averlo come amante. L'inadempimento di Bellani a questa condizione aveva verosimilmente innescato i presupposti della tragedia: la donna, dopo vani tentativi di recuperarlo, l'aveva ucciso! Un riscontro fondamentale a questa tesi sarebbe costituito dal fatto che, al momento dell'omicidio, Bellani si trovasse in maniche di camicia. Il suo ultimo interlocutore doveva dunque essere persona in grande confidenza con lui: chi più di un'amante? Per Dell'Acqua la soluzione era questa: a sfondo passionale. A favore della sua tesi, lui dispone di un'altra carta: la Ghislandi può aver ucciso Bellani anche per gelosia nei confronti della Lynkas. La relazione con questa donna, se scoperta dalla Ghislandi, può essere risultata intollerabilmente provocatoria e offensiva. Certo, in questa ipotesi, è tutto da dimostrare il suo presupposto, e cioè che la Lynkas fosse davvero l'amante di Bellani.

Ma se quest'ultimo venisse provato, il teorema acquisterebbe una notevole consistenza.

7. Arese, infine. Per lui, Bellani si è suicidato e la Quinteros ha mescolato le carte del suicidio. Alla giustizia il compito di scoprire perché mai un uomo, che sembrava aver avuto tutto dalla vita, possa essersi sparato un colpo in testa.

Al termine del riepilogo Ruffo aggiunse: "A parte, ci sono io. Convinto che Bellani sia stato ucciso e che le ragioni di questo omicidio siano, più o meno, quelle indicate, ai punti 1 e 2 di questo memorandum, dalla segretaria di Bellani e dal presidente della banca".

Erano le 11,30 quando, nel suo ufficio al Palazzo di Giustizia, Ruffo finì di stendere i suoi appunti "a futura memoria".

Con una delle Giuliette in dotazione alla Procura della Repubblica di Milano, impiegò meno di un'ora per arrivare a Lugano. Parcheggiò all'interno del Palazzo di Giustizia, ed essendo in anticipo passò al vicino ristorante dell'Investor's Club, per consumare velocemente un piatto di roast-beef freddo: il locale era noto per la qualità e il taglio della carne di manzo.

Alle 14 era seduto, come l'avvocato Landolfi, al tavolo da riunione del Procuratore pubblico Wilfredo Bauer, magistrato dalla fitta barba, che conosceva da un certo tempo.

Landolfi era molto elegante e leggermente teso. Dimostrava una cinquantina d'anni. Ruffo, con il suo intuito, capì subito che l'audizione sarebbe stata rapida, in quanto il legale si sarebbe quasi sicuramente avvalso delle norme del codice penale svizzero e del codice di procedura del Cantone ticinese, che garantiscono il segreto professionale dell'avvocato. A meno che il cliente non consenta la rivelazione di segreti inerenti i loro rapporti.

Il procuratore pubblico rese noti all'avvocato i motivi della audizione: «La Procura della Repubblica di Milano mi ha trasmesso, attraverso le vie ministeriali, una richiesta di rogatoria riferita alla morte, per cause non ancora accertate, del banchiere Andrea Bellani. I quesiti della rogatoria sono, sostanzialmente, i seguenti:

«1. Ha l'avvocato Vittorio Landolfi intrattenuto, nel mese di maggio del 1991, rapporti di qualsiasi genere, anche solo telefonici, con il dottor Andrea Bellani?

«2. Può l'avvocato Vittorio Landolfi riferire quale fosse l'oggetto di questi rapporti?

«3. Avevano o potevano avere, nella valutazione dell'avvocato Vittorio Landolfi, tali rapporti una connessione diretta o indiretta con la morte del dottor Bellani?»

Esaurita la lettura dei temi della rogatoria, si toccò il naso acuto e fissò l'avvocato.

Questi fu rapido e tagliente nella risposta: «Rispondo sì alla prima domanda, specificando di aver avuto con il dottor Bellani, nel mese di maggio del 1991, anche rapporti diretti a Lugano. Per il resto debbo appellarmi al segreto professionale. A meno che il fiduciante, che attualmente si trova in altra nazione, non mi svincoli dal segreto...».

«Lei ha parlato di fiduciante, non di cliente. Forse che il suo incarico era di natura fiduciaria e non legale? In tal caso lei potrebbe essere tenuto a testimoniare: il segreto del fiduciario non è previsto dal codice penale svizzero, ma solo dalle norme di categoria...»

«No, no. Non mi sono espresso bene. Il mio ruolo era di avvocato *tout court*.»

Bauer sollevò le mani, come per trasmettere al collega italiano il suo senso di impotenza. Commentando: «Articolo 321 del codice penale svizzero».

«Dunque i suoi rapporti con Bellani avevano natura professionale, e lei era stato officiato ad essi da un suo cliente...» osservò Ruffo, senza voler proporre una formale domanda a Landolfi.

«Certo» confermò il legale.

Landolfi doveva tenerci ai rapporti con il procuratore pubblico, perché spontaneamente aggiunse: «Posso comunque garantirle, sulla mia parola, che niente, nei rapporti in essere tra me, il mio cliente e il dottor Bellani, faceva pensare a uno sbocco violento, men che meno a un omicidio».

«E cosa la rende tanto sicuro?»

«Il fatto che i rapporti tra il mio mandante e il dottor Bellani non fossero ostili, ma collaborativi. Protesi, anzi, a un obiettivo comune...»

Bauer si fece pensieroso, prima di pronunciarsi:

«La prego di informarmi immediatamente se il suo cliente la svincola dal segreto professionale.»

«Certamente» assicurò il legale.

Ruffo ebbe uno scrupolo, che manifestò a Bauer: «Fuor di verbale, può chiedere all'avvocato perché ha sempre parlato di omicidio? Cosa lo induce a ritenere che Bellani sia stato ucciso?».

Bauer trasmise con gli occhi la richiesta al teste.

Landolfi fu pronto nella risposta: «Ho parlato di omicidio del tutto casualmente, senza meditare su ciò che stavo affermando, e a seguito di talune ipotesi giornalistiche».

«Che però parlavano anche, se non soprattutto, di suicidio...» precisò Ruffo.

«Per me la deposizione è esaurita. Per il momento, almeno» tagliò corto il procuratore, per evitare inutili strascichi. Fece firmare all'avvocato il verbale, nel frattempo redatto da un segretario, e l'accompagnò alla porta.

Tornato a sedere di fronte a Ruffo commentò: «Non sopravvaluterei questa pista. Il retroscena più probabile, se mi consente un'opinione, è che Landolfi intenda coprire una mera evasione fiscale o un'esportazione clandestina di capitali, niente di più. Lui è uno specialista in materia di evasione fiscale. Non a caso ha parlato di rapporti collaborativi tra il suo cliente e Bellani».

«È un grosso avvocato?»

«Un grosso avvocato d'affari» precisò il procuratore.

Nel salutare il collega svizzero, Ruffo ne sondò l'eventuale disponibilità a una proposta provocatoria: «E se le chiedessi, attraverso una nuova rogatoria, naturalmente, di accertare l'esistenza e l'entità dei conti personali svizzeri di Bellani e della sua compagna?».

Il procuratore pubblico non abboccò: «Messa in questi termini, lei lo sa meglio di me, sarebbe una *fishing expedition*, a danno dell'erede o degli eredi».

Ruffo sapeva bene a cosa si riferiva Bauer. È denominata *fishing expedition*, nel gergo giudiziario americano, un'indagine meramente sperimentale, non sorretta da una base di indizi convergenti che legittimino gravi iniziative: l'arresto gratuito di una persona per provocarne eventuali confessioni o rivelazioni, sopralluoghi a scapito del diritto alla privacy, aperture di cassette di sicurezza per la verifica di generici sospetti ecc.

«Va bene» si arrese. «Attenderò tempi migliori.»

Essendo in anticipo sulla prevista tabella di marcia, Ruffo decise di rendere visita al direttore della sede luganese della banca Reuss, cui aveva già preannunciato un suo passaggio per il caso, appunto, che avesse rapidamente esaurito le sue incombenze presso il Palazzo di Giustizia.

La Reuss occupava in Lugano una palazzina a tre piani, stile primo Novecento e color ocra, che si affacciava sul lungolago.

Persico non era un uomo reticente e introverso. Al contrario. Era loquace e caloroso come un romano, quale in effetti era. Spiegava a Ruffo: «Una volta, così mi hanno spiegato, la sede di Lugano era l'anticamera dell'impero Reuss: la "reception" della clientela italiana, che qui veniva raccolta, per essere poi inserita negli schedari e nei conti della sede di Zurigo. A quei tempi, da Lugano si vedeva come attraverso un cristallo quel che avveniva a Zurigo. Perché tutto cominciava qui... Poi Bellani ha cambiato l'impostazione».

«In che senso?»

«Nel senso che lui ha voluto che la sede di Lugano non fosse più un punto di raccolta della clientela italiana, ma una banca vera e propria, con radici locali e clientela locale, che facesse business e credito nel territorio specifico, oltre che fungere da sponda naturale per Zurigo.»

Ruffo non interloquì e l'altro poté continuare: «Così noi siamo divenuti la provincia, non più l'anticamera dell'impero. E di ciò che succede a Zurigo sappiamo per sentito dire».

«Capito tutto» esclamò Ruffo, che aveva già tirato le somme: Landolfi si trincerava dietro il segreto professionale, Persico si definiva "una provincia" e si chiamava fuori.

«Dunque lei non è al corrente di alcunché di patologico che, negli ultimi tempi, sia avvenuto all'interno dell'impero?»

«Assolutamente no.»

«E non si è fatta nessuna idea dell'omicidio?»

«E perché omicidio? Può essersi ucciso per i fatti suoi, pover uomo!» replicò in romanesco il direttore. Non c'era sarcasmo o cinismo in quella frase, ma dell'affetto espresso grossolanamente.

«Convengo» ammise Ruffo. «Mi consenta allora un'ultima domanda: a cosa le fa pensare l'appellativo "il Caimano", ritrovato tra gli appunti della vittima?»

«A un finanziere particolarmente spregiudicato. Ovvero a un finanziere che opera frequentemente nelle Cayman Islands» replicò con sicurezza Persico.

«Il paradiso fiscale?»

«Certo e non solo fiscale...»

Ruffo ebbe un soprassalto interiore. L'incontro, apparentemente inutile, gli stava fornendo, sul finire, la chiave di lettura del rebus lasciato da Bellani. Quello doveva essere il filone giusto: una operazione finanziaria che aveva a che fare con le Cayman Islands. Ma per scoprirla ci sarebbe voluta la Santa Inquisizione. Mentre lui non aveva poteri di coercizione: soprattutto all'estero.

«Questa banca ha effettuato operazioni con le Isole Caymane?» si informò.

«È segreto bancario.»

«E ha azionisti delle Isole?»

«Sì» fu la risposta.

Rientrato a Milano, non passò in Procura. Era stanco e aveva bisogno di farsi una doccia.

Le finestre del suo appartamento davano sulla Rotonda della Besana, una delle sue mete preferite quando vi erano mostre culturali.

Dopo la doccia, si sedette su una poltroncina dello studio e prese in mano il volume *Repertorio internazionale delle armi*, che si era portato dalla Procura il giorno avanti.

Alla voce "Browning 6.35" era scritto:

> Pistola semiautomatica di grande qualità. La sua affidabilità come arma di difesa è limitata dal calibro, di ridotta potenza. Utile in tutti quei casi in cui sia determinante l'occultabilità dell'arma e sia previsto un uso a breve distanza.

Una pistola per donne, pensò Ruffo. Ma anche l'arma giusta per non rigonfiare in modo eccessivo la tasca della giacca di un uomo.

Rovesciò indietro la testa e si distrasse, forse in cerca di un'ispirazione che non venne, osservando sulle pareti, con nostalgia e affetto, gli ingrandimenti, incorniciati con cura, delle immagini che aveva ripreso in varie città italiane ed estere. La fotografia era il suo hobby preferito. E Lisbona, con le sue rapide salite e i suoi nobili palazzi, in gran parte disabitati, la città più amata.

22

Il 25 marzo del 1988, durante un viaggio a Baghdad, Hafiz Abdel Assadi, l'amico degli Arlati, fu improvvisamente arrestato. Con l'accusa di spionaggio.

La notizia giunse in Occidente con una settimana di ritardo, e passò abbastanza inosservata sulla stampa, tranne che sul "Wall Street Journal". Che la riportò con dettagli che aprivano insospettati spiragli sulla personalità di Assadi: terzo figlio di uno dei maggiori costruttori edili del Medio Oriente, primo a non seguire le orme del padre, laureato in economia negli Stati Uniti, sposato con la figlia di un principe del Kuwait, aveva iniziato, negli anni Ottanta, un'attività di gestore fiduciario, in Svizzera, dei capitali di vari principi, sceicchi ed emiri arabi. Ma ben presto il raggio di azione dei suoi interessi, pur senza abbandonare questa prima attività, si era considerevolmente esteso, fino a farlo divenire consulente dell'OPEC e dell'*U.B.N.* (la più grande banca panaraba) e, si diceva, uomo di fiducia della CIA per l'organizzazione dei mezzi finanziari destinati al riarmo dell'Iraq. L'uomo disponeva di molti passaporti, il che rendeva incerta la sua attuale cittadinanza.

Stando a certe fonti, l'arresto, avvenuto con il pretesto dello spionaggio, era dovuto a talune transazioni di armi pesanti, non completamente (o non correttamente) adempiute da parte di fornitori rappresentati da Assadi.

Bellani lesse la notizia con sbalordita sorpresa e una punta di inquietudine, che non seppe subito precisare.

Chiamò Arlati, da Milano, ma gli fu detto che era fuori Zurigo. Ancor più preoccupato, programmò di fare quanto prima un sopralluogo nella città elvetica.

Ma Arlati si fece vivo prima che lui si accingesse a quella trasferta. E prima ancora della sua, arrivò la telefonata del direttore della sede di Lugano, che gli diede un'altra sgradita sorpresa.

«Il signor Arlati, in una settimana, ha ritirato venti milioni di dollari.»

«Venti milioni di dollari! E come?»

«Con prelevamenti diretti. Firmava ordini di bonifico a se stesso e ritirava il denaro "a valigie".»

«Vorrai dire che si serviva di spalloni*.»

«Sì: in un'occasione ho potuto accertarlo. Si trattava di spalloni italiani.»

«Ma quali?»

«I soliti della piazza».

«E conta di ritirare altri capitali?»

«Pressoché tutti, quasi altri venti milioni di dollari. Dice che si tratta di operazione provvisoria e cautelare.»

«Provvisoria e cautelare?» ripeté Bellani in forma interrogativa.

«Così dice lui.»

Poco dopo arrivò la telefonata di Arlati, che non precisò da dove chiamava. Con tono lapidario ma sicuro, spiegò a Bellani: «Mi spiace di non aver potuto concordare con lei le misure cautelari che ho già posto in essere e dovrò portare a compimento nei prossimi giorni. L'arresto del signor Assadi, notoriamente mio amico, può creare pericoli a me stesso. Pericoli ingiusti e im-

* Spalloni: trasportatori clandestini di capitali da un paese all'altro.

motivati, beninteso. Ma se il governo iracheno arriva all'arresto di un dignitario come il signor Assadi, non è da escludere un'*escalation*...». La voce potente non denotava alcun senso di panico.

«Quale, per esempio?» chiese Bellani.

«Per esempio l'accusa, nei miei confronti, di essere socio di Assadi. Di fatto, se non di diritto.»

«Quindi?»

«Faccio sempre delle ipotesi: se il governo iracheno intende sostenere di essere stato danneggiato o, peggio ancora, truffato da Assadi, potrebbe tentare di ottenere il sequestro di tutti i suoi beni e di quelli dei suoi presunti soci... Lei sa che in Svizzera il sequestro nei confronti di stranieri è un gioco da ragazzi.»

«No, non lo sapevo.»

«Basta che lei si qualifichi creditore e identifichi il suo asserito debitore come cittadino estero, per ottenere, senza contraddittorio, qualsiasi sequestro di capitali.»

Andrea non fece commenti. «E allora?»

«E allora debbo cautelarmi.» La telefonata si interruppe a quel punto. Bellani non fu in grado di capire se la conversazione avesse avuto termine per deliberata scelta di Arlati o per essere caduta la linea. Ma il suo interlocutore non richiamò.

L'indomani, nuovo colpo di scena. A darne notizia, stavolta, era Hurlimann da Zurigo.

«Arlati ha firmato un ordine di bonifico, in due tranche, di trentacinque milioni di marchi, destinato alla banca di Investimenti di Vienna.»

«A favore di chi?»

«Di un tale Auschmann, residente a Vienna, con tanto di passaporto di cui non ricordo il numero, ma che ho segnato.»

Nel nuovo sviluppo, vi era un'ulteriore nota negativa: Arlati era a Zurigo, ma si dava assente dalla città.

Andrea decise di prendere il primo aereo per la città elvetica.

La signora Arlati rispose con voce del tutto normale, che non rivelava la minima apprensione o emozione.
«Come sta?» chiese con enfasi.
«Diciamo bene» rispose Bellani, che poi si corresse: «In realtà, sto vivendo un periodo turbolento...».
«Tutti quelli che conosco stanno vivendo un momento turbolento... Chi più, chi meno.»
«Chi più degli altri, secondo lei?»
«Ma il povero Assadi, diamine!»
«Certo» ammise Bellani.
«Posso parlare con suo marito?»
«Non c'è.»
«Ma è a Zurigo?»
«Non credo.»
«E dove?»
«E chi lo sa?» esclamò lei con impertinente ironia.
«Non può dirmi altro?»
«Posso dirle che, se proprio vuole vedere qualcuno in Zurigo, può vedere me.»
«Volentieri. A cena?»
«A cena. Posso darle un consiglio?»
«Certo.»
«Prenoti alla Kronenhall. Ma nella saletta d'ingresso, che fa pensare a un ristorante parigino.»
«Sarà fatto» promise Bellani.
«Quella dove sono esposti i quadri di Bonnard e Chagall» insisté lei, quasi avesse timore di non essere stata capita.
«Stia tranquilla.»

Quando la vide scendere dal taxi, davanti alla Kronenhall, e sentì le sue prime parole di circostanza, Bellani capì subito che la donna era eccitata.
Vestiva, sotto la pelliccia di zibellino, un tailleur nero da mezza sera, imperlato sui risvolti della giacca. Non era affatto da escludere che avesse bevuto. Gli avveni-

menti che, seppure non in prima persona, stava vivendo, dovevano essere estremamente critici anche per lei.

Le sue parole d'esordio, una volta seduta a tavola dopo una breve sosta alla toilette, furono: «Ecco una occasione rara per conoscerci meglio».

Bellani replicò: «Questo è il tipo di frase che pronuncia una persona che ritiene di non essere, o non essere stata, sufficientemente apprezzata. Mentre lei è una signora che è stata apprezzata e ammirata al meglio».

Lei fece un gesto di rifiuto: «Quella che ho pronunciato è la tipica frase di chi sa di essere giudicata male e intende confermare i peggiori sospetti, seppure correggendoli».

Il banchiere provò un forte imbarazzo. Lei non gli diede tregua: «Andiamo, signor Bellani. Io sono una donna chiacchieratissima. E non c'è niente di più emozionante, per una donna chiacchierata, che confermare a un bell'uomo i suoi peggiori sospetti».

Andrea si sentì preso al laccio. Irrimediabilmente. La donna aveva azzerato tutti i preliminari ed era venuta al dunque. A quel dunque che l'interessava come donna e presumeva non potesse non interessare anche lui.

Lo fissò intensamente negli occhi e propose: «Consente a una donna sola, che vive in una città odiosamente borghese, un gioco della verità? Un gioco "a un solo senso"...».

«Che significa, "a un solo senso"?»

«Che mi confesserò solo io, senza che lei sia tenuto a sua volta a fare altrettanto.»

«Mi sembra un gioco impari e ingeneroso...» obiettò Bellani.

«E che significa, se io l'accetto? Anzi, lo voglio.»

«Sono a sua disposizione» si arrese Bellani.

Lei non perse tempo: «Le hanno raccontato pettegolezzi sul mio conto?».

«No» mentì Bellani.

«Insisto: le hanno raccontato dei pettegolezzi?»

Andrea avvampò, pensando alle allusioni del suo fiduciario di Zurigo a proposito dello strano rapporto a tre nella villa degli Arlati. Ma continuò a negare.

«Non ha neppure saputo che io sono stata ricercata dalla polizia di Zurigo per una apparente scomparsa e che sono finita sulle pagine del quotidiano locale?»

Lui fu irremovibile: «No».

La compagna di Arlati sembrò prendere per buona, con trasparente riserva, l'ultima negazione di Andrea. E disse: «Bon, se non le hanno raccontato niente di me, lo faranno, prima o poi. Tanto vale, allora, che le racconti io per prima la mia vita scandalosa...».

«La prego...» impetrò Andrea.

«E invece sì. Almeno avrà anche la versione di parte sulla mia fuga romantica da Zurigo, che in realtà non era una fuga.»

L'imbarazzo, in Andrea, era cresciuto e si era convertito nel più assoluto silenzio. Anna Arlati proseguì imperterrita: «Un anno fa mio marito partì per un viaggio d'affari in Medio Oriente, che avrebbe dovuto durare più di dieci giorni e, in realtà, si concluse prima. Andò con Assadi, o meglio, lo incontrò a Bahrein. Posso continuare?».

«Se vuole.»

«In quel periodo io rimasi sola a Zurigo e un mattino, verso l'ora dell'aperitivo, trovai al Baur au Lac il mio vecchio comandante...»

«Comandante?» chiese Andrea sorpreso.

«*Dell'avion*» rispose lei scherzosa. Prima di chiarire: «Io facevo l'hostess, lo sapeva?».

«No» mentì Andrea.

«Conobbi Lorenzo durante un volo Milano-Parigi, sull'aereo *AZ* guidato dal comandante Fausto Natali...» lo informò lei, con tono sempre giocoso.

«Non lo sapevo» insistette Andrea.

«Con il mio vecchio comandante avevo fatto molti viaggi meravigliosi, e lui stesso era un personaggio affascinante: coraggioso, generoso, disponibile...»

Andrea restava zitto, ma attento.

«Bene, quando mi ritrovò al Baur au Lac fu di un calore umano e di un'amicizia favolosi. Mi invitò a sedere a uno dei tavoli all'aperto, mi guardò con tenerezza e mi chiese: "Come fai a vivere di fronte a un lago, tu donna di mare? È roba da suicidio. Fuggi con il mio aereo, stasera. Ho in programma una sosta a Roma di due giorni, poi volerò verso la tua Sicilia, dove conto di passare una settimana di ferie a Lampedusa".»

«Lei è siciliana?» l'interrogò Andrea, continuando a simulare di non sapere niente di lei.

«Sì. Ma vissuta a Roma dai diciotto anni in su, finché non ho conosciuto Lorenzo.» Gli puntò sul volto gli occhi, luminosi come fari, per verificare il suo interesse.

Poiché le sembrò che l'atteggiamento fosse permissivo, riprese: «Fausto mi fece quella proposta da amico, anzi, da compagno di ventura. Non da amante. E io non so ancora se l'accettai con l'idea di fuggire per sempre o di fuggire momentaneamente. Certe cose, certi viaggi, si fanno perché si trovano dei compagni di strada, delle persone che spartiscono le tue esperienze. Quel che è certo è che il mio voleva essere un ritorno al passato: sentivo il bisogno di rivivere, da sola, delle giornate romane, di rivedere la Sicilia, il mare... Insomma, partii sui due piedi, con una valigetta e senza lasciare messaggi neppure alla servitù, che quel pomeriggio era in libertà».

Andrea stavolta sorrise di compiacimento e involontaria approvazione. L'ebbrezza per la possibilità di confessarsi era in lei palese.

«A Roma ritrovai solo una vecchia amica, divorziata e lamentosa. Ma durante il soggiorno a Villa Igea, a Palermo, organizzai una serata indimenticabile per vecchi amici, e rividi anche i miei due cugini, ultimi rimasti del mio parentado. Poi all'isola di Lampedusa persi addirittura il senso del tempo e dello spazio: non mi ricordai più né di Zurigo, né di Lorenzo. Il quale, nel frattempo, era tornato in anticipo a casa. Non trovandomi e non avendo nessuna notizia di me, denunziò la mia scomparsa alla polizia, prospettando, addirittura, l'ipotesi del sequestro. La stampa locale venne a conoscenza della denuncia e pubblicò la notizia, esternando la preoccupazione che il fenomeno dei sequestri potesse piantare radici anche in Svizzera. Insomma, la mia scomparsa divenne un dramma pubblico...»

Ad Andrea venne sinceramente da ridere.

«Finché a Lorenzo non venne in mente di chiamare i miei cugini in Sicilia, gli ultimi cui poteva pensare, perché non li aveva mai frequentati, e seppe da loro che ero a Lampedusa. Prese il primo aereo per Palermo e arrivò nell'isola in tempo per pagarmi il conto. Naturalmente la stampa zurighese dovette riportare e *commentare* anche la notizia del mio ritrovamento in un *paradiso perduto*. Ecco la vera storia della fuga romantica finita sulla bocca degli zurighesi.»

"Infedele e masochista" pensò Andrea della donna, prima di chiederle, ormai incuriosito: «Arlati ebbe reazioni violente?».

«No. Non a caldo, almeno.»

D'improvviso si fece scura in viso e chiese: «Le hanno parlato del suicidio di mio marito?».

«No» mentì ancora Andrea.

Lei non gli credette e andò oltre: «Non si è ucciso per me. Il suo destino era spararsi. Pace all'anima sua». Sembrò soffertamente sincera.

Ma il nocciolo di quelle sue confidenze rimaneva la dichiarazione di libertà personale: la donna aveva passato il guado dell'estraneità e lo aveva stretto d'assedio. Esaurita questa manovra essenziale, lasciò che, per il resto della cena, il suo interlocutore spostasse la conversazione verso argomenti meno personali.

All'uscita del ristorante, Anna afferrò senza titubanze la mano di Andrea, e stringendola gli disse: «Mi accompagni lei a casa, non mi lasci allo squallore di un taxi e alla solitudine della villa».

Il banchiere, con l'alibi interiore di voler attingere dalla donna informazioni riservate sui misteriosi affari di Arlati e Assadi, non si ritrasse, pur intuendo di aver ormai imboccato una strada senza vie d'uscita.

D'altra parte, come non ammettere di essere irresistibilmente attratto da Anna Arlati? Era dotata di una sensualità torbida e sicura, come consapevole della propria fatalità; simile a quella di Federica, la sua amante di Parma, ma, se possibile, ancora più inquietante. Non osò confrontare, mentalmente, Anna a Isabel, perché la sua compagna era sempre fuori concorso. E poi lui, quella sera, si sottraeva deliberatamente al pensiero di lei.

All'ingresso della villa, Andrea ebbe un moto di rifiuto ad accedervi, come uno scarto di fronte a un ostacolo. Ma lei, con uno strattone al braccio, lo trascinò imperiosamente dietro di sé. «Io e Lorenzo abbiamo appartamenti separati: la porto a casa mia, non sua» disse per tranquillizzarlo. Ma ci riuscì fino a un certo punto.

Nel guidarlo verso il suo appartamento, nel corridoio del secondo piano, Anna aprì una porta e accese le luci dello studio di Lorenzo Arlati. Sempre guidandolo per mano, lo condusse dietro la scrivania, sulla quale era in bella mostra una grande cornice d'argento, che conteneva la foto di un uomo vicino alla settantina, ancora robusto e dalla folta capigliatura bianca, che montava con piglio sicuro un cavallo baio. «Il grande genitore!» commentò Anna. Andrea l'osservò con attenzione e curiosità. Lo sguardo dell'anziano signore esprimeva un'autorità e un rigore militareschi. Accanto alla cornice maggiore, una più piccola racchiudeva il volto sofisticato della consorte del capitano di industria.

Nella sua camera da letto, dove le pareti erano dipinte di rosa e un certo numero di bambole era raccolto su di un divano dall'alta spalliera, Anna seppe coinvolgerlo nell'intimità con la stessa allegra disinvoltura con la quale, al ristorante, l'aveva preso al laccio. Era, la sua, la gradevole, sorridente naturalezza di una hostess della Singapore Airlines, che si offriva di accompagnarlo verso un'avventura ingenua e divertente, in un lontano paradiso.

Ma si trattava di una falsa promessa. Perché, invece, l'avrebbe trascinato nell'occhio di una tempesta passionale. Ci volle poco, ad Andrea, per capire che la giovane aveva trovato, in lui, la scintilla per quella combustione dei sensi di cui doveva avere assoluto bisogno.

La hostess della Singapore Airlines, infatti, gettò ben presto la maschera, per rivelarsi la più ardente delle amanti latine.

Lui visse l'imprevisto rapporto sessuale con animo contrastato. Alla non breve vampata passionale, anche da parte sua, fece progressivamente seguito un senso di tormento per il torto fatto a Isabel. Un torto di cui non si credeva capace.

Quando Anna si rialzò dal letto, e si mosse nuda per la camera alla ricerca di un accendino, gli apparve piccola, come aveva previsto Isabel, ma anche più giovane di quanto sembrasse quando vestiva da signora. Il fisico era asciutto e lieve, di quella levità che è tipica di un corpo appena giunto alla maturità: seni minuti e sodi, fianchi stretti, gambe levigate. Doveva avere venticinque anni, o poco più. Si accorse ora, per la prima volta, che aveva un tatuaggio ai piedi.

Smise di osservarla e le domandò: «Quali sono i rapporti tra tuo marito e Assadi?».

«Lorenzo non è mio marito» rispose lei, rintanandosi in una poltrona.

Andrea prese atto della precisazione e insisté: «Quali sono i loro rapporti?».

«Lorenzo ha i capitali, Assadi ha gli affari. Così talvolta avviene che Lorenzo gli fornisca i mezzi per i suoi affari...»

«Partecipando agli utili?»

«Certo. Non si limita a esigere gli interessi.»

«E talvolta?» chiese Andrea, ripetendo l'alternativa che lei stessa, poco prima, aveva formulato.

«Sottoscrive delle garanzie per gli affari di Assadi...»

«Che sono affari grossi, immagino.»

«Molto grossi.»

«Come mai abitate insieme?»

«Fu Assadi a sapere, per primo, che questa villa era offerta in affitto. Essendo troppo grande per lui, ci propose di affittarla insieme: i primi due piani a noi, il terzo a lui. Lorenzo accettò, perché la sua famiglia era sempre vissuta in una grande villa a Verbania e lui si era abituato ad avere quel genere di residenza.»

«Cosa può essere successo, ora?» domandò Andrea, riferendosi implicitamente all'arresto di Assadi.

«Non l'ho capito bene neanch'io. Forse Assadi ha comprato dagli iracheni, con la garanzia di Lorenzo, grossi quantitativi di petrolio, non rispettando i patti. O forse...»

«O forse?»

«O forse ha venduto, in modo imperfetto, armi all'Iraq. Sempre con la garanzia di Lorenzo. Sicché...»

«Sicché?»

«Se a tempo debito vorrai riavere un cliente come Lorenzo, devi aiutarlo, adesso, a far sparire i suoi capitali. O, quantomeno, non dovrai frapporgli ostacoli.»

«Questo, nei limiti del possibile e del lecito, cercherò di farlo» affermò Andrea, non senza qualche riserva mentale. Per quanto logica, infatti, fosse la spiegazione data da Arlati del suo comportamento, permanevano in esso forti margini di ambiguità, se non di equivocità. E questo era uno dei motivi per cui non si era sentito inibito nel rapporto con Anna. Nel profondo del suo animo l'immagine di Arlati era divenuta meno nitida. Molto meno nitida.

«Credo ti si chieda solo questo: nessuna complicità» aggiunse Anna.

«Ma che uomo è il tuo compagno?»

«Complesso, terribilmente complesso. È passato attraverso tutte le gradazioni del carattere umano. Idealista da adolescente; deluso e frustrato nell'età matura, quando il padre lo umiliò, preferendogli altri ai vertici dell'azienda; masochista e perverso dopo aver venduto l'azienda: ha vissuto questo evento fondamentale con un grande senso di colpa. Vi sono uomini con grandi ideali, uomini con grandi ambizioni e altri, infine, con grandi ossessioni. Lui è un uomo con grandi ossessioni.»

«Vi sono ossessioni positive, secondo te?» la interrogò Andrea.

«Sì. L'amore, la passione sono ossessioni. E non sempre negative.»

«Ma i vari aspetti caratteriali che mi hai descritto, parlando di lui, sono tra loro conviventi e alternativi, o rappresentano ciascuno una evoluzione del precedente?»

«Domanda acuta. Sono evoluzioni, mai in meglio.»

Aggrottò la fronte, come per concentrarsi maggiormente: «Tutto, nella sua vita, comincia dal padre e ritorna al padre».

«Ma chi era mai questo padre?»

«Un *self made man* che costruì quasi dal nulla, con intuizioni geniali, una grande azienda ad alta tecnologia. E che al culmine del successo, raggiunto quand'era ancora giovane, seppe pure emanciparsi dalle origini modeste, sposando una donna dell'alta borghesia: non ricca, ma di prim'ordine.»

«Tuttora viva?»

«No, è morta anche lei.»

«Ma il padre amò o non amò il figlio?»

«Lo amò, ma da genio, che pretendeva da lui l'irripetibile.»

«Qual era il nome dell'industria paterna?»

«Lorenzo non ama che se ne parli. Per lui è una sorta di tabù.» Dopo una pausa soggiunse: «Ora è un uomo alla ricerca di un riscatto totale. Oppure...».

«Oppure?»

«Oppure di una autodistruzione definitiva.»

Nell'accompagnarlo alla porta, lei lo baciò intensamente, ottenendo che lui la ricambiasse con altrettanta passione.

Ma dopo essere salito in macchina, e aver preso a guidare, stavolta in discesa, tra i tornanti in mezzo all'abetaia, Andrea fu sopraffatto dal senso di colpa. Quella sera, per la prima volta in vita sua, si era scoperto, più ancora che vulnerabile, corruttibile. Non capì per quale ragione avesse pensato, con angoscia, alla corruttibilità. Ma lo aveva fatto con convinzione.

Fu il terzo senso di colpa della sua vita. Così tormentoso che, lungo una curva, quasi perse il controllo della macchina e rischiò di precipitare lungo una scarpata.

Fortuna che Isabel era lontana.

23

Andrea non rivide, per alcuni mesi, i tre singolari personaggi della villa sulla collina del Dolder.

Due dei tre, quelli rimasti in libertà, lo chiamarono, chi per un motivo, chi per un altro, dalle più disparate località europee. Lei per rassicurarlo della sua passione, lui della sua fedeltà come cliente, una volta che la tempesta fosse passata.

Assadi rimase in stato d'arresto, a Baghdad, per quasi due mesi. Quindi, senza alcun preavviso, fu liberato.

La notizia della sua liberazione fu data, come già quella del suo arresto, dal "Wall Street Journal", con poche righe: l'uomo era stato accompagnato alla frontiera con la Giordania, e consegnato alle autorità di quel paese, che non avevano nessun motivo di tenerlo in stato di arresto.

Quattro giorni dopo l'avvenimento, il direttore della sede zurighese della banca Reuss, Hans Hurlimann, ricevette una richiesta di appuntamento urgente da parte di un signore arabo, di nome Ziauddin Khalidi. L'uomo, che si esprimeva in inglese, aveva denotato una certa concitazione nel formulare la sua richiesta, ma non ne aveva spiegato il motivo.

Hurlimann, non potendo escludere che si trattasse di un nuovo cliente, si rese disponibile per l'indomani, di primo mattino, senza ancora sapere che l'aspettava un incontro dal copione sconcertante.

Khalidi era un uomo sui quarantacinque anni, alto e robusto. Vestiva un abito europeo di buona fattura, ma sgualcito.

Hurlimann avvertì che non doveva aver fatto a tempo a radersi e tanto meno a profumarsi.

Quando si fu seduto, Khalidi esordì senza preamboli: «A nome del gruppo che rappresento, ho cercato di mettermi in contatto con il signor Arlati, ma non mi è stato possibile farlo. Voi mi potete dare informazioni al riguardo?».

«Che interesse avete a mettervi in contatto con il signor Arlati?» chiese Hurlimann. «È il minimo che possa chiederle, prima di darle una qualsiasi risposta.»

«Un interesse diretto, molto diretto» affermò Khalidi.

«Che sarebbe?» insisté Hurlimann prima di esporsi.

Khalidi, per tutta risposta, aprì la borsa di cuoio che si era tenuta in grembo e ne trasse una grande busta, ancora sigillata, porgendola a Hurlimann. Questi ebbe un gesto istintivo di reiezione, a sottolineare che la questione, ancora imprecisata, non lo riguardava; e, più in generale, che non voleva compromettersi. Ma l'arabo insistette, e il direttore dovette piegarsi all'incombenza di aprire la busta. All'interno, un solo documento, scritto a macchina e con un timbro notarile sul retro.

Nell'esaminarlo, Hurlimann non poté trattenere l'impulso di passare una mano sui capelli ricci e folti, mentre i suoi occhi si facevano più larghi per lo stupore. Khalidi parve voler bilanciare le reazioni del suo interlocutore, passandosi lentamente, a sua volta, un dito sui baffi rettilinei, di alta rappresentanza.

Il testo del documento era breve, ma di estrema importanza pratica:

Io sottoscritto Lorenzo Arlati, nato a Milano il 25 ottobre 1942, dichiaro formalmente e solennemente di detenere a titolo fiduciario i capitali depositati a mio nome sui conti "Anchorage" n. 14412 presso la banca Reuss di Lugano e "Landscape" n. 43321 presso la banca Reuss di Zurigo, nonché i futuri capitali che sugli stessi conti venissero fatti affluire. La detenzione fiduciaria è a nome e per conto del signor Ali Hafiz Abdel Assadi, cittadino degli Emirati Arabi, con passaporto dell'Emirato di Abu Dhabi n. 21367 e, in via congiunta e disgiunta, del signor Abu Shadi Askar, cittadino degli Emirati Arabi, con passaporto n. 20477 dell'Emirato di Abu Dhabi. Entrambi gli indicati signori sono legittimati a revocarmi il mandato senza preavviso, a sostituirmi, a compiere in mio luogo tutti gli atti di prelevamento, bonifico e disposizione che ritenessero, fatta salva una commissione annuale del quattro per cento a favore del fiduciario. Gli stessi fiducianti potranno indicare come aventi diritto altri soggetti fisici o giuridici.

In fede: *Lorenzo Arlati*

Seguiva l'attestazione dell'identità del dichiarante e il timbro notarile.

Il direttore della Reuss rimase sconvolto dalla lettura. E cominciò a paventare seccature per la banca. In un estremo tentativo di differire il *redde rationem* con l'arabo, chiese: «Ma perché questo documento mi è stato portato da lei e non dal signor Assadi o dal signor Askar, che io non ho il piacere di conoscere?».

«Il signor Assadi ne parlerà direttamente con il dottor Bellani, dati i loro rapporti di conoscenza. Ma era urgente rendervi noto il documento e così io l'ho preceduto, dietro suo personale incarico.»

Hurlimann capì che non poteva ritardare oltre il momento della verità. Misurando le parole, disse: «Il signor Arlati ha provvisoriamente prelevato i capitali. Credo che l'abbia fatto per evitare che l'arresto del signor Assadi avesse, come ulteriore effetto, una richiesta irachena di congelamento dei fondi depositati presso la nostra banca, dati i notori rapporti tra i due».

L'arabo sorrise beffardo, per mettere in chiaro di non essere un sottosviluppato: «Ritirati provvisoriamente?» ripeté, mettendoci di suo l'interrogativo. «E allora come mai è scomparso dalla circolazione, rendendosi deliberatamente irreperibile?»

Poiché Hurlimann aveva allargato le braccia in segno di impotenza, lui aumentò la dose: «Diciamo rubati!».

Il direttore della Reuss, a questo punto, cominciò a sentirsi il testimone involontario di una rissa che non lo riguardava. Disse infatti: «Fate una denuncia!».

«Non possiamo permettercelo, perché erano fondi segreti: per questo erano intestati fiduciariamente. Quello che possiamo fare è appellarci riservatamente a voi affinché ci diate una mano a ricostruire i movimenti dei capitali, e interveniate sul signor Arlati, se sarà possibile, perché modifichi il suo atteggiamento.»

«Non posso garantirglielo. A questo punto non sono neppure sicuro di rivedere il signor Arlati; e, quanto ai movimenti di capitale, sono avvenuti attraverso prelevamenti di cassa. Niente assegni, niente bonifici: non rimane nessuna traccia.»

«Dati i vostri rapporti sulla piazza finanziaria, sarete probabilmente in grado di avere informazioni riservate sulle destinazioni dei capitali. Decine di milioni di dollari non si volatilizzano!»

«Ho paura di sì. In questo caso, almeno. L'ottanta per cento dei capitali, ripeto, sono stati prelevati in contanti in varie fasi...»

«Debbo insistere perché voi ci trasmettiate tutte le indicazioni possibili sui movimenti dei capitali e delle persone.»

«E io, in buona fede, debbo insistere perché presentiate una denunzia alla polizia e alla Procura pubblica.»

«È l'ultima cosa che possiamo permetterci.»

«Arlati doveva saperlo!»

«Evidentemente sì.»
«Avete in ogni caso la nostra solidarietà e la nostra collaborazione, nei limiti del fattibile. Questo è tutto quello che posso dirvi.»

Non appena salutato Khalidi, Hurlimann si affrettò a informare Bellani delle sbalorditive novità; e a trasmettergli, via fax, copia del documento attestante il ruolo meramente fiduciario di Arlati nella detenzione dei capitali.

Per Bellani la lettura della dichiarazione ebbe l'effetto di un atto profanatorio. Nei confronti della banca e suoi. Atto che gli accrebbe il senso di colpa, già cospicuo, per i suoi rapporti intimi con Anna. Dovette ammettere che Isabel aveva visto giusto quando l'aveva definita una *"sinvergüenza que puede embrujar"*.

Era già pomeriggio inoltrato, quando gli passarono una telefonata internazionale: era Assadi. Si trovava ad Abu Dhabi, ma si diceva disposto a raggiungere Milano l'indomani, se lui l'avesse ricevuto. Bellani non poté schivare l'impegno.

Alle cinque del pomeriggio, puntualissimo, Assadi si presentò nell'ufficio riservato di piazzetta Bossi. Leggermente dimagrito, ma senza altri segni di sofferenza che rivelassero la detenzione nelle carceri irachene.

Per tutta la durata della conversazione, l'arabo si sarebbe espresso gesticolando. Ma in modo armonico. Iniziava una frase tenendo le mani giunte, poi le spaiava e allargava, contemporaneamente, le braccia. Per concludere, dopo un po', con una ricongiunzione delle mani. Talvolta, anziché ricongiungerle, poggiava le palme sul tavolo.

Bellani avrebbe imparato, in quell'occasione come mai prima, il modo di pensare e di comunicare di un arabo. Perché Assadi, come già Khalidi, avrebbe detto tutto e il contrario di tutto; detto e non detto. E ciò che non avrebbe detto, lo avrebbe lasciato intendere.

«Saputo?» chiese Assadi, allargando moderatamente le braccia.

«Saputo» confermò Bellani, che non poté ritardare la domanda che più gli stava a cuore: «Ma che necessità c'era di questa interposizione fittizia? Erano capitali sporchi?».

L'arabo mise le mani avanti: «No, non erano capitali sporchi».

«E che genere di provenienza avevano?» insisté Bellani.

«Né droga, né armi» lo tranquillizzò Assadi, che dopo un lungo, imbarazzato silenzio, rivelò: «Erano capitali provenienti da operazioni speculative sui prezzi del petrolio. Il mio gruppo aveva informazioni riservate sulle oscillazioni delle quotazioni, e le usava. I ricavi confluivano in Svizzera sul conto di Arlati. Lei deve solennemente giurarmi di non parlarne con nessuno».

«Ma Arlati non era ricco per conto suo?»

«Lo era, e molto. Ma le sue ambizioni lo hanno spinto ad azzardi finanziari tali da mettere a repentaglio la sua fortuna.»

«L'ha forse persa?»

«Diciamo che al momento non ne è più in possesso» rispose ambiguamente Assadi. Che aggiunse: «Mai conosciuto un giocatore d'azzardo come lui».

«Ma perché, allora, l'avete utilizzato come fiduciario?»

«Abbiamo iniziato a farlo quando ancora non aveva rivelato certi aspetti della sua personalità. E l'abbiamo scelto perché si prestava perfettamente alle nostre esigenze. Arlati portava un bel nome. Come fiduciario era meglio di una società, che in caso di inchiesta per *insider trading* può essere inquisita e costretta a scoprirsi. Lui, invece, aveva fama di essere ricco di suo e non aveva motivo di essere inquisito. D'altra parte, in base alla nuova legislazione svizzera, la banca pretende, al momento dell'apertura di un conto da parte di una Anstalt o di una società panamense, di conoscere il nome del beneficiario finale. E allora una società panamense vale quanto un prestanome. Anzi, meno.»

«Sì, sì, lo so» commentò Bellani anticipando una affermazione che l'arabo, inevitabilmente, gli avrebbe fatto: «Ora vi trovate in difficoltà a denunciare l'appropriazione indebita, perché se il procedimento penale si trasformasse in uno scandalo pubblico, come sarebbe inevitabile, porterebbe alla luce l'*insider trading* sui prezzi del petrolio da parte dei suoi potenti amici».

«Esatto» convenne Assadi.

«Oltretutto, un eventuale scandalo coinvolgerebbe ingiustamente la banca» si preoccupò Bellani.

«Le do atto fin d'ora, e ne darò in ogni sede, della più assoluta estraneità della banca.»

«Queste sono storie da "mille e una notte"» commentò nervosamente Andrea.

«Non posso negarlo» ammise l'arabo.

Superato lo stupore, Bellani ci pensò sopra e opinò: «Potremmo escogitare uno stratagemma. Far denunciare il reato non da lei, ma dalla banca, in quanto depositaria dei capitali sottratti dal signor Arlati. La denuncia, in una fase ancora coperta da segreto istruttorio, potrebbe consentire un controllo a tappeto su tutte le banche del territorio svizzero, per scoprire dove sono finiti i capitali».

Assadi fu lesto a riesumare le riserve già espresse a Hurlimann da Khalidi: «Le parrà sorprendente, ma cinquanta, sessanta milioni di dollari non valgono uno scandalo. Non per i miei rappresentati».

Davanti alla perplessità di Bellani ritenne di precisare: «Lei non conosce il Medio Oriente. La ricchezza petrolifera ne ha cambiato la mentalità e i costumi: della borghesia cortigiana e della classe dirigente, se non del popolo. I capitali sono divenuti tanto accessibili quanto volatili. Si guadagnano e si perdono con estrema facilità e rapidità. In Medio Oriente è in atto un capitalismo di frontiera, come lo è stato il Far West: con un grande avvenire, ma ancora da regolamentare. Si passa dal ruolo di ladri a quello di derubati in brevissimo volgere di tempo... E se si è derubati, si pensa solo a far nuovo denaro, non a recuperare quello perso. È un capitalismo a tal punto proiettato in avanti, da non consentire di voltarsi indietro».

Davanti alla muta perplessità di Bellani, l'arabo pensò di spiegarsi meglio attraverso gli esempi: «Le famiglie regnanti del Kuwait hanno fondato nel mondo varie istituzioni per il reinvestimento dei proventi pubblici del petrolio. Ci muoviamo nell'ordine dei bilioni di dollari, per intenderci. Ebbene, periodicamente, qualcuna di queste istituzioni registra forti ammanchi. Non parlo di perdite: ma di appropriazioni indebite e frodi, per milioni e milioni di dollari».

«Commesse da chi?»

«Dai manager messi a capo delle istituzioni dai familiari dei regnanti. Manager che, una volta scoperti, non vengono denunciati, ma elegantemente licenziati, senza essere perseguiti in sede penale, perché è noto che hanno agito in combutta con i loro mandanti.»

«Era questo il giro dei mandanti suoi e di Arlati?» volle sapere Bellani.

«Non necessariamente» replicò Assadi, con l'aria di chi intendeva tagliar corto.

«Lei non mi ha fatto un quadro esaltante del Medio Oriente!» osservò il banchiere.

«Al contrario. Il futuro economico parte di lì per arrivare all'Estremo Oriente.»

«In definitiva, quale posizione intendete assumere, allo stato delle cose?»

«Vi chiediamo di fare cautamente il possibile, ma non l'impossibile.»

«Com'è potuto Arlati arrivare a tanto?» volle ancora sapere Bellani, che non riusciva ad arrendersi, in cuor suo, all'idea che l'italiano fosse un filibustiere.

«Pensava di avere le sue ragioni nei confronti di Askar. Nessuno sa riconoscere i propri torti: solo quelli altrui» rispose sibillino Assadi, lasciando chiaramente intendere che non avrebbe detto di più.

«Ma chi è Askar?»

«Un rappresentante di interessi come me. Solo più grosso, non solo fisicamente.»

«E c'è denaro suo e di Askar in quanto rilevato da Arlati?»

«Le commissioni sugli affari conclusi. Tutto lì» minimizzò Assadi.

24

Andrea era troppo orgoglioso e indipendente, per accettare supinamente che la sua banca fosse stata il teatro di una rapina. Perciò, nelle settimane seguenti, si concentrò quasi esclusivamente sulla truffa a danno di Abdel Assadi, sulla tecnica usata per portarla a compimento, e, infine, sui suoi possibili sbocchi.

A motivarlo a quell'esercizio mentale era un complesso di fattori, che trovavano, al proprio interno, ragioni di coesione: il senso di responsabilità verso il cliente; il risentimento per l'affronto subito dalla banca; lo spirito di rivincita, infine, verso la *dark lady* che aveva, forse, dato un contributo alla truffa, mettendo in campo il suo potere di seduzione. Lui non aveva mai nutrito sentimenti di vendetta. Ma accettava le sfide. Sempre.

Capì subito che il ricorso a due diverse vie d'uscita, l'Italia e l'Austria, per esportare i capitali in fuga, corrispondeva a una divisione del rischio. Divisione del rischio-nazione e del rischio-metodo.

Poi cominciò a chiedersi perché mai gran parte del denaro fosse finito in Italia, dove Arlati poteva essere individuato più facilmente che altrove; e dove la rete di controllo sui capitali, a seguito della legge antimafia, era più fitta.

Quello era il punto chiave: *hic Rhodus, hic salta.* Si pose il quesito per vari giorni, senza trovare una adeguata risposta. Forse Arlati aveva potenti amici in Italia, forse aveva rapporti particolari con ambienti del malaffare, forse infine voleva finanziare un movimento politico o partecipare a una colossale operazione finanziaria, nascondendosi dietro il paravento di una banca o di una società.

Le ipotesi erano tante, e lui non aveva una bussola per prendere una direzione precisa: navigava al buio.

Poiché Arlati era divenuto cliente della banca Reuss durante la precedente gestione, chiamò a rapporto, da Zurigo, un dirigente della vecchia guardia: Rudolph Holzstoff, direttore finanziario.

Holzstoff arrivò a Milano nel giro di quindici ore. Era un uomo piuttosto alto, stempiato, dai baffetti ispidi, che si esprimeva, oltre che nella sua lingua originaria, in inglese e italiano.

La prima cosa che Bellani gli chiese fu: «Da chi fu introdotto Arlati?».

«Da nessuno» rispose Holzstoff deciso.

«Come da nessuno? Uno si presenta in banca con milioni di dollari, magari di provenienza mafiosa, e non si fa accreditare da nessuno?»

Il suo interlocutore non era d'accordo: «Lui era un uomo che si presentava da solo. Era il notorio erede di una fortuna industriale italiana, che poteva darle in cinque minuti tutti i riscontri di questo mondo circa la provenienza lecita dei suoi capitali».

«Ha ragione» ammise Bellani, acquietandosi. «Arlati ebbe, all'interno della banca Reuss, rapporti finanziari con Assadi?»

«No.»

«E Assadi aprì conti personali presso la banca?»

«No.»

«Lei sapeva dei loro rapporti al di fuori della banca?»

«Se ne parlava in giro.»

«Ed erano rapporti d'affari o che altro, per quanto ne conoscevate?»

«Si pensava d'affari comuni, non di rapporti societari, se è questo che vuol sapere.»

«Come muoveva, Arlati, i suoi capitali per finalità speculative?»

«Considerava questa banca come una portaerei, da cui decollavano volta volta delle missioni speculative: intendo capitali che venivano investiti altrove. Dopo un certo tempo i capitali atterravano di nuovo sulla portaerei con il loro bottino di guerra» spiegò Holzstoff, con un linguaggio figurato imprevedibile in un bancario, per di più svizzero-tedesco.

«C'era sempre un bottino?» volle sapere Bellani.

«Sempre.»

«E voi non sapevate quali erano stati gli obiettivi di guerra?»

«Tranne in un caso, mai. Lui appoggiava i capitali a una serie di banche nazionali ed estere, e operava con esse. A noi sfuggiva quali fossero gli investimenti finanziari.»

«Lei ha detto: tranne in un caso. Quale?»

«Una volta ebbi la soffiata che Arlati aveva in corso una grossa operazione a Wall Street, dopo il crollo dell'ottobre dell'anno scorso.»

«Con capitali maggiori di quelli che deteneva qui?»

«Non posso dirlo. Ma è certo che lui, presso di noi, teneva solo l'*argent de poche*. In altre banche doveva avere ben altro!»

«Cos'altro sapeva di lui?»

«Che aveva una vita sentimentale sofferta. Con quella giovane ventenne con cui convive, intendo.»

«Sofferta per colpa di chi?»

Holzstoff tossì d'imbarazzo: «Di lei erano corse voci di certe sue, come dire, evasioni... Ma pare che lui si fosse sempre comportato da gentiluomo, perdonandola».

«Può essere più preciso?» insisté Bellani.

«Corse voce che in un'occasione la signora si fosse fatta avvicinare, sul treno Zurigo-Lugano, da un giovane di bell'aspetto, seguito dalla polizia per contrabbando e traffici vari. Quando il treno arrivò a Lugano, la locale polizia attendeva il pregiudicato alla stazione, ma non lo arrestò, limitandosi a seguirlo per verificare quali collegamenti avesse in città. Il giovane, in realtà, si rifugiò in un alberghetto con la signora Arlati e vi stette finché la polizia, stanca di fare la posta, fece irruzione nella loro camera a notte inoltrata, trovandoli a letto. Furono arrestati tutti e due, e lei passò una giornata in carcere. In serata arrivò a Lugano il signor Arlati, che con la massima flemma pagò la cauzione e si riprese la sua compagna.»

Bellani deglutì a fatica: dovette prendere atto che la sfera privata di Anna Arlati non era delle più esclusive.

Nel primo week-end senza impegni, convinse Isabel a seguirlo a Lugano. Lasciandola libera di fare la turista, intendeva isolarsi negli uffici, chiusi al pubblico, della banca Reuss, e riesaminare, da solo, i vari ordini di bonifico sottoscritti da Arlati.

Tra il sabato e il lunedì di quel fine settimana, si sarebbero succedute, a Lugano, tre giornate di immacolata luminosità, che Andrea avrebbe vissuto nella penombra degli uffici della banca, fatta eccezione per le ore di colazione con Isabel. Per non perdere del tutto la gloria atmosferica di quei giorni, ebbe l'avvertenza di scegliere, per le sue meditazioni, un locale della banca con vista sul lago e sul lungo filare di alberi che lo costeggiava. Sul molo antistante alla finestra dell'ufficio attraccavano e ripartivano i battelli, che trasportavano sciami di turisti in giro per i laghi ticinesi.

Non furono i documenti sottoscritti da Arlati a dargli l'ispirazione risolutiva. Fu la sua capacità introspettiva, nei confronti di persone e eventi, a fargli capire che non era il caso di chiedersi perché mai Arlati avesse trasferito in Italia gran parte dei capitali trafugati. Non era il caso, perché lui non li aveva affatto trasferiti nel suo paese d'origine. *O meglio, ve li aveva portati, ma non li aveva lasciati.* Il passaggio in Italia era stato momentaneo e depistante. Elementare, Watson, commentò compiaciuto.

A questa conclusione lo portarono, contemporaneamente, la testa e la mano.

Al tavolo sul quale aveva scelto di lavorare, Andrea aveva riempito, con una matita rossa e blu, un gran numero di fogli bianchi, sui quali aveva freneticamente tracciato schizzi, numeri, nomi di località italiane e svizzere, frecce che, su un'ideale cartina geografica, da Lugano puntavano su Milano, Londra, Monaco, Lussemburgo, e qualunque altra località gli venisse in mente. La sua ricerca del possibile sbocco dei capitali in fuga era erratica e affidata al caso, ne era consapevole, ma sperava, come un giocatore di poker, che, a furia di insistere, gli sarebbe *entrata* la carta dell'ispirazione.

E così fu. Dopo ore di vani tentativi, l'istinto gli prese improvvisamente la mano, trasmettendole nuovi impulsi: adesso, in luogo di frecce e linee rette, cominciò a tratteggiare, quasi automaticamente, delle linee che effettuavano decise virate. Nei successivi rifacimenti, ancora inconsapevoli, queste virate divennero sempre più accentuate, allungandosi a ritroso, rispetto alla direzione precedente: quel tracciato che si era infine imposto sugli altri, sembrava suggerire che, lungi dall'allontanarsi a oltranza dal punto di partenza, la linea di fuga dei capitali aveva effettuato una curva a «u», retrocedendo, in parallelo, verso la base iniziale.

Ecco dove l'istinto lo guidava: i capitali erano usciti dalla Svizzera e, quasi contemporaneamente, vi erano rientrati. Questo il segreto, il geniale segreto. Il transito italiano, per i capitali in fuga, era una variante del "guado del pellerossa": un passaggio mirato a far perdere le tracce agli inseguitori.

Sorrise ammirato della fantasia di Arlati, prima di distrarsi deliberatamente dall'ultimo foglio, per non affrettare le conclusioni.

Accostò a sé il catalogo del Museo Thyssen di Lugano, che Isabel aveva comprato al mattino, dopo aver visitato la Fondazione di Villa Favorita, e lo sfogliò. Fino a che non si imbatté nel famoso ritratto di Enrico VIII, dipinto da Holbein il Vecchio. Ad Andrea, gli occhi del regale personaggio apparvero vivi e mobilissimi. Di una vivacità beffarda e intelligente, che rispondeva ai suoi sguardi. Prese a giocare con quegli occhi, a dialogare con essi, chiedendo loro, silenziosamente, se l'ipotesi che aveva appena formulato era davvero quella giusta.

La risposta di Enrico VIII non poteva che essere affermativa, perché nel suo viso sembrò accentuarsi la briosità dello sguardo.

Andrea ne fu sicuro: i capitali erano stati portati in Italia, da spalloni professionali, il tempo necessario per far figurare che avevano passato il confine, ed erano stati consegnati a dei fiduciari di Arlati. Dopo di che, coloro che li avevano ricevuti li avevano immediatamente affidati ad altri spalloni (sconosciuti a quelli che avevano compiuto la prima fase dell'operazione), i quali li avevano riportati in Svizzera, presso una nuova banca, dove un insospettabile residente estero, d'accordo con il truffatore, aveva aperto un conto ad hoc, complice, con ogni probabilità, il direttore dell'istituto.

L'operazione di uscita e rientro, per ogni partita di capitali, doveva essersi compiuta in ventiquattr'ore! Geniale, si ripeté Andrea. Arlati si era rivelato superiore alle sue valutazioni. E si era anche permesso il lusso, da vero... signore, di farlo irretire e distrarre dalla sua compagna.

Il percorso a ritroso degli ingenti quantitativi di valuta, a ben pensarci, era obbligato. Se l'Italia, per certi aspetti, era la destinazione ideale per capitali in uscita dal territorio elvetico (in quanto strettamente legata alla Svizzera da fitte reti di operatori clandestini), non poteva, per altri, rimanere il porto franco di quegli stessi capitali. E ciò per l'estrema difficoltà di inserire grossi importi di denaro in un sistema bancario governato rigidamente dalle leggi antimafia. Logico, dunque, che l'Italia fosse la via d'uscita dalla Svizzera; ma altrettanto che il transito nel suo territorio fosse del tutto provvisorio.

Se quella disponibilità monetaria, d'altra parte, non doveva restare in Italia, non c'era neppure motivo di cambiarla in lire. Era pertanto verosimile che fossero rientrate in Svizzera le stesse mazzette di denaro che ne erano uscite.

Cambiarle solo per farne perdere definitivamente le tracce, avrebbe comportato il pagamento di un pesante pedaggio e una pericolosa perdita di tempo. E un giocatore di poker, quale Arlati, non poteva che preferire il rischio al pagamento di un pedaggio.

Il cinquantenne avvocato seguiva ammirato l'enfasi e l'incisività delle affermazioni di Andrea. Aveva capelli folti e brizzolati, e un volto dall'espressione frequentemente ironica.

Si trattava del primo avvocato di Lugano, e, come tutti i grandi penalisti elvetici, vantava una precedente esperienza di Procuratore pubblico. Non era facile ottenere da lui un appuntamento sui due piedi, ma Bellani, il lunedì seguente il week-end di meditazione, fu in grado, grazie al nome della banca e alla sua personale determinazione, di farsi ricevere nel primissimo pomeriggio.

Gli aveva sottoposto la problematica, al suo solito, senza tanti giri di parole: «Se io le dico che in un periodo oscillante tra i dieci e i quindici giorni sono entrati in Svizzera circa quaranta milioni di dollari; che questi capitali costituiscono il frutto di una truffa a danno del cliente di una banca da me amministrata; che, infine, questi stessi capitali sono stati quasi certamente depositati sul conto di un altro istituto del Ticino, o di diverso Cantone, di quali strumenti di accertamento dispone al riguardo il sistema giudiziario elvetico?».

«Dei più sofisticati strumenti» fu la risposta dell'avvocato, la cui voce roca lasciava intendere un incallito fumatore.

«Cioè?»

«Il procuratore pubblico, in base alla querela del truffato o di altro legittimato, ordina a tutte le banche del Cantone di segnalare l'eventuale registrazione in entrata, in quei dieci-quindici giorni, di capitali di entità equivalente a quella denunciata. Questo avviene attraverso l'utilizzo, da parte della polizia, di una "chiave telegrafica", che consente la trasmissione simultanea dell'ordine all'intero sistema bancario ticinese.»

«E se i capitali non si trovano nel Cantone?»

«La Procura pubblica, in questo caso, trasmette l'ordine di ricerca alle Procure degli altri Cantoni.»

«Gli istituti di credito non possono opporre il segreto bancario?»

«Se alla base dell'ordine della Procura vi è una truffa avvenuta in territorio elvetico, le banche non potranno ricorrere alla Camera dei Ricorsi Penali. E in una, o più, di esse, lei potrà ritrovare i capitali trafugati, a maggior ragione se è in grado di identificare le mazzette. Pensi tutto il male possibile della Svizzera, ma in questo tipo di accertamenti siamo molto efficienti.»

«Per realizzare questo risultato, che cosa le occorre?»

«La firma del truffato.»

«E se il truffato, per paura di uno scandalo, non potesse firmare?»

«Potrà firmare lei, come rappresentante legale della banca che, a sua volta, è stata danneggiata dalla truffa.»

«Bene, compili la denuncia e avrà immediatamente la mia firma. Ho tutti i poteri di questo mondo» lo spronò Andrea.

La giustizia svizzera fece il suo corso: rapido e implacabile.

Dai dati raccolti dalla Procura pubblica risultò, nel giro di breve tempo, che in un istituto di Bellinzona erano entrati (in date immediatamente successive rispetto a quelle di uscita di ingenti importi dalla banca Reuss) capitali di ammontare pressoché identico.

Il collegamento tra i capitali fuoriusciti e quelli clandestinamente entrati in territorio elvetico era lampante. Taluni spalloni, interrogati dal procuratore pubblico sulla base di segnalazioni di Persico, confermarono indirettamente la transitorietà del passaggio dei capitali in Italia, dichiarando che i fondi esportati erano rimasti in dollari (mentre sarebbero stati cambiati in lire, prima ancora dell'esportazione, se fossero stati destinati a rimanere nella penisola).

Ad aprire il conto presso l'istituto svizzero, destinatario finale dei fondi, era stato un residente italiano, il quale, con tutta evidenza, aveva svolto il ruolo di mero prestanome di Arlati, che, difatti, gli aveva conferito procura. Alla prima occasione in cui si presentò in banca, fu arrestato senza tanti riguardi. Tradotto al famigerato carcere "La Stampa", ammise la sua funzione di copertura e avallò in pieno l'interpretazione di Andrea: la funzione della provvisoria uscita dei capitali dalla Svizzera era quella di rendere impensabile la loro finale permanenza in territorio elvetico. Aggiunse che, per quanto ne sapeva, le stesse liquidità, dopo la nuova sosta nel Ticino, avrebbero dovuto essere sparse in varie banche nazionali ed estere, con la copertura di società panamensi.

Non avesse Bellani agito con rapidità, i capitali avrebbero preso il volo verso confini inesplorabili.

Non fu possibile arrestare Arlati, resosi irreperibile con un bottino residuale di circa venti milioni di marchi, prelevati dalla banca austriaca, presso la quale erano rimasti circa altrettanti milioni, sempre in marchi.

Seppure in misura ridotta, rispetto alle grandi ambizioni iniziali, il delitto aveva pagato Arlati.

Ma il recupero di capitali, da parte di Assadi, fu di entità insperata.

25

Abdel Assadi continuava a parlare gesticolando. Allargava come al suo solito le braccia, per poi riaccostarle, facendo combaciare i palmi delle mani.

L'Europa era lontana. Lui e Andrea si trovavano ad Abu Dhabi, in uno dei ristoranti all'aperto del lussuoso albergo "Intercontinental", ventilato da una soave brezza notturna, che Assadi gli disse provenire dal deserto.

Per ringraziare Andrea, a cui aveva giurato per l'eternità amicizia e riconoscenza, il finanziere arabo l'aveva invitato ad Abu Dhabi per l'inizio dell'estate. E Andrea era arrivato nell'Emirato, con un po' di ritardo, il 15 luglio.

La giornata era stata densa di incontri, pur essendo stato cancellato quello di maggior rilievo: la visita allo Sceicco di Abu Dhabi, resosi indisponibile, all'ultimo momento, per un leggero malessere (questa, almeno, la versione di Assadi).

Ma non erano mancati incontri di significativo rilievo con alti dignitari di Corte, parenti dello Sceicco, ministri in carica, in particolare quello della Finanza, molto interessato allo sviluppo dei rapporti tra Abu Dhabi e uno dei centri del capitalismo internazionale quale Zurigo.

Tra i personaggi incontrati, pensò Andrea, doveva sicuramente trovarsi qualcuno dei mandanti di Assadi, per la gestione dei capitali che Arlati si era intestato e aveva parzialmente depredato.

L'incancellabile impronta alla giornata era stata però conferita dalla conoscenza di Tawfiq al-Badawi, demiurgo e presidente della Universal Banking Network, la superbanca arabo-pakistana diffusasi in tutto il mondo. Il Maometto della finanza, come qualcuno lo aveva definito.

Ultrasettantenne, aveva stampate, sul volto e nello sguardo, le stimmate del profeta secolare. Gli occhi profondamente infossati, umidi e capaci di singolari luminosità, sembravano voler attrarre l'interlocutore e trasmettergli significati reconditi; le orbite erano annerite, le guance scavate dall'età e dalla fatica, i capelli candidi. La voce dava l'impressione di provenire dal fondo di inesplorabili caverne.

L'uomo, in meno di mezz'ora (tanto il tempo massimo a sua disposizione per lo scambio di idee con Bellani), gli aveva spiegato, esprimendosi in inglese, la sua dottrina: «Il grande confronto che attende il Medio Oriente è la razionalizzazione e la trasformazione delle sue risorse petrolifere. Questo processo comporta una serie di stadi. Primo: non farsi ubriacare e travolgere dalla ricchezza. È uno dei compiti più difficili, perché la prima tentazione del nuovo ricco è quella di sperperare o di farsi derubare da chi abbia esperienza colonialistica. Il secondo: convertirla in potere economico reale, non solo finanziario».

Nel pronunciare la frase "potere economico reale" aveva accentuato, con il sorriso e con la voce, l'aggettivo reale. E nel sorridere, aveva recuperato una dimensione umana, rispetto all'immagine profetica e vagamente stregonesca finallora esibita.

«Terzo: convertire il potere economico in potere politico. Gli obiettivi che le ho appena elencato sono tutti a portata di mano. Ha mai pensato a quali spazi si aprano al mondo arabo per il fatto che i maggiori Stati del mondo sono oggi superinvestiti in apparati militari, inutili e intollerabili, e presi alla gola da deficit governativi apocalittici? Si rende conto di quale nuova possibilità di conquista abbia oggi il mondo arabo, con l'immensità delle sue risorse finanziarie? L'errore tragico dello scià di Persia è stato quello di imitare l'Occidente nella corsa agli armamenti, divenendo la terza potenza militare del mondo, anziché prevederne e sfruttarne le debolezze. Altrettanto sciagurata la scelta dell'Arabia Saudita: si è svenata di risorse comprando dagli americani missili, aerei militari, carri armati, per... divenire la sentinella degli interessi USA in Medio Oriente. Noi dobbiamo sfruttare le nostre risorse per puntare al cuore di quel sistema capitalistico che è menomato e paralizzato dalla sua insensata corsa agli armamenti nucleari e dalla esplosione dei deficit governativi. Non dobbiamo più conquistare l'Europa. O meglio, non solo quella. Dobbiamo conquistare l'economia americana, non appena questa denoti segni di crisi. Gli americani, quando le loro aziende attraversano difficoltà, le vendono. E noi le compriamo. Non tutte: solo quelle strategiche. Il Corano non vieta né la ricchezza, né il capitalismo. È contrario alle deviazioni del capitalismo, solo a quelle!»

Nel congedarsi, aveva soggiunto: «Allah mi ha dato la testa per capire e gli occhi per vedere, ma fino ad oggi non mi aveva dato i mezzi per operare. Ora che me li ha dati, mi darà il tempo necessario? Solo lui lo sa».

Visioni profetiche o delirio? Bellani non se lo poté chiedere, perché lui stesso, all'atto dell'insediamento alla presidenza della banca Reuss, aveva rilasciato dichiarazioni di conquista e di espansione che, fatte le debite proporzioni, non erano meno esaltate di quelle di al-Badawi, il quale disponeva di carte ben più persuasive delle sue.

A sera, nel patio dell'albergo, Andrea e Assadi avevano ripreso a parlarsi da soli. Il suo ospite, in quest'occasione, vestiva il caffettano, che ne ingentiliva l'aspetto.

Andrea, con tono scherzoso e ormai confidenziale, gli chiedeva: «Perché mai voi arabi avete fama di malfidati?».

«L'abbiamo?» chiese a sua volta Assadi, con un sorriso ambiguo.

«L'avete» rispose Bellani, ricambiando il sorriso.

«Forse ci avete resi voi malfidati» insinuò Assadi, che poi, accentuando l'ambiguità del suo sorriso, provò a dare una spiegazione: «Potrei indicarle tre ragioni per la nostra cattiva fama. La prima: noi abbiamo dominato il mondo, ma senza fare del colonialismo. Intendo dire senza fare propaganda di noi stessi e del nostro sistema di vita. Abbiamo lasciato capolavori di civiltà, vi abbiamo portato i numeri, le scienze, come l'astronomia, ma non abbiamo saputo venderci. Per esempio, non abbiamo esportato la nostra lingua. E questo ha impedito una nostra comprensione da parte del mondo occidentale. La seconda: terminato il nostro dominio, ci siamo isolati. A differenza di altri popoli che, dopo aver dominato il mondo, sono rimasti internazionali, noi siamo ridiventati regionali. Questo ci ha restituito alla nostra natura nomadistica e individualista, facendoci perdere il senso degli altri. La terza: negli ultimi cinquant'anni siamo stati massacrati dalla propaganda ebraica. Ma ora le cose sono destinate a cambiare. Abbiamo capito che dobbiamo rimetterci al passo con gli altri, costi quel che costi: a cominciare dalla tecnologia e dalle grandi strutture finanziarie. E poi, Saddam Hussein un contributo alla causa araba, a suo modo, l'ha dato.»

«Quale?» chiese Bellani, con un certo sconcerto.

«Prima di lui, si usava pensare che l'arabo fosse ormai un popolo imbelle. Ora, non c'è dubbio che l'Iraq abbia smentito la sua fama e tenga col fiato sospeso il mondo intero. Un atteggiamento folle, certo. Ma anche un gesto di coerenza, debbo ammetterlo, per quanto io non abbia motivi personali per amare Saddam Hussein.»

Aprì la bocca a un sorriso più aperto, privo di ambiguità, e lo stuzzicò: «A proposito, perché anche dei banchieri si dice che sono dei malfidati?».

«Perché hanno tutti la vocazione del santo e il destino del demone.»

«Anche lei?»

«Io, per ora, ho solo la vocazione del santo. O del Profeta» precisò Andrea, tra il serio e il faceto.

«Dunque, a parte lei, c'è ragione a non fidarsi!»

«Altroché!» confermò Andrea. «Un banchiere, tra un milione di dollari e sua madre, preferirà sempre un milione di dollari...»

«Be': un milione di dollari è giovane, una madre no, le risponderebbero al mio paese» commentò Assadi, con sorprendente cinismo.

Terminata la cena, l'arabo si fece serio in volto e, dopo un attimo di raccoglimento, disse: «Come forse saprà, lo Sceicco di Abu Dhabi controlla, al settantasette per cento, la banca internazionale, con sedi in tutte le parti del mondo, di cui è presidente Tawfiq al-Badawi: la *U.B.N.*».

Andrea non fece commenti, lasciando che l'altro proseguisse.

«Ebbene, la *U.B.N.* ha creato le basi per essere la prima banca universale: ha aperto sedi in tutto il mondo, acquisito il controllo, per ora ufficioso, di tre banche americane, aumentato vertiginosamente la raccolta...»

«Cosa significa controllo ufficioso di tre banche americane?» chiese Andrea.

«Che l'acquisto non può essere ancora reso pubblico, in attesa di tutte le autorizzazioni federali, ed è per ora mantenuto a livello fiduciario. Ma le azioni sono a mani nostre e sono state pagate fino all'ultimo dollaro.»

«Ho capito.»

«In segno di apprezzamento per il suo operato e per la lealtà da lei dimostrata, sono in grado di offrire alla banca Reuss, a prezzo vantaggioso, il pacchetto azionario di minoranza della *U.B.N.*, fino al venti per cento, attualmente a mani meno gradite di quanto lo sarebbero quelle del vostro gruppo. Il residuo tre per cento rimarrà in possesso di amici fidati.»

Andrea rimase interdetto. Se quelle affermazioni corrispondevano al vero, lui aveva un'occasione storica e irripetibile di espandere le banche da lui dirette. Nel caso contrario, Assadi era un folle. Ma lui non aveva nessun motivo specifico per ritenerlo tale.

La cosa, insomma, aveva un incredibile sapore di verità.

Fissandolo negli occhi, Assadi ribadì: «È tutto vero, anche se non posso esser più preciso sui miei mandanti reali. E anche noi abbiamo bisogno di voi: della partnership di una banca svizzera».

«E il prezzo? Di che ordine di grandezza sarebbe?» Quando chiedeva un prezzo, il viso di Bellani si faceva spesso rilassato, come a professare indifferenza. Questo rendeva più efficace il suo inevitabile moto di stupore quando la risposta gli veniva data.

«Sul prezzo posso darle, al momento, solo delle indicazioni generiche. Diciamo tra gli ottocento e i novecento milioni di dollari, tanto per darle un'idea.»

Davanti alla puntuale manifestazione di sorpresa da parte di Bellani, si affrettò a precisare: «Tenga conto del fatto che, appena sei mesi fa, è stata effettuata una perizia del pacchetto di minoranza, che lo valutava seicento milioni di dollari, senza calcolare le partecipazioni nelle banche americane. Ma da parte dei venditori c'è la massima disponibilità a una trattativa aperta e a una valutazione obiettiva».

Andrea aveva ormai sufficienti elementi per ritenere che Assadi fosse un importante fiduciario degli ambienti finanziari di Abu Dhabi; che fosse stato trattenuto dagli iracheni per esercitare pressioni politiche su Abu Dhabi; e che i capitali svizzeri, fiduciariamente intestati ad Arlati, dovevano essere di grandi dignitari dell'Emirato.

Salito in camera, passò una notte tormentata. Si chiese, con autentica sofferenza, se poteva permettersi di coltivare un'ambizione così smisurata. Più precisamente, se ne avesse il diritto: lui, il figlio di Maria Lurati e Nicola Bellani.

Nel suo animo, si agitavano i fantasmi della madre, che lo supplicava di non spingersi così avanti, e dello zio, che lo invitava calorosamente a farlo.

Lui non era un ambizioso naturale. La madre l'aveva educato alla semplicità e al senso della misura. Ma oramai era divenuto figlio della vita, che lo trascinava con la sua forza impetuosa sempre più avanti. Poteva resisterle? Assadi gli aveva magnificato l'enorme potenziale e la clientela della *U.B.N.* (la Bank of America, la Banca dell'India, la Bank of Japan, la China International Trade & Investment Corporation, la Repubblica di Panama). Poteva dire di no a collegamenti internazionali di questo genere? La sua filosofia bancaria coincideva alla perfezione con quanto gli era stato proposto. Lui aveva sempre sostenuto che una banca non può, e non deve, essere nazionale. E neppure solo internazionale: dev'essere di internazionalità illimitata. L'ingresso, anche solo in minoranza, in una entità planetaria come la *U.B.N.*, dava accesso a una serie di servizi, referenze e punti di riferimento che avrebbero consentito al suo gruppo di lasciarsi dietro le spalle le stesse banche pubbliche italiane!

Si affacciò a una delle finestre anteriori, alla ricerca di ossigeno e di una qualche ispirazione. Vide il mare e un porto turistico proprio sotto l'hôtel. Il cielo, sul Golfo Persico, ostentava un repertorio incalcolabile di stelle, terse e auspicali. Da una delle finestre retrostanti si poteva immaginare il deserto.

Andrea percepì, nell'animo, la sensazione euforica di avere di fronte l'ignoto: per lui, almeno. Un ignoto che, in luogo di apparirgli ostile e infido, trasudava un calore primordiale dal richiamo irresistibile.

26

La signora Ghislandi aveva cambiato pettinatura e sartoria, assumendo un nuovo aspetto. I capelli erano graziosamente accorciati, quasi a caschetto, e a quel taglio aveva abbinato l'abbandono dello stile classico, che finallora aveva caratterizzato il suo guardaroba, in favore di uno più spigliato.

Il risultato era un'aria spregiudicata e disinvolta. Che avesse trovato il nuovo amore della sua vita?, si chiese Bellani, divertito.

La ricevette nella sala riunioni della *Bieffe*, dove abitualmente avevano luogo i loro convegni a sfondo finanziario, per informarla della inconsueta, straordinaria, proposta di Assadi. Andrea le nascose solo l'attuale irregolarità del controllo, da parte della *U.B.N.*, di tre banche americane, limitandosi a dichiararle che la *U.B.N.* aveva l'opzione sui pacchetti di controllo di tre istituti americani.

La prima reazione della donna fu di euforico entusiasmo, quasi avesse visto compiersi un miracolo. La seconda, altrettanto pronta, fu di ordine pratico: «Ma dove troveremo i soldi? Tra la scalata alla *Bieffe* e l'acquisto della Reuss, io e i miei amici abbiamo prosciugato i capitali, almeno la maggior parte», mentì la Ghislandi. In realtà cominciava, senza ammetterlo, a non reggere il passo delle ambizioni di Bellani. Questi accettò senza scomporsi la parziale bugia della signora. Perché aveva in mente altri finanziatori. L'operazione *U.B.N.* doveva essere interamente sua, dall'ideazione al reperimento dei mezzi.

«Ce li darà Rhett Butler» rispose Bellani, che aveva intuito le sue angosce interiori, ripescando scherzosamente la definizione che Millo aveva dato di Corvano.

Corvano, in realtà, era l'uomo cui lui aveva già pensato come finanziatore del progetto, affondato da Millo, di scalare una banca concorrente e di fonderla con la Industria e Finanza. Uno dei motivi dell'opposizione di Millo era consistito nell'aver inteso che Bellani, non solo si sarebbe espanso oltre misura, ma l'avrebbe fatto con i capitali di chi, in altra occasione, era stato bocciato come azionista della *Bieffe* e aveva rappresentato il motivo della rottura tra la banca Generale di Credito e la Ghislandi: la beffa, per Millo, sarebbe stata intollerabile.

«Il camorrista» sorrise Bellani con aria complice, raccontandole l'accostamento che il "Colonnello" aveva fatto tra lui e il protagonista di *Via col vento*.

«Ma abbiamo fatto una guerra santa per tenerlo fuori dalla banca!»

«Certo, una guerra sacrosanta. Ma quando eravamo una banca lombarda. Ora siamo, e stiamo per divenire sempre di più, una banca internazionale. Non possiamo continuare a ragionare da provinciali.»

«Lei mi ha a tal punto sorpreso da farmi perdere il senso della realtà» esclamò la Ghislandi, con voce lamentosa. «Ma forse ha ragione, come sempre.»

Era l'inizio della capitolazione: «In ogni caso, l'eventuale acquisto andrà sottoposto all'approvazione dei Consigli di amministrazione della *Bieffe* e della banca Reuss» rilevò la donna.

«Perché della *Bieffe*?» chiese Andrea, che non gradiva troppo i Consigli di amministrazione. D'altra parte, tanto più cresce l'ambizione di un uomo, tanto più egli è portato a consultare solo se stesso.

«L'acquisto sarà effettuato solo dalla banca Reuss.

Basterà, al momento opportuno, l'approvazione del suo Consiglio...»

La Ghislandi issò bandiera bianca: «Va bene. L'autorizzo a sondare Corvano. Ma con la massima riservatezza, almeno in un primo tempo. Non vorrei che ci rispondesse picche e andasse a raccontare a mezzo mondo della nostra *avance*».

Antonio Corvano era un uomo robusto, di statura media. Capelli ondulati, ancora neri, a ornare una grossa testa, sostenuta da un collo taurino. Non raffinato, certo, ma neppure volgare, fu la rapida sintesi di Andrea. E che ci teneva a non passare per tale, come rivelava l'abito in grisaglia grigio appena uscito di sartoria e stirato alla perfezione, la camicia bianca dal colletto inamidato, la cravatta di qualità. Di età tra i cinquanta e i cinquantacinque anni, secondo un calcolo approssimativo che lui faceva ogniqualvolta si imbatteva, per motivi di lavoro, in una faccia nuova.

L'espressione era apparentemente cordiale, anche se, al di fuori delle occasioni formali, doveva saper riservare sgradevoli sorprese.

Si incontrarono nell'ufficio privato di Bellani. Questi aveva impiegato una settimana per contattarlo e carpirgli un appuntamento a Milano: la *Bieffe* doveva essere rimasta in mente, a Corvano, come un interesse non del tutto tramontato. Bellani, inoltre, sapeva che i suoi rapporti con Millo si erano raffreddati e non costituivano un ostacolo.

Dopo la stretta di mano, Andrea si preoccupò di chiarirgli i "malintesi" che, pochi anni prima, avevano provocato la caduta del suo progetto di divenire un azionista importante della banca.

«Diciamo che i tempi erano prematuri» tagliò corto Corvano. «Piuttosto, mi spieghi perché mai oggi sono diventati maturi...» concluse con un sogghigno provocatorio. Sembrava voler dire: «Siete forse in difficoltà?».

Andrea non ci mise molto a rispondergli: «È semplice. Oggi ho un grossissimo prodotto da venderle: un prodotto mondiale, che trasformerà i connotati della banca e la renderà disponibile a tutti i contributi».

«Lei vuol proprio incuriosirmi» commentò Corvano. «Mi dica qualcosa di più.»

Bellani gli raccontò l'intera storia, riservandosi qua e là di sottacere particolari e di velare i nomi delle banche americane, in riferimento alle quali diede le sole informazioni generiche già fornite alla Ghislandi.

«Grandioso!» ammise Corvano, che nell'ascoltarlo aveva più volte fiutato dal naso a becco d'aquila, quasi a valutare la qualità del discorso del banchiere; e che si affrettò a chiedere: «Ma cosa le fa pensare che interessi uno come me?».

Prima ancora che Bellani rispondesse, aggiunse: «Vede, io non sono il ricco del villaggio. Sono, piuttosto, il punto di riferimento di vari interessi compositi».

Andrea lo sapeva. E sapeva anche perché glielo diceva. Era un messaggio che suonava, pressappoco, in questi termini: "Stia attento a non rifilarmi bidoni, perché io ho amicizie importanti, di ogni genere".

Così fu pronto a precisare: «Se le interessava, pochi anni or sono, una banca come quella di Milano, non può non interessarle, a maggior ragione, un gruppo bancario internazionale».

«La risposta sarebbe esatta se io avessi interessi internazionali.»

Andrea decise di azzardare: «Lei, forse, ha qualcosa di più: capitali internazionali». Corvano lo guardò male. Ma Andrea lo precedette con una spiegazione: «Era uno dei cavalli di battaglia di Millo, nel portare avanti la sua candidatura alla *Bieffe*. Diceva che lei aveva importanti capitali esteri...».

Corvano fece buon viso a cattivo gioco, non senza

commentare: «In gamba il giovane: è molto diretto, vedo».

Andrea lasciò cadere il commento, per ribadire il suo concetto: «È il più grosso prodotto del mercato finanziario internazionale. È capitato a me e a lei. Ci pensi sopra!».

«Ci penserò» assicurò Corvano alzandosi. Nell'accomiatarsi, chiarì: «Non mi chiami più. Sarò io a cercarla».

«Va bene» garantì Andrea.

«A proposito, quanto serve alla Reuss per questa mega-operazione?»

«Spero che bastino settecento, ottocento milioni di dollari, secondo un calcolo ancora approssimativo, per il venti per cento del capitale *U.B.N.*»

«Giusto gli spiccioli per andare in pizzeria» ghignò Corvano.

«Non li verserebbe tutti lei, naturalmente.»

«Ma in gran parte sì. O sbaglio?»

«Lei non è tipo che si sbaglia» lo adulò Bellani. «A proposito, mi consenta una domanda indiscreta, una sola.»

«Dica pure.»

«Lei esclude che i capitali che investirebbe nell'operazione siano, almeno in parte, di provenienza illegale?»

Corvano inarcò un sopracciglio, prima di dare la risposta: «Glielo assicuro. Anche se non sono stati costituiti rispettando tutte le norme fiscali e sugli appalti di questo mondo». E sorrise, a significare che gli aveva perdonato il sospetto.

«Esclude che possano essere promosse inchieste su di lei?» insisté Bellani.

«Glielo escludo» ribadì con calma Corvano. «In venticinque anni di attività io ho operato solo negli appalti pubblici e nell'edilizia pubblica. Diciamo che dalla prima attività mi sono progressivamente spostato verso la seconda. Ma non pensi che abbia costruito solo da Napoli in giù. Ho costruito anche mezza Riad, tanto per intenderci. Come contraente ho sempre avuto uno Stato. Quale miglior referenza?»

Bellani sorrise impercettibilmente, e si informò ancora: «E come amici, chi ha avuto?».

«Come amici ho sempre avuto i politici. Ma i grossi, non i piccoli...»

«Quale miglior referenza?» scherzò Bellani.

I due, al termine dell'incontro, pensarono bene l'uno dell'altro. Si piacquero, in altre parole. Il povero Millo non aveva avuto tutti i torti, quando aveva pensato a Corvano. Ma, ironia della sorte, per quest'intuizione aveva perso la banca.

Si sarebbero rivisti dieci giorni dopo. Fu Corvano a chiamare, come d'accordo. E si incontrarono, ancora una volta, nell'ufficio privato di Bellani.

L'ospite sedette pesantemente su una delle due sedie collocate davanti al tavolo fratino di Bellani e, senza tanti preamboli, enunciò la sua dichiarazione di principio: «Se io entro in una combinazione come questa, lo faccio per due ragioni». Alzò l'indice e il medio della mano destra, e continuò: «Per conquistare una immagine nazionale, primo; e per avere dei ritorni dall'investimento, secondo. In altre parole, se lei vuole da me gli spiccioli che si aspetta, deve darmi: poltrone in Consiglio d'amministrazione, una carica di vice presidente da qualche parte, la sicurezza che annualmente vengano distribuiti gli utili, patti parasociali per la gestione straordinaria».

Andrea rispose al volo: «Lei sarà vice presidente in Svizzera, quando scadrà l'attuale Consiglio d'amministrazione; avrà tre consiglieri nella banca italiana e tre nella banca svizzera; avrà il diritto di essere consultato, da parte nostra, prima che siano adottate delibere di straordinaria amministrazione, pur restando a noi l'ultima parola. Appena possibile, lei sarà vice presidente anche della banca italiana. Ma il gruppo azionario che rappresento intende mantenere la maggioranza, in Italia e in Svizzera, e il potere deliberativo anche nelle assemblee straordinarie.»

«Dividendi?»

«Saranno regolarmente distribuiti dalla banca Reuss, nella quale lei farà il suo investimento. Mentre per quanto riguarda la *U.B.N.*, l'investimento sarà più gratificante sotto il profilo patrimoniale: noi compreremo un pacchetto azionario che, con il controllo delle banche americane, ha in pancia una grossa rivalutazione.»

«Ma diverrà ufficiale questo controllo?»

«L'importante è averlo. Come sistemarlo, è un problema che affronteremo con il massimo scrupolo.»

«Ma il vecchio gruppo azionario della Industria e Finanza, l'ala nobile, intendo, per distinguerla bene dal sottoscritto, ce li ha messi o ce li metterà, nella banca, i bruscolini che si pretendono da me?»

«Ne ha messi di meno, forse, ma ha in mano azioni rivalutate, tra Italia e Svizzera, che valgono molto più del suo investimento...»

«Sicuro?» chiese Corvano beffardo.

«Sicuro» confermò Bellani.

«E quanto valgono, oggi, le loro azioni?»

«Diciamo sei-settecento miliardi...»

«Lei è davvero forte, mio caro» commentò Corvano, volendo mettere in dubbio l'esattezza della valutazione. «E che azioni mi darà?»

«Le do la quasi totalità delle azioni privilegiate, che saranno emesse dalla banca Reuss per finanziare gran parte dell'investimento nella *U.B.N.* Lei, pertanto, percepirà più dividendi rispetto agli azionisti ordinari. La parte residua del prezzo sarà finanziata da un aumento di capitale della Reuss.»

«E poi?»

«Ho studiato con attenzione i nuovi equilibri sociali. Accanto alla maggioranza delle azioni privilegiate, mi riprometto di passarle due pacchetti di azioni ordinarie, rispettivamente della banca italiana e di quella svizzera.»

«Sarebbe?»

«Sarebbe che le farò attribuire pacchetti azionari, sia della *Bieffe*, sia della Reuss, di consistenza tale da consentirle la possibilità di ottenere tutela giudiziale, nel caso che i suoi interessi fossero danneggiati dalla maggioranza o dagli amministratori. Per quanto concerne la *Bieffe*, penso di farle vendere un dieci per cento di azioni proprie da parte della banca. Per quanto riguarda la Reuss, ho in mente di farle cedere, a sua discrezione, un dieci-quindici per cento da parte sempre della *Bieffe*. Ma con un patto di sindacato, tra noi, per cui lei sarà tenuto a far quadrato con la Industria e Finanza.»

Corvano sorrise: «Lei è un genio. Con le azioni che mi vende, la *Bieffe* sottoscrive, in tutto o in gran parte, l'aumento di capitale sociale della Reuss. L'acquisto della *U.B.N.* vengo a pagarlo tutto io!».

Bellani ricambiò il sorriso: «La *Bieffe* avrebbe comunque i mezzi per sottoscrivere l'aumento della Reuss».

«Non ne dubito. Ma mi lasci ammirare il suo talento: io investo anche in questo.»

«E io non la voglio deludere. Per questo ho pensato, d'accordo con gli Schuh, di attribuirle il diritto di prelazione sulle azioni della banca Reuss.»

«Bene: mi sembrano proposte interessanti. Dovrò parlarne con il legale per gli aspetti tecnici. A proposito, io ho un solo legale, di cui mi fido ciecamente e che conosce tutta la mia situazione patrimoniale. Lei parlerà esclusivamente con lui degli aspetti più riservati.»

«Inteso» aderì Bellani. «Però, prima di conoscere il suo legale, voglio darle un consiglio spassionato. Per consulenti di sua fiducia, specialmente in Svizzera, non scelga amici ma tecnici. Se lei, com'è prevedibile, sottoscriverà le azioni privilegiate attraverso interposizioni fiduciarie, dovrà fornire, alla Reuss e alla stessa Commissione Federale delle Banche Svizzere, garanzie sulla provenienza dei capitali e referenze sui reali sottoscrittori. Avrà dunque bisogno di appoggi solidi e qualificati. L'acquisto delle azioni ordinarie di minoranza, nelle due banche, lo esegua possibilmente con un investimento ufficiale.»

«Terrò conto di quel che mi dice» lo assicurò Corvano.

Anche se al potenziale investitore restava da sentire il suo legale, Bellani sapeva bene che non aveva altra scelta che quella di accettare la proposta. Stracolmo di capitali esteri (per sé, amici, uomini politici, gruppi di interesse ecc.), non poteva permettersi di continuare a tenerli liquidi. Sia per l'impegno di gestione che ciò comportava, sia per il rischio di essere accusato, dalle stesse autorità svizzere, di detenere denaro di provenienza illegittima.

Doveva per forza di cose impiegare i capitali nel circuito delle attività produttive, trasformarli in patrimonio solido, e, sotto questo profilo, la miglior soluzione, in assoluto, era quella di investirli in partecipazioni bancarie qualificate.

Fu al terzo incontro che Corvano (il quale, fino a quel momento, aveva tenuto un atteggiamento di benevola condiscendenza nei confronti di Bellani, tanto da poter apparire un facile boccone) depositò sul tavolo della trattativa la sua carta a sorpresa.

Prendendo lui, stavolta, l'iniziativa della conversazione, esordì con il piglio dell'uomo pratico: «Io sono stato a sentirla a lungo, nei nostri precedenti incontri. Ora vorrei che lei stesse a sentire me...».

Bellani, un po' sorpreso, fu lesto a fare un cenno d'assenso, come dire: "Forse ho parlato troppo. È giusto che parli lei".

Corvano espresse, con calcolata lentezza, quello che aveva in mente: «Lei, in buona sostanza, mi sta chiedendo di spianarle la strada per un suo avvenire di banchiere internazionale. Io le rispondo affermativamente, in linea di massima, perché i suoi progetti mi interessano davvero, ma insieme le chiedo, anzi le debbo chiedere, un favore...».

«Quale?»

«Quello di aiutarmi a chiudere un passato. Non un passato criminale. E non il mio passato, o solo il mio...»

«Di cosa si tratta?» chiese Bellani con improvvisa apprensione.

«Di farmi saldare i debiti con quanti, in passato, mi hanno dato una mano decisiva, guadagnando a loro volta. Ma io, ripeto, voglio chiudere con un certo passato...»

«Lei mi sta preoccupando. Quale passato?»

«Il passato delle connivenze politiche e imprenditoriali, gliel'ho già detto: non ho mai avuto rapporti con la malavita, non me lo faccia ripetere per l'ennesima volta!» protestò Corvano.

«In cosa consisterebbe il favore?»

«È un favore per modo di dire, perché la banca Reuss ne avrebbe un grosso tornaconto.»

«Mi dica.» L'ansia, nel viso di Bellani, era sempre più trasparente.

«La Reuss dovrebbe acquistare una piccola banca austriaca, nella quale per anni sono passati gli affari di una certa politica italiana.»

«Le par poco?»

«Certo. Perché lei dovrebbe pagare circa quaranta miliardi e ne incasserebbe quasi cinquanta, che verrebbero lasciati nelle casse della banca.»

«E chi mi lascerebbe cinquanta miliardi in una banca che ho pagato quaranta?» chiese Bellani esterrefatto.

«Chi ha interesse a che il controllo della banca passi in mani amiche. Quando lei ne avrà raggiunto il controllo, la metterà in liquidazione e, alla fine della fiera, si ritroverà con un margine utile vicino ai dieci miliardi: il venti per cento dell'investimento. Capito?»

«Capito: ma mi sembra irreale. Roba da fantafinanza.»

«Non è fantafinanza. È realtà. O meglio: un patto tra noi.»

«Nei rapporti destinati a durare io voglio trasparenza, non cadaveri nell'armadio.»

«L'affare è pulito. Garantisco io il buon esito dell'operazione, costituendole in pegno parte delle azioni che sottoscriverò.»

«Questo può essere un approccio» convenne Bellani.

«Mi dice di sì?»

Prima di rispondere, Bellani chiese: «Qual è il nome di questa banca?».

«La ABS, Austrian Banking Service.»

Bellani avvertì uno stimolo nella sua memoria: l'aveva sentita nominare. E difatti, dopo alcuni momenti di riflessione, chiese: «Ma non è la banca che finanziò la scalata a un gruppo italiano, finito con il dissesto di un agente di Borsa?».

«Bravo, proprio quella.»

«Ma allora c'era lei dietro!»

«Ci fossi stato io, le assicuro che la scalata sarebbe riuscita. C'erano delle persone amiche, e diciamo che io le ho in parte aiutate. Ma il progetto non era mio...»

Bellani sorrise: «È sempre stuzzicante conoscere il retroscena di un giallo...».

«E allora? Mi dice di sì?»

«Le dico cautamente di sì» confermò Bellani. Che si sentì in dovere di precisare: «Il problema, con lei, è crederle o non crederle. Se le si crede, la si può seguire fino a casa del diavolo: senza beninteso entrarci!».

Conquistato il grande alleato, Bellani convocò il Consiglio di amministrazione della banca Reuss. Il giorno della seduta, si presentò ai suoi consiglieri con una nutrita documentazione sulla *U.B.N.*, e con alcune relazioni tecniche sulla sua consistenza patrimoniale e le sedi di cui disponeva nei vari paesi del mondo.

Il progetto di acquisto di azioni di minoranza della *U.B.N.* suscitò scalpore tra i membri del Consiglio, combattuti tra l'ammirazione e la diffidenza nei confronti del fantasioso italiano. Al termine di un'animata discussione, i consiglieri decisero di riconvocarsi ad altra seduta per poter esaminare nuova documentazione.

Nel frattempo, Bellani si sarebbe trasferito per una decina di giorni ad Abu Dhabi, e lì, con l'assistenza di revisori contabili di fiducia, avrebbe effettuato una *expertise* riservata della banca presieduta da Badawi.

La Ghislandi, la sera prima che lui partisse, gli confessò un improvviso dubbio: «Mi sono permessa di parlare in "altissimo loco" e ho ricevuto il consiglio di essere estremamente prudente. Gli arabi, mi è stato detto, sono malfidati, soprattutto in finanza».

Bellani si infuriò, nell'intimo, per l'iniziativa della signora. Ma tenne per sé il suo stato d'animo. E la rassicurò con voce calma: «Gli arabi hanno salvato la Montedison con Pharaon e la Fiat con Gheddafi. Comportandosi sempre da gentleman. In "altissimo loco" hanno la memoria corta. E poi la *U.B.N.* è una realtà autonoma, non strettamente araba. Una realtà ormai intramontabile».

Andrea, come suo solito, accelerò i tempi. Prima di partire per Abu Dhabi, diede incarico all'avvocato milanese Fabrizio Carpi di concludere un accordo preliminare con Corvano, soggetto alla condizione dell'acquisto delle azioni *U.B.N.* da parte della banca Reuss.

Nell'Emirato arabo, infine, riuscì a concludere la sommaria *expertise* nel breve volgere di nove giorni, durante i quali lavorò di giorno e di notte. Quando si ripresentò al suo Consiglio, era in grado di confermare le stime anticipategli da Assadi.

Il Consiglio della banca Reuss approvò l'acquisto

delle azioni *U.B.N.*, subordinandolo (su suggerimento dello stesso Bellani, che intendeva coprirsi le spalle) all'esito di una valutazione ancora più approfondita da parte di una primaria società di Revisione. Tale valutazione, trattandosi dell'acquisto del pacchetto di minoranza e non di quello di controllo, non poteva aver accesso all'amministrazione della banca, ma doveva limitarsi ad analizzare ed elaborare i dati ufficiali e quelli ricavabili *aliunde*.

27

L'avvocato Fiorenzo Carpi era esperto, quasi in egual misura, di diritto internazionale e di opera lirica (da giovane aveva studiato da baritono, ruolo per il quale sembrava possedere voce e prestanza fisica, ma il tentativo era presto fallito). Ed era sicuramente più orgoglioso della seconda specializzazione che della prima. Tanto che la maggior soddisfazione della sua vita era stata, non tanto l'aver vinto una causa particolarmente importante, quanto l'aver conquistato, seppure in condominio, un palco alla Scala, dopo anni di onorata carriera di loggionista.

Bellani l'aveva conosciuto nell'ultima fase dell'acquisto delle azioni della banca Reuss ed era rimasto ben impressionato dal suo calore umano e dalla sua estroversione, doti che ben si accompagnavano alle funzioni che doveva svolgere.

Carpi si rivelò, per Bellani, una pedina utilissima nell'espletamento di un viaggio con due fermate, nella seconda decade di gennaio del 1990: Londra e New York, tappe fondamentali della trattativa per l'acquisto delle azioni *U.B.N.*

La visita a Londra prevedeva un incontro con i legali della finanziaria che vendeva le azioni, la *I.F.S.* (Intercontinental Financial Services), con sede di comodo nelle Isole Caimane. La visita a New York era invece motivata dalla presa di contatto con l'azionista di maggioranza della *U.B.N.* Un passo, quest'ultimo, non soltanto formale.

Lo studio "Motherwell & Robson" di Londra era datato come il palazzotto che l'ospitava, quasi di fronte alle Corti Civili e a fianco del ristorante "Whig and Pen", rigorosamente riservato ad avvocati, giudici e giornalisti. La scritta sulla porta esterna indicava nel 1889 l'anno di fondazione. L'arredamento interno era riferibile alla stessa data, ma ciò, in luogo di nuocere all'immagine dello studio, gli conferiva un'aura di austerità quasi mistica.

La finalità della visita allo studio "Motherwell & Robson" era quella di verificare la documentazione, di ogni genere, concernente la *U.B.N.* La più riservata, di questa documentazione, avrebbe dovuto essere esibita dall'avvocato personale di Assadi, che sarebbe sopraggiunto una volta esaurita la prima fase della verifica.

Li ricevette il numero tre della gerarchia di partner dello studio: un cinquantenne alto e imponente, dalla fitta barba brizzolata, gli occhi fieri, la capigliatura folta e lunga che accarezzava le orecchie. Vestiva una giacca di tweed sopra un gilet a scacchi, con orologio rotondo infilato nel taschino e appeso al collo da una catenina d'oro. Si chiamava Arthur Groves. Del grande avvocato, pensò Bellani, l'uomo aveva sicuramente l'aplomb.

Durante l'incontro, i due italiani, pur essendo entrambi ottimi conoscitori della lingua inglese, avrebbero dovuto seriamente concentrarsi e tendere le orecchie per capirlo. Perché l'avvocato usava trattenere la voce e concederla con parsimonia, come fosse ossessionato da un senso del risparmio che non escludeva le corde vocali.

Le sue parole, più che espresse, erano sussurrate, con ammiccamenti di compiacimento: gli spiegamenti di voce erano rari, e quando si manifestavano erano sorprendenti e imbarazzanti, come gli improvvisi colpi di tosse.

Nella stessa misura con cui tratteneva la voce, selezionava le parole: le coltivava e assaporava all'interno della bocca, prima di renderle di pubblico dominio con un grande senso di orgoglio.

Nell'insieme, dava l'impressione di un gentiluomo di campagna, aduso a vivere in un castello e che solo sporadicamente, più per hobby che per altro, si recava in città a dispensare pareri e saggezza.

Groves avrebbe sintetizzato, nell'arco di un'ora, la complessa storia della *U.B.N.*, dividendola per periodi e settori, e concludendo ogni spezzone narrativo con l'esibizione di documenti, offerti in visione, ai due italiani, con un sospiratissimo "please".

Per sommi capi, i dati salienti forniti da Groves risultarono i seguenti: "La fondazione della *U.B.N.* avvenne nel 1971, nell'albergo a cinque stelle Phoenicia di Beirut, presenti 100 persone. Tra i soci fondatori, oltre allo Sceicco di Abu Dhabi, Zayed Ibn Sultan Al-Mahyan, vi era la Bank of America, con il venticinque per cento del capitale: seicentoventicinquemila dollari, rispetto a un capitale iniziale di due milioni e mezzo di dollari.

"Poco dopo la fondazione, la *U.B.N.* si divise in due entità giuridiche: la banca operativa in Lussemburgo e la holding nelle Isole Caimane. Nel giro di cinque anni la *U.B.N.* divenne un gruppo dotato di beni del valore di 2,2 miliardi di dollari, di un capitale sociale di centotredici milioni di dollari, di 146 filiali nel mondo, ivi incluse 45 nel Regno Unito, dove si era affermata come la più grossa banca straniera. La sua sfera di influenza spaziava dal Regno Unito al Lussemburgo, dal Medio Oriente al Pakistan, dall'India al Sudafrica, dagli Stati Uniti al Giappone, per arrivare fino ai Caraibi. Allo stato, la *U.B.N.* disponeva di assets di 22 miliardi di dollari e di

400 filiali nel mondo. Le certificazioni dei bilanci erano sempre state effettuate da società rientranti nel ristretto gruppo delle 'Big eight': fino al 1987 dalla Ernst & Young, dal 1988 dalla Price Waterhouse, che aveva celebrato la commessa con un numero speciale della sua rivista periodica."

Al riguardo Bellani si informò: «Avete un bilancio consolidato di gruppo?».

«No» sussurrò Groves. «Abbiamo bilanci separati della banca e della holding, ciascuno di essi conforme alla legislazione del paese cui appartiene.» Dopo una sapiente pausa soggiunse: «Quest'anno la Banca d'Inghilterra ha disposto una ispezione di routine della banca, che non ha evidenziato alcunché di negativo. L'istituto, dunque, è certificato ai più alti livelli».

Conclusa la sua prolusione e dopo aver controllato l'orologio, Groves disse: «So che tra breve arriverà in studio il collega Gimpel, avvocato personale del signor Assadi, con documenti riservati di cui non conosco e non intendo conoscere i contenuti. Sono pertanto costretto a ritirarmi, lasciando a vostra disposizione la sala riunioni. Nell'attesa dell'avvocato Gimpel, potrete consultare i bilanci annuali della banca e le relative certificazioni da parte delle società di Revisione, raccolte per voi a partire dal bilancio dell'anno di fondazione».

L'avvocato Gimpel non avrebbe potuto neppur lontanamente competere con Groves in fatto di statura, imponenza e aplomb; ma era sicuramente più pragmatico e comprensibile di lui. La sua voce era secca e tagliente, e veniva dispensata senza paura di rimanere "in riserva".

Abbreviò i preliminari, dopo la forte stretta di mano, limitandosi a portare i saluti personali di Assadi. Quindi levò dalla borsa in pelle scura alcuni documenti che sottopose all'esame di Bellani e Carpi, accompagnandoli con la frase: «Questa è una eccezionale concessione del signor Assadi». Il commento si riferiva alla particolare segretezza dei dati che vi erano contenuti; Bellani fece un cenno con il capo, in senso di apprezzamento per il gesto di Assadi.

Gimpel non rinunziò a tenere, sui documenti poggiati sul tavolo, i polpastrelli di alcune dita delle due mani: un gesto non solo di scrupolosa prudenza, ma anche strumentale rispetto allo scopo di indicarne i punti salienti. E difatti, con l'indice della mano destra, cominciò a evidenziare le principali dichiarazioni e le relative sottoscrizioni.

I documenti erano tre e costituivano altrettanti attestati di detenzione fiduciaria, per conto della *U.B.N.*, dei pacchetti azionari di controllo di tre banche americane: la First American Bankshare di Washington, la National Bank of Georgia di Atlanta, la Independence Bank of Encino, con sede in California.

Coloro che si qualificavano per detentori fiduciari e apparivano sottoscrittori dei documenti erano tre arabi: un principe di sangue reale, uno sceicco del Kuwait, un importante e notissimo finanziere saudita.

Le attestazioni erano controfirmate da un notaio svizzero, recatosi nelle rispettive città di appartenenza dei tre *front men**.

Esaurita l'esibizione, Gimpel fu lesto ad allungare le mani sui documenti e a riporli in borsa, senza lasciarne, agli interlocutori, altro che il ricordo.

Ma non si limitò a questo. Dalla stessa borsa nella quale aveva riposto le dichiarazioni dei *front men*, trasse un nuovo documento.

Si trattava di un verbale recante la data di quello stesso giorno, il quale dava atto che la riunione presso lo studio "Motherwell & Robson" aveva avuto per oggetto una richiesta di parere, all'avvocato Gimpel, sulla legislazione panamense e i suoi benefici fiscali.

* *Front men*: intestatari fiduciari per conto terzi.

«Perché mai dovrei firmare questo verbale?» chiese Bellani sconcertato, senza neppure interpellare Carpi.

«Perché se un domani doveste mai affermare di avermi oggi incontrato e di avere da me appreso i segreti rapporti tra la *U.B.N.* e tre banche americane, potrò smentirvi esibendo, appunto, questo verbale di riunione.» Gimpel, già rossastro di capelli e carnagione, si era fatto ancora più rosso in viso.

«Sorry» affermò Carpi deciso. «Il mio cliente non firma nessuna dichiarazione simulata.»

«Debbo insistere» ribadì Gimpel, il quale recuperò la solennità britannica per affermare: «Vi ho rivelato dei segreti di Stato!».

Bellani intervenne con grande determinazione: «Dica ad Assadi che questa è una trattativa tra gentiluomini. E che una trattativa tra gentiluomini non prevede, al di là di una certa misura, cavilli o precauzioni legali. Se non gli va bene così, mi ritiro dall'affare».

Non sarebbe stato necessario. Gimpel accettò la presa di posizione dei due italiani.

Bellani, prima di ritenere conclusa la riunione, volle ancora sapere: «Se la *U.B.N.* ufficializzerà l'acquisto delle banche americane, provvederà a un aumento di capitale?».

«Non sarà necessario. I capitali li ha già anticipati ai *front men*. L'acquisto delle azioni si risolverà in una partita di giro.»

Scendendo le scale del nobile palazzotto, Bellani disse a Carpi: «Occorrerà insistere che sia prevista, nel contratto, la condizione che le tre banche americane siano normalizzate entro un certo tempo».

Carpi storse la bocca, prima di rispondere: «Non la accetteranno mai. Le direbbero che se le garantissero una clausola del genere, il prezzo dovrebbe salire alle stelle. E le obietteranno che le stesse autorità americane avranno interesse alla normalizzazione».

«Sarà!» commentò Bellani. «Ma io non intendo pagare un sovrapprezzo per quelle tre banche. Non ora almeno. Allo stato costituiscono un "fattore rischio". Si ricordi: debbono essere valutate a parte e pagate solo quando entreranno a far parte del patrimonio *U.B.N.*»

Carpi reiterò i propri dubbi sulla negoziabilità di una simile condizione.

Allo studio "Baltimore & Partners" di New York (non meno di un centinaio di associati, a occhio e croce, secondo la grande targa dorata al lato della porta d'ingresso), Bellani e Carpi, dopo essere stati fatti accomodare in una delle sale riunioni, dovettero attendere il prestigioso rappresentante americano della *U.B.N.* quasi venti minuti. Era regolare, commentò Bellani, che un azionista di maggioranza facesse aspettare uno di minoranza: tanto più se si trattava di un aspirante azionista.

Le finestre spaziavano su una vista panoramica che abbracciava l'Hudson River e le "Palisades". L'edificio, difatti, si trovava in Columbus Circle, vicino al grattacielo della Paramount e al New York Cultural Center.

Nell'attesa Bellani e Carpi provarono a fare il calcolo dei libri che tappezzavano praticamente tutte le pareti dell'immenso studio («ce ne sono anche in bagno» scherzò Carpi, ritornando da una breve visita in una toilette): duemila secondo Bellani, di più secondo Carpi. Che spiegò: «Negli Stati Uniti gli studi legali debbono davvero documentarsi su ogni caso deciso dalle varie Corti statali. Non è un mero fatto di arredamento, come spesso capita da noi, in Italia». Batté, in segno di apprezzamento, le nocche della mano destra sull'imponente tavolo da riunione in radica, ma, prima di poter fare commenti, fu preceduto da Bellani, che precisò: «È più pregiato, per epoca e qualità, quello della nostra banca. Non facciamo i provinciali!».

Quando fece ingresso nella sala, l'avvocato Baltimore

seppe fingere una costernazione, per il ritardo, da grande attore.

L'avvocato apparve a Bellani il personaggio ideale per fungere da garante della *U.B.N.*: lineamenti rigidi, espressione invariabile da puritano, occhi intransigenti, modi controllati da uomo che ha una sua ferrea disciplina. Doveva essere appena tornato dai Caraibi, perché era abbronzatissimo.

Il banchiere italiano, che pure aveva attraversato l'Atlantico per potergli parlare, fu veloce e diretto: «Lei saprà che stiamo trattando l'acquisto del venti per cento della *U.B.N.*».

«Ne siamo informati. E vi anticipo, anche se privatamente, il gradimento dei vertici *U.B.N.*. Un istituto svizzero è un ingrediente significativo nella compagine azionaria di una banca multinazionale come la nostra.»

«In realtà il nostro gruppo è anche italiano e, in certa misura, ispanico» corresse Bellani, cui non era piaciuta l'estromissione, dal gruppo da lui rappresentato, della componente italiana.

«Anche ispanico?» commentò Baltimore, che continuava a snobbare, seppure involontariamente, l'Italia.

«Certo. Controlliamo il dieci per cento del Banco Primero di Madrid.»

«Interessante, molto interessante!»

«E vi occupiamo due seggi nel Consiglio di amministrazione.»

«Complimenti» concesse Baltimore.

«Vengo al punto» disse Bellani. «La *U.B.N.* ci riconoscerà alcuni seggi in Consiglio, ritengo...»

«Perché no?» rispose Baltimore. «Una vostra presenza in Consiglio significa nuovo *know how*, ed io personalmente vedo con favore questo genere di apporto. Il mio parere sarà dunque favorevole. Ma le chiederei di pazientare fino alla prossima assemblea di approvazione del bilancio, così la decisione potrà essere espressa nella sede competente.»

«Mi sta bene» accettò Bellani.

Baltimore si sentì in dovere di precisare: «Noi prendiamo atto di questa compravendita di azioni senza osteggiarla e senza caldeggiarla. Siamo benevolmente neutri. Vorrei fosse chiaro».

«Lo è» lo tranquillizzò Bellani. Il quale volle rassicurarsi a sua volta: «Per quanto lei sappia, non sono previsti aumenti di capitale a breve...».

«La *U.B.N.* ha esaurito la spinta propulsiva del suo primo ciclo. Per alcuni anni, diciamo tre, quattro, intendiamo tirare il fiato. Le nuove sedi che stanno per essere aperte a Hong Kong, Londra e Abu Dhabi sono state finanziate da riserve straordinarie della holding del gruppo.»

Bellani avvertì un senso di euforia interiore: non sapeva dell'apertura di nuove sedi in tre grandi centri finanziari.

«Bene» commentò. «Mi potrebbe mettere per iscritto, in forma privata beninteso, che non sono previsti aumenti di capitale per almeno un biennio? È solo per tranquillizzare i miei azionisti.»

«No, mi dispiace» dichiarò Baltimore. «Ma la mia risposta è negativa per ragioni di forma, non di sostanza.»

La riunione era finita. Tra uomini di forte personalità e dalle idee chiare bastavano poche parole per capirsi e misurarsi.

Un cruccio perdurante, per Bellani, concerneva la reale possibilità, da parte della *U.B.N.*, di trasformare il controllo per interposta persona delle tre banche americane in controllo diretto. Su tutto l'affare *U.B.N.* lui aveva questa sola riserva.

Fu così che, in previsione del viaggio, aveva chiamato Milton Freedmann, il suo broker statunitense (lo stesso che gli aveva predetto il crack del 1987), chiedendogli di fissargli un appuntamento, in occasione del passaggio a New York, con un esperto in legislazione bancaria. Freedmann gli aveva combinato un incontro con il titolare dello studio Goldbaum.

Dando le spalle all'edificio di Wall Street, inquadrato in parte dalle grandi finestre, Goldbaum teneva le mani unite sulla bocca, come stesse pregando. E scavava, con i suoi occhi lucenti e provocatori, nel fondo di quelli celesti di Bellani.

Questi gli stava sottoponendo il suo problema: «Se io, istituto bancario estero, compro il pacchetto di controllo di una banca americana senza manifestarmi come acquirente, e pertanto, agendo attraverso dei fiduciari, posso, *ex post*, regolarizzare il mio possesso, diciamo così, clandestino?». Bellani era solo, nella circostanza, in quanto Carpi aveva inteso sfruttare il transito a New York anche per una visita personale.

Goldbaum si accarezzò, con un compiacimento che doveva essere abituale, la barbetta argentata prima di pronunciarsi: «Domanda preliminare: i fiduciari sono persone fisiche?».

«Sì.»

«E hanno già ricevuto il gradimento delle autorità americane?»

«Sì.»

«L'istituto che detiene le azioni attraverso *front men* è a capo di un gruppo o comunque ne fa parte?»

«È a capo di un gruppo.»

«Lei sa, ritengo, che il motivo per cui è facile che le autorità americane autorizzino persone fisiche straniere ad acquistare azioni di banche nazionali, e siano invece caute nell'autorizzare enti esteri, risiede nel fatto che le persone fisiche possono essere più facilmente passate ai raggi X che non un intero gruppo...»

«Lo so, per quanto vagamente.»

«Questo gruppo di cui lei mi parla, è molto frammentato?»

«Frammentato e cosmopolita. Molto cosmopolita. Non mi faccia dire di più, per ora.»

«Allora i casi sono due. O questo gruppo cosmopolita non ha un grande interesse ad avere i conti e gli stati patrimoniali in ordine, e in questa eventualità deve continuare a detenere le azioni attraverso i prestanome, sempre che questi siano fidati. Ovvero il nostro gruppo intende essere in regola da cima a fondo, e allora deve farsi certificare il bilancio consolidato da una delle maggiori società di Revisione americane. Con il bilancio certificato si presenta alle autorità federali e chiede di essere autorizzato ad acquistare il pacchetto azionario di maggioranza della banca dagli attuali *front men.*»

«Ci sono probabilità che l'autorizzazione venga concessa? Nel nostro caso le banche sono addirittura tre...»

Goldbaum sorrise con condiscendenza: «Se il gruppo è solido e trasparente, non vi è motivo di negargli l'autorizzazione. Naturalmente non dovrà ingurgitarsi le tre banche in un sol boccone, ma poco per volta. E qualcuna delle banche potrebbe acquistarla, in un primo tempo, attraverso una società amica, non ancora del gruppo, ma destinata a farne parte. È tutto da studiare, ma è anche tutto possibile».

«Potrebbe interessarsi della normalizzazione di questo stato di cose?»

«Lei, o chi per lei, mi pagherebbe?» chiese il legale, con tono scherzoso.

«Certo.»

«E allora sarei onoratissimo di accettare l'incarico. L'avvocato è sempre a disposizione di chi lo paga. Questa è la nostra etica!»

Bellani, al solito, fu rapido nelle decisioni: «Si ritenga ingaggiato».

«Da subito?» chiese l'avvocato.

«Domattina darò disposizioni per un bonifico a suo

favore presso la banca che mi indicherà. Mi dica lei di quanto...»

«Cinquantamila dollari. Poi, vedremo le ore che impiegherò. La mia tariffa è di seicento dollari per ora.»

«Va bene.»

«Visto che sono in carica, le chiedo: qual è la banca cui è interessato?»

«La *U.B.N.* di Londra, Lussemburgo e Abu Dhabi.»

Goldbaum fece schioccare la lingua e commentò: «Roba grossa!». Poi chiese ancora: «Lei può fermarsi ancora qualche giorno a New York?».

«Se è necessario, sì. Perché?»

«Perché vorrei che parlasse con un esperto finanziario del settore mediorientale, Peter Koellitz.»

«Se è in grado di farmici parlare entro ventiquattro ore, posso trattenermi.»

«Lo verifichiamo subito.» Sollevò il telefono e ordinò alla segretaria di chiamare Koellitz.

La comunicazione gli fu passata dopo pochi minuti: «Pronto, Peter? Tutto bene?».

«Bene, grazie» gli giunse dall'altra parte della cornetta.

«Okay. Ho di fronte a me un importante banchiere italiano, che sta trattando un affare con una banca che tu dovresti conoscere molto bene.»

Bellani apprezzò il fatto che Goldbaum non parlasse, con l'interlocutore, di acquisto di azioni.

L'avvocato continuò: «Non te ne posso fare il nome adesso, per telefono. Siamo entrambi interessati a un tuo parere sull'affidabilità della banca. Ma il mio cliente è di passaggio. Puoi concederci un'ora a breve?».

«Se me lo chiedi tu, volentieri. Domattina per il "lunch" ti va bene?»

«Benissimo. Dove?»

«Se il tuo cliente è un banchiere importante, ci vuole un ristorante importante. Facciamo al "Four Seasons", per le tredici.»

«Va bene. Se non ci sono controindicazioni, domani alle tredici, al "Four Seasons".»

Il ristorante "Four Seasons", sulla 65ª Strada, colpì Bellani per il grande quadro astratto che adornava il pianoterra, l'eleganza degli ambienti e i vistosi mazzi di fiori piazzati nei punti strategici della sala da pranzo. Lui, a New York, usava frequentare "Le Pactole", a Wall Street, punto di ritrovo di broker e finanzieri.

Koellitz assaggiò appena lo champagne offerto come aperitivo. Poi chiese: «Il nome della banca?».

«L'*U.B.N.*» rispose pronto Bellani.

«Ah!» si limitò a commentare Koellitz. Era un uomo sui quarant'anni, raffinato nei modi e nell'abbigliamento, con i capelli accuratamente pettinati. Un ulteriore avallo alla sua serietà era conferito dagli occhiali, dalla pesante cerchiatura di tartaruga.

Rivolto a Bellani disse: «Lei sa meglio di me che i tre fattori, come dire, caratterizzanti, di una banca sono: solidità, qualità, potenzialità».

«Mi pare un'impostazione corretta» convenne Bellani. «Sono criteri che adotterebbe anche Moody's*.»

«Bene. Se poi dovessimo fare una graduatoria d'importanza tra i tre fattori, credo che verrebbero prima la solidità e la potenzialità, e poi, per ultima, la qualità.»

«Convengo sempre, anche se in parte» sorrise Bellani.

«Okay. Nel nostro caso possiamo mettere in conto una solidità a prova di bomba, fino a quando, almeno, il petrolio sarà il motore del mondo, e gli Emirati Arabi tra i maggiori produttori di greggio.»

Diede un'occhiata al piatto di carne sottile che gli era stato servito, prima di continuare: «La potenzialità è addirittura illimitata, perché l'espansione in atto della

* Moody's: ente internazionale che stima e classifica periodicamente il valore delle banche.

U.B.N. è contemporaneamente rivolta verso l'Europa, il Medio e l'Estremo Oriente, e perfino gli Stati Uniti».

Sapeva delle tre banche americane segretamente controllate?, si chiese Bellani, senza approfondire.

«E veniamo al punto dolente: alla qualità. Che è scadente e molto ambigua. La *U.B.N.*, per coltivare le sue smisurate ambizioni, ha raccattato di tutto, senza porsi limiti. Il fine giustifica i mezzi, ce lo avete insegnato voi.»

«Cosa vuol dire?»

«Che tra la clientela annovera anche personaggi equivoci, dai mercanti di armi – e che armi! – agli speculatori internazionali, ai politici in fuga...»

«Questo può incidere sulla sua stabilità?»

«Penso di no, la stabilità mi sembra fuori discussione. Ma questo è uno dei rari casi nei quali la clientela può giocare contro, e non a favore, della banca.» Si rivolse a Goldbaum: «Capisci cosa intendo?».

«Certo, certo» lo rassicurò l'avvocato.

Koellitz riprese: «Pare, dico pare, che la Price Waterhouse abbia quest'anno fatto presente allo Sceicco di Abu Dhabi che la banca era superespansa e, quindi, superesposta. E che, per riequilibrarla, sarebbe stata opportuna una diminuzione della sua carica espansionistica, ovvero un maggior sostegno finanziario da parte dello Sceicco. Secondo la mia fonte, lo Sceicco avrebbe in ogni caso garantito il suo pieno appoggio».

Si trattenne un attimo, per sentire le raccomandazioni del maître sul dessert, poi riprese: «Ecco, il vantaggio della *U.B.N.* è che può tanto trovare l'equilibrio all'interno di se stessa, bilanciando meglio gli sforzi, quanto utilizzare, per il caso non vi riesca, la rete di protezione di Abu Dhabi. L'occhio del discorso torna sempre lì: negli Emirati. È possibile che lo Sceicco Zayed Ibn Sultan Al-Mahyan, dopo aver creato questo impero bancario, possa mai abbandonarlo? La risposta può darla lei nella stessa misura in cui posso darla io».

«Secondo logica la risposta è no» aderì Bellani.

«Se poi vuole un quadro completo al cento per cento...»

«Certo che lo voglio!»

«La *U.B.N.* è, in certa misura, la banca della CIA...»

«Della CIA?»

«Certo. La CIA, secondo fonti attendibili, si sarebbe finanziata presso la *U.B.N.* per la vendita di armi all'Iraq, e per sostenere i ribelli afghani. E per altre azioni qua e là.»

«Questo cosa significa?»

«Che la *U.B.N.* ha un complice molto potente.»

Bellani, sorprendendo l'interlocutore, pose una domanda non prevista dal copione: «Lei comprerebbe un pacchetto rilevante di azioni della *U.B.N.*?».

Koellitz lo fissò negli occhi, per trovarvi conferma all'intuizione che quel quesito fosse il vero motivo dell'incontro. Poi rispose: «Non ne avrei i mezzi».

«Ma se li avesse?» insisté Bellani.

«Io sono un realista. Se non ho i mezzi, neppure mi pongo il problema. È lei che deve porselo!»

Bellani, a New York, alloggiava generalmente all'hôtel Saint-Moritz, che gli era caro per la suggestiva vista sul Central Park. Quando, quasi vent'anni prima, aveva soggiornato a New York per fare esperienza presso una banca di Manhattan, era un habitué del Central Park, dove si recava a fare jogging, avendo così occasione di conoscere la "fauna" umana che lo popolava. In quest'ultima visita, dovendo ostentare prestigio agli occhi dei suoi interlocutori (che aveva preventivamente informati sul suo recapito), si fermò al Plaza, che aveva anch'esso vista e accesso sul Central Park.

Tornato nella suite dell'albergo, Andrea calcolò che gli restavano sei ore prima del check-in all'aeroporto. Avrebbe voluto riposare. Ma non ci riuscì. Standosene disteso sul letto, in canottiera e calzoni di pigiama, ripercorse, in un rapido flash back, il dialogo con Koellitz.

Il rapporto dell'esperto del Medio Oriente, nel suo complesso, era positivo, nonostante la sgradevole allusione alla scarsa qualità della clientela. Quest'aspetto veniva, anzi, a costituire un fattore a doppio taglio. Negativo in sé, apriva, per contro, un maggior spazio di apporto al nuovo azionista: che una miglior qualità avrebbe potuta conferirla lui.

Quanto al rilievo sulla eccessiva esposizione della banca, esso riguardava un aspetto fisiologico della crescita di un istituto internazionale. E Baltimore, d'altra parte, aveva già dato assicurazioni circa una pausa della fase espansiva.

Si levò di scatto dal letto, e si osservò allo specchio che ricopriva un'intera parete, fissando i suoi stessi occhi, spiritati, che ne venivano riflessi. Gli vennero in mente le parole di Millo: "Tu sei uno spregiudicato inconsapevole". «E perché no?» chiese, continuando a osservarsi. Dovette ammettere che la finanza, con gli anni, aveva lavorato, da par suo, nel suo animo e nel suo stesso viso, i cui lineamenti gli apparivano ora insolitamente duri, quasi ostili e diversi. La *U.B.N.* era penetrata come un virus incontrollabile nel suo organismo, trovandolo vulnerabile. Quella partita, ormai l'aveva deciso, se la sarebbe giocata fino in fondo. Nessuno l'avrebbe fermato.

Infine riuscì a svincolarsi dai suoi pensieri ossessivi. Si rivestì, scese nella hall dell'albergo, ne uscì e traversò la strada verso il Central Park. Faceva freddo, ma Andrea non ne soffrì. Quel luogo sacro della sua memoria gli rasserenò l'animo e sciolse la tensione.

Era una giornata dal cielo terso e lucido, con striature rosso fuoco sul fondo dell'orizzonte: sembrava fatta apposta per mettere al bando le turbolenze psicologiche.

Un pensiero rapido ed eccitante gli attraversò la mente: con l'acquisto delle *U.B.N.*, anche New York e gli Stati Uniti sarebbero entrati nel raggio dei suoi interessi!

Le verifiche di New York costituirono l'ultimo stadio della trattativa per l'acquisto, da parte della banca Reuss, del pacchetto azionario di minoranza della *U.B.N.* Il prezzo definitivo e le modalità di pagamento furono sancite da una serie di incontri diretti tra Bellani e Assadi, nel febbraio del 1990.

L'affare fu formalmente concluso dopo sette mesi dall'inizio della trattativa. Per Bellani, seppure prudente e attento alla valutazione dei dati, una trattativa deve durare meno di dieci mesi. Dopo di che appassisce.

Il banchiere italiano riuscì a ottenere un compromesso tra la sua pretesa di differire il pagamento, pro quota, delle partecipazioni nelle banche americane, a quando il loro possesso fosse stato ufficializzato e il loro valore certificato, e la richiesta dei venditori di praticare subito un prezzo forfettario di settecentocinquanta milioni di dollari.

L'accordo fu raggiunto sulla base di cinquecento milioni subito e di una integrazione successiva, non superiore ai duecento milioni di dollari (proporzionalmente inferiore, invece, nel caso che le valutazioni delle banche americane non fossero state pari alle previsioni). Cento milioni di dollari furono costituiti in *escrow**, a garanzia, per il compratore, della insussistenza di passività occulte nell'istituto arabo-pakistano, vincolati, quanto alla metà, per otto mesi, e al residuo per dodici.

Tutto lasciava intendere che l'acquirente avesse messo le mani sulla banca del futuro. Almeno su una sua parte.

* *Escrow*: deposito "a mani neutre", presso una società fiduciaria.

28

(15 giugno 1991)

Rispetto al giorno in cui aveva compiuto l'esasperato gesto di sputare in faccia all'indiziata greca (in quella circostanza il suo viso era terreo e scosso da tremiti nervosi), Isabel Quinteros apparve a Ruffo più colorita e distesa.

Per guadagnarne la collaborazione, il sostituto le disse subito: «Signora, credo di aver manifestato nei suoi confronti tutta la sensibilità che la situazione richiedeva».

Prese una chiamata telefonica, consentendo alla donna di guardarsi attorno e di valutare lo stile burocratico dei mobili d'ufficio. Infine poggiò la cornetta e le si rivolse di nuovo: «Le ho concesso il tempo necessario per riprendersi da questo terribile choc, ho lasciato che lei tornasse in Spagna senza frapporle difficoltà: la mia comprensione ha sfiorato, mi creda, l'irresponsabilità. Ma a ragion veduta, perché io credo in lei. Ora è necessario che mi dica quello che sa. È lei la "memoria storica" di questa vicenda, almeno nei passaggi chiave. Solo lei conosceva particolari che, interpretati dagli inquirenti, possono rivelarsi risolutivi».

Isabel, questa volta, si rivelò disponibile: «La ringrazio per la sua sensibilità e mi scuso per lo scarso aiuto che ho potuto darle finora. Ho vissuto in stato traumatico per dieci giorni. Ora comincio a riprendermi e a ragionare. Nei precedenti colloqui ero anche condizionata dalla paura di danneggiare, in qualche modo, la memoria di Andrea».

«Capisco. Ma adesso deve collaborare. Senza riserve!» l'ammonì il sostituto.

Era un'estate singolare per Milano. La regola tradizionale, che fosse maggio il mese più piovoso e che a giugno le grandi piogge si esaurissero, fu sovvertita da una serie inusuale di temporali che rappresentavano l'effetto esasperato di un'afa cocente.

L'ufficio di Ruffo, in cui il ventilatore ronzava con amara lena, rappresentava, a causa dello spessore dei muri esterni, un'oasi di relativo fresco.

«Spero di poterle essere utile» promise Isabel.

Ruffo sfogò subito la sua ansia conoscitiva: «Mi parli del signor Bellani, a partire da quando tornò a Milano».

«Mio marito, lei dovrebbe saperlo, divenne amministratore delegato della banca Industria e Finanza quando all'interno dell'istituto sorse un insanabile conflitto tra i maggiori azionisti» fu la prima risposta della donna.

Il sostituto apprezzò il fatto che lei definisse Bellani suo marito, nonostante non lo fosse stato. E domandò: «Quale fu la ragione di questo conflitto?».

«La vecchia guardia manageriale, di cui era leader Millo, intendeva aumentare in larga misura il capitale sociale per far fronte alla sfida imminente del Mercato Comune. Per ottenere questo risultato, Millo era disposto ad accettare la sponsorizzazione finanziaria di un personaggio molto discutibile, ma dotato di enorme liquidità, in Italia e all'estero. Contro questo disegno si oppose l'azionariato tradizionale della banca, riunito attorno alla signora Ghislandi, il quale sostenne che l'inserimento del nuovo azionista avrebbe snaturato le radici lombarde dell'istituto.»

«Chi era questo personaggio scomodo ma illimitatamente ricco?»

Isabel ebbe un attimo di esitazione prima di rispondere. Poi si aprì: «Antonio Corvano, un grande appaltatore di servizi per le aziende di stato. La Ghislandi lo chiamava sprezzantemente "il camorrista"».

«So tutto di lui» commentò Ruffo.

«Sapeva anche che voleva cambiare immagine personale, e divenire il maggior azionista di una banca privata?»

«So che, al tempo, corse voce di un suo interessamento al settore bancario. Ma la notizia non fu mai ufficiale, mi pare.»

«Gliela confermo io» precisò Isabel, prima di aggiungere: «Ma questo è solo l'antefatto».

«L'antefatto di cosa?»

«Di molti, ulteriori sviluppi.»

«Quali?»

«Un anno dopo essere arrivato al vertice della banca *Bieffe* su designazione della Ghislandi, Andrea comprò una banca svizzera.»

«Lo so. Ma con quali soldi?»

«Con i soldi della banca Industria e Finanza: fu questa l'acquirente, e fu essa a pagare il costo, attraverso un aumento di capitale sociale attuato senza dover ricorrere a Corvano.»

«E poi?»

«E poi, alcuni anni dopo, la banca svizzera fece un grossissimo investimento. Un investimento in una banca di ambizioni universali.»

«La *U.B.N.*» anticipò Ruffo.

«La Universal Banking Network: una banca con sedi in mezzo mondo. Ma la sua peculiarità era un'altra ancora: il controllo segreto di tre grandi banche americane, tra le quali la First American di Washington. Con questa partecipazione la Industria e Finanza diventava, anch'essa, a suo modo, una entità finanziaria globale, perché possedeva un istituto svizzero, il venti per cento della *U.B.N.* e, attraverso questa, penetrava in tre banche americane...»

Ruffo era all'oscuro del fatto che la *U.B.N.* controllasse tre banche americane e non poté trattenere, al riguardo, un'espressione di stupore.

«Non ne aveva mai sentito parlare?» chiese Isabel.

«Non in questi termini!»

La donna gli riservò la sorpresa finale: «Per comprare la partecipazione nella *U.B.N.* occorreva una notevole liquidità. Fu così che, dopo averlo rifiutato per la banca Industria e Finanza, Andrea e la Ghislandi fecero ricorso a Corvano, proprio lui. "Realpolitik" fu il commento di Andrea.»

«Ma non pensavano che Corvano avrebbe snaturato la tradizione della banca?»

«Non più. E poi, di necessità virtù. Se si voleva realizzare un progetto tanto ambizioso, bisognava essere pronti a pagare qualsiasi prezzo.»

«Ma cosa volle in cambio, Corvano?»

«Azioni, naturalmente. Ma Andrea fu abile a fargli accettare azioni Reuss con diritto di voto limitato, e così mantenne il controllo della banca svizzera e di quella italiana.»

«E Corvano si accontentò di così poco, contro un pagamento, per quanto possa intuire, iperbolico?»

«Circa trecento milioni di dollari» rispose Isabel, senza scomporsi. Per poi puntualizzare: «Ma non si accontentò di poco. Le azioni a voto limitato, ma con privilegio nei dividendi, costituirono il nucleo principale della contropartita, quelle che in futuro avrebbero beneficiato di una grande rivalutazione, quando l'investimento della Reuss nella *U.B.N.* avesse dato i suoi frutti».

Guardò negli occhi Ruffo, per controllare che avesse capito, e continuò: «Ma Corvano, in realtà, ebbe anche pacchetti di minoranza sia della banca svizzera che di quella italiana, numerosi posti nei Consigli di amministrazione di entrambe le banche e la promessa di una vice presidenza dopo alcuni anni».

A Ruffo parve di cambiar mestiere quando il maresciallo Medici lo chiamò per preannunciargli l'inoltro della intercettazione di una telefonata dell'indiziato Ponti al conoscente, Francesco Sermonti, che gli aveva fornito l'alibi.

L'impressione di Ruffo derivava dal fatto di essersi ormai abituato alla "qualità" del caso Bellani e dimenticato delle questioni di routine: furti, stupri, droga ecc. E difatti, nel sentire il nome dei due implicati, ebbe alcuni attimi di amnesia.

La chiamata di Medici equivalse, dunque, a un balzo indietro nel tempo: a quando non era ancora penetrato, seppure da semplice osservatore, nel mondo dell'alta finanza e delle donne del jet set.

I nuovi protagonisti avevano rapidamente cambiato non solo le sue abitudini di vita ma, in certa misura, i suoi stessi gusti. Da quando, per esempio, aveva conosciuto Isabel Quinteros Montalbàn, lui non si era più fatto vivo con la signora con la quale conduceva una relazione sul filo del rasoio, nel senso che da tempo intendeva interromperla, senza mai trovare la determinazione per farlo.

Negli oltre dieci anni trascorsi a Milano, Ruffo aveva avuto (dopo il matrimonio, presto fallito e rimasto senza figli, con una donna che avrebbe meritato ben altro da lui e dalla vita e che, fortunatamente, si era risposata) due fondamentali relazioni, a parte sporadiche avventure.

Per ironia della sorte, non era mai stato lui a conquistare le donne, ma queste ultime ad adescare lui.

Protagonista della prima relazione era stata Giuliana, una giovane avvocatessa di Genova. Non poteva dirsi, nel caso specifico, che l'avesse incontrata, quanto, piuttosto, che si era scontrato con lei: nell'ambito di un processo per omicidio, alla Corte d'Assise di Milano, in cui lui era pubblico accusatore e lei, assieme a un collega anziano, difensore dell'imputato.

A quel processo erano emersi toni e spunti polemici tali da determinare tra i due avversari (per la prima volta nella carriera di entrambi) un rapporto di grande tensione: era lei, difatti, la più battagliera della difesa e, insieme, la più pungente e sferzante. La tipica *pasionaria* femminista, con i capelli rossi e il fisico piacente. E Ruffo aveva risposto pan per focaccia. Alla fine aveva vinto lei.

Quando, alla lettura della sentenza, il Pubblico Ministero, nonostante tutto, l'aveva cavallerescamente complimentata per l'assoluzione, lei aveva commentato: «Un rapporto di rivalità è una buona partenza».

«Per cosa?» aveva chiesto lui, ingenuamente.

«Ma per un'amicizia!» aveva risposto lei.

Dando un seguito coerente alla frase, apparentemente casuale, pronunciata al termine del processo, l'avvocatessa gli aveva richiesto, a breve distanza di tempo, un parere legale. Chiamandolo per telefono da Genova e chiedendogli disinvoltamente un appuntamento a Milano.

Trascorsi sei mesi si erano ritrovati, per un altro processo, sempre alla Corte d'Assise di Milano: stavolta dalla stessa parte, in quanto lei rappresentava la parte civile.

La comunanza d'interessi, nel nuovo processo, aveva favorito un diverso rapporto. Avevano preso a ridere delle passate tensioni e a formare coppia stabile, al bar e nei corridoi del Palazzo di Giustizia, durante le pause del dibattimento. Scoprendo impreviste affinità, tra le quali l'amore per il mare, represso in lui, realizzato in lei.

Era stato quello il punto di partenza per un'amicizia profonda, destinata a trasformarsi in un rapporto sentimentale, coltivato in week-end sempre più frequenti sulla Riviera ligure. Giuliana era una donna vivace, culturalmente impegnata e, in quanto tale, stimolante, con il solo limite di avere sempre per la testa i problemi di lavoro. Questo la rendeva sbrigativa come amante, anche se gradevole come compagna.

Erano arrivati a parlare di matrimonio, ma molto timidamente. Finché lei non aveva ereditato gli onori e le responsabilità dello studio presso il quale svolgeva la sua attività.

L'accrescimento, nella vita di lei, sia degli impegni che della dimensione professionale, avevano messo in imbarazzo Ruffo. Gli incontri erano progressivamente diminuiti e lui li aveva lasciati diradare fino all'esaurimento, con masochistico fatalismo.

Due anni dopo ricevette l'annuncio delle sue nozze: con un importante avvocato ligure.

La seconda amante era stata una donna della media borghesia: Federica, moglie di un industriale brianzolo, con ricca casa a Milano. Meno personalizzata e impegnata di Giuliana, ma più disponibile come donna.

L'occasione dell'incontro gliel'aveva fornita Arese, suo abituale sponsor nella vita mondana. Il medico legale era stato invitato, a casa della donna, a uno di quei "party in piedi" in cui sono ospitate decine di persone.

L'ospite aveva subito notato Ruffo, con quel suo sguardo intenso e profondo e quel suo viso da meridionale romantico. E quando si era isolato su di un balcone, aperto su un giardino, lei l'aveva raggiunto portandogli un calice di champagne.

Nel ringraziarla, le aveva fatto i complimenti per la casa. Per sentirsi rispondere: «È incompleta».

Il curioso, in quella risposta, stava nel fatto che la casa, lungi dall'apparire incompleta, era ripiena e perfino affastellata di mobili, quadri, tappeti, lampadari e mercanzia varia, sicché non era possibile immaginare che ci potessero stare altre cose.

Ma la donna gli aveva subito chiarito il suo pensiero: «Manca l'amore...».

Più tardi, nell'accompagnarlo alla porta, la donna, senza falsi pudori, aveva rincarato la dose: «Si ricordi di quello che le ho detto».

«Certo» aveva replicato Ruffo con grande impaccio.

Se lo sarebbe ricordato bene, in effetti. Ma non aveva mai avuto il coraggio di prendere l'iniziativa e di chiamarla. Finché l'aveva chiamato lei. Naturalmente con un pretesto in perfetta regola... Per rivelarsi, alla prova dei fatti, compagna meno stimolante di Giuliana, ma amante più esaustiva. E una donna cui piaceva prendersi cura di lui. Per Federica era una forma di libidine trovargli le camicie *button down*, regalargli il profumo preferito (che da un certo tempo era Azzaro), portargli dalla Svizzera una stecca di "Camel"...

Ruffo ascoltò la bobina contenente la registrazione del dialogo tra Ponti e Sermonti. Dialogo breve, ma significativo.

Ponti: – Ti ho chiamato varie volte, ma non ti ho mai trovato. Mi stai forse evitando?

Sermonti: – No, cosa dici? Sono stato davvero impegnato.

Ponti: – E in che cosa? Hai trovato un'occupazione?

Sermonti: – Ho dato una mano a un parente che aveva del lavoro da fare.

Ponti: – Ma che balle mi stai raccontando?

Sermonti: – La verità.

Ponti: – Ieri ti ho visto dalle parti del tribunale. Sei stato dal procuratore?

Sermonti: – No, che dici?

Ponti: – Stai attento a non farti venire certe tentazioni. Ripeto: stai attento!

Ruffo emise un sospiro di sollievo. Era chiaro che Sermonti era ricattato. Ordinò subito al maresciallo di convocarlo per l'indomani mattina.

Quando Sermonti gli si presentò davanti, aveva un'aria tirata e rassegnata nello stesso tempo. Doveva aver intuito quanto era avvenuto.

Ruffo notò i due orecchini sul lobo sinistro, poi iniziò il discorso da una posizione di forza: «Ti rendi conto di essere in balìa di un uomo pericoloso? Un uomo che ha perso la testa, al punto da fare chiamate di un certo tipo, pur sapendo che il tuo telefono, novantanove su cento, è sotto controllo!».

Sermonti stette zitto. Zitto e sconfortato.

«Non hai altra via d'uscita, caro Sermonti, che quella di collaborare e farti proteggere. Io ti ho chiamato per aprirti questa via d'uscita» lo pressò Ruffo.

«Cosa vuol sapere?» chiese l'altro.

«La verità» rispose l'inquirente allargando le mani, a sottolineare l'ovvietà della replica.

«Lei la sa benissimo la verità.»

«Ma non da te.»

«Ho dichiarato il falso perché sono condizionato da lui: eccola, la verità.»

«E perché ti condiziona? Ponti, intendo.»

«Lasciamo perdere, procuratore. Non riapra vecchie piaghe. Sono fatti miei.»

Ruffo lo guardò a fondo, propendendo, al termine dell'esame, per l'ipotesi che il condizionamento di Ponti dovesse essere legato a questioni di sesso, più che di droga. «Allora ritratti la tua versione?»

«La ritratto. Ma lei deve aiutarmi.»

«Certo che ti aiuterò.»

«Lo promette?»

«Solennemente» dichiarò Ruffo con una punta di ironia, ma essendo sincero quanto al contenuto della promessa.

Ultimato il verbale di ritrattazione, il sostituto chiamò il Gip Vivante e gli diede la notizia. Non per un senso di rivincita, ma per una prassi di informazione con un altro funzionario della giustizia.

Vivante chiese solo: «È stata una ritrattazione spontanea?».

«Spontanea» assicurò Ruffo.

«E allora faccia il suo dovere.» Che stava a significare: mi richieda pure un altro

BELLANI: L'ANNIVERSARIO DEL NUOVO CORSO

29

Al quinto anniversario dell'era Bellani, Irene Ghislandi attribuì una particolare importanza, quasi si trattasse di un matrimonio. Per l'occasione, organizzò una festa all'Hôtel Leopoldo di Lugano, ideale raccordo geografico tra la Industria e Finanza e la banca Reuss.

La celebrazione dell'anniversario non era, beninteso, esplicitamente dichiarata nell'invito, che si limitava ad accennare a un ricevimento organizzato dalle banche gemelle *Bieffe* e Reuss. Era una mite serata del mese di settembre del 1990. L'Hôtel Leopoldo è un gioiello architettonico. La costruzione, circolare, racchiude un gran cortile lastricato, perfettamente rotondo, e si apre, nel patio esterno, sul lago di Lugano, dominato dall'alto. Vi si arriva, dalla città, attraverso una strada in salita, immersa tra i boschi della collina luganese. Costruita da Leopoldo III del Belgio, e rimasta per anni disabitata, ha subìto nella seconda metà degli anni Ottanta un restauro accurato, con il solo neo, forse, degli arredamenti interni, di un lusso voluttuoso e lussureggiante, più arabesco che europeo, ma, alla lunga, confortevole.

La signora Ghislandi aveva diviso gli ospiti in due categorie: quelli con camera riservata per la notte, in quanto provenienti da lontano, e quelli in mero transito.

I nomi rappresentavano più che degnamente il mondo di banca e finanza, italiano ed estero.

Basti citare, in questa sommaria cronaca, il vice presidente della Banca di Stato elvetica, un alto rappresentante della Banca d'Italia, un nipote, per quanto lontano, dello Sceicco di Abu Dhabi ecc.

La Ghislandi, con un gesto di cortesia, aveva ritenuto di invitare anche Ferdinando Millo, e questi, per dimostrare le sue qualità di uomo di mondo, aveva accettato, arrivando al ricevimento tra i primi.

Bellani stavolta lo trovò invecchiato, ma sempre testardamente vivace.

Quando lo vide entrare nel patio, Andrea si affrettò ad andargli incontro e a stringergli calorosamente la mano.

L'altro rispose: «Chi più di me può apprezzare quest'anniversario? I cinque anni di Bellani! E chi era Bellani? Una mia creatura...».

Si accese un sigaro prima di precisare: «Una creatura a tal punto fedele e coerente da riuscire a realizzare un progetto non riuscito al suo maestro: quello di fagocitare i capitali di Corvano. Bravo, tre volte bravo!». La frase di Millo aveva più sfumature, ed era difficile afferrare quella giusta.

«Be', ammetterà che la situazione oggi è diversa: la *Bieffe* non è più una banca provinciale. È internazionale!»

«E con ciò? Forse che il denaro camorrista – insisto, camorrista – va bene solo per le banche internazionali?»

Andrea cercò un altro pretesto: «Sono anche cambiati i tempi...».

Millo non mollò la preda: «Ma che tempi e tempi! Come dicono al mio paese, che è poi una città universale, l'uomo non finisce mai di stupire...».

Andrea stava per risentirsi, quando l'altro lo prese in contropiede con una risata e una frase amichevoli: «Ora tu hai bisogno di fortuna. Anzi, di altra fortuna. E io te la auguro di cuore. Perché il difficile viene adesso: un impero è un impero!».

Assecondando le istruzioni e le sistemazioni predisposte dall'organizzatrice, Andrea accompagnò Millo al tavolo che era secondo d'importanza, rispetto a quello riservato alle più alte autorità. Andrea trovò ingiusta la retrocessione di Millo: la Generale era sempre una delle più grosse realtà finanziarie d'Europa. E poi Millo conosceva benissimo gli invitati al tavolo d'onore e si sarebbe trovato a suo agio. Si augurò solo, tra sé e sé, di non dover pagare, in futuro, quella scortesia della Ghislandi.

Andrea non era stato particolarmente favorevole a quell'esibizione di successo: le sue origini piccolo borghesi, una volta di più, avevano il sopravvento sulle tentazioni della mondanità.

Diverso l'atteggiamento di Isabel: lei era entusiasta della serata e di ciò che rappresentava. Sentiva, giustamente, di aver dato un contributo importante al successo di lui, e, come donna, riteneva più che legittimo concedersi una manifestazione di orgoglio. Con la Ghislandi condivise oneri e soddisfazioni della festa: al suo fianco, accoglieva gli ospiti, li intratteneva e li presentava agli altri invitati, raccogliendo ammirati consensi.

Vestiva un abito da sera color corallo, moderatamente scollato sul petto florido, e portava i capelli raccolti a chignon.

Non si registrarono rilevanti defezioni: quasi tutti i duecentocinquanta invitati arrivarono con relativa puntualità.

Sarebbero state servite, tra le dieci e mezzanotte, dieci portate e numerose qualità di vini pregiati, oltre naturalmente allo champagne.

Nell'occasione fu annunciata dalla Ghislandi l'acquisizione di una nuova banca in Austria. Si trattava dello stesso istituto che Corvano aveva chiesto a Bellani di acquisire e liquidare. Il banchiere aveva eseguito fino in fondo l'accordo con il suo nuovo finanziatore, riservandosi di modificarne solo il finale. In luogo di chiudere la banca, l'aveva riattivata e ristrutturata, dopo averla ripulita e messa in quarantena per un certo tempo:

quello necessario per completare i termini di prescrizione, e per poter mandare al macero, di conseguenza, la documentazione degli "anni caldi".

In tal modo Bellani era stato in grado di aggiungere una nuova pedina all'impero. Nel darne l'annuncio Irene Ghislandi ricordò agli ospiti che nei cinque anni di gestione del gruppo da parte di Andrea Bellani, la capitalizzazione di Borsa della Industria e Finanza era quintuplicata e gli utili aumentati del cinquanta per cento. La maggior azionista del gruppo non poté invece rivelare, trattandosi di materia ancora segreta, che la Reuss era stata chiamata a partecipare, con altri istituti, all'elaborazione finanziaria del progetto Alcazar, ovvero la fusione tra le compagnie aeree Swissair, KLM, Austrian Airlines e S.A.S. Un progetto dai tempi lunghi e di difficile realizzazione, ma che indipendentemente dalla sua riuscita, costituiva un fiore all'occhiello per Bellani e la Reuss.

Era chiaro, per chi la conosceva, che quella sera Irene Ghislandi si sentiva davvero una "Zarina". A capo di un gruppo che, a suo modo, rappresentava un impero.

Al termine della cena, Andrea andò a sedere al tavolo dove avevano preso posto Gerard Schuh, Abdel Assadi e Khayr Rawda, tesoriere della *U.B.N.* Quest'ultimo, seguace della prim'ora di Badawi nella fondazione della grande banca panaraba, era stato nominato consigliere della Reuss quando la *U.B.N.* aveva accettato l'ingresso, nel proprio Board, di due rappresentanti dell'azionista di minoranza: Andrea Bellani, appunto, e Gerard Schuh. La banca Reuss aveva allora offerto, a sua volta, due seggi del proprio Consiglio a rappresentanti della *U.B.N.*, allo scopo di sottolineare i vincoli reciproci tra le due banche. Uno di essi era Khayr Rawda.

Poco dopo essersi seduto al tavolo dell'anziano tesoriere, Andrea gli disse: «I tempi, ormai, sono maturi per normalizzare il controllo della *U.B.N.* sulle banche americane. L'avvocato Goldbaum ha definito ogni dettaglio del progetto di regolarizzazione».

Rawda alzò una mano, prima di affermare: «Una cosa alla volta».

«Qual è la priorità, al momento?» volle sapere Andrea.

«Affiancare alla guida carismatica della *U.B.N.* una guida gestionale. Badawi è stato grande come pioniere e lo sarà ancora nell'indirizzarci verso il futuro. Ma è vittima del presente.»

«Cosa significa?» chiese Andrea.

«Che è accerchiato da nugoli di cavallette parassitarie e da sciacalli affamati: sedicenti filantropi, parenti dello Sceicco, postulanti politici, sostenitori di cause perse. Dobbiamo liberarci da tutto questo. Dobbiamo darci delle regole e divenire una vera banca, non solo un centro di ricchezza. Altrimenti non saremo all'altezza del grande potenziale di cui disponiamo.»

Rawda aveva occhi dolci, che sapevano ribellarsi al fondo fatalista per conquistare determinazione e fierezza. Fissando Andrea, confidò: «Vede, io sono fortemente miope. Non saprei leggere un assegno senza essermi messo prima gli occhiali. Eppure quando sottoscrivo tutti gli assegni che Badawi mi prepara per la firma, non mi metto mai gli occhiali».

«Perché?» lo sollecitò Andrea.

«Per non vedere, non sapere e non soffrire.»

Andrea rise sinceramente, prima di chiedere: «E allora, cosa intende fare?».

«Prima di morire, voglio riuscire a imporre alla *U.B.N.* un amministratore delegato di stampo europeo, che sia in grado di insegnare alla banca le regole del gioco. Per i nostri aerei abbiamo scelto piloti europei. Perché per le nostre banche non dovremmo scegliere amministratori europei?»

«Ha qualcuno in mente?» si informò Andrea.

Rawda lo guardò con occhi affettuosi, quasi lucidi: «Sì: lei».

«Io?»

Gerard Schuh si affrettò a mettere una mano su quella destra di Andrea, a sottolineare la solennità del momento e la sua totale approvazione.

«La ringrazio, ma non credo di essere all'altezza» rispose Andrea, che in realtà era rimasto emozionato e commosso dalla proposta. «E poi le informazioni che Badawi concede ai consiglieri della *U.B.N.* non sono così esaurienti da consentire un'idea precisa degli ingranaggi della banca. È un argomento, questo, che intendo sollevare al prossimo Consiglio.»

Gli occhi di Rawda si fecero remoti: «Vedremo» sentenziò.

Poco dopo mezzanotte, le prime discrete diserzioni dai tavoli, con le scuse di circostanza.

Il vice presidente della Banca di Stato rinunciò, con un pretesto, alla suite che gli era stata riservata e si fece accompagnare da Bellani all'uscita, dopo aver salutato, con cordialità formale, i principali ospiti della serata.

Nell'accomiatarsi gli disse: «A proposito di quella partecipazione che avete acquisito nella *U.B.N.*, mi venga a trovare. Uno scambio di idee è sempre molto utile, nel nostro ambiente...».

Andrea non gradì il discorso. Ci trovò qualcosa di ambiguo. A voler tutto concedere, si trattava di un eccesso di curiosità, dato che lui, al riguardo, aveva già documentato e spiegato quanto necessario alla banca Centrale Elvetica.

Coerente con questa sua prima reazione, si sarebbe astenuto dall'accettare l'invito.

Al termine della festa, come era sua consuetudine nelle occasioni mondane, la Ghislandi si trattenne con Andrea a commentare la serata. Ma, questa volta, il commento andò più in là. Rivolta al suo pupillo disse: «Ora è necessario che la banca le compri un aereo privato. Lei non può continuare ad andare ad Abu Dhabi con l'aereo di linea, diamine!».

Andrea frappose una mano aperta tra lui e la donna, quasi volesse allontanare un amaro calice: «Non esageriamo. Non mi sembra il caso».

«E perché? Lei rappresenta la nostra banca nel Consiglio *U.B.N.*, non è un turista!»

«È prematuro» ribadì Andrea.

L'aereo personale avrebbe rappresentato, per lui, una forma di isolamento: dalla realtà e dalla gente comune. Che è il primo passo verso l'alienazione.

Lanciandogli uno sguardo denso di grande affetto, la Ghislandi gli chiese: «Soddisfatto di aver accettato la proposta che le feci cinque anni or sono?».

Andrea rispose senza indugio: «Sì, non posso negarlo». Poi domandò a sua volta: «E lei non si è pentita d'avermi fatto quella proposta?».

«Certamente no. Nessun banchiere, dopo la morte di mio marito, ha mai portato lo smoking bene come lei.»

Verso le due di notte, nel risalire con Isabel lo scalone, diretti alla suite loro riservata, Andrea le confessò: «Un'altra ora, e sarei crollato».

Isabel lo sospinse contro la parete e gli si appoggiò con il corpo, dicendogli, con voce scherzosamente sensuale: «Es ahora, cuando empieza la fiesta. Serà una fiesta andaluza, con mùsica, castañetas, bailes, fuegos de artificio, y... toros bravos!».

Poiché, nel parlargli, aveva preso a strusciarglisi addosso senza ritegno, lui la supplicò: «Pero, mujer, no, aquí no. Nos espera algo mejor. Rápido, vamos a nuestra fiesta particular!».

30

Le autorità svizzere concessero a Ruffo la richiesta collaborazione anche per l'espletamento di una audizione dei signori Schuh, vice presidente della banca Reuss di Zurigo, e Hurlimann, direttore generale dello stesso istituto, in qualità di "persone informate dei fatti".

Ma posero, come era loro diritto, alcune condizioni limitative. Prima tra tutte, oltre al vincolo di rito che le dichiarazioni rese dai due cittadini svizzeri non potessero essere usate contro di loro, quella che i due dirigenti non fossero tenuti a violare il segreto bancario.

Una rogatoria estera comporta, in base a specifiche convenzioni internazionali, l'assistenza del giudice straniero nell'espletamento di un incombente istruttorio. La richiesta di assistenza giudiziaria, nei casi ordinari, è inoltrata al giudice straniero dal ministero di Grazia e Giustizia su istanza della Procura e del Gip. Nei casi urgenti, la richiesta può essere direttamente trasmessa dall'autorità giudiziaria all'agente consolare del paese chiamato in causa. Normalmente, l'espletamento, anche in presenza del giudice richiedente, avviene a cura e sotto la direzione del giudice estero, che si attiene strettamente ai termini della richiesta. (Questa procedura è rigidamente osservata, per esempio, in Germania; e lo stesso Ruffo l'aveva vista applicare a Lugano.)

Ma i rapporti personali tra i giudici, il consenso dell'informato dei fatti, le esigenze linguistiche, possono legittimare deroghe e compromessi *di fatto*. Può cioè avvenire che il giudice richiedente (nel caso, italiano), dopo aver concordato con il collega estero la lista e i limiti delle domande, partecipi più o meno direttamente all'atto istruttorio sotto il controllo "del padrone di casa", cui è in ogni caso riservata la verbalizzazione.

Fu ciò che avvenne a Zurigo, anche perché gli interpellati vollero dare essi stessi un carattere apparentemente spontaneo e collaborativo alla loro deposizione (come, del resto, avrebbe fatto Assadi ad Abu Dhabi, pur non vigendo una convenzione di assistenza giudiziaria tra quel paese e l'Italia); e perché il procuratore svizzero non aveva avuto il tempo di studiarsi il complesso dossier. A parte questi aspetti, si sarebbe rivelata determinante l'abilità di Ruffo nel prendere in mano il pallino, con l'alibi di semplificare la rogatoria.

All'audizione di Schuh e Hurlimann, il 22 giugno, presenziò, dunque, accanto a Ruffo, il procuratore pubblico di Zurigo, presso il cui studio avvenne l'espletamento istruttorio.

Gerard Schuh adottò i modi dell'uomo di mondo per dissimulare un disagio, di fronte a Ruffo, che doveva essere profondo.

Prese infatti lui l'iniziativa, dichiarando, attraverso l'interprete, al sostituto procuratore italiano: «Suppongo che altri le abbiano detto che il controllo della banca Reuss l'aveva ormai solo Bellani e che nessuno al di fuori di lui ne conosceva i segreti. Cos'altro può dirle un azionista di minoranza?».

«Azionista di minoranza, ma vice presidente della banca!» esclamò Ruffo.

«La carica di vice presidente, nelle banche, è meramente rappresentativa, lei non può non saperlo. Ma con questo non voglio sottrarmi alle mie responsabilità.»

«Questo non è l'interrogatorio di un imputato» lo tranquillizzò il procuratore pubblico di Zurigo. «È una deposizione assistita dalle regole della procedura elvetica.»

Il colorito di Schuh, che, all'inizio, da rosa si era fatto rossastro, sembrò tornare al naturale.

Ruffo, con apparente distacco, gli chiese: «Vorrei sapere se nella banca Reuss si sono verificati, negli ultimi sei mesi, eventi, perdite, motivi di dissesto che possano aver condotto, per una causale o per un'altra, alla morte violenta del signor Bellani. Questo è il mio quesito centrale e, in un certo senso, unico».

Schuh parve ulteriormente tranquillizzarsi: «Sulla base delle mie cognizioni, posso escludere che le condizioni della banca siano peggiorate o abbiano subìto tracolli negli ultimi mesi prima della morte di Bellani. Per riassumere la mia dichiarazione, posso affermare che non si sono verificati motivi di crisi "endogeni"».

«Cosa vuol dire con questa precisazione?»

«Quello che dico.»

«Non può dirmi di più?»

«Io non posso parlarle che di fattori "endogeni", e cioè interni alla banca, quelli ai quali il mio controllo è diretto. Mentre non rientrano nella mia sfera di competenza e di conoscenza i fattori "esogeni".»

«La sua è probabilmente una dichiarazione molto corretta, ma, me lo lasci dire, quantomeno "sofisticata".»

Intervenne il procuratore pubblico, che garbatamente (o almeno, cercando di esserlo) puntualizzò in un accettabile italiano: «Non vorrei che il signor Schuh fosse forzato a dire più di quanto non possa dire, per rispetto del segreto bancario».

«Capisco. Ma vorrei sapere dall'interpellato chi, secondo lui (sempre che me lo possa dire), è in grado di parlarmi dei fattori "esogeni".»

«Bellani, solo lui» fece Schuh, chiudendo la partita a suo definitivo vantaggio. Per consolare Ruffo, aggiunse solo: «Io, adesso, mi sto adoperando per un necessario riassetto della banca dopo il tragico avvenimento...».

«Quale riassetto?» chiese Ruffo.

«A giorni sarà ufficiale. Ora non posso anticiparlo.»

Con aria distratta, Ruffo pose infine la domanda che gli stava, forse, più a cuore: «Mai intrattenuto rapporti d'affari con finanziarie delle Isole Caimane?».

Schuh sbiancò in volto, combattuto tra senso civile e omertà. Poi, con un filo di voce, rispose: «No».

Hurlimann era uomo più spregiudicato e spavaldo di Schuh.

Richiesto, secondo una formula di rito, se avesse, o avesse avuto, interessi personali nella vicenda, che gli impedissero di parlarne o fossero incompatibili con la deposizione, rispose in un italiano decisamente migliore di quello del procuratore pubblico: «Gli unici interessi che mi stanno a cuore sono il buon nome della banca e la memoria di Bellani: un uomo, mi creda, che ha operato solo ed esclusivamente a beneficio dell'istituto e per una sua espansione. Io ero profondamente legato a Bellani, di cui sono stato amico a New York negli anni giovanili. Questo è il mio quadro di interessi personali».

«Ne prendo atto e li apprezzo» commentò Ruffo, prima di chiedere: «Senza essere costretto a rivelarmi circostanze contrarie all'interesse della banca, può dirmi se la morte di Bellani, qualunque ne sia stata la causa, possa essere correlata a fatti inerenti questo istituto?».

Il direttore rispose con tono disteso: «Se lei prende in esame lo stato patrimoniale, la raccolta e l'avviamento di questa banca, che sono i tre fattori chiave per valutarne la salute, non trova nulla di negativo che sia avvenuto negli ultimi sei mesi. Anzi...».

«Anzi?»

«Anzi riscontrerebbe, negli ultimi tempi, un netto miglioramento. Ma nel valutare la banca, occorre tener conto di ulteriori elementi: lo stato congiunturale del settore, il quadro economico generale e via dicendo.»

«Vi era qualcosa di mutato in questi ulteriori elementi?»

«No» rispose sorprendentemente Hurlimann.

«Mi sembrava che lei volesse introdurre qualche variabile indipendente, per così dire, che poteva aver mutato lo stato di salute della banca.»

Hurlimann si concentrò nel tentativo di farsi capire, senza però dire più di tanto: «C'è l'imponderabile. Ci sono i fattori "esogeni"».

Anche lui con i fattori esogeni!, pensò Ruffo. Che però lasciò parlare Hurlimann, senza interromperlo: «Non va dimenticato che le ambizioni di Bellani erano diventate planetarie, e che il suo impero si era esteso in Medio Oriente. Non necessariamente doveva essere ferita la banca Reuss».

«E chi allora?»

«Qualcun altro. Che forse è stato ferito a morte e viaggia verso la sua fine...»

«Chi?»

«Avrà risposta a breve.»

«Da lei?»

«No. Dai fatti.»

«Non può dirmi di più?»

«No.»

Ruffo sentì una forte emozione riscaldargli il corpo e lambire il cuore. Si riprese e domandò ancora: «Tra i paradisi fiscali da voi utilizzati c'erano le Isole Caimane?».

«La nostra banca non utilizza e non consiglia più, con la nuova gestione, paradisi fiscali. Sono i clienti che ci pensano da soli.»

«Quindi voi non avevate interessi nelle Isole Caimane?»

Hurlimann ci pensò a lungo, prima di rispondere con

una frase elaborata: «La nostra banca non ha costituito società o avuto interessi diretti nelle Isole Caimane».

«E i vostri clienti?»

«Questo è oggetto di segreto bancario.»

L'annuncio apparve sui maggiori quotidiani svizzeri due giorni dopo la trasferta di Ruffo a Zurigo e arrivò anche sul suo tavolo di sostituto procuratore a Milano.

Il Consiglio di amministrazione della banca Reuss convocava le assemblee generale e speciale (articoli 650-654 del Codice delle Obbligazioni), nel termine di legge di dieci giorni, per deliberare un aumento di capitale di novecento milioni di franchi svizzeri, parte in azioni ordinarie, parte in azioni privilegiate.

L'ordine del giorno, per chi sapesse leggere tra le righe, era volutamente ambiguo e generico: «Adeguamento, previa riduzione, del capitale alla situazione congiunturale. Emissione di azioni ordinarie e privilegiate fino alla concorrenza di novecento milioni di franchi svizzeri per finanziare nuovi piani di sviluppo». Seguivano particolari tecnici e operativi.

Contemporaneamente, anche il Consiglio di amministrazione della *Bieffe* convocava l'assemblea e varava un aumento di capitale per concorrere, pro quota, al rifinanziamento della banca Reuss in funzione dei suoi piani di sviluppo.

Entrambi i Consigli di amministrazione si premuravano di dichiarare che la sottoscrizione degli aumenti era già interamente prenotata.

Gli scenari possibili, dietro quelle notizie, erano due: o qualcuno aveva eliminato, direttamente o indirettamente, Bellani per dare la scalata alla banca Reuss e, quindi, alla *U.B.N.* e al tesoro che vi era nascosto; o a essere ferita a morte era proprio, a dispetto delle assicurazioni dategli da Schuh e da Hurlimann, la banca Reuss, che, per restare a galla, faceva ricorso a un aumento d'emergenza del capitale sociale. Ma quali erano le cause delle ferite mortali?

Ruffo si sentì tradito e provocato. E poiché per risentire Schuh e Hurlimann avrebbe dovuto ripassare attraverso la trafila delle rogatorie, decise che avrebbe risentito Isabel Quinteros e Irene Ghislandi: loro erano a portata di mano e non potevano ignorare le cause e gli effetti dei giochi finanziari in atto. Ma non avrebbe potuto farlo prima dell'inizio di luglio, perché nel frattempo era impegnato in un processo di Corte d'Assise che si annunciava non breve.

31

La chiamata di Hans Reuss arrivò quindici giorni dopo la festa all'Hôtel Leopoldo di Lugano. Non una telefonata di routine o di mera cortesia. Bensì una di quelle specifiche e qualificate, che lasciano il segno e aprono la strada a tormenti durevoli.

Reuss chiese al leader della *Bieffe* di poterlo incontrare al più presto. Era disposto a venire lui a Milano per abbreviare i tempi. Davanti alla pressante sollecitazione, Bellani, per quanto ignaro delle ragioni di urgenza, e sorpreso dallo stesso fatto che Reuss si facesse vivo, non seppe sottrarsi e gli fissò un appuntamento.

L'ex banchiere arrivò tre giorni dopo, alle sedici del pomeriggio. L'italiano lo ricevette nell'ufficio riservato, perché nessuno potesse vederlo e ricavare chissà quali illazioni.

L'uomo era elegante e determinato come sempre, ma molto più teso del solito. E, difatti, esordì con tono risentito: «Due settimane or sono, il vice presidente della Banca di Stato (dico il vice presidente!) ti ha chiesto di farti vivo per parlare della *U.B.N.*».

I due si davano del tu da quando avevano sottoscritto, uno di fronte all'altro, il trasferimento del pacchetto di maggioranza della banca Reuss alla *Bieffe*. In quella occasione, per lenire a Reuss la delusione per il prezzo pagatogli, l'aveva nominato procuratore permanente della banca, con commissioni del tre per cento sugli affari portati.

«E che ne sai?» chiese Bellani, contrariato. Stava per esclamare: "Perché metti il naso nei miei affari?" ma se ne astenne.

La risposta di Reuss lo spiazzò: «Se sono qui, non è per una mia iniziativa personale. Ma è per dirti quel che ti si voleva dire in alto loco...».

«Perché tu?» commentò Andrea, senza dimostrarsi contrariato, ma essendolo.

«Si dà il caso che l'istituto che tu dirigi porti ancora il mio nome e quello dei miei antenati. E la Banca di Stato, non essendosi rivelato possibile parlare direttamente con te, ritiene necessario parlarti, quantomeno, attraverso me.»

«Vieni al dunque» gli disse Andrea.

«Il dunque è che sulla *U.B.N.* si sta addensando la tempesta, una di quelle che possono travolgerla. E in questo caso la banca Reuss ci rimarrebbe dentro fino al collo, diamine!»

«Cosa dici?» lo interrogò Andrea, i cui lineamenti si erano alterati per lo sconcerto.

«Voglio dire che la *U.B.N.* sta subendo una serie di inchieste, per ora ufficiose, in Inghilterra e negli Stati Uniti... Da parte delle massime autorità bancarie.»

«Dove vuoi arrivare? Che secondi fini hai?» replicò Andrea con ansia crescente.

«Nessun secondo fine. Ti porto un segnale dall'alto e la mia personale preoccupazione. Non ci credi?»

«Non ci posso credere!»

Reuss levò di tasca un foglio piegato e lo distese sotto gli occhi di Andrea: «È una lettera riservata della banca *U.T.S.*, sede centrale, alle sue sedi regionali. È un segreto assoluto. Leggi, e poi dimmi che cosa ne pensi».

Il documento recitava: «Strettamente personale e riservato per il Direttore di sede. Ogni rapporto con la *U.B.N.* deve essere interrotto fino a nuovo ordine. Abbiamo notizie da fonte sicura che l'istituto arabo è inquisito per riciclaggio di denaro di provenienza illecita, corruzione politica, acquisizione illegittima di banche in USA. ecc.».

Andrea taceva sbalordito, lasciando a Reuss l'iniziativa: «Guarda la firma. È del santone dell'*U.T.S.*».

«Vedo, vedo» ammise Bellani.

Si riprese dopo alcuni minuti di angoscia. In un difficile, quasi patetico, tentativo di mutare il corso della conversazione, propose: «Lasciamo da parte, per un attimo, le notizie sgradevoli. Devo darti atto che il tuo comportamento è amichevole e rivela un'apprezzabile sensibilità per la banca. Come vanno i tuoi affari?».

«Ottimamente. Era facile prevederlo» fu la compiaciuta risposta.

«Mi cederesti una quota di minoranza della tua società?» domandò Bellani.

Reuss storse la bocca. Più a malincuore che con cattiveria: «Questa volta, Andrea, a essere infetto sei tu. Non posso entrare in società con te».

Bellani sentì esplodere dentro di sé una rabbia violenta. Avrebbe voluto urlargli in faccia: "Come ti permetti? Parli al leader di un grande gruppo. Mentre tu sei sempre stato, e rimani ancora, uno speculatore. Ieri alle spalle dell'Italia, oggi di altri paesi!". Ma seppe trattenere gelidamente il suo furore. Non poteva permettersi di crearsi nuovi nemici. Con un encomiabile sforzo di autocontrollo, disse: «Ti capisco e non serbo rancore. Sono le regole del gioco».

Lo ringraziò per essersi fatto carico della missione di informarlo sui gravi sviluppi riguardanti la *U.B.N.* e lo congedò.

Nel breve tragitto tra la porta d'ingresso, dove aveva accompagnato Reuss, e il suo studio, Bellani barcollò vistosamente. L'ondata emotiva l'aveva colto in pieno e sentiva il bisogno di un punto d'appoggio per recuperare l'equilibrio. Così, per alcuni attimi, poggiò con la mano a una parete. Con le gambe ancora pesanti e il cuore in rivolta, rientrò infine nel suo studio, socchiudendo la porta dietro di sé. Con altri tre passi irreali, non avendo più la sensazione di essere nel controllo delle sue forze, si accostò alla scrivania, appoggiandovisi con entrambe le mani e puntando i piedi per terra, nella posizione di uno scalatore che si attacchi alla roccia in attesa dell'esaurirsi di una bufera. Il cuore, se non scoppiava, si sarebbe dovuto calmare; e anche la sensazione di avere sulle spalle il resto del mondo avrebbe dovuto, prima o poi, rivelarsi infondata.

Ripensò a quel pomeriggio a New York, dopo l'incontro con Koellitz, quando si fissò allo specchio della camera d'albergo. In quell'occasione lui aveva capito che l'ambizione lo stava trascinando verso il precipizio. Ma non aveva fatto nulla per evitarlo. Colpa sua, non poté fare a meno di pensare; delle sue ambizioni smisurate, della disobbedienza alla regola aurea che non si deve giocare a poker mettendo in palio la sorte di una banca, della sua inconfessata volontà di rivalsa e di emancipazione dal fallimento paterno.

Le sue colpe erano incommensurabili. "Ma quelle degli altri?" si chiese in uno scoperto tentativo di cercare alibi. Improvvisamente reagì. Prese il telefono e chiese che gli chiamassero Freedmann, il suo broker di New York. A Manhattan era orario d'ufficio.

Quando Freedmann rispose, lo informò rapidamente dei termini della questione e alla fine chiese: «Possibile che lei non sia mai venuto a conoscenza di una sola di queste voci?».

L'altro la prese male, e rispose gelido: «Io compro e vendo azioni. E in questo campo, nel 1987, credo di averle dato un consiglio che le è valsa la fama di profeta. Ma per il resto, non ho mai preteso di esser un agente della CIA...».

Andrea accusò il colpo. Il suo interlocutore aveva ragione. Recuperò il tono e disse: «Mi stia vicino, cerchi di sapere quel che può...».

«Va bene» promise l'altro.

Non restava, a quel punto, che chiamare Assadi.

Quando riuscì a entrare in comunicazione con lui, gli disse perentoriamente: «Ho urgente bisogno di parlarti». Anche a lui, ormai, dava del tu.

«Parlami» lo incoraggiò l'arabo, con voce remota.

«No, debbo vederti.»

«Non puoi parlare per telefono?»

«No.»

«Ho difficoltà a muovermi da Abu Dhabi.»

«Non importa, vengo io.»

«Ma perché devi affrontare un viaggio?» Hafiz Abdel Assadi sembrava voler evitare un confronto diretto, pensò Andrea, preoccupandosi sempre di più.

«Devo vederti negli occhi. E poi, nel nostro mestiere, i viaggi sono all'ordine del giorno.»

«Come vuoi» si arrese Assadi.

«Come vuole Allah!» disse Andrea, senza scherzare.

Andrea rivide Abu Dhabi, stavolta, solo dall'aereo in fase di atterraggio e dal taxi. Perché, non appena sbarcato, si rinchiuse nel suo solito albergo, in nervosa attesa di Assadi. Che arrivò all'appuntamento abbastanza puntuale.

Si dimostrò leale, perché anticipò la domanda di Andrea: «Hai saputo tutto?».

Doveva aver pensato a lungo a come affrontare l'italiano, e aver scelto, infine, il metodo della franchezza. Se Andrea si era precipitato a Abu Dhabi, doveva saperne quanto bastava. Meglio, allora, sostenere il confronto a viso aperto.

Andrea si sentì tramortito da quella frase, che confermava le peggiori illazioni. Rispose con un filo di voce: «Ho saputo quanto basta per precipitarmi qui!».

«Siamo inquisiti, stop. Mi fermerei a questo dato di fatto. Essere inquisiti non significa niente di più e niente di meno che essere inquisiti. Se ne può sempre uscire.»

«Ma perché non me ne hai parlato?»

«Spero che lo capisca da solo. Sono notizie, queste, che non puoi dare neppure a tua madre.»

Andrea afferrò il concetto, che, a suo modo, non faceva una grinza.

«Come si è potuti arrivare a questo?»

«Perché siamo cresciuti a dismisura e troppo presto. Le direzioni periferiche hanno abusato della nostra fiducia e ci hanno traditi. E non dimenticare Saddam Hussein. La crisi internazionale che ha innescato ha pesato enormemente sulla *U.B.N.*»

«È grave la situazione?»

«Gravissima.»

Andrea, per la seconda volta in vita sua, ebbe l'impressione di accasciarsi. Dopo quella che l'aveva sfiorato in età giovanile, un'altra pallottola, impropria ma dagli effetti egualmente fatali, stava questa volta cogliendo il bersaglio costituito dalla sua persona.

Riuscì a dire solamente: «Io avevo insistito perché regolarizzaste il controllo delle banche americane. Vi avevo perfino trovato l'avvocato!».

«È vero. Ma i fiduciari ci erano sfuggiti di mano. Anche loro...»

«Questa non è una risposta!» fu il suo severo commento.

Assadi perse il controllo dei nervi, che si era forzatamente imposto, e sbottò: «E chi ti dice che io abbia tutti i poteri che mi attribuisci, e non sia invece una vittima a mia volta, uno che vive con una pistola puntata alla testa?».

Quella frase ambigua di Assadi non sollecitò, al momento, la fantasia di Bellani. Avrebbe preso a farlo, e in modo ossessivo, negli ultimi mesi della sua vita. Inducendolo a ipotesi inquietanti.

Lo guardò fisso con occhi inclementi e pronunziò la frase: «Maledetto sia l'uomo che confida in un altro uomo».

In terra di Maometto aveva citato la Bibbia. Era suo zio Francesco che la leggeva abitualmente, e che usava raccontargli i passaggi che potevano costituire una lezione di vita.

Prima di partire, gli riuscì di farsi ricevere brevemente da Khayr Rawda. Anche in questo incontro gli bastò poco per capire l'estrema gravità della situazione. Saltando i preamboli, Andrea chiese pure a lui: «Come è potuto succedere?».

«Ho tentato tardi quel che dovevo imporre in fretta.»

«Ma lo Sceicco dovrà fare lui qualcosa! Ne va del suo onore e del suo prestigio.»

«Sto andando da lui per dirglielo» rispose Rawda con gli occhi tristi di chi vede la morte, e se ne angoscia solo in quanto non è la sua morte, ma quella di una persona cara.

Due giorni dopo il suo ritorno da Abu Dhabi, lo richiamò il broker americano. La voce era grave, e ciò costituiva un'anticipazione incontrovertibile di quanto stava per dirgli: «Mi sono informato...».

«Che succede, dunque?»

«Stanno indagando...»

«Come? Perché?»

«Stanno indagando di brutto. Per brutte cose.»

«Cioè?»

«Corruzione politica, riciclaggio, finanziamenti per forniture illegali d'armi, droga e...»

«Basta, basta...»

«Mi dispiace. So che lei non c'entra.»

32

Nel tentativo di evitare il disastro delle banche del gruppo, Andrea puntò, nell'inverno seguente, su due soluzioni principali.

Il maggior pericolo, per la banca Reuss (e di riflesso per la *Bieffe*), non era costituito dalla perdita dell'investimento in sé, per quanto gravissima.

Ben più pericoloso era, invece, l'effetto psicologico che si sarebbe sicuramente verificato quando fosse apparsa, sulla stampa finanziaria, la notizia che la banca Reuss e la Industria e Finanza erano coinvolte nel naufragio della *U.B.N.*, quali azioniste dirette e indirette. Una notizia di tal genere avrebbe, sicuramente, provocato una fuga in massa della clientela.

Per scongiurare questo finale di partita, l'unica via d'uscita era quella di vendere, in tempi strettissimi, la maggioranza della Industria e Finanza (e con essa della Reuss) a un istituto di grossa statura internazionale, tanto solido da poter affrontare, con il suo peso, l'urto dello scandalo che avrebbe investito le due banche, e di mantenerne, per forza propria, l'avviamento. Per la prima volta, davanti a una gravissima difficoltà, Andrea aveva avvertito la debolezza di non aver dietro di sé un azionista istituzionale.

In una prospettiva di questo genere, Bellani giocò due carte: la banca Generale di Credito, l'antica protettrice della *Bieffe*, e, in seconda battuta, una delle più antiche banche private ginevrine, la Beaufort de Vendôme.

Le banche svizzere di interesse nazionale, se interpellate, avrebbero girato alla larga, e non avrebbero voluto sporcarsi le mani nella vicenda. Inutile tentare.

Millo non si negò alla sua chiamata, pur essendo, quasi certamente, informato dell'incombente pericolo a carico della "protégée".

Ma non accettò di riceverlo nella sede della *merchant bank*. Gli diede appuntamento al ristorante "El Toulà": brutto segno, pensò subito Bellani. L'uomo non gli consentiva di rimettere piede nel santuario della Generale di Credito, e, di fatto, lo considerava un disertore.

All'interno del ristorante, il "Colonnello" lo aspettava al tavolo di sempre, spalle al muro. Aveva avuto l'accortezza di arrivare per primo, per metterlo ulteriormente in imbarazzo.

Per il resto fu ospitale, come di consueto. Gli offrì anche del "Baron de L", come dire che a tavola non lo degradava.

Bellani decise di esporre i termini della questione senza falsi pudori: con il massimo della franchezza. Proponeva alla Generale di Credito di riacquistare il controllo della "protégée" pagando le azioni a prezzo favorevole. Non spiegò la ragione di questa offerta, ma l'altro la conosceva fin troppo bene per proprio conto. Tanto che gli chiese: «Ma perché non ricapitalizzate le due banche? Darete una dimostrazione di forza e supererete la prova».

«Abbiamo già effettuato, in tempi relativamente vicini, due aumenti di capitale sociale. Gli azionisti sono prosciugati, non ce la farebbero a sostenere il terzo.»

Millo lo lasciò esprimere fino in fondo, prima di pronunciarsi come un oracolo: «Debbo farti presenti due cose. Prima: la "Generale" non si riprende persone o enti che l'hanno abbandonata. Seconda: cinque anni or sono, tu fosti ritenuto il nuovo talento della finanza italiana. E lo sei ancora, ai miei occhi, nonostante le tue creature stiano per saltare. Ma ai miei occhi rimani anche, ora come allora, un talento senza amici. Nell'ambiente in senso lato, intendo. Per uscire indenni da certe situazioni, il talento non basta. Ci vogliono le amicizie e le alleanze. A questo serve la maturità, mio caro, anche se priva del talento... In situazioni d'emergenza, meglio un mediocre con amicizie che un talento senza amicizie. Ecco dove la signora Ghislandi, a suo tempo, sbagliò. E sbagliò di grosso.»

Bellani levò le braccia verso l'alto, in segno di impotenza. Come dire: "Cosa posso farci?". Ma Millo volle ancora infierire sulla signora: «D'altra parte, non ci si poteva aspettare di più da una come lei. Figlia di un commerciante di tessuti, e vedova di un contrabbandiere di capitali...».

«Io sapevo ch'era di ottima famiglia, che aveva tra i suoi antenati anche il pittore bergamasco Ghislandi...» esclamò Bellani.

«Balle! Le aveva messe in giro lei quando, oltre al denaro, aveva preteso il blasone. Per la stessa ragione, non per passione, aveva incaricato mercanti d'arte di mezza Italia di farle la collezione dei Boccioni...»

Andrea inarcò le sopracciglia, per lasciar intendere che prendeva atto anche di quella novità, prima di tornare alla ragione dell'incontro: «Io non sono venuto in cerca di amicizia. Ma per proporre un affare che un maestro come lei non può non intuire al volo...».

«E io, difatti, lo intuisco al volo. Ma la morale finanziaria ha i suoi principi.»

«Quali?»

«Chi infrange le regole, non può proporre affari nella city...»

«Ho capito. Come non detto...»

«Errore» lo corresse Millo. «Quello che la "Generale" non può fare ora e direttamente, chissà, potrà farlo domani e indirettamente...»

«Cosa sarebbe questa? Misericordia?» chiese Andrea.

«Può essere provvidenza. Che ne sai tu? Sii paziente...» rispose Millo.

Davanti alla perplessità del suo ex allievo per i messaggi cifrati che gli venivano mandati, Millo si sentì in dovere di soggiungere: «Cerca di ragionare. Nessun ente finanziario può oggi comprare le azioni della *Bieffe* allo scopo di proteggerla dall'urto di uno scandalo imminente. Finirebbe non solo per coinvolgersi, ma per coprirsi di ridicolo, per aver acquistato una banca sull'orlo della liquidazione... Al limite, meglio acquistarle a prezzo pieno tra due anni, se la crisi si sarà risolta. L'immagine vale più del denaro!».

«Ragiono, ragiono...» commentò Bellani di rimando. «Ma la fortuna aiuta gli audaci e non chi ha paura di coinvolgersi e di coprirsi di ridicolo...»

Il pranzo era finito, ancora prima di cominciare.

La seconda stazione della via crucis di Andrea fu la banca Beaufort de Vendôme di Ginevra, diretta dall'ultimo discendente di un'illustre dinastia di origini franco-ebraiche (a differenza dei Rothschild, tedesco-ebraici): il barone Pierre Beaufort de Vendôme.

Il grande banchiere lo avrebbe ricevuto in uno studio lussuoso, odorante della pelle che foderava sedie, poltrone e poltroncine; e le cui finestre panoramiche inquadravano, di scorcio, l'Hôtel des Bergues, il ponte sul Rodano e l'edificio della Vacheron et Constantin. Dietro la scrivania, un'antichissima stampa ritraeva una delle più antiche banche ginevrine. La data della stampa era il 1530. Le banche ginevrine, Bellani lo sapeva bene, erano di gran lunga le più antiche in Svizzera, seguite, a distanza di molto tempo, dalle banche della Svizzera tedesca.

Il barone Beaufort lo mise a suo agio, facendolo accomodare, anziché davanti alla scrivania, in un angolo dell'ufficio in cui si fronteggiavano due poltroncine dalla pelle rossastra, con borchie d'ottone, situate attorno a un tavolo basso. Scelse un sigaro da un assortimento di varie specie e marche, e se lo accese con metodica lentezza.

«Dunque?» chiese, dopo aver esaurito l'operazione.

«Lei conosce già, attraverso le sue fonti, il tema della mia problematica. Per ragioni che è ora superfluo precisare, la banca Reuss, e con essa la Industria e Finanza, è rimasta impigliata nella crisi della *U.B.N.*.»

«Impigliata?» chiese il barone con sussiego, accarezzandosi i lunghi capelli bianchi.

«Diciamo coinvolta» tagliò corto Bellani, che proseguì: «Questo coinvolgimento è un grave danno per la banca, e una grande occasione per chi voglia acquistare, a buon prezzo, la maggioranza di due istituti di credito tra loro collegati».

«Come mai questa generosità?» fece finta di non sapere il barone. «C'è bufera in vista?»

«Lei lo sa meglio di me. La *Bieffe* e la banca Reuss debbono affrontare la dura prova che le attende con la copertura di una istituzione di grandi tradizioni, che si costituisca loro garante ed eviti l'esodo di clientela. In cambio di questa copertura, l'azionariato di controllo è disposto a cedere la maggioranza a condizioni ragionevolissime...»

«Di liquidazione, vuol dire» corresse il barone, mentre una luce ironica gli si accendeva negli occhi.

«Ho detto ragionevolissime e mantengo il concetto» ribadì Bellani. Che continuò: «Si raggiungerebbe un triplice effetto positivo: la banca resisterebbe all'imminente uragano, gli acquirenti conseguirebbero la maggioranza a condizioni di favore, gli attuali azionisti di maggioranza conserverebbero un pacchetto di azioni non troppo distanti dal valore di Borsa, per quanto divenute di minoranza. L'interesse, insomma, ci sarebbe per tutti».

«E quale sarebbe il prezzo ragionevole?» chiese il barone, lasciando cadere dal sigaro un po' di cenere.

«Quello di Borsa, senza computo del premio di maggioranza a favore dei venditori.»

Il barone lasciò cadere sulla conversazione il peso di un lungo silenzio. Poi spense il sigaro e prese a guardare, attraverso le finestre, lo scenario ginevrino, che gli doveva essere molto caro, perché lo accarezzò, con gli occhi, come si fa con un gatto: quel giorno era copiosamente ricoperto di neve. Infine si decise a parlare, dicendo cose molto simili a quelle che Andrea aveva sentite da Millo. Ma ancora più perverse, se possibile.

«Lei è un giovane di grande talento e altrettanta generosità. Ma si trova, per la prima volta, a confrontarsi con un'emergenza di tipo, come dire, apocalittico. Questa è la sua prima esperienza del genere. Ed è per questo che lei non sa che la prima regola della finanza non è la solidarietà...»

Trattenne il respiro, forse per dare a Bellani la possibilità d'intervenire.

Andrea si limitò a chiedere: «Bensì?».

L'altro centellinò la risposta: «Il cinismo».

«Cosa vuole dirmi?»

«Che sarei un pessimo banchiere e un pessimo finanziere se comprassi le due banche salvandole. Le regole auree del nostro sistema vogliono che io (o altri) le compri dopo che esse siano, almeno momentaneamente, andate a fondo. Altrimenti, che finanziere sarei?»

«Questa sarebbe la finanza?» chiese Bellani, sinceramente indignato.

«E cos'altro?» gli ribatté l'altro. «La finanza è speculazione, applicazione della legge del più forte, sopraffazione del più debole... Questa è la finanza che ho visto in quarant'anni di attività, e che anche lei non può non aver visto. Oggi, le banche che hanno resistito sulla piazza sono quelle che hanno applicato queste regole. Non le regole di Santa Romana Chiesa... Se non le applicassi, i miei avi si rivolterebbero nella tomba.»

Andrea obiettò: «A me era stato insegnato che il sistema deve sempre correre in aiuto di una banca in crisi».

«Sarà, ma io non sono il sistema. Sono un banchiere singolo. Si rivolga al sistema!»

«Non ci avevo pensato» ironizzò Bellani.

«Io non escludo di intervenire. Ma interverrò, se del

caso, al momento debito e alle mie condizioni» precisò il barone.

«Quando noi saremo con l'acqua alla gola?»

«O giù di lì. Ma, si ricordi, non ho detto che lo farò. Ho detto che non escludo di farlo.»

«Si vergogni!» esclamò Bellani, alzandosi dalla poltroncina e ritirando le sue carte per riporle nella borsa.

«Si vergogni lei! Fino a prova contraria, è stato lei, e non io, a farsi sodomizzare dagli arabi!»

Quella frase colse Andrea in contropiede, come un terribile pugno d'incontro.

Avrebbe voluto rispondergli altrettanto duramente, ma si morse la lingua, come già davanti a Reuss, riuscendo a trattenersi. Non reagire alle provocazioni era un segno di classe e di forza, gli aveva insegnato sua madre.

Mentre stava per girare la maniglia, sentì il barone che lo richiamava con voce improvvisamente cordiale:

«Mi consenta di esserle utile con un solo consiglio: non offra il suo impero bancario a nessuno. Se lo faccia richiedere. Magari non le verrà richiesto, ma è più facile che glielo vengano a cercare, piuttosto che accettare le sue proposte. C'è sempre qualcuno che ritiene un affare comprare banche in difficoltà. Diamine, si pagano poco o niente, e hanno belle e pronte le strutture!»

C'era un accento vagamente amichevole, nella sua voce. Forse, voleva far capire che, da banchiere, non poteva che parlare in certi termini, e che da uomo, solo da uomo, poteva consentirsi un approccio diverso alla problematica.

RUFFO: NUOVE AUDIZIONI DELLA QUINTEROS E DELLA GHISLANDI

33

(2 luglio 1991)

Ruffo, stavolta, non fu particolarmente tenero con Isabel Quinteros: «Gentile signora, sulla storia di suo marito lei mi ha detto poco o niente la prima volta, e il sessanta per cento la seconda. Resta un quaranta per cento da colmare. Vogliamo fare un ultimo sforzo?».

«Va bene» concesse Isabel.

«Allora cominciamo da dove eravamo rimasti. Cosa avvenne dopo il consolidamento dell'impero di Bellani?»

«Avvenne che una certa entità rivelò imprevedibili vizi.»

«Quale entità?»

«La *U.B.N.*. Avevo sperato fino all'ultimo che si salvasse, ma ho capito in questi giorni che la mia era solo un'illusione, alimentata dal desiderio che almeno l'immagine di Andrea rimanesse integra. Invece lo scandalo della *U.B.N.* finirà per travolgerne anche il profilo morale. Pare, secondo il signor Schuh, che si tratti di settimane, se non di giorni: poi il crack sarà ufficiale.»

«Ma come può saltare la *U.B.N.*? Non è una banca universale, che controlla anche tre primarie banche americane?»

«Dicono che abbia commesso gravissime violazioni di legge, che sia coinvolta in casi di corruzione politica e nel finanziamento del traffico d'armi internazionale. E che in tutto ciò abbia perso un'enormità di capitali. Tale da scoraggiare un qualsiasi intervento da parte dello Sceicco di Abu Dhabi. Queste sono le ultime voci.»

«E lei esclude che uno scenario del genere, che stava per abbattersi su Bellani e sugli istituti da lui diretti, possa essere stato capace di sconvolgerlo, inducendolo al suicidio?»

Ruffo sentì una forte scossa nell'animo, e non poté fare a meno di chiedersi: e se quel genialoide di Arese avesse visto giusto? Di moventi per uccidersi Bellani ne aveva avuti a più non posso, morali e materiali.

Isabel si oppose ai pensieri di Ruffo: «Lo escludo. Categoricamente».

«Che effetti avrà tutto questo per la banca Industria e Finanza e per la sua controllata svizzera?»

«Devastanti, a catena. La prima a saltare potrebbe essere la banca svizzera, poi quella italiana, a meno che vadano in porto gli aumenti di capitale.»

«Perché?»

«Perché la banca svizzera aveva effettuato un ingente investimento nella *U.B.N.*. E se salta la banca elvetica, la *Bieffe* perderà tutto il suo capitale svizzero. Che è, a sua volta, ragguardevolissimo.»

«Chi conosceva tutte queste cose?»

«Andrea. Che ne informò la Ghislandi e...»

«E?»

«E l'altra grande vittima: Corvano. Schuh sapeva tutto per conto suo.»

Ruffo strabuzzò gli occhi, si alzò dalla poltrona e camminò a vuoto per la stanza, prima di commentare: «Si rende conto di aver disegnato un perfetto movente per un delitto, se di delitto si tratta, e di aver fatto l'identikit del possibile omicida, diretto o indiretto che sia?».

«Certo. Ma non intendo pronunziarmi in merito e spingermi oltre in questa direzione.»

Ruffo tornò a sedersi, dopo aver dominato l'emozione: «Perché non mi ha rivelato subito tutti i particolari di questa storia?».

«Perché gettano ombre su Andrea. E io, fino all'ultimo, ho cercato di evitare questo risultato, che ora appare inevitabile.»

«Ma possibile che negli ultimi tempi non le abbia parlato di tentativi di salvataggio della banca?»

«No, ultimamente si era chiuso a riccio. Entrava e usciva di casa dicendomi il minimo indispensabile» schivò lei.

Ruffo tornò a fissare negli occhi la donna spagnola, prima di interrogarla su un nuovo argomento: «Era ricco Bellani?».

«Molto benestante. Ma solo per via dei suoi stipendi, che erano altissimi, e di talune legittime operazioni di Borsa, effettuate al di fuori dei canali delle sue banche.»

«Lei vuol dirmi che non coltivò interessi personali nella sua posizione di privilegio?»

«Esatto.»

«Ho saputo che aveva fatto testamento, prima di morire...»

Isabel Quinteros ebbe un leggero imbarazzo nel rispondere: «Io non l'ho neanche visto. Ma effettivamente, una quindicina di giorni prima di morire, mi disse velocemente, dandomi un bacio, che ero stata nominata, in Svizzera, sua erede universale...».

«Dunque lui temeva una morte violenta?»

«Diciamo che temeva reazioni spropositate da parte di qualcuno. Riferite al crack finanziario, intendo.»

«Qualcuno chi?»

«Non glielo so dire. Onestamente.»

«A quanto ammonta l'eredità?»

«Credo che sia una domanda privata, molto privata, cui ho diritto di non rispondere... E d'altra parte, io stessa non ne conosco l'esatta dimensione.»

Quando fu sicuro che la domanda l'avrebbe colta impreparata, il sostituto chiese: «La notte in cui lei scoprì il cadavere di suo marito, compì un qualsiasi atto o intervento che modificasse la scena e le sue apparenze...».

«Cosa vuol dire?» chiese Isabel, sorpresa, pur essendo informata dell'ipotesi di Arese.

«Quel che ho detto» ribadì Ruffo, cui l'imbarazzo impedì maggiori precisazioni.

«E perché l'avrei dovuto fare?»

«Perché aveva interesse morale e patrimoniale a coprire un suicidio» precisò Ruffo, con voce impacciata.

Lei capì a cosa il sostituto voleva alludere. E rispose subito: «No, no, no!».

«C'è chi lo pensa. E ho paura che quando certe convinzioni si formano, finiscano poi per radicalizzarsi.»

«Ma perché allora non mi incriminate?» lo sfidò la donna.

«Perché non c'è nessun indizio contro di lei. Solo teorie» rispose l'inquirente, laconico. Poi, profittando dell'emozione della Quinteros, le chiese ancora: «Perché Bellani, sul frontespizio di un libro che le regalò, scrisse la dedica: "Alla donna... dell'agente segreto?"».

Lei ci pensò su un attimo, prima di decidersi a sciogliere la riserva: «Perché ho avuto una relazione sentimentale con un uomo dei servizi segreti spagnoli. A suo tempo, beninteso!».

Ruffo ascoltò nuovamente la Ghislandi, quale "persona informata dei fatti", il pomeriggio dello stesso giorno in cui ricevette la Quinteros. Stavolta alla Procura della Repubblica. La signora arrivò al Palazzo verso le cinque, facendosi accompagnare dal suo autista fin davanti alla porta dell'ufficio del sostituto procuratore.

La donna rivelò subito di non sentirsi per niente a suo agio lontana dai suoi Boccioni e di fronte al solo manifesto di un De Chirico. E, men che meno, di essere a suo agio davanti a un pubblico ministero che intendeva verbalizzare le singole risposte.

Ruffo le mandò subito un segnale del cambio di clima nel rapporto: «Vi sono fatti nuovi rispetto al nostro precedente incontro. E altri di cui lei non mi aveva parlato e che io ho bisogno di approfondire».

La signora si assestò sulla sedia, cercando una posizione che la facesse sentire più comoda.

«Vengo al punto fondamentale. Lei può confermare o smentire che il signor Corvano possedesse la quasi totalità delle azioni privilegiate, emesse dalla banca Reuss, per comprare il venti per cento della *U.B.N.*?»

«Vedo che lei è molto informato» rilevò la Ghislandi.

«Il mio mestiere è quello di attingere informazioni utili, per fini di giustizia» chiosò Ruffo.

«Io non posso confermarle che Corvano possedesse personalmente (sottolineo personalmente) la quasi totalità delle azioni privilegiate. E questo perché Corvano, notoriamente, rappresentava non tanto se stesso quanto un complesso di interessi. E perché le azioni privilegiate non risultano intestate a lui, ma a varie società internazionali.»

«Sappiamo tutti che nessuno si intesta personalmente delle azioni estere» interloquì il sostituto.

«Certo, certo. E infatti io non smentisco la sua informazione, ma solo...»

«Ma solo?»

«Ma solo la preciso. Corvano non si è mai intestato personalmente azioni privilegiate della banca Reuss, né ha mai detto di agire e comprare a titolo personale. Ma, fatta questa precisazione, è vero che fu lui il promotore e collettore dei capitali che sono serviti per sottoscrivere le azioni privilegiate. Questo, e solo questo, posso confermare.»

«In definitiva, per venire al sodo, fu lui a trattarne l'acquisto per conto suo e/o di terzi, e fu lui a far arri-

vare trecento milioni di dollari. La sua risposta può essere messa in questi termini?»
«Direi di sì, più o meno. Avvenne all'incirca così.»
«Chi poteva esserci dietro Corvano? La camorra, la mafia o chi altri?» insisté l'inquirente.
«Mai e poi mai! Corvano diede le più ampie garanzie!»
«Chi pensò di contattarlo, lei o Bellani?»
«Mio Dio, non sarei mai stata capace di pensare a una cosa simile!» esclamò scandalizzata la Ghislandi.
«Ma di accettarla, sì...» rilevò Ruffo.
«Di lasciarmi persuadere, sì» corresse lei.
«Se tanto mi dà tanto, l'aumento di capitale della Reuss, appena annunciato, dovrebbe essere sottoscritto per la maggior parte da Corvano, che, se ho ben capito, è divenuto la cassaforte del gruppo.»
La Ghislandi sembrò volerlo smentire: «L'aumento di capitale sociale è aperto agli azionisti ordinari e privilegiati. Occorrerà vedere se essi si varranno del diritto di opzione o meno».
«Formalmente, a chi sono intestate le azioni privilegiate della Reuss?»
«A società panamensi, delle Antille Olandesi, Nassau, Hong Kong ecc...»
«Ma di fronte alla banca chi le rappresenta?»
«Fiduciarie austriache e del Liechtenstein, che detengono per conto dei beneficiari le azioni al portatore.»
«Peggio che andar di notte» concluse Ruffo. «Lei sottoscriverà l'aumento?»
«Non sono io a doverlo sottoscrivere. Sono la banca Industria e Finanza, la famiglia Schuh e gli azionisti privilegiati.»
«Ho capito. E la *Bieffe* e la famiglia Schuh lo sottoscriveranno?»
«Non posso fare alcuna anticipazione al riguardo: vi è qualche tempo per decidere. Credo comunque che questa sia la grande occasione per la famiglia Schuh:

quella di divenire azionista di maggioranza, dopo una vita passata in minoranza.»

Ruffo lasciò trascorrere una sapiente pausa, prima di cambiare radicalmente tema: «Mi consenta di porle una domanda su un argomento chiave. Un argomento mai chiarito. Secondo lei, che lo conosceva bene, Bellani era, o era stato, l'amante di Sofia Lynkas?».

«Non ho motivo di pensare che lui lo sia stato. E non ho motivo per escludere che possa esserlo stato.»

Ruffo la fissò intensamente negli occhi: «E, seguendo il suo istinto femminile, saprebbe dirmi, a livello di mera ipotesi, se qualcuno, di genere maschile, direttamente o indirettamente interessato al pianeta *Bieffe*, potesse avere una relazione con Sofia Lynkas?».

Ruffo si alzò, per dare, in qualche modo, maggior rilievo alla sua domanda.

La signora Ghislandi sospirò, prima di replicare: «No. Il mio istinto non arriva a tanto».

Ruffo avrebbe voluto rincarare la dose: "E qualcuno di genere femminile?". Ma si censurò. Anche se, nei suoi ossessivi rimuginamenti, era arrivato a fare pure quella ipotesi, e non l'aveva del tutto scartata.

Mentre Compagnone terminava di verbalizzare, lo sguardo di Ruffo cadde sulle mani nervose, sensibili della signora. Fu così che gli venne spontaneo di chiedere: «Lei sa maneggiare le armi da sparo?». Accompagnò la domanda con un sorriso sbarazzino, quasi volesse sottolineare il tono scherzoso che lo ispirava.

«Potrei darle lezioni, mio caro sostituto procuratore. Mio marito era un gran cacciatore, e delle armi mi ha insegnato tutto...» Pronunciò la frase con orgoglio, senza alcun risentimento per l'allusione. Poi infierì: «Ho anche una pistola per difesa personale...».

«Una Browning 6.35?» scherzò ancora l'inquirente.

«No. Io sono nazionalista: uso una Beretta, regolarmente dichiarata.»

Nel farle firmare il verbale, il sostituto ebbe modo di rilevare che la donna era mancina.

La sera, Ruffo scrisse sulla sua agenda: "Oggi ho avuto l'impressione di essere travolto da una valanga. Mi è caduto addosso, pesante come un macigno, un movente per il suicidio di Bellani: una enorme perdita finanziaria, che si trasmette da pedina a pedina a tutto l'impero bancario da lui stesso creato. Con gli strascichi e le conseguenze che si possono immaginare: lo scandalo, la disperazione, le maledizioni dei clienti, le inchieste bancarie e giudiziarie, l'azzeramento di una immagine e di una personalità costruite con passione in quasi vent'anni. Quanti uomini hanno le spalle, il coraggio e il cuore per resistere a una simile prova? La forza d'urto di una catastrofe di queste dimensioni dev'essere stata devastante. Sarà stato capace, Bellani, di resistere al colpo del destino?".

Mercoledì 3 luglio furono depositate le relazioni del perito e dei consulenti tecnici. Arese avanzava, ormai apertamente, l'ipotesi che ci si trovasse al cospetto di una simulazione di omicidio, e non di una di suicidio. E chiedeva un nuovo termine per supplemento di relazione tecnica, nell'evidente speranza che nel frattempo la Quinteros confermasse la sua interpretazione. La donna non era esplicitamente chiamata in causa, ma il medico legale poneva in grande rilievo il fatto che "qualcuno" fosse rimasto solo per ben tre-quattro ore sulla scena del delitto. Fatto, secondo lui, di "notevole rilevanza".

Il consulente nominato da Ruffo aveva firmato un documento dalle premesse problematiche (per riguardo alle convinzioni di Arese) per poi optare, nello sviluppo della sua trattazione, a favore dell'ipotesi di omicidio; e ciò utilizzando elementi evidenziati dallo stesso collega, e da lui ritenuti prevalenti rispetto ad altri che militavano a sostegno della tesi del suicidio.

La novità, negli esiti delle perizie, fu costituita dalla relazione del consulente di parte, ingaggiato da Isabel Quinteros.

Giovane, puntiglioso, formatosi con una lunga esperienza americana, egli aveva indirizzato la sua attenzione su tre punti a suo avviso essenziali:

1. la posizione assunta dal cadavere, che non poteva dipendere da sequenze suicide, ma da una sorta di assestamento del corpo, forzoso e innaturale, indotto da terzi;

2. il carattere della vittima, notoriamente determinato in tutto quello che faceva, incompatibile con l'ipotesi che una volta avesse sparato a vuoto e un'altra senza poggiare l'arma sulla tempia o la bocca, ma tenendola a distanza, seppur minima, quasi avesse avuto due estreme indecisioni;

3. la discordanza tra i fori sui muri, spiegabile solo con una messinscena posteriore all'uccisione; in particolare la traiettoria della pallottola, espulsa in direzione opposta rispetto al bersaglio, non era retta, ma leggermente inclinata verso il basso, come se il colpo fosse stato esploso da una mano malferma; ulteriore conferma, questa, dell'ipotesi che il corpo della vittima, e in particolare la mano, fossero stati maldestramente sollevati dal killer, in funzione di una simulazione che egli non aveva saputo adeguatamente controllare, tanto da far partire inavvertitamente uno sparo.

La relazione del consulente della Quinteros, per quanto puntigliosa, aveva la paradossale caratteristica di coincidere, nel suo punto cardinale, con quella di Arese: entrambe presupponevano che il colpo indirizzato nel vuoto, e finito nel muro antistante la scrivania, fosse stato sparato per secondo e fosse il frutto di una messinscena.

(Le relazioni finali, dopo la nuova proroga, avrebbero confermato, a due mesi di distanza, i rispettivi orientamenti.)

LA *U.B.N.*: IL CRACK

34

Il 5 luglio la Banca d'Inghilterra ha chiuso gli uffici della Universal Banking Network (*U.B.N.*) in quasi tutto il mondo, aprendo al tempo stesso il vaso di Pandora della più grande truffa finanziaria della storia. Emerge ora che l'affare *U.B.N.* è costato allo Sceicco di Abu Dhabi, che controllava il settantasette per cento della banca (presieduta dal capo carismatico Tawfiq al-Badawi), almeno 9,4 miliardi di dollari, una cifra di gran lunga superiore a quelle stimate finora. Anche se per l'emirato del Golfo si tratta dell'equivalente di "soli" nove mesi di entrate petrolifere, il danno finanziario si somma alla perdita di reputazione.
La Banca d'Inghilterra ha deciso di agire in un sol colpo, senza informare lo Sceicco, perché convinta che nell'emirato sapessero da molti mesi quello che stava succedendo alla *U.B.N.*
Quattro, almeno, le truffe di colossali proporzioni: la prima è la copertura di perdite per novecento milioni di dollari su operazioni di tesoreria; la seconda l'acquisizione illegale di diverse banche negli Stati Uniti per le quali la *U.B.N.* aveva speso oltre mille milioni di dollari; la terza una complessa manipolazione dei conti per sostenere il suo cliente più importante, il gruppo armatoriale Gulf del Pakistan, al quale aveva prestato (ben oltre i limiti fissati dalla vigilanza) più di settecentoventicinque milioni di dollari; la quarta, infine, è una manovra fraudolenta grazie alla quale, secondo l'accusa, la *U.B.N.* ha acquisito, in gran

segreto, il controllo del 56% delle proprie azioni a un costo di circa 2000 milioni di dollari. Insomma, l'immagine più efficace per rappresentare la *U.B.N.* è quella di un serpente che si morde la coda.
Perché la Banca d'Inghilterra non ha agito prima, ci si chiede, quando i legami della *U.B.N.* con spie e trafficanti di droga di mezzo mondo erano divenuti noti? E perché, quando lo ha fatto, è intervenuta con un'azione che ha colpito più di ogni altro le migliaia di piccoli risparmiatori e azionisti, prevalentemente asiatici, che avevano creduto nella banca che parlava la loro lingua, e i dipendenti della *U.B.N.*, la grande maggioranza dei quali del tutto ignari delle malefatte dei loro capi? Come è possibile evitare che fra pochi anni il sistema finanziario internazionale si trovi di fronte ad altri casi *U.B.N.*?
(Dal resoconto del "Financial Times" del 6 luglio 1991, dal titolo: *Per la U.B.N. tremano quattro continenti.)*

Il crack della *U.B.N.*, per l'imponenza delle dimensioni e la drammaticità delle conseguenze, si rivelò un evento di portata epica. L'equivalente, sul piano finanziario, di una catastrofe naturale. La caduta di un imprevedibile "Impero del male", che, suo malgrado, sarebbe rimasto, per anni, protagonista delle pagine dei quotidiani, non solo finanziari.

Tra le varie ricostruzioni del crollo, la più accurata fu quella del "Financial Times", tradotta in Italia da "Il Sole-24 Ore", che costituisce un affidabile filo di Arianna della storia della banca e della sua fine. Questi, di seguito, i principali pezzi pubblicati sul caso:

TREMA LA WASHINGTON POLITICA
SOTTO I COLPI DELLO SCANDALO *U.B.N.*
(dal "Financial Times" e "Il Sole-24 Ore" dell'8 luglio)

Anche gli Stati Uniti rischiano di pagare un conto salatissimo per lo scandalo *U.B.N.*. La chiusura dell'istituto arabo-lussemburghese ha lasciato l'amministrazione Bush con due banche commerciali in più da salvare dal collasso. E dopo qualche mese di stentata sopravvivenza, adesso, per due delle tre banche statunitensi controllate dalla *U.B.N.* (la First American Bank di Washington e la californiana Independence Bank) si avvicina il momento della verità. Secondo gli esperti, in qualsiasi modo avvenga il salvataggio, sarà tutt'altro che indolore. E il prezzo politico della operazione, per la Casa Bianca, potrebbe essere persino più ingente di quello finanziario.

In gran silenzio, quasi di nascosto, già da qualche tempo la Federal Reserve si è messa al lavoro per cercare di evitare che la bomba scoppi a meno di un anno dalle elezioni presidenziali. Da una parte gli uomini di Alan Greenspan, presidente della FED*, stanno tentando di convincere i liquidatori della *U.B.N.* a ricapitalizzare la Independence Bank, un medio istituto californiano acquistato nel 1985 da Ghait Pharaon per conto dell'istituto di Tawfiq al-Badawi; dall'altra, si stanno adoperando per cercare di attirare nuovi investitori verso la First American, la banca di Washington capofila delle attività *U.B.N.* in USA.

Ma entrambe le attività esulano dalle loro competenze. Ecco dunque che esplodono i primi inquietanti petardi. Ha tuonato Charles Schumer, un deputato democratico, membro della commissione bancaria: «È vergognoso: dopo aver ignorato i rapporti tra gli istituti americani e la banca arabo-lussemburghese, la FED sta ora usando denari pubblici per evitare l'imbarazzo di veder fallire l'Independence».

La banca californiana, infatti, è già praticamente spacciata: dopo aver perso 26,3 milioni di dollari nel primo semestre dell'anno, il suo rapporto capitale-attività è sceso al di sotto del tre per cento, la soglia minima fissata dalle autorità bancarie USA.

* FED: Federal Reserve, equivalente statunitense della Banca d'Italia.

Andato a vuoto un tentativo del presidente della banca con lo sceicco dell'Abu Dhabi, sono stati i funzionari della FED a prendere contatto con la Touche, la società inglese incaricata della liquidazione della *U.B.N.* L'offerta dei funzionari USA è esplicita: ogni dollaro versato dalla *U.B.N.* per ricapitalizzare l'Independence verrebbe dedotto dai duecento milioni di dollari in multe che la stessa banca centrale ha affibbiato alla banca arabo-pakistana.
Secondo gli analisti si tratterebbe di un affare abbastanza allettante per i liquidatori. Ma è opportuno che sia la FED a proporre questi scambi? L'opposizione è convinta di no e promette battaglia, accusando l'istituto di emissione di essersi mosso su ordine della Casa Bianca. La FED replica seccata: «Costa molto meno abbuonare qualche multa, piuttosto che dover risarcire i correntisti dei due istituti». Una cosa è certa: «Dal punto di vista politico questa vicenda è dinamite pura» ha ammesso al "New York Times" un funzionario dell'Amministrazione. E la storia è solo all'inizio.

TRA LONDRA E ABU DHABI
RELAZIONI PIÙ TESE DOPO IL CASO *U.B.N.*
(dal «Financial Times» e «Il Sole-24 Ore» del 9 luglio)

Dentro il massiccio edificio della Banca d'Inghilterra, nel cuore della City londinese, c'è un cortile erboso che il sole raggiunge solo a mezzogiorno. Lo circondano gli eleganti uffici del governatore e dei suoi collaboratori più stretti, un luogo dove abbonda il mogano tirato a lucido e dove la silenziosa presenza di uscieri in frac rosa è appena turbata dal ticchettìo degli orologi d'epoca. Il 2 luglio dell'estate scorsa, alle prime ore del mattino, il cortile si godeva la sua pace abituale. Ma il silenzio non era quello di una banca centrale che funziona senza intoppi. Era un silenzio da shock. In un ufficio sul lato orientale della corte, una dozzina di uomini era china su un documento di 45 pagine, preparato dalla Price Waterhouse, la so-

cietà di Revisione del bilancio *U.B.N.* Intitolato "Rapporto sulla Sandstorm S.A.", in base alla sezione 41 della legge bancaria dell'87, raccontava, nella scarna prosa dei revisori, come la *U.B.N.* (ribattezzata in codice Sandstorm) aveva perpetrato truffe così clamorose che era impossibile calcolarne le dimensioni.
I funzionari della vigilanza bancaria, molti dei quali erano giunti in gran segreto solo il giorno prima da Lussemburgo, Stati Uniti, Isole Caimane, Francia, Spagna e Hong Kong, sedettero in silenzio per quasi un'ora mentre assimilavano il documento. Intere parti del bilancio della *U.B.N.* erano marce. Molti prestiti erano inesigibili o addirittura fittizi, mentre una parte dei depositi era scomparsa o ingoiata da perdite abnormi.
Brian Quinn, direttore della vigilanza alla Banca d'Inghilterra, uno scozzese tarchiato dai capelli grigi, il cui lavoro era prevenire proprio il tipo di disastro che ora aveva tra le mani, sedeva a capotavola. Mai nei suoi ventun anni di carriera aveva visto una truffa di dimensioni simili.
Per tutta la mattina e parte del pomeriggio, i 12 uomini cercarono una via d'uscita. Potevano liquidare la banca progressivamente, ma questa non sarebbe stata una soluzione pratica: i truffatori se la sarebbero svignata non appena avessero percepito aria di guai. Potevano chiudere la banca in un sol colpo: questo avrebbe bloccato le sue attività, ma anche causato una tempesta politica. Venne perciò presa in esame una terza via. Quinn sarebbe potuto volare ad Abu Dhabi per vedere l'unico uomo al mondo che poteva prestare un aiuto: lo Sceicco Zayed Ibn Sultan al-Nahyan. Come azionista al settantasette per cento della banca, l'Emirato stava già preparandosi a rifinanziare la *U.B.N.* con una iniezione da seicentocinquanta milioni di dollari. Ma lo Sceicco si sarebbe persuaso a coprire le perdite assai più pesanti rivelate dal rapporto? No, Quinn aveva già escluso questa opzione. La ragione era semplice. La Price Waterhouse sosteneva di aver capito che i dirigenti di

Abu Dhabi sapevano da oltre un anno dei problemi della *U.B.N.*. Perciò la Banca d'Inghilterra non aveva più motivi per fidarsi di loro. «Il rapporto punta l'indice accusatore proprio contro i nostri interlocutori» commentò un funzionario presente all'incontro.
Alle 4 del pomeriggio i partecipanti alla riunione votarono unanimi il verdetto: chiusura, senza esitazioni. Il giorno sarebbe stato il venerdì seguente, appena 72 ore dopo. Un lasso di tempo brevissimo, che però avrebbe consentito di mettere a punto la manovra alla meno peggio.
Alle 13 del 5 luglio la vigilanza entrò in azione. Con un blitz senza precedenti, nello spazio di poche ore sigillò gran parte delle sedi che la banca (oltre venti miliardi di dollari di attività) aveva disseminato in sessantanove paesi. Il giorno dopo, Quinn incontrò il vicegovernatore della Banca d'Inghilterra, Eddie George. «Ottimo lavoro!» disse George. Ma Quinn era meno ottimista. «Sarà tutto a posto per le prossime 24 ore. Tutti diranno che abbiamo fatto un ottimo lavoro. Dopo di che la situazione peggiorerà progressivamente.» Quinn sapeva quel che diceva.

INTERROGATIVI APERTI
(dal "Financial Times»"e "Il Sole-24 Ore" del 10 ottobre)

Dopo mesi di indagini e rivelazioni, molti interrogativi restano aperti. Come ha potuto una banca tanto affermata integrarsi così perfettamente col mondo del crimine? Come ha potuto farlo impunemente così a lungo? Dove sono finite le ingenti somme sottratte ai depositanti? Perché le autorità non hanno agito prima? È possibile che la CIA, che per prima aveva fatto affari con la *U.B.N.*, non avesse alcun sentore dei criminali intrecci? E se ha taciuto, perché lo ha fatto?
La traccia seguita dal "Financial Times" conduce a un mondo irreale. Molto istruttivi, a esempio, sono alcuni vecchi memorandum interni, con allegati gli elenchi di persone che il presidente della *U.B.N.*, Tawfiq al-Badawi, voleva sul suo libro paga: includo-

no Paul Volcker, ex presidente della Federal Reserve, John Reed, presidente della Citicorp, la più grande banca americana, e Sir Kit McMahon, allora presidente della Midland Bank.
Ma si incontrano anche episodi curiosi. Al culmine della crisi della *U.B.N.*, Badawi venne colpito da due attacchi di cuore e da una paralisi. Pur essendo in convalescenza per un trapianto cardiaco, con la sua sedia a rotelle non esitò a volare alla volta di Abu Dhabi per supplicare lo Sceicco di salvare la banca. Lo Sceicco, un uomo con un raffinato senso dell'etichetta araba, non ritenne giusto che un uomo in carrozzella dovesse andare da lui. Così si scomodò per raggiungerlo nella sua suite presso l'hôtel Intercontinental: una cortesia davvero insolita, che la dice lunga sull'influenza di Tawfiq al-Badawi sul suo benefattore. La parte centrale dell'incontro durò solo due minuti e mezzo, ma il suo valore fu di quasi un miliardo di dollari al minuto. Infatti, in quel breve spazio di tempo lo Sceicco accettò di spendere 2,2 miliardi di dollari per tenere in vita la *U.B.N.*
L'indagine segue un sentiero nel quale il denaro perde ogni valore. Nessuna somma è significativa se non è espressa con cifre a otto zeri: le numerose transazioni fraudolente (i prestiti falsi, i depositi rubati, i conti segreti) ammontano a diverse centinaia di milioni di dollari ciascuna. L'esposizione finale per la *U.B.N.* è pressoché incalcolabile.
Le cifre della truffa arrivano a un totale di oltre 4 miliardi di dollari. Ma questo primo consuntivo trascura l'enorme costo del finanziamento delle perdite segrete. Le manipolazioni per coprire la truffa aumentano il passivo, a carico dello Sceicco, fino a 9 miliardi di dollari. Le dimensioni della truffa sono tali da mozzare il fiato. La banca creava miliardi di dollari dal nulla per nascondere enormi buchi nel suo bilancio, come in un gigantesco gioco a "lascia o raddoppia". Tutto ciò grazie a un sofisticatissimo marchingegno finanziario e a una enorme mole di prestiti illegali.
Chi ha beneficiato di tutto questo? I vincitori della vi-

cenda sono stati i destinatari dei prestiti illegali. Badawi, invece, viveva modestamente; e il capo della ragioneria interna si vantava di usare gli stessi abiti per anni.
Molto più chiaro il quadro delle vittime: a cominciare dalle migliaia di clienti le cui esistenze sono state sconvolte dalla chiusura dell'istituto. Per questi clienti, quasi tutti asiatici che avevano lottato per anni contro i pregiudizi razziali per avere successo, e per la maggior parte dei quattordicimila dipendenti della *U.B.N.*, che erano onesti lavoratori, la banca offriva qualcosa di diverso. Capiva le loro neccessità, cosa che difficilmente accadeva nei rapporti con le maggiori banche tradizionali.
Ma la vittima di gran lunga più importante è il minuscolo Emirato di Abu Dhabi, che oggi è profondamente scosso e umiliato da tutta la vicenda. Secondo le stime del "Financial Times", l'esposizione di Abu Dhabi nei confronti della *U.B.N.* ed enti collegati ammonta a 9,4 miliardi di dollari. Somma che comprende gli investimenti diretti nella *U.B.N.*, i depositi presso la banca e l'enorme sforzo finanziario prodotto per sorreggerla mentre già si avviava alla fine. Parte di questo credito potrà forse essere recuperato quando le attività rimanenti della banca saranno liquidate, ma la quota più consistente se ne è andata per sempre. Il danno per l'Emirato arabo, in termini di reputazione, rimarrà insuperabile.
Meglio non pensare alla *U.B.N.* come a una banca nel senso tradizionale del termine. Era un *outsider* in un mondo le cui regole sono fissate dai grandi paesi industrializzati dell'Occidente. Veniva da un paese, il Pakistan, dove le banche sono tradizionalmente coinvolte in modo stretto negli affari dei loro clienti e hanno un ruolo importante nei giochi di potere politici. È stata alimentata dalla ricchezza enorme, ma poco sofisticata, del mondo arabo. Non è stata capita dalle autorità occidentali, che hanno fatto fatica a presumere che una banca possa volontariamente rea-

lizzare una truffa. Operava sul limite dei codici dell'etica e del mondo degli affari.
La sua fisionomia era stata disegnata da un uomo, Tawfiq al-Badawi, che era al tempo stesso carismatico e ambiguo. Era capace di coinvolgere gli interlocutori con la sua teoria di una nuova generazione di banche che avrebbero finanziato i commerci con il Terzo Mondo. Ma perseguiva senza scrupoli i propri obiettivi. «L'onestà è una cosa magica» disse una volta ai suoi dipendenti. Ma si preoccupò subito di aggiungere: «Il denaro aiuta, e la partecipazione è potere».
Tawfiq al-Badawi proclamava le virtù dell'Islam, e ha fondato molte opere di carità, che gli hanno assicurato una reputazione di grande filantropo. Una di queste, la fondazione ICIC, era stata formata «con lo scopo di lavorare per l'eliminazione della povertà, della sofferenza e della malattia tra gli esseri umani in tutte le parti del mondo». Ma oltre il novantanove per cento dei 34 milioni di dollari di attività della Fondazione erano investiti in azioni della *U.B.N.* (che non pagava dividendi in contanti) e nella sua controllata lussemburghese.
La *U.B.N.* può anche non essere stata pensata, in origine, come una banca fraudolenta o disonesta. Aveva clienti fra le maggiori società del mondo, da Wall Street a Londra: Pillsbury e Dow Chemical negli Stati Uniti, Taylor Woodrow, Pilkington, Babcock e Dixons in Gran Bretagna.
Ma la sua ossessione per il potere e la leadership priva di scrupoli ne hanno fatto il terreno di coltura per malefatte di ogni tipo.

In altri quotidiani trovò conferma la notizia che la CIA sapeva tutto degli affari della *U.B.N.*, ma fino all'ultimo mantenne segrete le proprie informazioni, anche perché si era a lungo servita della banca per finanziare proprie operazioni clandestine.

Altro particolare piccante: tra i maggiori clienti privati della *U.B.N.* vi era il dittatore panamense Noriega, con tutti i suoi capitali di provenienza illecita.

La *U.B.N.* tentò di difendersi dalla grandinata di accuse, denunce e illazioni, acquistando un'intera pagina del "Times" di Londra per sostenervi la teoria del complotto contro di essa; e per annunciare che erano in via di apertura ulteriori sedi in importanti piazze finanziarie. Ma fu un tentativo inutile.

La sorpresa, nel contesto del disastro *U.B.N.*, fu costituita dal fatto che la banca Industria e Finanza e la Reuss ne schivassero miracolosamente gli effetti, grazie agli annunciati aumenti di capitale sociale e alle pubbliche dichiarazioni, da parte dei rispettivi dirigenti, che "per i due istituti la crisi della banca araba rappresentava un evento marginale, ampiamente assorbito dai mezzi finanziari propri".

Ma allora, perché mai si era suicidato o era stato ucciso Andrea Bellani?

SOFIA LYNKAS: LA SCARCERAZIONE

35

Il successivo 11 luglio (il ritardo della decisione era dovuto a un impedimento della indiziata il giorno della prima udienza), l'avvocato di Sofia Lynkas ebbe buon gioco a ottenerne la scarcerazione da parte del Tribunale della Libertà. Con un ricorso denso di rilievi persuasivi:

1. la donna non si prestava al ruolo di *killer ingaggiato ad hoc* e, come tale, spuntato dal nulla, perché era ben conosciuta dalla vittima;
2. non si poteva considerare nemica del banchiere, perché era stata vista in sua cordiale compagnia poco prima della morte di Bellani;
3. se avesse ricevuto i ventisettemila dollari da terzi, e non da Bellani, per uccidere il finanziere, non li avrebbe messi in evidenza in banca;
4. se, come appariva plausibile, era stata l'amante di Bellani, e aveva da lui ricevuto cospicue somme di denaro, non aveva nessun motivo per ucciderlo;
5. quanto al fatto che i dollari trovati nella cassetta di sicurezza della donna, presso un'agenzia Comit, non risultassero provenienti dalle casse della banca Industria e Finanza, esso poteva essere spiegato con la verosimile ipotesi che Bellani disponesse di fondi neri;
6. l'indiziata, prima di valersi, dopo alcune ore di interrogatorio, della facoltà di non rispondere, aveva rive-

lato una serie di particolari sulla vita di Bellani che solo un'amante e non una donna killer poteva conoscere;

7. non era affidabile (e comunque verificabile, a stato d'atti) l'affermazione dell'anonimo telefonista, il quale aveva definito come "frettolosa" l'andatura dell'indiziata al momento di lasciare il palazzo di piazzetta Bossi.

Di suo, il Tribunale della Libertà ci mise la considerazione, molto marcata, che il crack della *U.B.N.* dava nuova consistenza all'ipotesi del suicidio, mai abbandonata dal perito del Gip; e che, in alternativa rispetto a tale ipotesi, concedeva spazio alla sola congettura del delitto di alta finanza.

Quelle dell'avvocato difensore della Lynkas erano considerazioni ragionevoli. E corretto appariva il provvedimento di scarcerazione. (Lui, Ruffo, sapeva inoltre che le ricerche di Pellicanò avevano confermato il racconto della donna: a Milano aveva avuto due soli uomini, prima di ritirarsi dal night club per legarsi a un ignoto Mister X.) Risultava opinabile, invece, la rimessione in libertà della Lynkas senza l'adozione, da parte del tribunale, di misure cautelari minori, quali il ritiro del passaporto.

Il sostituto, difatti, continuava a essere intimamente convinto che essa fosse in qualche modo coinvolta nella morte di Bellani. Ma come? E di chi era veramente l'amante? Questo era il punto.

Due giorni dopo la scarcerazione, Sofia Lynkas lasciava l'Italia.

Quello stesso giorno Ruffo ricevette in Procura la visita, senza preavviso, di Isabel Quinteros. Fosse stato un qualsiasi altro visitatore, non l'avrebbe ammesso nel suo ufficio. Ma Isabel si portava dietro un dolore meritevole di solidarietà, e un fascino cui non si poteva mancare di riguardo.

La spagnola aveva dipinta sul volto una espressione

durissima. E difatti quasi lo aggredì, chiedendogli: «La farete seguire la Lynkas?».

«No» ammise il sostituto.

«Incredibile!» commentò lei.

«Abbiamo i nostri collegamenti internazionali, c'è l'Interpol» tentò di tranquillizzarla Ruffo.

«Ma quale Interpol! Siete di una indifferenza incredibile. Ripeto: incredibile. Comunque, ci ho pensato io...»

«A cosa?»

«A farla seguire...»

«Dai servizi segreti spagnoli?» ironizzò Ruffo, mordendosi subito la lingua.

Stava per scusarsi della infelice battuta, quando lei lo precedette: «Mi scusi, lei non c'entra. Lei, personalmente, ha tutta la mia stima».

La frase gli provocò una involontaria e indecifrabile emozione.

Dopo averla salutata, Ruffo si accese nervosamente una sigaretta e imprecò senza avere un preciso bersaglio. La situazione, per certi versi, sembrava dar ragione a Isabel: una persona era fuggita dalla scena del delitto, fornendo della sua presenza in quel luogo una spiegazione opinabile, e comunque tutta da verificare. Eppure nulla consentiva di trattenerla in stato di custodia cautelare o quantomeno in Italia. Come spiegare a una donna assetata di verità che, in un paese democratico, il garantismo ha diritto di precedenza?

36

Antonio Corvano fu interrogato il 12 luglio, alle 15 del pomeriggio, presso l'ufficio di Ruffo, dove il ventilatore si era disgraziatamente inceppato.

Essendo stato convocato quale indiziato di reato, anche se non di omicidio, Corvano giunse alla Procura accompagnato da un avvocato. Uno solo, e per di più giovane, quasi volesse dare una prova indiretta di serenità d'animo (ma in seguito si sarebbe fatto assistere da un collegio difensivo). A indiziare Corvano erano state le dichiarazioni di Isabel Quinteros e Irene Ghislandi, il cui riferimento a ingenti capitali raccolti all'estero dall'uomo d'affari apriva un ampio ventaglio di ipotesi di reato, sulle quali il sostituto non poteva non indagare.

Dopo la verbalizzazione da parte di Compagnone dei dati personali relativi all'indagato, Ruffo si addentrò nel merito della vicenda, esprimendo tutta la sua carica emotiva: «Le chiedo, signor Corvano, di volermi precisare le partecipazioni da lei possedute nella banca Industria e Finanza e nella sua controllata svizzera, la banca Reuss».

«Possiedo il dieci per cento della banca italiana e il quindici per cento della controllata estera. L'acquisto delle azioni della banca svizzera è avvenuto ufficialmente dall'Italia, tramite l'Ufficio Italiano dei Cambi.»

«Tutta qui, la sua partecipazione?»

«Tutta qui.»

«A questo ufficio consta che lei deterrebbe anche la quasi totalità delle azioni privilegiate della banca Reuss per un valore di trecento milioni di dollari.»

«No. Non ho azioni privilegiate» rispose Corvano con accento sicuro.

«All'ufficio consta, ripeto, che lei ne possiede, la quasi totalità» ribadì Ruffo con caparbietà.

«Lo nego nel modo più assoluto.»

Il sostituto non si incollerì, ma diede chiaramente a intendere che la sua pazienza aveva un limite: «Ci pensi bene. Anzi, meglio...».

«Non ho nulla da ripensare» insisté Corvano.

«Ma perché non vuole ammetterlo?»

Il magistrato lo sapeva bene, il perché: lo avesse ammesso, avrebbe delineato un movente monumentale per il delitto; e avrebbe autorizzato l'ipotesi che lui fosse, tramite le consuete società paravento, collettore, all'estero, di capitali di provenienza illegale. Nessuna ricchezza di quelle dimensioni poteva essere stata accumulata da una sola persona e avere provenienza lecita. Per non parlare delle esorbitanti multe che avrebbe dovuto pagare.

Ruffo insisté paziente: «La circostanza è stata ammessa dalla signora Ghislandi».

«Mai trattato con lei l'acquisto di azioni della banca Reuss o della *Bieffe*. Io ho trattato solo con Bellani, e solo per l'acquisto di azioni ordinarie delle due banche.»

«Ma Bellani si confidava con la signora.»

«Bellani raccontava alla signora quel che voleva. Se aveva amici scomodi da far entrare in società, e li aveva, li nascondeva alla signora, attribuendo a me o ad altri, il possesso di più azioni di quante ne avessimo. Gestiva la banca da padrone assoluto.»

«Lei vuol forse insinuare che Bellani potesse usare lei come uomo di copertura di azionisti impresentabili?» opinò Ruffo.

«Lo sto affermando, nel prendere atto di quanto lei dice a me.»

«Ma la circostanza del suo possesso delle azioni privilegiate è confermato anche da un altra persona: la signora Quinteros.»

«Anche a lei Bellani diceva quel che voleva. Non le avrebbe mai confessato, per esempio, di utilizzare, come capitale, del denaro riciclato.»

«Lo faceva?»

«Poteva aver intenzione di farlo. Non fatemi dire di più!»

La diffamazione gratuita del morto è un classico degli indiziati, pensò Ruffo.

«Sapeva del fatto che la *U.B.N.*. era entrata in stato di dissesto?»

«L'ho saputo dopo la morte di Bellani.»

«Da chi?».

«Dal signor Schuh, in occasione del funerale di Bellani» mentì l'indagato.

L'inquirente rivoltò la domanda originaria: «Ammesso che lei non sia personalmente l'avente diritto alle azioni privilegiate, e che non fossero suoi i capitali utilizzati per il loro acquisto, chi erano i veri proprietari, e quali erano le fonti di finanziamento, dato che risulta per certo, dalle deposizioni raccolte, che lei aveva la disponibilità dei fondi necessari per l'operazione?»

«Mai agito per conto terzi» rispose secco Corvano, tendendo i nervi del collo.

«La Procura è convinta che l'abbia fatto.»

«Lascio alla Procura le sue convinzioni.»

Ruffo dovette prendere atto che l'altro faceva il suo gioco, e lo faceva bene. Ma non si lasciò scoraggiare: «Parliamoci chiaro e nel suo interesse. Risulta da più di una fonte che lei è stato all'estero il collettore, per sé e terzi, di ingenti capitali da investire nella banca Reuss. In difetto di una sua spiegazione sull'origine di queste disponibilità valutarie, e permanendo, per contro, la negazione dell'evidenza da parte sua, si impone la conclusione – considerata anche la natura non propriamente industriale della sua attività... – che lei sia il ricettatore, gestore e riciclatore di denaro di provenienza illecita e di origine italiana, dato che ha lavorato, e lavora, in Italia. Tutto ciò comporta le gravi conseguenze di cui agli artt. 648 e 648 bis e ter del codice penale (ricettazione, riciclaggio e impiego di denaro di provenienza illecita) e della frode fiscale, e apre la strada alle ipotesi ancora più pesanti di associazione di stampo mafioso o camorristico».

Il quadro a tinte forti volutamente dipinto da Ruffo non determinò il crollo di Corvano, che rimase silenzioso. Ruffo parve volergli venire incontro: «Lei possiede legittimamente aziende all'estero? Aziende reali intendo, non società paravento».

Corvano si chiuse in angolo e senza consultare il suo legale affermò: «Su quest'aspetto della vicenda, mi valgo della facoltà di non rispondere, che lei mi ha riconosciuto all'inizio dell'interrogatorio».

«È suo diritto, ma questo significa che lei non è in grado di giustificare la provenienza di capitali, la cui appartenenza a lei risulta sufficientemente provata».

Corvano insistette in un fatalistico silenzio. Ruffo ne prese atto e diede luogo alle contestazioni: «Sulla base di informazioni attendibili circa il possesso ingiustificato all'estero, da parte sua, di capitali dell'ordine di trecento milioni di dollari e circa il loro reinvestimento nella banca Reuss, debbo disporre il suo fermo e richiedere al Gip ordinanza di custodia cautelare, al fine di evitare l'inquinamento delle prove, il pericolo di fuga e la reiterazione della condotta delittuosa. Ciò per i reati di ricettazione, riciclaggio e reimpiego di ingenti capitali di provenienza illecita, e comunque di frode fiscale».

Nell'esprimere le contestazioni, Ruffo si accorse che il fatto di dialogare con un meridionale come lui, che non nascondeva il suo accento, lo induceva a scoprire la sua pronuncia calabrese, normalmente tenuta sotto attento controllo.

«A sua disposizione» commentò Corvano imperturbabile. «Ma una cosa ci tengo a dirle: se lei pensa, sottosotto, che io possa aver ucciso Bellani "per bidone ricevuto", si sbaglia di grosso. Nel mondo degli affari i bidoni vanno e vengono, si danno e si prendono.»

«Posso verbalizzare?» chiese Ruffo.

«Si accomodi» lo sfidò Corvano. Che continuò: «La differenza tra il mondo degli affari e quello della mala e della camorra è che nel mondo degli affari, per un bidone, non si uccide, mentre in quello della mafia e della camorra si uccide».

«Posso verbalizzare?»

«Certo!» rispose Corvano.

«Visto che lei è così collaborativo,» ironizzò il sostituto «posso chiederle a che cosa è dovuto il recente aumento di capitale della banca Reuss?»

«Ad assorbire le perdite dell'investimento di capitale nella *U.B.N.*»

«E da dove saltano fuori tutti quei capitali freschi, come li chiamate voi finanzieri?»

«Dagli azionisti, ritengo.»

«Tutti così ricchi?»

«Evidentemente.»

«Lei parteciperà all'aumento?»

«Per la mia modesta quota, sì.»

Il giovane legale, sul finire dello sfortunato interrogatorio, si arrischiò a commentare, tanto per giustificare la sua presenza. «Questa imputazione mi sembra del tutto gratuita.»

«Potrà dimostrarlo in altre sedi» lo consolò Ruffo.

A tarda sera, Ruffo scrisse nella sua agenda:

"Oggi, casualmente, ho letto la definizione del suicidio data da un intellettuale francese: *Quando una persona non ne può più, la fa pagare agli altri: è tutto finito per lui, ma comincia tutto per gli altri!*

"Fosse vera una simile interpretazione, tornerei a escludere l'ipotesi che Bellani si sia suicidato. Lui non era certo il tipo da creare o lasciare problemi ad altri."

37

Il 13 luglio, durante una furtiva visita a Zurigo (per risolvere il contratto di affitto della villa e affidare a uno spedizioniere il trasloco dei mobili), fu arrestato Lorenzo Arlati, che doveva ancora rispondere alla giustizia elvetica della truffa a danno della banca Reuss e dei cittadini arabi Assadi e Askar.

L'uomo si dichiarò sorpreso del comportamento della polizia svizzera, in quanto, a suo dire, il danno da lui provocato, con gli abusivi prelievi dalla banca Reuss, era stato integralmente risarcito.

In effetti, un avvocato di sua fiducia aveva da tempo informato il procuratore pubblico di Zurigo che il suo cliente, pur avendo mantenuto inalterate le ragioni di fatto e di diritto che lo avevano condotto a quel gesto (definito cautelare), aveva integralmente risarcito le parti danneggiate, esibendo al riguardo un bonifico effettuato a favore del signor Hafiz Abdel Assadi.

Ma il procuratore pubblico aveva dichiarato di non poter archiviare il procedimento per una serie di ragioni: il reato era perseguibile d'ufficio; nessuna attestazione di risarcimento era pervenuta dai derubati; la banca Reuss non aveva ancora ritirato la denuncia a suo tempo presentata.

Si era dunque rifiutato di procedere alla archiviazione, aveva insistito perché Arlati si rendesse disponibile per un interrogatorio, onde chiarire come e con quali complici era stato possibile perpetrare la truffa, e aveva infine mantenuto l'ordine d'arresto, pur senza spingere in modo particolare perché fosse eseguito dall'Interpol.

Arlati era rimasto latitante (per meglio dire, aveva girato al largo dalla Svizzera) per oltre due anni, durante i quali aveva vissuto tra Londra, il Medio Oriente e il Sud America, valendosi anche di un passaporto falso (quello con il quale era ultimamente entrato in Svizzera) e di alcuni ritocchi alla fisionomia personale: si era fatto crescere una fitta barba brizzolata e si era rasato a zero la capigliatura.

Secondo indiscrezioni forensi, l'arresto era stato propiziato da una soffiata. Le stesse indiscrezioni, facendosi ancora più caute e problematiche, arrivavano a formulare l'ipotesi che di tale soffiata fosse stata autrice la sua compagna di vita (per quali motivi? "Ma non c'è bisogno di alcun motivo per un gesto impulsivo e irrazionale!" avevano replicato le fonti riservate).

Ruffo apprese la notizia della carcerazione di Arlati due settimane prima di partire per il Medio Oriente, al fine di raccogliere la deposizione di Assadi. Questi, sollecitato da Ruffo a deporre con una citazione inviatagli per via diplomatica, si era reso disponibile, con una lettera del suo avvocato, a un'audizione da parte dell'autorità giudiziaria milanese, a condizione che questo avvenisse in Abu Dhabi, presso l'Ambasciata italiana, con il beneficio di un'assistenza legale, e con la garanzia, prevista dalla stessa legge, dell'immunità una volta esaurita la deposizione.

A seguito del fatto nuovo di Zurigo, Ruffo predispose il suo viaggio nel Medio Oriente in modo da transitare per la Svizzera al ritorno dall'Emirato e da potervi sentire Arlati, tramite la Procura pubblica.

Ruffo vide anche lui (come già era capitato a Bellani,

nell'ultima sua trasferta) Abu Dhabi solo dall'alto, in fase di atterraggio, e dal taxi, in fase di avvicinamento al suo hôtel. Dopo di che, i suoi percorsi cittadini si limitarono al tracciato tra l'albergo e la sede dell'Ambasciata, dov'era stata concordata la deposizione di Assadi, alla presenza del suo legale arabo. Quest'ultimo, al di là degli accordi, era stato ammesso all'audizione per garantire che le domande dell'inquirente italiano al suo assistito, implicato – e comunque implicabile – nell'inchiesta sul crollo della *U.B.N.*, non fossero incompatibili con il suo diritto di difesa nel procedimento connesso (i casi Bellani e *U.B.N.* avevano evidenti punti di contatto).

Il sostituto procuratore era accompagnato dal solito Compagnone, che avrebbe dovuto fungere da verbalizzatore della deposizione. L'ambasciatore, dopo aver ricevuto gli ospiti, avrebbe delegato al proprio vice l'atto di presenza. Era il 29 luglio 1991.

Ruffo, nel vedere Assadi, capì al volo che penetrare i suoi segreti sarebbe stato altrettanto arduo che afferrare uno scorpione per la coda. E per fargli abbandonare quell'aria di diffidenza e prevenzione con la quale si era presentato, affrontò il tema alla larga. Molto alla larga. Raccontò lui stesso, chiedendone conferma, i passaggi già noti della sua amicizia con Bellani: la conoscenza in casa Arlati, l'arresto in Iraq, la truffa da parte di Arlati, il decisivo aiuto datogli dal banchiere. L'audizione si svolse in lingua italiana quando parlava Ruffo (che talora si espresse anche lui in inglese, sfruttando il suo essenziale repertorio di questa lingua) e in inglese fluente quando rispondeva Assadi: un interprete traduceva, in caso di necessità. Ma Assadi dimostrò di capire sufficientemente la lingua dell'inquirente e talvolta vi fece ricorso egli stesso.

Assadi non trovò inesattezze nel racconto, man mano verbalizzato dal vice cancelliere consolare, che Ruffo gli fece, e lo autorizzò a interpellarlo liberamente.

Recuperando un pensiero rimasto inespresso, durante il precedente riassunto, Ruffo gli chiese: «A proposito, perché lei venne arrestato a Baggdad?».

«Segreto di Stato» replicò lui.

«Vuol dirmi che i motivi furono solo politici?»

«Esatto.»

«Prima della truffa perpetrata a suo danno, aveva lei rapporti di particolare amicizia con i coniugi Arlati?»

«Sì.»

«E con la signora in particolare?»

«Non posso negarlo. Ma solo quando Anna lasciò Arlati, dichiarandosi del tutto estranea alla truffa bancaria.»

«Ha visto la signora anche di recente e quando?»

«Questo, se mi consente, è segreto professionale di gentleman.» Il legale lasciò capire che si sarebbe opposto ad altre domande sull'argomento.

«E il dottor Bellani ebbe a sua volta qualche storia con la signora Arlati?»

«Che io sappia no.»

«Lei è sposato?»

«Sì, felicemente, e ho due figli.»

Esauriti i preliminari, il sostituto procuratore non ritardò oltre la domanda cardinale: «Aveva lei motivi di avversione, contrarietà, risentimento o rivalsa nei confronti di Bellani?».

Assadi allargò le braccia a modo suo, prima di riportarle al centro del petto, e di incrociare le mani: «Nessuno di questi sentimenti. Solo la più sacra amicizia e la maggior riconoscenza che un uomo possa avere per un altro uomo».

«Ne è sicuro?» insistette Ruffo.

«Che Allah mi sia testimone» invocò Assadi.

Ruffo cambiò registro: «Lei lo introdusse alla *U.B.N.*, è vero?».

«È vero.»

«Su richiesta di Bellani, o per sua iniziativa?»

«Su mia iniziativa» ammise Assadi. Che precisò: «Volevo dimostrargli la mia riconoscenza».

«E lei lo fece con leggerezza, o con cognizione di causa?»

«Cosa significa la frase "con leggerezza"?» chiese l'avvocato di Assadi, un quarantenne che parlava perfettamente l'inglese.

«Senza conoscere tutti i dati patrimoniali relativi alla banca» precisò Ruffo.

«Conoscendo i dati della banca» rispose Assadi un po' troppo precipitosamente, almeno per il suo legale, che non gradì la replica.

«E perché mai non lo informò delle attività clandestine della banca?»

«Perché al tempo non vi era nessun motivo di perplessità e nessun sospetto di attività illegali» rispose Assadi con grande candore. «Almeno presso la corte di Abu Dhabi.»

«Avrebbe allora dovuto informarlo ai primi sintomi di irregolarità, quando questi, più tardi, si manifestarono.»

«Non avevo il potere per farlo.» Anche questa risposta non piacque al suo legale, per quanto Ruffo poté leggere nel suo volto.

«Lei informò Bellani del fatto che la *U.B.N.* aveva comprato illegalmente alcune banche americane?»

«Mi oppongo alla domanda» si intromise l'avvocato.

«E perché?»

«Perché è materia di altra inchiesta internazionale.»

Assadi allargò le braccia, senza riaccostarle subito, stavolta: voleva significare che lui si atteneva al suo legale.

Ruffo ne prese atto, e continuò a proporre la tematica da un altro angolo visuale: «Quando Bellani seppe della crisi, le chiese di parlarle?».

«Certo. Venne appositamente ad Abu Dhabi.» Assadi

non commetteva l'errore di negare circostanze comunque ricostruibili, notò Ruffo.

«E l'affrontò in modo aggressivo o in termini normali?»

«In modo aggressivo.»

«Ne venne fuori un incontro burrascoso?»

«No. Civilissimo, almeno alla fine. Perché davanti alla chiarezza della mia buona fede, non poté che rassegnarsi.»

La nuova domanda dell'inquirente fu un fulmine a ciel sereno, visto l'andamento finallora scontato della deposizione: «Signor Assadi, qualcuno dell'ambiente degli Emirati aveva o poteva avere motivo di uccidere il signor Bellani? E lei stesso, ripeto, poteva averne motivo?». La voce, nel silenzio, risuonò metallica.

Assadi allargò le braccia all'inverosimile e, come la volta precedente, attese un po' prima di riaccostarle: «E quale, per Allah?».

Il legale si intromise, dopo aver storto ostentatamente la bocca: «Il mio assistito aveva solo motivi di riconoscenza verso il signor Bellani. Era semmai il banchiere italiano ad avere motivi per uccidere il signor Assadi, e non viceversa, se vogliamo essere realistici».

Il sostituto non gradì l'implicita ironia del legale, anche se era tutt'altro che infondata, e la lasciò cadere senza repliche. Rivolto a Assadi, spiegò: «Glielo posso spiegare io, un possibile movente. Bellani, non dandosi pace per lo sviluppo degli eventi, poteva aver indagato molto a fondo nello scandalo, e aver scoperto cose non ancora venute alla luce e destinate a rimanere segrete, anzi, segretissime». Pronunciò la frase con calma gelida, prima di controllare l'effetto sul legale e su Assadi. Che incassarono molto male la sua interpretazione.

Fu il legale a riprendersi per primo: «Intendo sia messa a verbale la dichiarazione del mio assistito di assoluta estraneità alla morte del signor Bellani e di assoluta carenza di moventi per un delitto».

«Lo lasci dichiarare a lui» pretese Ruffo.

Assadi ripeté la formula pedissequamente.

Il sostituto procuratore giocò la sua carta principale: «Le azioni vendute a Bellani erano di suoi amici? Ovvero erano sue?».

Gli occhi di Assadi ebbero un'improvvisa accensione. Ci poteva essere di tutto: odio, sorpresa, ammirazione per un nemico.

Prima che Assadi rispondesse, Ruffo aggiunse: «Perché, in tal caso, se Bellani lo avesse tardivamente capito, e avesse ravvisato gli estremi della truffa, il movente da parte sua, signor Assadi, ci sarebbe».

A quel punto il legale chiese: «Deve il mio assistito ritenersi inquisito dall'autorità giudiziaria italiana?».

L'inquirente decise di arrivare alle estreme conseguenze: «Lo è! Le notificherò, nei prossimi giorni, una "informazione di garanzia"». Con quella estemporanea dichiarazione, Ruffo poteva tanto essersi fatto un nemico per la vita, quanto un alleato che, per levarsi dai guai, avrebbe avuto interesse a passargli, prima o poi, informazioni risolutive. Mentre il primo effetto sarebbe stato irrilevante, il secondo avrebbe potuto rivelarsi determinante. La deposizione di Hafiz Abdel Assadi era finita.

Ruffo profittò del fatto che il legale si era allontanato dal tavolo dell'interrogatorio, onde seguire in un'altra stanza Compagnone e il vice cancelliere consolare e controllare il testo del verbale, per guardare negli occhi Assadi, e dirgli a muso duro: «Ora che lei è solo, e ha l'alibi di non capire perfettamente l'italiano, provi a negare che, con la scusa della riconoscenza, passò a Bellani un pacchetto azionario scottante, ch'era suo e di suoi amici...».

Assadi era immobile, e lo fissava con occhi neutri. Anche il petto, in quegli interminabili attimi, si gonfiava di meno del solito, come se lui stesse trattenendo il respiro.

Ruffo continuò, con apparente spirito di comprensione: «Lo so, lo so. Lei ha un alibi morale. Riteneva di passare il cerino a una banca e non al suo amico, al quale era davvero riconoscente; e poi pensava che la banca avrebbe assorbito il colpo. Diamine, una banca svizzera controllata da una banca italiana! Non aveva previsto il contraccolpo scandalistico, i suoi effetti devastanti... Lei non voleva tradire il suo amico, lo amava e forse lo ama ancora, ma la logica finanziaria era ferrea: doveva passare il cerino. Non a lui, ma alla banca da lui diretta. L'occasione era irripetibile e lei sull'orlo della disperazione. Lei forse non ha tradito il suo amico, ma lo ha rovinato».

Assadi tirò fuori il respiro, che aveva a lungo trattenuto: «Ho capito tutto quello che mi ha detto».

«E lo conferma?»

Con un fil di voce, quasi impercettibile, Assadi rispose misteriosamente: «Io non ho motivo di pensar male di lei...».

«Cosa intende?»

«Quel che ho detto!»

38

(31 luglio 1991)

Emaciato e sofferto, le occhiaie e le guance scavate, Lorenzo Arlati faceva venire in mente il martire di un dipinto di El Greco.

Ruffo, a differenza di Bellani, non l'aveva conosciuto in tempi migliori, e non poteva dunque sapere se quella magrezza che gli fu dato di constatare fosse una sua caratteristica abituale, o la conseguenza delle traversie che si era andato a cercare e aveva puntualmente trovato.

Arlati era assistito da un legale zurighese che, durante la deposizione, si sarebbe quasi del tutto astenuto dall'intervenire, per mettere in chiaro, a modo suo, che considerava quella seduta una futile formalità. Anche stavolta la funzione dell'avvocato era finalizzata a garantire il diritto di difesa dell'assistito in procedimento connesso (l'inchiesta sulle appropriazioni indebite alla banca Reuss).

Arlati non attese che Ruffo gli rivolgesse la parola, perché, dopo essersi accomodato nell'ufficio del procuratore pubblico di Zurigo (lo stesso presso cui erano stati sentiti Hurlimann e Schuh), disse subito, rivolto al sostituto: «Dovrà scusarmi, signor procuratore, se in questa circostanza mi avvarrò il più possibile del diritto di non rispondere. Sono a tal punto estraneo al delitto Bellani, da non essere in grado di dirle alcunché, neppure a livello di pettegolezzo».

Ruffo non fu d'accordo: «La sua estraneità non la deve stabilire lei, ma l'autorità giudiziaria. Lasci ad essa questo compito....».

«Esiste forse un assassino che non sa di esserlo e se lo deve far spiegare dal giudice?» ironizzò Arlati. Pur senza cravatta, vestiva in modo molto elegante: giacca blu, calzoni grigi fumo di Londra, mocassini neri.

L'inquirente accettò la provocazione: «Posso assicurarle che esiste davvero il personaggio da lei ipotizzato....».

«Ah, sì?»

«Potrei farle una casistica, ma non mi sembra il momento» confermò il sostituto procuratore.

«Comunque, le sarei veramente grato se volesse risparmiarmi un interrogatorio – si chiama così? – su qualcosa che esorbita totalmente dalla mia sfera di conoscenza. In cambio, sono disposto a farle una confessione più ampia: una confessione sulla mia vita, dalla quale lei potrà trarre tutte le conclusioni e gli argomenti che crede. Anziché a un analista, la farò a un sostituto procuratore. Non vedo una gran differenza.»

«Faccia come crede» concesse Ruffo, avendo capito

che solo da una confessione libera di Arlati avrebbe potuto ottenere il risultato di una sua apertura dialettica. Il procuratore pubblico chiese al difensore: «Nessuna obiezione?».

«Nessuna» confermò il legale. Il procuratore pubblico, da quel momento, avrebbe consentito che l'anomala deposizione andasse per il suo verso. Rivolto ad Arlati precisò: «Ricordi, in ogni caso, che questo non è un interrogatorio, ma una raccolta di informazioni che non le crea obblighi».

Tirò un sospiro di sollievo e fece con la mano un gesto di indifferenza, che intendeva riferirsi alle formalità procedurali. Si assestò meglio sulla sedia e, rivolto al sostituto milanese, diede inizio alla sua confessione spontanea:

«Lei saprà che, per una serie di ragioni non comprensibili dall'uomo comune, ma comprensibilissime dall'esperto di finanza, io sono stato capace di dilapidare una fortuna proveniente dalla vendita, agli americani, di un'azienda di famiglia... Grazie a Dio, ero unico erede.»

Ruffo si astenne da ogni commento, ma lasciò intendere, con un leggero movimento del capo, che l'affermazione non lo sorprendeva.

«E lei saprà anche che, essendo il mio infortunio finanziario rimasto relativamente segreto, ed avendo io conservato in certi ambienti internazionali l'immagine di ricco italiano, trasferitosi all'estero dopo aver liquidato le sue attività industriali, fui ritenuto un fiduciario ideale dal signor Assadi: per sé e per taluni ambienti degli Emirati arabi, e dello stesso Kuwait, che speculavano segretamente sulle oscillazioni del prezzo del petrolio e su altro ancora.»

«Lo so» (i fatti in questione emergevano dal dossier sulle appropriazioni indebite da lui commesse in Svizzera, che Ruffo in parte conosceva).

«Quello che sicuramente lei non sa, è che la costante

e la ragion d'essere della mia vita negli ultimi anni, è stata la passione folle e totale per Anna...»

«Lei intende la sua compagna?»

«Intendo quella che è stata la mia compagna.»

«Che relazione ha con i fatti, questa passione a cui lei allude?»

«Una relazione fondamentale.»

«Per quale motivo?»

«Perché, per questa passione, ho dovuto pagare prezzi sempre più alti.»

«Allude alla fortuna dissipata?»

«No, in quelle circostanze Anna non c'entra.»

«E allora?»

«Alludo al fatto che Anna divenne la mia donna perché io ero ricco, ricchissimo; e che non mi avrebbe, invece, mai accettato come uomo ridimensionato nella sua fortuna. Era donna di ambizioni smisurate, per sé e per i figli che intendeva avere. Il suo uomo doveva essere onnipotente.»

«Ma lei conobbe la sua compagna prima o dopo aver perso le sue sostanze?»

«Lei mi conobbe ricchissimo, ma sul punto di dilapidare tutto. Quindi conobbe l'ebbrezza della grande ricchezza e la frustrazione della sua perdita.»

«Ma come poté perdere la sua ricchezza in così poco tempo?»

«La sua domanda è ingenua. Nel mondo della finanza, con i personaggi e gli affari che girano, lei può perdere in un solo mese, se non in una settimana, centoduecento milioni di dollari. E in sei mesi...»

Lasciò la frase incompiuta, essendo implicite le conclusioni.

Ruffo rimase muto (certe esperienze, per grazia di Dio, erano al di fuori della sua portata). L'altro, ormai, non aveva bisogno di sollecitazioni: «Io, alla mia età, avrei anche accettato il ridimensionamento del mio tenore di vita. Non avevo figli, non ne sentivo un gran bisogno, avvertivo quel tanto di senso di colpa e di responsabilità che, in certe circostanze, fa capire all'uomo che si è meritata la punizione ricevuta. Ma lei no, lei non accettava la disfatta. Fu così...».

«Fu così?»

«Fu così che, dopo aver prima provocato e poi accettato la corte di Assadi, per poterlo condizionare, mi indusse a profittare del mio ruolo di fiduciario di capitali arabi...»

«Cioè?»

Arlati cambiò posizione e cercò una fuga ideale attraverso le finestre. Ma si rese subito conto di non poter fuggire. Così riprese: «Fu per amor suo, di Anna intendo, che entrai nell'ordine di idee di appropriarmi dei depositi di Assadi e dei suoi amici».

«In definitiva?»

«Se non fosse stato per Bellani, tutto avrebbe avuto un lieto fine...»

«Si rende conto che mi sta confessando il movente per un delitto?» gli contestò Ruffo, con aria grave.

«Se fosse un movente reale, non glielo avrei confidato» fu l'ovvia replica di Arlati, che fu approvata dal suo legale con un vistoso cenno del capo.

«Dov'era, quando Bellani fu ucciso?»

«In Argentina. Mi riservo di dimostrarlo.»

«Perché l'Argentina?»

«Perché è un paese dove si vive inosservati. E perché ci sono tanti italiani.»

«E la sua compagna, dove si trova?»

«E chi lo sa?»

«Non lo sa neanche oggi?»

«No.»

«Li detiene lei i capitali a suo tempo non recuperati dalla banca Reuss?»

«Questo è oggetto di altra inchiesta» interloquì per la prima e l'ultima volta il legale zurighese. «Comunque sono stati restituiti al cento per cento.»

Fu a quel punto che il sostituto procuratore rivolse a Arlati una domanda per lui fondamentale: «Chi era veramente Assadi? A me risulta essere stato un alto consulente dell'OPEC, molto vicino agli Emirati arabi e al Kuwait».

Arlati rise: «Un ladro di Stato, in tutto l'arco del Medio Oriente, dal Kuwait agli Emirati».

«Cosa significa?»

«Un ladro patentato per conto dei potenti di Stato, dei loro parenti e cortigiani. E per di più una spia! Con l'etichetta, naturalmente, di consulente OPEC ecc., come lei ha appena detto.»

«Si spieghi meglio.»

«Era, ed è, il grande burattinaio delle ladronerie di Stato. Era lui che organizzava in Svizzera, Londra, Panama e altrove le trappole per il denaro di Stato, proveniente dal Kuwait e dagli Emirati.»

«Dunque, secondo l'assioma che mi sembra trasparire dal suo discorso, rubare a un ladro non è un furto...»

«Non è questo il punto. Al momento in cui Assadi fu arrestato, era giocoforza ritirare i fondi dalla banca di Bellani.»

Arlati era in contraddizione, rilevò Ruffo, con quanto aveva detto prima, e cioè che il furto era stato premeditato. Ma non glielo fece notare, per non metterlo sulla difensiva.

«Quanto le corrispondeva Assadi, per il suo ruolo di fiduciario?»

«Il quattro per cento.»

«E lei, ritirando i fondi, sapeva bene di non essere perseguibile da Assadi, in quanto questi non poteva uscire allo scoperto, mettendo a nudo i retroscena dei suoi traffici...»

Arlati ebbe un moto di fastidio e non diede risposta, mentre il legale faceva trapelare il suo disaccordo su domande estranee al tema autorizzato.

Ruffo lasciò cadere l'argomento, che non lo riguardava direttamente, e domandò ancora:

«Ma come fece una persona avveduta quale Bellani a non riconoscere un personaggio del genere di Assadi?»

«E come poteva? Era davvero introdotto a Corte. A varie Corti del Medio Oriente.»

«Posso verbalizzare tutto quello che ha detto su Assadi?»

Arlati fece un ghigno: «Su Assadi sono pronto a tenere conferenze stampa qui a Zurigo, ad Abu Dhabi, a Baghdad e a Milano...».

«Perché questo rancore?» volle sapere Ruffo.

«Il fatto che abbia concretamente messo gli occhi sulla mia donna può bastarle?» lo provocò Arlati.

«Per certe mentalità può bastare» replicò Ruffo.

«Diciamo allora che io appartengo a certe mentalità» concluse Arlati.

Si lasciò andare all'indietro, come stesse svenendo. In realtà, voleva solo dimostrare che, almeno per lui, quel colloquio, o interrogatorio, o deposizione che fosse, era da considerarsi finito. Nonostante quell'atteggiamento, soddisfò l'ultima curiosità di Ruffo, che volle sapere: «Assadi è mancino?».

«È ambivalente in tutto» ghignò l'italiano (che poco dopo avrebbe firmato il verbale con la destra, come già Assadi).

Anche lui, a quel punto, chiese: «Mi considera indiziato?».

Ruffo ci pensò sopra prima di pronunciarsi: «Ci sono contraddizioni tra lei e Assadi sulle quali dovrò indagare, se riterrò che hanno pertinenza con l'inchiesta di cui io mi occupo. Fino ad oggi lei è solo una "persona informata dei fatti"».

Arlati si fece serio: «Un'ultima precisazione, dottore. Bellani ha frequentato casa mia. Per una tradizione familiare cui le chiedo di credere, nessun Arlati ha mai messo a repentaglio la vita di un ospite».

Lo sfogo di Arlati, se sincero, lo allontanava definitivamente dal delitto Bellani: in lui, la sciagurata passione per la donna, sembrava prevalere su qualunque altro sentimento, compresa la vendetta.

Indipendentemente da questa considerazione, l'uomo appariva troppo scoraggiato e fatalista per aver potuto ideare e attuare un delitto.

Ma quello stesso racconto costituiva anche un'abilissima linea difensiva per il reato di cui doveva rispondere in Svizzera. Un buon avvocato avrebbe avuto buon gioco a rilevare che il novanta per cento dei capitali sottratti alla banca Reuss era stato recuperato; che il residuo era stato risarcito; che la truffa non sussisteva, mancando il requisito del raggiro a danno della vittima (era stato Assadi ad avere, spontaneamente, troppa fiducia in Arlati, e non quest'ultimo ad adescarlo); che, infine, lui aveva agito sotto l'impulso irresistibile della passione.

Quale interesse aveva a complicare le cose, uccidendo Bellani, quando la strada, per una via d'uscita a basso costo dai guai giudiziari, era ormai aperta?

(Arlati sarebbe stato rimesso in libertà dalle autorità svizzere una settimana dopo essere stato ascoltato da Ruffo.)

39

Il giorno dopo l'esame testimoniale di Arlati, nel rientrare al Palazzo di Giustizia, proveniente da Zurigo, Ruffo si accorse subito, percorrendo il corridoio della Procura, che Isabel Quinteros l'attendeva di fronte alla porta del suo ufficio, seduta su una panca in legno situata tra due finestroni.

Rilevò anche che era vestita da donna, non da vedova. Che, in altre parole, il suo abbigliamento era tornato a valorizzare e esibire la sua figura. Prima di lui, l'avevano notata due giovanotti, che se ne stavano appoggiati allo stipite della porta d'ingresso dell'ufficio di un suo collega, e che puntavano ostentatamente lo sguardo sulla giovane donna, le cui lunghe gambe sporgevano dallo spacco della gonna.

Il sostituto si indirizzò in modo brusco ai due guardoni: «Chi aspettate?».

«Il sostituto Marchi.»

«Oggi non c'è, è a San Vittore per interrogatori. È inutile aspettiate!»

Poi si rivolse a Isabel, che aveva seguito la scena, e la fece entrare nel suo ufficio.

«Novità delle sue rogatorie estere?» chiese lei ansiosamente.

Ruffo fece sloggiare Compagnone dal suo ufficio, prima di chiedere, a sua volta: «Come sa che ho eseguito delle rogatorie estere?».

«Io sono come un'indiana. Tengo l'orecchio attaccato al terreno.»

Fece buon viso a cattivo gioco, e confessò: «Ho sentito Assadi e Arlati quali "persone informate dei fatti"». Non le disse della comunicazione di garanzia che si era riservato di notificare.

«E allora?»

«Diciamo che ho potuto riscontrare un movente plurimo per Assadi e uno biblico per Arlati.»

«Cosa intende, per biblico?»

«La vendetta.»

«Le par poco?»

«Non è poco. È troppo. Due categorie di moventi, in capo a due diversi uomini, quando a uccidere non può essere stato che uno solo di loro, si elidono a vicenda!»

Isabel si morse le labbra. Ruffo lasciò che assorbisse la precisazione, prima di raccontarle, in estrema sintesi, i principali passaggi delle deposizioni.

Aspirando forte dalla sigaretta che si era appena accesa, concluse: «È chiara solo una cosa: Bellani è stato strumentalizzato da Assadi».

«Sarebbe a dire?»

«Che Assadi, detentore per sé e amici del pacchetto di minoranza della *U.B.N.*, ha passato il cerino a Bellani, quando ha avvertito i primi scricchiolìi e i primi rischi nella superbanca.»

«Vuole dire che l'ha truffato?» corresse Isabel, con tono duro.

«No. Non necessariamente l'ha truffato. Nella particolare esperienza che mi sono fatto della tipologia del finanziere, che è un uomo, anzi, un animale a parte, rifilare a qualcun altro, fosse pure la madre, un cerino acceso, non è una truffa. È qualcosa che si deve fare, un atto di necessità e sopravvivenza, per senso di responsabilità nei confronti degli interessi rappresentati, senza porsi il problema del male che si reca agli altri. In termini pugilistici, è un colpo basso obbligato, di quelli che rientrano nel repertorio di tutti i pugili esperti. Non occorre essere arabi, per farlo: *mors tua, vita mea*, vale in tutte le latitudini. Nella finanza in modo speciale.»

«Lei è tenero con i finanzieri!»

«Non è vero. Ho imparato a conoscerli: è diverso.»

Isabel parve lasciarsi convincere da Ruffo, dalla sua voce suadente e fatalista.

Il sostituto parlava con trasporto, come se volesse liberarsi dalle tensioni accumulate nei recenti interrogatori: «Non è mai stato chiarito un passaggio chiave di questa storia: l'arresto di Assadi a Baghdad. L'ho chiesto a lui, durante l'interrogatorio, e se l'è cavata brillantemente invocando il segreto di Stato. Ma quale segreto di Stato?».

Rimase per un po' soprappensiero: «Il signor Bellani non se lo è mai chiesto? Non ha mai indagato sulle ragioni di questo arresto?».

«No, non aveva motivo di indagare, perché Assadi, formalmente, non era neppure un suo cliente. Ma si pose il problema, certo.»

«Arrivando a quali conclusioni?»

«Che il motivo fosse politico. Che gli iracheni avessero voluto esercitare una rappresaglia o una pressione su un consulente arabo molto vicino agli Emirati.»

«Ho capito» sospirò Ruffo. Non era, il suo, un sospiro rassegnato. Perché proseguì risoluto: «Ho pensato a lungo a questo aspetto della vicenda, che può rappresentarne la chiave di volta. E sono arrivato a una ipotesi fantapolitica quanto si voglia, ma valida non meno di qualsiasi altra».

«Quale?» chiese Isabel, avvampando nel volto.

«Assadi fu arrestato perché speculava sui prezzi del petrolio, violando sacre leggi dell'OPEC e quindi dell'Iraq. Avrebbero potuto tagliargli le mani e tenerlo in galera per anni, a Baghdad, ma qualcuno, o meglio, qualche gruppo di interessi degli Emirati, dovette riuscire a tirarlo fuori dai guai. E lui rimase in debito.»

«Quale gruppo di interessi?»

«Qui sta il punto nevralgico dell'ipotesi. Per me, a salvarlo fu lo stesso gruppo di interessi che aveva il venti per cento della *U.B.N.*, e quindi il cerino acceso in mano da passare a qualcun altro.»

Isabel non interloquì, per lasciarlo continuare.

«Noi, nelle indagini, abbiamo dato un gran peso al debito contratto da Assadi verso Bellani, senza mai immaginare che l'arabo potesse avere, verso terzi, un debito ben maggiore, tale da prevalere sull'altro.»

«È vero» commentò Isabel.

«Ma come faccio io, da qui, a ricostruire la verità su quello che è successo in Iraq?»

«Non si può chiedere a Baghdad, per via consolare, perché mai Assadi fu arrestato?»

«A Baghdad hanno altro a cui pensare. Neppure le risponderebbero. E se le rispondessero, le darebbero la versione ufficiale: spionaggio.»

Fu quando la vena dialettica di Ruffo si fu esaurita, che Isabel, nel passarsi con voluta lentezza una mano sui capelli vaporosi, lo fissò intensamente negli occhi, per valutare quale presa la sua femminilità avesse su di lui. Ricavato dal sondaggio un riscontro positivo, gli chiese: «Dato il rapporto di fiducia che si è instaurato tra me e lei, potrei, senza offesa, chiedere qualcosa all'uomo e non al giudice?».

«Certo» rispose Ruffo.

«Lei sa, vero, che quel medico legale, Arese, intendo, non è un genio, ma un pazzo pericoloso?»

«Preferirei non rispondere» precisò Ruffo cercando di schivare l'argomento.

«Questa è già una risposta» commentò Isabel, che poi insistette: «Guardandola nel profondo degli occhi, io le dico: mio marito è stato ucciso. Non c'è la più pallida ombra di dubbio al riguardo. Se qualcuno la pensa diversamente, o è pazzo o è in malafede». Ruffo soffrì molto per l'accusa di malafede rivolta ad Arese, ch'era pur sempre un suo amico. Ma mantenne il silenzio. Davanti alla piega presa dagli avvenimenti, si sentiva impotente.

Si accese un'altra sigaretta a assunse a sua volta un'espressione confidenziale: «Posso anch'io parlarle a titolo personale? Al di là dei rispettivi ruoli, insomma...».

«Certo» lo autorizzò la donna.

«Lei adesso saprà sicuramente a quanto ammonta la sua eredità... Me lo vuole confidare, al di fuori di una mia attività indagatoria?»

Isabel ci pensò sopra un po', prima di rispondere: «Diciamo che mi rende del tutto indipendente dalla assicurazione che Andrea aveva contratto in mio favore...».

«Ho capito» commentò Ruffo, deglutendo con una certa difficoltà. Poi volle sapere: «A proposito, ha sempre l'investigatore privato ad Atene?».

«No» mentì Isabel.

Il pomeriggio, alle diciassette, Isabel Quinteros si recò a casa Ghislandi. Per lei si trattava di una visita di congedo, prima di partire per la Spagna. Avrebbe mantenuto a

Milano la casa di via Fratelli Gabba, ma sarebbe tornata a Madrid in attesa degli sviluppi dell'inchiesta.

Ammirò, per l'ultima volta, la splendida esposizione di dipinti che l'aveva già esaltata in occasione di precedenti passaggi in compagnia di Andrea, avvertendo, per un passato prossimo ormai sepolto, un senso di nostalgia che la colse a tradimento.

Si riprese, e disse alla padrona di casa: «Sono in debito, nei suoi confronti. Non potrò mai dimenticare che lei, al di là di quello che gli ha consentito, è stata una sorella maggiore per lui...».

«Una madre, dica pure una madre, figliola...»

La Ghislandi abbandonò l'aria mansueta che aveva caratterizzato i suoi occhi durante quelle prime battute e, con tono improvvisamente grave, che trovava riscontro in uno sguardo fattosi a sua volta serio, soggiunse: «Io ho potuto superare il mio dolore prima di lei, in quanto la banca mi ha richiamato alle mie responsabilità. La banca non è un'entità astratta, una macchina per fare soldi. È un organismo concreto: fisico, sensibile e vibratile come il suo, Isabel. È sudore, sangue e cervello. Di tanti uomini. La sua vita e la sua morte vanno trattati come la vita e la morte di un uomo: perché coinvolgono tanti esseri umani».

Con un sospiro di ostentato rammarico, soggiunse: «Mio marito mi aveva insegnato che un banchiere, se vuole resistere sulla scena, deve evitare di scivolare su due bucce di banana "classiche e fatali", come le definiva lui: la fiducia negli altri e i miraggi. Anziché ricordarmi di questo insegnamento, mi sono lasciata sopraffare dal carisma di Andrea. Così abbiamo dovuto affrontare le prove di questi ultimi tempi...».

Isabel evitò di rispondere, ma fece chiaramente trasparire il suo dissenso sulla morale della padrona di casa.

L'indomani, all'aeroporto di Linate, dopo il check-in

per Madrid, Isabel si trovò di fronte, inaspettatamente, Michele Ruffo.

L'aveva chiamato lei, la sera prima, per dirgli quello che si era dimenticata di comunicargli nel corso del loro incontro del mattino: e cioè di essere sul piede di partenza. Non avendo trovato lui, aveva lasciato il messaggio e i saluti al suo segretario.

Così il sostituto si era fatto trovare all'aeroporto per salutarla.

«A cosa debbo l'onore?» ironizzò lei.

«Volevo sentirmi dire che gli inquirenti italiani stanno facendo il possibile. Almeno si sono mossi...»

«Fino a un certo punto» concesse Isabel.

«Perché questa riserva?»

La risposta di Isabel lo lasciò senza fiato: «Ha mai svolto indagini su Anna Arlati?».

Nel silenzio pesante che, per alcuni attimi, seguì la sua frase, fu ancora Isabel a rompere il ghiaccio: «La Procura ha trascurato il ramo femminile della vicenda».

Ruffo si sentì trafitto dalla lama affilata di un pugnale. Seppe solo dire, con voce contenuta: «Nelle indagini occorre selezionare un obiettivo. Il mio è stato il "vero amico" della Lynkas...».

«Sarà» commentò Isabel.

«Sono dunque sotto accusa...» concluse Ruffo.

«No, lei fa ciò che può, l'ho già detto un'altra volta.»

«Chi, se non io, è sotto accusa?»

«L'assassino, solo e sempre lui. O lei...» replicò Isabel.

«Mi tolga una curiosità. Lei è cattolica...»

«E allora?» l'interruppe la spagnola.

Il sostituto completò la frase: «Non è capace di perdonare un assassino, tanto più se si tratta di un assassino, al momento, solamente teorico?».

«Perdonare è facile in astratto. Ma quando capita in concreto di doverlo fare, è difficile, molto difficile. Ma io continuo a pregare.»

«Per cosa?»

«È un mio segreto.»

Il volo Iberia per Madrid fu infine chiamato. A quel punto Isabel non poté negare a Ruffo uno sguardo che restituiva, con generosi interessi, tutto il calore umano che aveva ricevuto dall'inquirente.

RUFFO: IL BRACCIO DI FERRO CON CORVANO

40

Il protrarsi della carcerazione di Corvano (convalidata dal Gip e dal tribunale della Libertà) provocò un grave stato di tensione tra difensori e magistrati inquirenti.

Gli avvocati dell'uomo d'affari, preso atto del braccio di ferro ingaggiato dall'accusa, chiesero un incontro con il procuratore della repubblica Alessandro Dell'Acqua e con il sostituto Michele Ruffo.

Ottenuto l'appuntamento, per il giorno 5 agosto, vi si recarono in due: uno di Napoli, enfatico ed emotivo; l'altro di Milano, più freddo e compassato.

Parlò per primo l'avvocato napoletano, che dava l'impressione di sudare più per l'ira che per il caldo: «Con tutto il rispetto per le Signorie Vostre Illustrissime, ho il dovere professionale di denunziare la persecuzione in atto nei confronti del mio assistito, figura di primordine del mondo del lavoro, non a caso insignito del titolo di cavaliere...».

Il procuratore fece una evidente smorfia, a significare che, in quel caso, lui si dissociava dal Presidente della repubblica che aveva elargito a Corvano l'alta onorificenza.

L'avvocato dovette capire quel che passava nella mente al procuratore, perché si attenne immediatamente al merito processuale: «Mi sembra evidente il carattere strumentale della carcerazione, finalizzata non a conseguire normali accertamenti, ma a forzare l'indiziato a confessare fatti e circostanze che sfuggono alla sua stessa consapevolezza».

«Nego nel modo più assoluto che vi sia nella carcerazione del suo assistito un intento strumentale come quello da lei descritto» assicurò il procuratore della repubblica.

«Lei lo nega, ma è nei fatti. E la Corte di Cassazione ha stabilito il principio che una simile strumentalità è illegittima.»

Il procuratore allargò le braccia, per esprimere che quello che aveva da dire l'aveva detto e non intendeva ripetersi.

Si inserì nella conversazione l'avvocato milanese: «Signor procuratore, ciò che più mi preoccupa in questa carcerazione, indubbiamente eccessiva, in relazione ad accuse generiche, è la probabilità altissima che, al di là delle intenzioni degli inquirenti, il signor Corvano possa essere criminalizzato agli occhi dell'opinione pubblica. E non quale ricettatore e riciclatore di capitali di dubbia provenienza, ipotesi già infamanti, ma quale autore dell'omicidio Bellani. Non c'è dubbio che per l'opinione pubblica, la lunga detenzione del signor Corvano è dovuta a una presunzione di colpevolezza, da parte della Procura, in ordine a un omicidio che non è neppure certo (traggo queste conclusioni dalla motivazione del tribunale del Riesame, all'atto della concessione della libertà alla signorina Lynkas). Mentre, al riguardo, voi non disponete, non solo di alcuna prova, ma, a mio modesto avviso, neppure di un indizio».

Il procuratore, che l'aveva ascoltato con atteggiamento paziente, concedendosi solo di storcere leggermente le labbra alle ultime parole del penalista, fu abile nella risposta: «Lei mi mette le parole in bocca, se mi passa l'espressione. La Procura non può incriminare nessuno, per l'omicidio del signor Bellani, in quanto un delitto, allo stato, non è neppure del tutto certo. E questo l'opinione pubblica lo sa, e pertanto non può nutrire le presunzioni che lei le attribuisce. Per contro, la Procura non può lasciare in libertà un soggetto che è stato individuato, da più testimoni, come detentore all'estero di ingenti capitali, dei quali non ammette il possesso e non sa dare spiegazioni, imponendo lui stesso, stavolta, la presunzione di provenienza illecita, frode fiscale e riciclaggio di capitali. La Procura ha il dovere, in questo caso, di accertare i fatti e di evitare l'inquinamento delle prove».

«L'ipotesi di riciclaggio mi sembra, a dir poco, azzardata. Mentre quella di detenzione all'estero di capitali, anche ingenti, non è più un reato, nel nostro sistema penale» replicò l'avvocato, facendo leva sul mestiere.

Il procuratore sollevò le mani aprendo le palme, a significare che non aveva commenti da fare. Omise di precisare, poiché il suo contraddittore lo sapeva benissimo, che se non era reato la mera detenzione all'estero di capitali, lo era invece il riciclaggio di denaro di provenienza illecita. L'avvocato, di fronte all'impermeabilità del procuratore, si concesse un commento velenoso: «Lei, in quanto sovrintende dall'alto l'attività giudiziaria, non può conoscere le condizioni di vita a San Vittore: nelle celle si convive con compagini di topi, scarafaggi, insetti di ogni genere; mancano le brandine, e si dorme su pagliericci sistemati a caso per terra...».

«Lo so, lo so» ammise con tristezza Dell'Acqua.

Quando i due legali furono usciti, il procuratore fece presente il suo punto di vista: «Occorre accelerare gli accertamenti internazionali. Se entro breve tempo non avremo riscontri, dovremo liberare Corvano».

«D'accordo» convenne Ruffo.

(Corvano sarebbe stato scarcerato nel successivo mese di settembre 1991, ma a seguito di decisione della Corte di Cassazione.)

RUFFO: L'INCHIESTA SI SPOSTA SEMPRE PIÙ ALL'ESTERO

41

Il 6 agosto, la banca Industria e Finanza, cui Ruffo aveva chiesto di essere informato sui nominativi dei sottoscrittori dell'aumento di capitale sociale, diede la sua risposta.

Non si trattava di più sottoscrittori, ma di uno solo: la Fiduciaria Fires di Zurigo. Per l'intero aumento.

Cosa poteva celarsi dietro l'interposizione della Fiduciaria? Forse i vecchi soci, per dissimulare i singoli apporti, si erano riuniti in un unico sindacato, sotto la bandiera di una fiduciaria. Oppure, l'alternativa era d'obbligo, la banca era stata scalata da un nuovo azionista.

Non restava che ricorrere ad altra rogatoria, dall'esito incerto, perché fossero svelati i rapporti tra la Fiduciaria Fires e i suoi mandanti.

Ruffo decise di andare a parlarne con il procuratore capo.

La differenza di status tra un procuratore capo e un sostituto procuratore è individuabile dal salto di qualità dei rispettivi uffici.

Spoglio e essenziale quello di un sostituto, arredato con ricercatezza l'ufficio di un Procuratore capo: quadri delle Belle Arti concessi in dotazione all'amministrazione della giustizia, poltrone in velluto, librerie fitte di volumi rilegati.

Alessandro Dell'Acqua vestiva un abito grigio estivo, con cravatta blu, e puliva scrupolosamente gli occhiali con il fazzoletto.

Ruffo gli diceva: «Se vogliamo venire a capo del caso Bellani, dobbiamo appellarci alla solidarietà dei giudici esteri. La chiave del mistero è all'estero, non in Italia...».

Dell'Acqua si era rimesso gli occhiali ed era disponibile per un'espressione di scetticismo: «E se avessero ragione il Tribunale della Libertà e Arese? Il giallo della *U.B.N.* è un movente a dir poco suggestivo per un suicidio. Il maggiore che sia stato fino ad oggi individuato. Quanto alle persone teoricamente indiziabili, Corvano, a parte il mistero sulla provenienza dei suoi capitali, sembra autentico e sincero quando dichiara che, nel suo ambiente, "i bidoni vanno e vengono" senza che a nessuno passi per la mente di uccidere; Assadi aveva moventi per essere ucciso, non per uccidere, questo è poco ma sicuro; Arlati aveva altro per la testa... Chi può averlo ucciso, al di fuori della mia... Ghislandi?» concluse con un sorriso provocatorio.

«Io ritengo che la chiave del delitto ci stia sfuggendo di mano, perché il centro nevralgico degli interessi *Bieffe* è all'estero; e perché taluni degli indiziabili sono stranieri o sono riparati all'estero. Ovvero...»

«Ovvero?»

«Hanno patrimoni clandestini all'estero.»

«Per esempio?»

Ruffo rispose con un breve elenco di persone: «Assadi, Anna Arlati, Corvano & C., la signora Ghislandi che, non va dimenticato, è la persona più danneggiata dagli avvenimenti finanziari degli ultimi tempi. Danneggiata due volte: nel mito del marito e nel proprio patrimonio».

«Insomma, cosa intendi fare?»

«Intendo inviare all'estero una nuova sventagliata di

rogatorie per accertamenti su personaggi e interpreti di questa vicenda; e sui loro conti correnti bancari. E in particolare sui rapporti tra la Fires e i suoi mandanti.»

Come per liberarsi da un incubo il procuratore capo disse: «Fai pure quello che credi... Io non pongo limiti al tuo attivismo... Non vorrei essere accusato, a posteriori, di averti condizionato...». Dell'Acqua era stato all'altezza della sua fama: gli interessi della giustizia andavano serviti fino in fondo, anche quando non si era del tutto convinti delle iniziative di un sostituto e prendeva corpo, nella sua mente, l'ipotesi del suicidio.

Ottenuto il consenso del capo, Ruffo si era chiuso nel suo ufficio per l'intera giornata, che si rivelò insufficiente. Così aveva dovuto continuare l'indomani, in compagnia del suo segretario tuttofare, per completare il testo delle varie istanze di assistenza giudiziaria.

Esse riguardavano la *disclosure* dei patrimoni in Svizzera della signora Irene Ghislandi, Anna Arlati, Abdel Assadi, Antonio Corvano, e delle società che controllavano la banca Industria e Finanza, nonché di quelle altre che risultavano intestatarie delle azioni privilegiate della banca Reuss. E infine la *disclosure* dei rapporti fiduciari tra la Fires e i suoi mandanti. La motivazione delle richieste era che, dietro la titolarità di quei conti, si nascondevano interessi e persone correlate al delitto Bellani.

Con richieste a parte, Ruffo aveva espresso la domanda, al ministero degli Interni, di volersi informare, attraverso fonti formali o informali, sui motivi dell'arresto, a Baghdad, di Hafiz Abdel Assadi. Questo argomento era divenuto uno dei suoi chiodi fissi (assieme all'altro, che si trascinava dietro da tempo: chi era l'amante di Sofia Lynkas?).

L'ultima richiesta era atipica, perché il ministero degli Interni italiano nulla era tenuto a sapere del perché e per come un cittadino estero fosse stato arrestato in una nazione straniera. Ma se il ministero e i suoi servizi volevano... potevano.

Le rogatorie avevano provocato, in Svizzera, una disputa tra Procura pubblica, favorevole alla massima collaborazione, e le banche, che si erano appellate alla Camera dei Ricorsi Penali, facendo leva sull'obiezione che nessun indizio concreto di colpevolezza era stato dedotto in ordine alle persone per le quali era stata richiesta la *disclosure* dei conti correnti.

La Camera dei Ricorsi, composta di tre giudici, è tradizionalmente restìa a travolgere il principio del segreto bancario. Ne costituisce, in un certo senso, l'estremo baluardo. Un'altra delle sue caratteristiche è quella di decidere in tempi non brevi: dai sei ai dodici mesi.

Fu così che Ruffo rimase impegnato, per lungo tempo, in un braccio di ferro con la Camera dei Ricorsi Penali. La materia del contendere era ulteriormente intricata dal fatto che quasi tutte le società detentrici delle azioni privilegiate risultavano aver sede nelle Cayman Islands, nelle Bahamas e in altri paradisi fiscali, e su queste l'autorità svizzera non aveva giurisdizione. Ma molti dei loro conti erano in Svizzera: in merito gli indizi erano convergenti.

42

Era un martedì temporalesco della prima settimana di aprile del 1992, quando, inaspettatamente, pervennero a Ruffo le informazioni "riservatissime" concernenti l'avventura a Baghdad di Hafiz Abdel Assadi, richieste otto mesi prima al ministero degli Interni italiano. Arrivarono in una busta gialla di formato medio, che sembrava racchiudere a malapena un solo foglio.

La busta fu consegnata al procuratore capo da un capitano dei Carabinieri in borghese, arrivato nella cancelleria della Procura con occhiali scuri, che si era tolti solo davanti a Dell'Acqua, al cui cospetto aveva insistito di essere ammesso onde trasmettere a mano la missiva.

Il procuratore, dopo aver licenziato il diligentissimo capitano, aprì la busta e lesse il contenuto dell'unico foglio, di cui avvertì subito l'importanza. Lo ripose nella busta e lo fece recapitare a Ruffo, con un suo cordiale biglietto: «La fortuna aiuta gli audaci».

Le informazioni riservate, raccolte attraverso fonti né identificate né identificabili, erano assolutamente sorprendenti.

Riportavano che l'arresto di Assadi, a Baghdad, era stato una simulazione, probabilmente concertata con le stesse autorità irachene.

Assadi era stato trattenuto in carcere il tempo necessario per avvalorare e diffondere la voce di un suo arresto; quindi si era trasferito, il restante periodo in cui era rimasto nel paese, in una comoda villetta nei pressi di Baghdad, con la motivazione simulata di arresti domiciliari. In quella villa aveva vissuto in piena libertà, ricevendo frequenti visite di uomini d'affari e di militari, e muovendosi anche all'esterno senza restrizioni di sorta.

Perché mai quella messinscena? Ruffo se lo chiese a lungo (le informazioni del ministero neppure affrontavano il quesito, limitandosi a riportare il mero dato di fatto).

Probabilmente Assadi, più che con i kuwaitiani, con i quali pure faceva affari, era legato con gli iracheni. Ed essendo stato (sempre ragionando per ipotesi) sospettato di doppiogioco, doveva aver simulato la carcerazione per riaccreditarsi agli occhi dei kuwaitiani e della Corte di Abu Dhabi, in modo da poter tornare a svolgere un ruolo di primo piano in quegli ambienti.

Gli era sovvenuta, al proposito, la frase sprezzante di Arlati: «E se non bastasse, Assadi era anche una spia!».

Spirava un'aria di giudizio universale, quel giorno, all'esterno e all'interno del Palazzo di Giustizia. Le nubi, fosche e tempestose, incombevano basse sul centro cittadino, dando l'impressione di comprimerlo; i tuoni sembravano voler seminare un clima di panico tra gli indegni cittadini; la pioggia si abbatteva con violenza sui vetri precari dell'ufficio di Ruffo, quasi a reclamare una miglior giustizia.

Ruffo aveva azionato, sul lato esterno della porta, la scritta luminosa:

IL SOSTITUTO PROCURATORE NON RICEVE

sentendo il bisogno di riprendere in mano i verbali di interrogatorio di Assadi e Arlati, per leggerli più volte. Quel suo procedimento di *total immersion*, usava definirlo "psicanalisi dei verbali": tra le loro righe si celava la vera personalità di quanti vi erano implicati.

Ebbene, quanto lo colpì, nella rilettura contemporanea delle due deposizioni, era il fatto che entrambi gli interrogati avessero, con facilità e disinvoltura a dir poco sconcertanti, confessato qualcosa che non erano tenuti a rivelare, e che normalmente era inconfessabile: e cioè che la donna di Arlati fosse, o fosse stata, l'amante di Assadi.

Non era certamente elegante, da parte di Assadi, come non lo sarebbe stato da parte di qualsiasi altro gentiluomo, ammetterlo in modo quasi spontaneo, e comunque senza esserne stato richiesto con particolare insistenza da parte di chi aveva raccolto la sua deposizione. Ed era addirittura esibizionistico, e perverso, da parte di Arlati. Quelle dichiarazioni erano innaturali. Lo erano in modo scoperto e deviante.

Arlati, in particolare, doveva aver adottato, nella sua deposizione, l'antica regola di prospettare una verità centrale, attorno alla quale far ruotare una serie di menzogne satelliti.

Quale la verità centrale? Ruffo optò per la dichiarazione di amore e passione per la sua compagna.

Ebbene, se le dichiarazioni dei due erano fabbricate ad arte, dovevano corrispondere a una finalità diversa da quella apparente; una finalità sulla quale, entrambi, convergevano: questo il punto, l'imprevedibile punto.

I due, contro ogni logica, avevano perseguito, nei rispettivi esami testimoniali, lo stesso scopo, e dovevano, pertanto, essere in pieno accordo. Altro che in conflitto!

Quale la loro finalità? Forse quella di consentire ad Arlati una via d'uscita dal procedimento elvetico? Era probabile. Per ragioni a lui ignote, Assadi poteva aver avuto interesse ad alleviare la posizione processuale di Arlati, e a favorirne l'uscita, in tempi brevi, dal carcere. Per evitare, ad esempio, che parlasse troppo.

Arrivato a quel punto di introspezione, non insistette oltre. Decise di cambiare aria: di passare il fine settimana nella casa di famiglia, al mare. Ne aveva diritto, essendo in arretrato di ferie. Avesse continuato a scervellarsi in ipotesi sui retroscena del caso Bellani, si sarebbe montato la testa e avrebbe affrettato le conclusioni. Doveva proprio staccare.

Chiamò Compagnone e gli diede istruzioni perché prenotasse per l'indomani mattino un biglietto aereo di andata e ritorno. Quindi fuggì letteralmente dall'ufficio, portando con sé solo il fascicolo dei verbali di interrogatorio. Imboccò di corsa la tromba delle scale, quasi a liberarsi dai pensieri, e finì per scivolare su una pozzanghera d'acqua che si era formata su uno dei gradini. Sarebbe rovinosamente caduto, se non l'avesse provvidenzialmente abbracciato un giudice che faceva le scale in senso opposto. «A buon rendere» ringraziò Ruffo.

Il mattino dopo, quando l'aereo si staccò dalla pista di Linate e prese le distanze da Milano, Ruffo avvertì un indefinibile senso di euforia e liberazione.

43

Una costante, nella vita del sostituto, era il ritorno estivo, per una ventina di giorni, nella casa al mare dei genitori, scomparsi da pochi anni. Nell'ultima stagione non gli era stato possibile. Ora, con quel week-end lungo, riparava in parte alla defezione.

Il padre di Ruffo, cancelliere divenuto col tempo magistrato (era arrivato alla carica di pretore capo di Catanzaro), aveva comprato assieme ai due fratelli, emigrati in Canada, un appezzamento di terreno a ridosso di una spiaggia candida, e su di esso aveva costruito tre villette schierate su di una stessa linea.

Finanziatori dell'acquisto e delle costruzioni (sul litorale di Catanzaro, nel golfo di Squillace) erano stati i fratelli.

È un luogo comune quello che l'emigrante, dopo aver fatto una certa fortuna all'estero, non resista al gesto di orgoglio di costruirsi una casa vicino al paese natìo, a testimonianza del proprio successo fuori dai confini nazionali e a riprova dell'attaccamento alla propria terra. Non importa che la casa, una volta costruita, sia abitata. Importa che sia edificata.

Il padre, aiutato dalle anticipazioni dei fratelli, aveva potuto ripagare i debiti solo con i proventi di un'eredità della moglie, giunta tardivamente rispetto alla loro stentata esistenza, ma tempestivamente rispetto all'onere del rimborso del prestito (che i creditori, apparsi raramente lungo quel litorale, gli avrebbero volentieri prorogato a tempo indeterminato).

Il sostituto era così diventato proprietario di una casa al mare, e custode di altre due, dove, talvolta, ospitava colleghi con le loro famiglie.

Nei suoi passaggi estivi in Calabria, erano poi frequenti le visite a un fraterno collega, Luca Presti: anche lui trascorreva gran parte dell'estate in una casa sul mare, a quindici chilometri di distanza. Luca si era affermato ai massimi livelli della Procura di Reggio Calabria, divenendo il maggior candidato alla funzione di procuratore capo. Per Michele era il fratello che la natura gli aveva negato e che lui si era tenacemente scelto. Insieme avevano fatto l'università, preparato e affrontato l'esame per l'ammissione alla magistratura.

Dopo il concorso, l'amico era stato assegnato a Roma (dove non si era ambientato, e aveva chiesto di poter tornare in Calabria); lui a Milano, via Bologna.

A Milano Ruffo aveva raggiunto un'ampia notorietà quando aveva identificato il filone del riciclaggio, nella capitale lombarda, del denaro di provenienza mafiosa, e smascherato i "colletti bianchi" che manovravano la redditizia attività.

Nel corso di quell'ultima visita in Calabria, Ruffo si isolò deliberatamente anche da Luca, per restare concentrato sulla sua inchiesta. Chiamò solo, dal vicino paese, la vedova di un pescatore, che usava tenergli in ordine la casa, e che lo conosceva fin da ragazzo, quando lui andava a pesca con il marito. E frequentò esclusivamente un ristorante sul mare di cui era cliente da tempo immemorabile.

"La Risacca", più che un ristorante, era, per la verità, una trattoria per amatori, una capanna di legno, sempre più erosa dai marosi e dalla salsedine, le cui finestre si affacciavano sul bagnasciuga. Nelle giornate di tempesta, dava sempre l'impressione di doversi arrendere alla furia combinata di vento e di mare. Ma era ancora lì. L'oste, come lui lo chiamava (un uomo grande e grosso di oltre settant'anni, che lo considerava un figlio prediletto), si portava da quasi vent'anni un soprannome che gli aveva affibbiato il suo amico Luca e che lui, Ruffo, per rispetto non aveva mai personalmente adottato: quello di "Piede di dama", per via di un difetto al piede destro che, nel camminare, non andava parallelo all'altro, ma sterzava verso l'esterno, con una torsione naturale e elegante come quella di una ballerina.

Furono, quelli della breve rimpatriata, giorni di meditazione e di interminabili passeggiate avanti e indietro sulla spiaggia. L'amico mare se ne stette buono per due giorni e prese ad agitarsi solo il terzo, rovesciandosi a riva con onde spumeggianti e fragorose, quasi sapesse che Ruffo lo preferiva in versione tumultuosa, quella che ne esaltava la vitalità.

Il giorno di bufera gli fece constatare che uno dei molti effetti della sua maniacale dedizione al caso Bellani era stato quello di sottrargli lo stesso tempo di tagliarsi i capelli, che ora venivano scompigliati dal vento inclemente e lui doveva rassestare in continuazione con le mani.

Fu la sera del terzo giorno, allorché il vento si era in gran parte placato, che Ruffo, nel camminare sulla spiaggia in direzione del ristorante, si sentì sfiorare dall'ispirazione. Leggera come una carezza della sua terra; e così rapida e improvvisa che non gli riuscì di trattenerne il senso, rivelatosi per una frazione di secondo e subito sparito dalla sua coscienza. Come se un bengala (uno solo, purtroppo) fosse stato esploso nella notte e avesse illuminanto la scena del caso Bellani, ma senza lasciare il tempo di identificarne compiutamente i particolari.

Precipitosamente, aveva cercato di percorrere a ritroso gli ultimi pensieri, alla ricerca del filo logico della fulminea rivelazione. Intestardendosi a tal punto da congestionare e confondere il cervello: le tempie gli si erano surriscaldate, dandogli la sensazione d'essere sul punto di scoppiare. Sapeva bene che in casi del genere è meglio desistere, dando al cervello il tempo di raffreddarsi. È inutile, e penoso, urtare contro il muro di gomma di una memoria recalcitrante.

Arese, proprio lui, gli aveva una volta insegnato: «La concentrazione, quando supera una certa soglia, e diventa ossessiva, finisce per provocare una congestione cerebrale, perché la tensione, anziché favorirlo, ostacola il flusso di sangue al cervello. Le idee perdute non vanno inseguite. Tornano da sole. E se non tornano, non sono idee, o non sono importanti».

Michele, il meglio di sé lo dava nella lucida perseveranza, nella capacità di osservare un caso «a tutto campo», e di trarne una sintesi risolutiva. Ma a freddo. Tra lui e la sintesi, l'incontro doveva essere spontaneo e naturale, non forzato. «Lei è un uomo di visioni e interpretazioni» gli aveva detto un professore universitario che aveva saputo apprezzarlo. «Farà bene il magistrato, se, con la maturità, acquisterà anche la freddezza.»

Fu il gestore del ristorante, con la sua estroversa ospitalità, a distrarlo dall'ansia nevrotica, raccontandogli, tra l'altro, un pettegolezzo riguardante un comune conoscente.

Quando, divincolatosi dalla festosità canina dell'oste, gli fu possibile isolarsi a un tavolo, l'idea perduta gli si era ripresentata da sola, senza sollecitazioni, come una donna bellissima e luminosa, che voglia imporre le sue regole del gioco.

Era più di una semplice idea. Era il principio di verità: per depistare le indagini sul caso Bellani, Assadi e Arlati dovevano, per forza di cose (ecco il punto: «per forza di cose»), falsamente attribuire al primo di essi una donna, anzi un'amante, che non fosse...

Aveva sospeso la frase, per poi concluderla con un

senso di liberazione e sollievo: un'amante che non fosse Sofia Lynkas!

La mistificatoria linea di condotta di entrambi era mirata a evitare che il sostituto procuratore capisse che la donna di Assadi, quella, almeno degli ultimi tempi, era stata Sofia. Questo, l'obiettivo diabolico dei due, perseguito con un gioco di risposte altrettanto luciferino: gli avevano dato in pasto Anna Arlati, per nascondere il legame Lynkas-Assadi, probabile chiave di interpretazione dell'omicidio.

L'orizzonte si era sgombrato davanti ai suoi occhi visionari, apparendogli nitido e trasparente: i due erano sempre stati d'accordo. Su tutto, tranne, forse, il delitto.

Assadi aveva simulato il suo arresto in Iraq per poter essere assente nel momento in cui si sarebbe consumata la truffa alla banca Reuss. Lui, difatti, doveva apparirne la vittima indifesa e impotente. In realtà, ne era complice, se non ispiratore e principale beneficiario. Vittime reali dovevano essere i circoli del Kuwait e di Abu Dhabi, che gli avevano affidato la gestione fiduciaria di proventi illegittimi.

Perché la truffa di Arlati, esecutore materiale, potesse essere perpetrata senza chiamarlo in causa, Assadi doveva apparire ostaggio di una situazione di emergenza, che lo metteva fuori gioco. Questa la logica della sua uscita di scena.

Quando Bellani aveva recuperato i capitali trafugati dalla banca Reuss, non poteva neppure lontanamente immaginare che, lungi dal salvarlo, aveva rovinato Assadi! Il quale, per essere arrivato a tanto, doveva nuotare in pessime acque. Per uscire dalle quali, era verosimile fosse stato costretto a escogitare la giocata a poker della vendita a Bellani del venti per cento della *U.B.N.*, certamente in mano a suoi amici, per rifarsi, quantomeno attraverso le commissioni, della truffa mancata.

Ma, se questo era lo scenario, la sua logica esigeva che Assadi, dopo la nuova truffa (a carico, stavolta, di Bellani), uccidesse il danneggiato: questi, con la caparbietà che gli era riconosciuta, e che aveva concretamente dimostrato proprio all'arabo, avrebbe infatti potuto ricostruire tutti i retroscena della vendita delle azioni *U.B.N.*. E, magari, aveva già minacciosamente imboccato quella strada!

Tornato a Milano, e mantenutosi per tutto il primo giorno in stato di isolamento, per meglio elaborare le sue ultime interpretazioni, Ruffo delegò alle polizie svizzera e italiana un controllo presso i maggiori alberghi di Zurigo, Lugano e Milano, per accertare, rispettivamente, se Sofia Lynkas si fosse recata a Zurigo e Lugano prima del delitto, e se, viceversa, Assadi fosse stato a Milano nei mesi precedenti la morte di Bellani.

Entrambi i controlli diedero in breve esiti positivi: Assadi era stato a Milano, presso il Principe di Savoia, sette volte nei sei mesi che avevano preceduto l'evento; e Sofia, nello stesso periodo, era stata registrata numerose volte al Dolder di Zurigo e allo Splendido di Lugano, quando vi risultava contemporaneamente presente Assadi.

Questi aveva pagato i conti presso gli alberghi svizzeri con assegni delle banche Commercio e Credito e Cantonale di Stato, entrambe di Zurigo.

I due erano dunque divenuti amanti nel periodo sospetto che aveva preceduto l'uccisione di Bellani. Il dato era in sintonia con l'ipotesi che lui aveva gradualmente formulato. Quella che sul luogo del delitto si fossero trovate due persone: una fuggita per prima, e l'altra rimasta a riordinare l'ambiente e a porre in atto la messinscena del suicidio.

Una insperata conferma a queste interpretazioni giunse poco dopo dalla Camera dei Ricorsi Penali di Berna, la quale, al termine del suo lungo iter istruttorio, autorizzò (anche a seguito dell'ultima documentazione inviata, e concernente il rapporto tra Assadi e l'indiziata della prim'ora) la *disclosure* del segreto bancario limitatamente all'arabo. Nella motivazione era detto che l'autorizzazione era concessa per l'opportunità di chiarire il misterioso intreccio di rapporti che legava simultaneamente Assadi al caso Bellani e al crack della *U.B.N.*, presso la quale erano transitate operazioni illecite di ogni genere.

Nel motivare il rigetto delle altre richieste di rogatoria, la Camera dei Ricorsi aveva affermato che «la *disclosure* di un conto corrente bancario o di un rapporto tra Fiduciaria e i suoi mandanti non può essere richiesta per verificare un sospetto o per accertare se per caso dietro un deposito bancario si celino le ragioni di un illecito (cosiddette *fishing expeditions*), perché, se l'esito dell'accertamento fosse negativo, resterebbe gratuitamente e irreparabilmente violata la privacy di legittimi risparmiatori. Può invece essere richiesta se esistano elementi di collegamento, anche solo indiziari, tra un illecito e il titolare di un conto».

Ma l'accoglimento della richiesta di *disclosure* sui conti di Assadi si rivelò più importante del rigetto delle altre istanze. Dal controllo simultaneo su tutte le banche elvetiche, era infatti emerso che venti giorni prima della morte di Bellani Assadi aveva ritirato in contanti, da una piccola banca di Zug, ventisettemila dollari: quelli finiti nelle mani di Sofia Lynkas e depositati presso la Comit di Milano. Capitali di Assadi, fino a cinque milioni di dollari, furono rintracciati nelle due banche di Zurigo già individuate da Ruffo.

Il 19 aprile passò nel suo ufficio Isabel Quinteros. «Per salutarla» disse. «Nient'altro!» Nel corso di quel breve colloquio, a Ruffo scappò detto: «Forse siamo arrivati a identificare l'amico di Sofia Lynkas».

Lei non fece una piega: segno che sapeva per suo

conto, ovvero che attendeva che lui si scoprisse spontaneamente.

Ruffo, in un primo tempo, non abboccò.

Fu quando la accompagnò con rammarico all'ascensore, che lei, sgranando quegli occhi che trasmettevano calore solare e riducevano l'interlocutore al rango di satellite, gli chiese d'improvviso: «È Assadi?». Dunque, lei aveva motivi di sospetto verso l'arabo.

Il sostituto fu preso in contropiede e, senza volerlo, le diede la conferma che aspettava: «Può darsi».

Dopodiché si morsicò la lingua: aveva violato il segreto istruttorio su un punto delicatissimo dell'inchiesta.

Qualcuno avrebbe potuto insinuare che si era infatuato della donna. Se così fosse stato, non sapeva che farci. La regola del non bere in servizio lui la capiva e l'applicava. Ma quella del non "infatuarsi" in servizio, neppure segretamente, era mai applicabile?

Le ultime risultanze convinsero l'inquirente a rompere gli indugi, e ad assumersi la responsabilità della richiesta al Gip di un provvedimento di custodia cautelare, da trasmettersi all'Interpol, nei confronti di Hafiz Abdel Assadi e di Sofia Lynkas. Lavorò due giorni alla motivazione dell'istanza, i cui punti cardinali erano i seguenti:

1. tra Assadi e Bellani erano sicuramente intercorsi fortissimi contrasti (in parte ammessi dallo stesso Assadi) in relazione a una vendita di azioni che aveva messo a repentaglio la sorte degli istituti gestiti dal banchiere;

2. era legittimo presumere che questi contrasti fossero arrivati a un punto di rottura, e che Assadi si fosse trovato costretto ad atti inconsulti, quali l'omicidio, per liberarsi dalle inevitabili reazioni di Bellani;

3. Assadi intratteneva, al momento del delitto, una relazione con Sofia Lynkas, relazione da lui nascosta e

anzi abilmente dissimulata, lasciando intendere, durante l'audizione a Abu Dhabi da parte dell'inquirente italiano, di essere l'amante di un'altra donna: era evidente il suo intento di coprire un retroscena legato all'omicidio di Andrea Bellani;

4. Sofia Lynkas era l'unica persona vista fuggire dal luogo del delitto;

5. Sofia Lynkas aveva mentito su tutta la linea nel corso del suo interrogatorio (anche questo dato di fatto non poteva avere altra spiegazione che la volontà di coprire i retroscena del delitto Bellani).

Ce n'era abbastanza per ipotizzare in capo ai due, o ad uno di essi, la responsabilità dell'omicidio del banchiere.

Ruffo non poté dar subito corso alla procedura per l'arresto di Assadi e della Linkas, essendo assente dall'ufficio, per consultazioni a Roma, il procuratore capo, che intendeva informare dell'iniziativa.

Quando tornò, Dell'Acqua autorizzò il sostituto a procedere alla richiesta. Il Gip condivise le sue convinzioni e trasmise al ministero di Grazia e Giustizia l'ordinanza di custodia cautelare, da eseguirsi tramite l'Interpol. Ma i tempi burocratici del ministero non consentirono all'Interpol di agire tempestivamente. Assadi, il giorno 11 maggio 1992, fu trovato ucciso, dalla polizia locale, nella toilette dell'aeroporto di Bahrein. Era stato colpito alla nuca da un colpo di pistola, mentre, verosimilmente, si asciugava le mani al lavandino. Nessuno fu testimone del delitto.

RUFFO: IL SECONDO INTERROGATORIO DI SOFIA LYNKAS

44

Restava Sofia Lynkas. Non era poco, in realtà: un'attrice greca per una tragedia italiana. Era lei la protagonista della prima ora, quella che aveva abbandonato di corsa la scena del delitto, fornendo della sua fuga una versione piuttosto romanzesca! Una protagonista che tutto lasciava intendere non essere più impenetrabile e sicura, come nel primo interrogatorio, ma verosimilmente fragile e in cerca di nuove alleanze.

L'intuizione basilare del sostituto procuratore fu quella che Sofia Lynkas, alla notizia dell'assassinio dell'amico, si sarebbe sentita pericolosamente isolata e avrebbe messo in conto concreti rischi per la sua stessa sorte; e che questo stato d'animo avrebbe potuto, anzi dovuto, sospingerla nelle braccia della sua grande nemica di un anno prima: l'autorità giudiziaria italiana, unica possibile alleata per la sua sopravvivenza. Occorreva vincere (questa la seconda intuizione) la concorrenza delle polizie arabe interessate a far luce sull'omicidio di Assadi: fossero arrivate per prime a mettere le mani sulla donna, questa sarebbe stata a lungo sottratta alle indagini degli inquirenti italiani, e avrebbe potuto seguire una logica difensiva diversa da quella che lui si attendeva.

Il timore di essere anticipato da altri inquirenti indusse Ruffo alla massima rapidità operativa. Non appena informato della fine di Assadi, ribadì all'Interpol, stavolta con procedura d'urgenza, la richiesta di eseguire immediatamente l'arresto della donna greca disposto dal Gip.

I fatti gli diedero ragione. Sofia Lynkas si consegnò docilmente all'Interpol, affermando agli agenti la sua volontà di collaborare con la giustizia italiana, e qualificandosi come mera testimone della morte di Bellani.

Per dare una prova immediata di buona volontà, si mise in contatto, con l'autorizzazione dell'Interpol, con l'avvocato Landolfi di Lugano (lo stesso che Ruffo aveva sentito per rogatoria) e gli diede istruzione di trasmettere senza indugio, alla Procura della Repubblica di Milano, un documento segreto da lui conservato.

Il misterioso documento arrivò in Italia il 21 maggio, tre giorni prima di lei, portato a mano da un assistente dell'avvocato svizzero. La busta, ancora sigillata, che lo conteneva, risultava timbrata a Milano il 4 giugno 1991: il giorno dopo la morte di Bellani.

Si trattava di un testo di contratto non sottoscritto dalle parti nominatevi. Ma la lettera d'accompagnamento del legale spiegava che, a mani fiduciarie, esisteva un originale sottoscritto da tutte le parti indicate.

Ruffo lo lesse avidamente. Nell'epigrafe il lungo elenco dei partecipanti alla Convenzione: la banca Industria e Finanza, la banca Reuss, la banca Generale di Credito (l'indicazione di quel gruppo bancario lo lasciò sbalordito), tale società *I.F.S.* (Intercontinental Financial Services) delle Cayman Islands, la signora Irene Ghislandi e, infine, una lunga serie di società, sedenti in paradisi fiscali, che controllavano la maggioranza della banca Industria e Finanza. Nel leggere il nome della *I.F.S.*, sedente nelle Isole Caimane, il sostituto emise un fischio sottile. Aveva infine trovato la chiave di lettura dell'interrogativo formulato da Bellani, in calce alla pagina di un libro: «Chi si nasconde dietro il Caimano?». Il banchiere intendeva chiedersi chi si nascondesse dietro la *I.F.S.*. Dato che la società era delle Isole Caimane, il suo azionista era stato da lui metaforicamente denominato "il Caimano"!

All'elenco delle parti seguiva la convenzione vera e propria. Ch'era del seguente tenore:

PREMESSO CHE:

I. la banca Reuss di Zurigo ha acquistato dalla *I.F.S.*, nell'anno 1990, il venti per cento del capitale azionario della *U.B.N.*, sedente in Lussemburgo.

II. La stessa banca Reuss ha successivamente richiesto presso l'autorità giudiziaria di Londra l'annullamento dell'acquisto di cui al punto 1, per ragioni di dissesto della *U.B.N.* già sussistenti, a dire della ricorrente, al momento della compravendita delle azioni; e ha contemporaneamente ottenuto, dalla stessa autorità, il sequestro, presso tre diverse banche londinesi, di capitali *I.F.S.* fino alla concorrenza di seicento milioni di dollari (per capitale, interessi e ragioni di danno).

III. La *I.F.S.*, società di diritto inglese, ha contestato e contesta le ragioni di fatto e diritto della banca Reuss e rivendicato a sua volta ragioni di danno;

tutto ciò premesso e ritenuto quale parte integrante di questo accordo

SI CONVIENE

1. La banca Reuss presenterà entro il 15 giugno 1991 atto di rinunzia al sequestro di capitali conseguito presso l'autorità giudiziaria londinese. Ciò secondo la formula e il testo allegati a questa convenzione (allegato 1). *I.F.S.* presenterà a sua volta atto di rinunzia alla richiesta di risarcimento danni fatta valere, nella stessa sede, nei confronti della parte sequestrante.

2. Contestualmente alle rinunzie di cui al paragrafo

1, la *I.F.S.* e la banca Reuss rilasceranno, alla consociata di Londra della Fiduciaria Fires di Zurigo, mandato irrevocabile a ritirare dalle banche londinesi i fondi attualmente sequestrati e a utilizzarli secondo i termini di questa convenzione (allegato 2).

3. Per effetto delle rinunzie e del mandato previsti dai paragrafi 1 e 2, avverranno i seguenti adempimenti:

A) la banca Industria e Finanza (*Bieffe*) depositerà le azioni della banca Reuss da essa possedute presso la Fiduciaria "Lombard" di Milano, girate alla stessa a garanzia dell'esecuzione degli altri termini di quest'accordo;

B) gli azionisti italiani della banca Industria e Finanza depositeranno a loro volta le azioni di tale istituto, da essi possedute, presso la "Lombard", girate alla stessa a garanzia dell'esecuzione degli altri termini di quest'accordo;

C) gli azionisti esteri della banca Industria e Finanza (di qualunque nazionalità essi siano) depositeranno le azioni da essi possedute presso la Fiduciaria Fires di Zurigo, girate alla stessa, a garanzia della esecuzione degli altri termini di questo accordo;

D) le due Fiduciarie riceveranno, alla stessa data degli adempimenti prima elencati, mandato irrevocabile da tutte le parti fiducianti (allegato 3) a trasferire, entro il 31 dicembre 1993, azioni pari al cinquantasette per cento della Industria e Finanza alla banca Generale di Credito, sedente in Milano, per sé e/o persone fisiche e giuridiche da essa designande dieci giorni prima del trasferimento;

E) contestualmente agli adempimenti prima elencati, la Generale di Credito depositerà presso la Fires fideiussioni di primarie banche italiane e/o estere fino alla concorrenza di novecento milioni di dollari, a garanzia della esecuzione dei propri adempimenti. Tali fideiussioni dovranno essere onorate anche in presenza di eccezioni del debitore;

F) il prezzo del cinquantasette per cento del capitale azionario della *Bieffe* sarà insindacabilmente rimesso alla stima di istituto estero, fin d'ora nominato e incaricato con separato mandato irrevocabile, sottoscritto da tutti i contraenti e da considerarsi parte integrante di questo accordo (allegato 4). Si dà atto che l'istituto ha accettato l'incarico e procederà tassativamente secondo i criteri di valutazione fissati nel mandato. Il prezzo definitivo delle azioni oggetto di compravendita sarà comunicato alle parti entro il 30 novembre 1993, comprensivo di un premio di maggioranza pari al venticinque per cento del valore accertato. Sarà comunque applicabile, in caso di necessità, l'art. 1473 del Codice civile italiano.

4. La consociata londinese della Fiduciaria Fires di Zurigo utilizzerà i capitali liberati dal sequestro, di cui alla premessa II, per consentire alla banca Industria e Finanza e alla banca Reuss (mediante sottoscrizione, da parte della stessa Fiduciaria, delle azioni di nuova emissione dei due istituti) di azzerare gli investimenti da esse effettuati per l'acquisto delle azioni *U.B.N.*, e reintegrare proporzionalmente i rispettivi capitali sociali.

5. La famiglia Schuh riconosce con questo stesso atto alla banca Generale di Credito il diritto di opzione, per sé o persone fisiche o giuridiche da nominare, sulle azioni della banca Reuss da essa possedute, esercitabile entro il 31 dicembre 1993, al prezzo fin d'ora fissato di millecinquecento franchi svizzeri per azione.

6. I ricavati della vendita del cinquantasette per cento del capitale della Industria e Finanza saranno destinati, da parte della Fires e della "Lombard", ai propri fiducianti, previo versamento alla *I.F.S.* di duecento-

cinquanta milioni di dollari, oltre gli interessi medi di mercato, dalla data di questo accordo al momento del pagamento.

7. I venditori si rendono garanti del mantenimento dello *status quo* patrimoniale delle banche Industria e Finanza e Reuss da parte degli amministratori.

8. Il dottor Andrea Bellani manterrà le cariche attualmente detenute presso la banca Industria e Finanza e la banca Reuss almeno fino al 31 dicembre 1993.

9. Questo contratto rimarrà depositato fiduciariamente presso la Fires di Zurigo, che lo attiverà e renderà disponibile per l'arbitrato in caso di obiettivo e documentato inadempimento di una delle parti.

Seguiva la clausola arbitrale. L'arbitrato era sottoposto al regolamento della Camera Arbitrale di Zurigo. Legge di riferimento, quella italiana.

La lettura della convenzione sconcertò Ruffo. Quel finale di partita, capolavoro postumo di Bellani, salvava baracca, burattini e burattinai e inceneriva l'ipotesi del suicidio: il banchiere italiano non solo non ne usciva perdente, ma risultava impegnato a dirigere la banca per altri due anni. Che motivo aveva di suicidarsi?

Restava in piedi, ormai, la sola ipotesi del delitto. E poiché Assadi risultava il più coinvolto nel complesso di interessi contemplati dall'accordo, i possibili moventi si erano ridotti a due: Assadi aveva ucciso Bellani per liberarsi della transazione cui era stato costretto, o per vendicarsi di essere stato afferrato per il collo attraverso il sequestro impostogli a Londra. Ovvero, in alternativa: qualcuno degli azionisti aveva capito che, uccidendo Bellani, si colpevolizzava automaticamente Assadi, e aveva ucciso non tanto per colpire il banchiere, quanto per incriminare l'indiziato numero uno del delitto e costringerlo a una resa ancora più incondizionata di quella contemplata dalla transazione.

Un omicidio, nell'ultima ipotesi, meramente e cinicamente strumentale.

Il 24 maggio arrivò a Milano Sofia Lynkas, che comparve al cospetto di Rocco Ruffo quattordici ore dopo l'atterraggio a Milano. Quale avvocato di fiducia l'indiziata nominò lo stesso legale che, nel precedente interrogatorio, l'aveva assistita d'ufficio.

Ruffo capì subito che gli eventi della vita l'avevano non poco piegata, trasformando in fatalismo la volitività che l'aveva impressionato un anno prima.

Il suo primo interrogatorio cominciò alle dieci del mattino e, con varie interruzioni, si sarebbe protratto per otto ore, riempiendo sessanta pagine di verbale.

Quella che segue è la trascrizione, con taluni omissis, dei passaggi principali delle sue dichiarazioni, preceduta da una precisazione del sostituto procuratore:

È doveroso premettere che il testo di questo verbale è stato filtrato, sotto il profilo letterale, dall'inquirente con il concorso e il consenso, volta a volta, dell'avvocato difensore, dovendosi talvolta riesprimere in forma più appropriata contenuti espressi in modo elementare e non specialistico dalla stessa interrogata. Ma la corrispondenza del testo ai significati espressi dalla signorina Lynkas è confermata dalla sottoscrizione del verbale da parte del difensore.
Si dà comunque atto che l'indagata, per quanto non esperta di finanza, ha una profonda conoscenza dei fatti narrati, per averli vissuti in prima persona e per esserle stati spiegati dal signor Assadi, che la utilizzava quale segretaria e interprete. Essa, inoltre, conosce perfettamente la lingua italiana.

Interrogatorio della signorina Sofia Lynkas in data 25 maggio 1992.

A domanda del sostituto procuratore: «Conferma o smentisce i contenuti dell'interrogatorio del giugno del 1991?» l'indagata risponde: «Li smentisco integralmente».

«Vuole allora rivelare, oggi, perché si trovava, il tardo pomeriggio del 3 giugno 1991, nell'ufficio del dottor Bellani?»

«Ero stata incaricata dal signor Assadi di ritirare il testo definitivo dell'accordo finanziario che doveva evitare la crisi delle banche di Bellani.»

«Quale accordo, Sofia? (Era stata la Lynkas a invitarlo a chiamarla per nome.) Quello fatto pervenire a questa Procura prima del suo ritorno?»

«Certo. Si tratta dell'accordo che Bellani aveva negoziato prima con il signor Assadi e poi con il signor Corvano, la signora Ghislandi e il dottor Millo.»

«Ma perché il signor Assadi avrebbe accettato di prestarsi a evitare il dissesto delle due banche di Bellani?»

«Perché Bellani era riuscito a sapere dove erano depositati i capitali della *I.F.S.*, la società finanziaria che aveva venduto le azioni *U.B.N.* alla banca Reuss. E sulla base di questa informazione riservata, aveva chiesto e ottenuto, in Inghilterra, il sequestro dei capitali e degli interessi nel frattempo maturati.»

«Di che entità è stato questo sequestro di capitali?»

«Circa seicento milioni di dollari, mi pare.»

«Nessuno, nel periodo di tempo intercorso dalla morte di Bellani, è stato informato di questo fatto. Come mai l'avvocato che ottenne il sequestro per conto di Bellani non ne ha dato notizia agli inquirenti?»

«Perché lui, dopo la morte di Bellani, rispondeva alla banca Reuss, che è la sua mandante. E il signor Schuh gli ha chiesto di mantenere il "segreto professionale" (*l'espressione è del verbalizzatore, n.d.r.*) per salvare la soluzione convenuta.»

«La soluzione di cui lei parla è stata eseguita?»

«Sì. Questo è di dominio pubblico. Ciò che è rimasto segreto è quel che sta dietro alla soluzione.»

«Dica tutto quello che sa di questa soluzione e dei suoi negoziatori.»

«Si tratta di una soluzione di compromesso tra le rispettive posizioni.»

«Quali erano le rispettive posizioni?»

«Bellani voleva dalla *I.F.S.* la restituzione di tutte le somme versate dalla banca Reuss e l'annullamento dell'acquisto delle azioni *U.B.N.* Ma il sequestro dei capitali, da solo, non poteva consentire il risultato di salvare le banche, perché avrebbe dovuto essere convalidato da un procedimento giudiziario che sarebbe potuto durare anni (*il testo letterale è del verbalizzatore, n.d.r.*). Così Assadi e Bellani convennero una transazione che consentisse a ognuna delle due parti un certo vantaggio. Tutti e due, in un certo senso, avevano il coltello dalla parte del manico: Bellani aveva il sequestro, Assadi aveva la possibilità di salvare le banche, ma voleva farsi pagare un premio.»

«Mi descriva l'incontro di quel tardo pomeriggio del 3 giugno 1991.»

«Quel pomeriggio Bellani doveva avere un incontro segreto con il signor Millo, che già conosceva i termini dell'accordo e che doveva restituire il testo definitivo con il benestare di un suo legale.»

«Indipendentemente dal parere del legale, Millo era d'accordo?»

«Millo aveva partecipato a una delle ultime riunioni tra Assadi e Bellani, che rappresentava anche Corvano e gli Schuh, e aveva dato il suo consenso di massima alla soluzione. Ma aveva manifestato alcune riserve tecniche, che avrebbe dovuto sciogliere quel pomeriggio.»

«Lei ha detto che negli incontri preparatori Bellani rappresentava Corvano e gli Schuh. Non rappresentava anche la Ghislandi?»

«No. La Ghislandi era visceralmente convinta di essere la vittima, fin dal momento dell'acquisto delle azioni *U.B.N.*, di una colossale truffa concertata tra Bellani e Assadi per sottrarle il controllo della banca. E alla fine credette che anche l'imminente crollo della *U.B.N.* fosse un bluff. Partecipò solo a una riunione degli azionisti e disertò le altre. Ma non era la sola a opporsi alla transazione. C'era, a opporsi, anche qualcuno di molto importante dalla parte di Assadi.»

«Fu Bellani a escogitare la soluzione e mettere d'accordo tutti?»

«Sì. Il difficile, per lui, fu convincere Millo, che in un primo tempo aveva escluso qualsiasi intervento a favore delle due banche. Ma Bellani lo persuase quando gli prospettò l'acquisto differito a due anni, e cioè una volta che fosse passato il peggio.»

«Dove avvenne la trattativa, Sofia?»

«Vi fu una lunga serie di incontri segreti presso l'avvocato Landolfi di Lugano. Assadi ha gravitato per circa 15 giorni a Lugano.»

«Dove alloggiava Assadi a Lugano?»

«All'hôtel Splendido.»

«Lei era con lui?»

«Sì, spesso.»

«E perché il signor Assadi delegò a lei l'atto finale?»

«Perché quella sera doveva arrivare nell'ufficio di piazzetta Bossi la signora Ghislandi: Bellani l'aveva convinta a prendere quantomeno in visione il documento finale.»

«E allora?»

«I rapporti di Assadi con la Ghislandi erano burrascosi, dato che, nell'unica riunione cui la signora aveva partecipato, l'aveva apostrofato con gli epiteti di "truffatore e ladro di Baghdad".»

«Ma perché Assadi non inviò il suo legale?»

«Perché il legale, come tutti durante la trattativa, aveva la mania della segretezza e non voleva apparire più di tanto in una operazione clandestina come quella. E poi aveva timore di divenire il responsabile di un eventuale fallimento della trattativa.»

«Anche se doveva limitarsi a portare un documento, il suo era pur sempre un incarico delicato. Perché si fidava tanto di lei il signor Assadi?»

«Perché il nostro era divenuto un rapporto solido e profondo. E perché si era abituato a utilizzarmi come segretaria e interprete.»

«Ma Assadi era un uomo spregiudicato. Aveva truffato Bellani, lei lo sapeva?»

«Aveva sottovalutato le conseguenze, per Bellani, di quella vendita di azioni... E difatti, quando capì la gravità delle conseguenze, fece quanto era nelle sue possibilità per tentare il salvataggio delle banche.»

«Chi l'ha ucciso?»

«Aveva tanti nemici, nel Medio Oriente...»

Si dà atto, a questo punto, che l'interrogatorio è brevemente sospeso.

Riprende alle ore 13.

«Torniamo a quel tardo pomeriggio del 3 giugno. Cosa avvenne?» chiede il sostituto procuratore.

«Io avevo l'incarico di ritirare dall'ufficio di Bellani il testo licenziato dall'avvocato di Millo, per portarlo a Assadi che attendeva a casa mia, a Milano. Se il testo gli fosse andato bene, e se la signora Ghislandi avesse infine dato il suo consenso, tutti, l'indomani pomeriggio, si sarebbero recati a firmarlo a Lugano, presso la sede locale della Fires, che doveva gestire fiduciariamente l'operazione.»

«Bellani, dunque, quel tardo pomeriggio attendeva la signora Ghislandi. Attendeva anche Assadi?»

«Non credo. Bellani sapeva che Assadi non voleva essere visto da nessuno e avrebbe finito per mandare me.»

«L'aveva fatto altre volte?»

«Sì, una volta, sempre in piazzetta Bossi. Inoltre si era fatto raggiungere da me in occasione di una delle riunioni, quella in cui era presente anche la Ghislandi. Io arrivai alla fine, quand'era rimasta solo la signora. Fu in quell'occasione che assistetti al primo furibondo scambio di accuse tra i due.»

«Quindi la Ghislandi la conosceva?»

«Sì. Per lei ero la segretaria e l'interprete di Assadi.»

«Mentre non la conosceva la Quinteros, vero?»

«No, la Quinteros non mi conosceva.»

«Quel tardo pomeriggio, dunque, cosa avvenne?»

«Fui accompagnata in macchina da Assadi fino in via Broletto. Lì scesi e continuai a piedi. All'imbocco di via Bossi incontrai Bellani, che proveniva anche lui a piedi da piazza Cordusio, dalla direzione opposta alla mia. Era visibilmente euforico. Mi gettò uno sguardo in parte ironico, in parte impudente e mi disse: "Dunque Assadi manda il meglio di sé!".»

«Perché ha definito impudente il suo sguardo?»

«Perché mi guardò dalla testa ai piedi, senza ritegno.»

«Sapeva Bellani della sua relazione con Assadi?»

«La intuiva, anche se Assadi mi faceva passare per la sua segretaria.»

«Quale era il clima dei rapporti di Bellani con lei e con Assadi?»

«Con me buoni: si è sempre comportato da gentiluomo. Con Assadi erano tra i peggiori che si possano immaginare, almeno all'inizio della crisi. Poi la tensione si è allentata quando si è profilata una soluzione, e loro si sono ritrovati alleati nel sostenere l'accordo. Bellani aveva capito che Assadi, nei limiti del possibile, intendeva riparare il danno.»

«Proceda nel racconto di quel pomeriggio.»

«In piazzetta Bossi, Bellani mi fece entrare in un bar e mi offrì qualcosa da bere. Lui chiese un caffè freddo. Poiché un tavolino era vuoto, mi fece accomodare e sedette lui stesso con un senso di sollievo. Era evidente ch'era stravolto dalla tensione e cercava di rilassarsi.

Ricordo che mi chiese dove mi sarei recata in vacanza e mi disse che lui sarebbe volentieri andato in crociera nella mia terra. Nell'insieme, rilasciammo ai camerieri del bar, che ci sbirciavano in continuazione, l'impressione di una coppia affiatata e fu questo che, successivamente, mi diede la forza per sostenere, nel primo interrogatorio, di essere stata l'amante di Bellani.»

«Quanto vi fermaste al bar?»

«Una decina di minuti. Poi salimmo insieme nel suo ufficio. Lui si levò la giacca e si rimboccò le maniche per fare delle fotocopie del testo di Millo. Aveva appena finito di armeggiare alla fotocopiatrice, che citofonarono dal portone d'ingresso. Bellani aprì con un pulsante, senza neppure chiedere chi fosse, perché dava per scontato che fosse la Ghislandi. Poi mi invitò ad aspettare nel salottino, in modo che, se la Ghislandi avesse dato una risposta positiva, avrei potuto immediatamente informarne Assadi: anche lui, Bellani, era condizionato dalla mania della segretezza, e non voleva usare il telefono dell'ufficio. Mi infilai nel salottino, sedendo nella poltrona più interna, in modo da nascondermi alla vista di chi entrava nell'ufficio.»

«Vuole descrivere, per chi non li conosca, i locali dell'ufficio di Bellani?»

«Entrando nell'ufficio, ci si trova davanti a un atrio circolare. Antistanti rispetto all'ingresso, la segreteria e una camera privata, che confina con il bagno. Ai due lati dell'atrio, il salottino d'attesa e lo studio: uno di fronte all'altro. Entrambi hanno una porta a due ante, scorrevoli, di legno lucido.»

«Insomma, dal salottino si può vedere nello studio antistante, se entrambi sono aperti o semiaperti.»

«Esatto. I pavimenti sono tutti ricoperti di moquette grigia, a trama larga.»

«Continui pure nel suo racconto.»

«Capii subito, quando Bellani aprì la porta dello studio, che la persona che entrava non era la Ghislandi.

Bellani, difatti, esclamò: "Lei!". Una voce di uomo rispose: "Io!". Non ci fu nessun cenno di saluto. Seguirono momenti di gelo, durante i quali Bellani dovette introdurlo nel suo studio, nel più assoluto silenzio. Poi intuii che i due dovettero sedersi.»

«Lei conosceva la voce del nuovo arrivato?»

«Sì, la conoscevo» rispose lei con un sospiro. «La conoscevo a tal punto che mi alzai subito in punta di piedi.»

«Perché?»

«Perché quell'uomo mi faceva paura...»

«Chi era?»

«Arlati!»

«Arlati...? Lei si tenne nascosta, o cos'altro fece?»

«Decisi di uscire dal salottino e farmi viva. Per allontanarmi da quella situazione, e per far chiaro a Arlati che c'era un testimone della sua venuta in piazzetta Bossi, ciò che avrebbe dovuto trattenerlo da gesti inconsulti.»

«E allora, Sofia?»

«Mi feci avanti sull'ingresso e dissi: "Buonasera, io vado. Ho un appuntamento con il signor Assadi". Arlati si voltò, e dopo avermi salutato a sua volta, disse garbatamente: "Stia qui, la prego, così potrà riferire ad Assadi". Io non ebbi la forza di reagire. E poiché Bellani fece un gesto che mi invitava a entrare nella stanza, io andai a sedermi sul divano alla destra della scrivania...»

«Dunque, Arlati la conosceva bene...»

«Certo, mi conosceva e sapeva di me e Assadi.»

«Arlati dove sedeva?»

«Sulla sedia alla destra di Bellani, quella vicina alla porta.»

«Quindi non sedeva di fronte a lui, ma spostato verso la porta.»

«Certo.»

«Prima di andare avanti, precisiamo ancora un punto, Sofia. Assadi sapeva che quel tardo pomeriggio la

Ghislandi sarebbe passata da Bellani. Come mai non lo sapeva anche Arlati?»

«I rapporti tra i due erano diventati pessimi. Si sentivano per telefono solo in caso di necessità.»

«Ho capito. Cosa si dissero Bellani e Arlati in sua presenza?»

«Arlati affermò: "Lei avrà capito perché sono qui". Bellani rispose: "Temo di capirlo. Anzi, di averlo capito da un certo tempo. È lei il proprietario delle azioni *U.B.N.* che mi sono state rifilate". Arlati non fece commenti e chiese: "Posso vedere la transazione preparata da lei e da Assadi?". "Certo. È lei la mia vera controparte!" Arlati diede una rapida scorsa al documento, poi disse: "Le do l'ultima chance di rinunziare al sequestro e a una transazione ricattatoria". Bellani rispose con un "no" fermissimo. Fu a quel punto che arrivò una telefonata. Io pensai subito che si trattasse di Assadi, di cui conoscevo l'impazienza e che, probabilmente, chiamava da un telefono pubblico. Bellani si alzò, appoggiandosi al tavolo fratino, con il telefono all'orecchio. Stette per un po' a sentire, poi pronunziò le parole: "Mi richiami domani mattina, in banca". Non era Assadi! Quando Bellani mise giù il telefono, Arlati disse: "Lei sta giocando una partita molto pericolosa!".»

«E Bellani?»

«Bellani ricevette la minaccia senza fare una piega e senza degnarla di un commento. Era sempre in piedi. Per tutta risposta si sporse sul tavolo, scelse un sigaro e afferrò un grosso accendino. Lo azionò inchinandosi in avanti e la fiamma venne fuori alta, insolitamente alta, una piccola vampata. Lo vidi socchiudere gli occhi, quasi volesse proteggerli, e ritrarre istintivamente il volto verso sinistra. In quel preciso istante, cogliendolo di sorpresa, Arlati estrasse dalla tasca della giacca una rivoltella. Allungò il braccio sinistro e la puntò, dal basso, verso il profilo destro del viso di Bellani...»

«Lui si accorse del pericolo?»

«Non so, non posso dirlo. Fu tutto così fulmineo, senza soluzione di continuità... Bellani, un attimo prima dello sparo, dovette spingersi all'indietro..., istintivamente. Ma Arlati ne seguì il movimento, sporgendosi in avanti...»

«Arlati sparò stando seduto o si alzò?»

«Si sollevò di quel tanto che gli bastava per essere a ridosso della tempia di Bellani. Fu dopo aver sparato che si alzò dalla sedia.»

Si dà atto, a questo punto, che la signorina Lynkas, in preda a una forte emozione, chiede una breve pausa.

L'interrogatorio riprende alle ore 17.

«Bellani morì sul colpo?»

«Mi pare di sì, ma non ricordo. Dopo lo sparo ebbi una forma di rigetto, che mi cancellò la memoria. L'unica cosa che mi è rimasta impressa è che Bellani, quando si accasciò, tese il braccio destro, come cercasse di allungarlo in avanti, così mi è parso...»

«Lei come reagì?»

«Lanciai un urlo, ma Arlati, senza neppure guardarmi, mi zittì dicendomi, con voce controllata, anche se imperiosa: "Stai calma, che non ti faccio nulla!". Io non urlai più, ma presi ad ansimare convulsamente, come un cane dopo una gran corsa. Arlati, sempre senza curarsi di me, si avvicinò freddamente, da killer professionale, a Bellani per sincerarsi che fosse morto. Quando ne fu convinto, rimise la pistola in tasca e mi chiese con una specie di ghigno: "E allora chi l'ha ucciso? Io, o la donna di Assadi?". Dava l'impressione di sapere tutto quello che gli restava da fare, di avere un dominio implacabile della situazione.»

«E lei, Sofia?»

«Io non risposi neppure, tanto ero paralizzata. Lui capì, e mi ordinò: "Raggiungi Assadi e informarlo che

Bellani si è ucciso. Digli di stare tranquillo: sembrerà un suicidio. Tra due ore lo raggiungerò a Lugano. Se farà qualcosa contro di me, dirò di essere arrivato mentre fuggivi dalla scena del delitto. La mia parola contro la tua". Non mi sembrò vero di poter fuggire. Mi buttai giù per le scale a precipizio.»

«Prese un taxi per tornare a casa?»

«No. Traversai con il cuore in gola la Galleria e la piazza del Duomo. Mentre correvo, mi parve tutto chiaro. Arlati mi aveva risparmiato per coinvolgermi nel delitto e per poter ricattare lo stesso Assadi. Mi avesse ucciso, avrebbe escluso Assadi dai possibili indiziati.»

«Il signor Assadi era a casa sua?»

«Sì, era lì. Mi buttai su una poltrona e gli raccontai affannosamente tutto. Lui si rivelò freddissimo. Mi disse: "Distenditi cinque minuti e fatti una bella doccia. Io debbo correre a Lugano. Se vogliamo controllare la situazione, è necessario che gli parli".»

«Faceste così?»

«Sì.»

«Arlati si recò a Lugano?»

«Sì. Quando Assadi arrivò allo Splendido di Lugano, il portiere gli disse che un signore aveva già chiamato due volte e avrebbe richiamato a breve. Lui istruì il portiere di non passargli la prossima telefonata, ma di dire al signore di venire subito in albergo, dove lui l'aspettava.»

«Arlati arrivò?»

«Prima delle undici di sera era già allo Splendido.»

«Cosa si dissero i due?»

«Arlati a Lugano era un uomo diverso, secondo quanto mi riferì Assadi. Era ubriaco e scomposto. Disse, in un primo tempo, che Bellani si era suicidato e che, comunque, i periti avrebbero trovato residui di polvere da sparo nella sua mano destra. Assadi lo gelò, rispondendogli: "Anche nelle sue mani debbono esserci residui di polvere da sparo!". Arlati si rabbuiò in volto e sentenziò: "Tra me e Bellani, c'era un ambizioso di troppo".»

«Non temeva la reazione di Assadi?»

«Lui era convinto di far accettare da Assadi tutto quello che diceva, di avere assicurata la sua complicità.»

«E Assadi?»

«Assadi fu durissimo, così mi racconto. Era preparato a quell'emergenza e la seppe fronteggiare. Gli fece presente che il suo ruolo di protagonista dietro le quinte di tutta la vicenda poteva essere facilmente dimostrato; e gli disse, senza lasciargli via d'uscita, che la testimone del delitto era pronta a denunciarlo l'indomani mattina, se lui non avesse dato il consenso all'accordo ormai raggiunto. Aggiunse ancora, perché non pensasse di continuare a uccidere, di essere protetto, in albergo, da due guardie del corpo; e che l'indomani avrebbe depositato presso un notaio svizzero un memoriale, da consegnarsi alle autorità in caso di morte mia o sua.»

«Come reagì Arlati?»

«Fu colto in contropiede dalla reazione di Assadi. L'aveva condizionato per anni, ed era convinto di poter continuare a farlo. Capì tardi di aver commesso un errore madornale. Assadi non aspettava altro per liberarsi dalla sua morsa.»

«Ma da cosa derivava questo dominio di Arlati su Assadi?»

«È ampiamente spiegato nel memoriale consegnato da Assadi al notaio svizzero.»

«L'avvocato Landolfi?»

»No, un suo collega.»

«Come mai non è stato reso noto, questo memoriale?»

«Perché il notaio era in vacanza al momento della morte di Assadi. Ma l'avvocato Landolfi si sta adoperando per farselo consegnare.»

«Chi l'istruì sulla linea da tenere all'interrogatorio a San Vittore, un anno fa?»

«Assadi. Quando mi recai a Lugano, prima di essere

arrestata. Ricordo che mi disse: "Se mai la polizia ti fermasse e ti interrogasse, l'ultima cosa che devi dire è di aver assistito all'omicidio. Potrebbero non crederti e accusare te. E poi verrebbero fuori tutte le storie che vogliamo tener nascoste". "E cosa dovrei dire?" chiesi io.»

«Quale fu la sua risposta?»

«Mi disse: "Confessa con riluttanza di essere stata l'amante di Bellani e di essere andata a salutarlo prima di partire".»

«Si limitò a questo o le consigliò più specificamente come comportarsi?»

«No, non si limitò a questo: mi istruì meticolosamente. Fu lui a raccontarmi dettagli sulla vita e le abitudini di Bellani. Ma erano discorsi campati per aria, di cui sorridevamo noi stessi. In realtà eravamo convinti entrambi che non mi sarebbe capitato niente.»

«Come faceva il signor Assadi a sapere che Bellani non aveva segni particolari sul corpo?»

«L'aveva visto in costume nella piscina dell'hôtel di Abu Dhabi. E poi Bellani, una volta, gli aveva detto: "Sono così fortunato che non ho fatto neppure l'appendicite".»

«Non prese in considerazione, il signor Assadi, l'ipotesi che la storia raccontata da lei non reggesse?»

«Secondo lui non poteva essere smontata. Ma se così fosse stato, mi autorizzò, come *extrema ratio* (*parole del verbalizzatore, n.d.r.*), a dire la verità. In questo caso lui sarebbe venuto a testimoniare e a scagionarmi.»

«Come trovò, lei, il coraggio di gettare fango su un defunto e sulla sua donna, con la falsa storia di essere stata l'amante di Bellani?»

«Io lottavo per la mia libertà, in quel momento.»

«Poteva lottare dicendo la verità.»

«La verità avrebbe danneggiato il mio uomo. E quando si incontra la fortuna, dopo una vita di sofferenze, non si guarda per il sottile...»

«Qual era la sua fortuna?»

«Assadi.»

Si dà atto, nel verbale, che l'interrogatorio è sospeso su richiesta del difensore, che deve chiamare il proprio ufficio.

Alla ripresa, il sostituto procuratore chiede: «Le altre parti interessate alla transazione, e cioè i signori Corvano, Millo e Schuh, seppero mai dell'omicidio di Bellani da parte del signor Arlati?».

«L'indomani pomeriggio, rispetto alla morte di Bellani, Assadi si presentò all'incontro di Lugano con il testo di accordo che io gli avevo portato. All'inizio della riunione disse di essere pronto a dare esecuzione agli accordi, nonostante l'incertezza sulle cause della morte del signor Bellani...»

«Non fece il nome di Arlati?»

«No.»

«E gli altri come reagirono?»

«Prese per prima la parola la Ghislandi, che affermò: "L'uccisione di Bellani, perché di uccisione si tratta, ha dimostrato che avevo torto a sospettare di lui. Per me è divenuto un debito di onore sottoscrivere l'accordo da lui voluto, a costo della vita. E lo firmo, pur essendo consapevole del fatto che tra le sottoscrizioni che seguiranno ci può essere quella di un assassino".»

«Ci furono contrasti?»

«Il signor Corvano fece una faccia stupita e dichiarò: "Per quanto se ne dice, si è trattato di un suicidio... Io non posso credere a un omicidio".»

«E Millo?»

«Millo si adeguò (*testo letterale dal verbalizzatore, n.d.r.*) a Corvano e disse: "È fuori discussione. Per quanto ci consta si tratta di un suicidio".»

«Ma erano sinceri?»

«No, è chiaro che mentivano. Corvano difendeva i

suoi capitali e Millo il suo progetto di riappropriarsi (*testo del verbalizzatore, n.d.r.*) della banca Industria e Finanza. Era un'ambizione troppo grande, per poterla sacrificare alla verità.»

«Quindi lei li accusa di un tal cinismo da aver sottoscritto quell'accordo pur sapendo che tra i sottoscrittori poteva esserci un assassino!»

«Io non li accuso. Ma è così!»

«Chi firmò per la banca Reuss?»

«Il signor Schuh.»

«Come aveva conosciuto il signor Assadi?»

«Al night, sei, sette mesi prima del delitto Bellani. Un uomo d'affari arabo affittò il locale per una cena con altri arabi. Lui mi notò subito e mi corteggiò con garbo, ma con grande decisione.»

«Da allora la sostenne finanziariamente?»

«Diciamo solo che mi fece regali.»

«In denaro?»

«In denaro, anche. Poi, quando la nostra relazione si consolidò, mi diede i ventisettemila dollari per sistemare le cose a Milano e lasciare l'Italia.»

«Assadi le aveva mai parlato di lasciare la moglie per lei?»

«Non mi sembra il momento per parlare di queste cose...»

«È sua facoltà non rispondere» la informò Ruffo.

«Diciamo che un arabo non lascia quasi mai la moglie ufficiale. Piuttosto se ne fa una seconda e una terza: una in Medio Oriente, e una o due in Europa e negli Stati Uniti...»

«Vi siete rivisti successivamente?»

«No, per ragioni temporanee di prudenza.»

«Le ha lasciato da vivere il signor Assadi?»

«Da vivere decorosamente per il resto della mia vita. Pace all'anima sua.»

Nel corso del lungo interrogatorio, Ruffo aveva potuto notare che gli occhi della donna si erano mantenuti sempre docili e collaborativi, abbattendo quella cortina di totale estraneità che l'aveva resa forte nel corso del primo loro confronto. Solo nel finale, nel parlare di Assadi, gli occhi erano tornati a rabbuiarsi e a divenir remoti.

Dopo la sottoscrizione del verbale da parte della giovane greca, il sostituto tirò un profondo respiro e si accese una "sigaretta premio". Ora i conti tornavano. Arese aveva sbagliato le conclusioni, pur avendo capito da subito, con il suo istinto animale, gli aspetti fondamentali del singolare caso.

La traiettoria obliqua era davvero dovuta a un fattore estemporaneo: la ritrazione del volto di Bellani, verso sinistra, a causa della fiammata, di proporzioni impreviste, di un accenditore di sigari! (Il medico legale aveva detto: «È stata la peculiarità della dinamica, a noi ignota, a determinare la traiettoria atipica».)

Il fatto che Arese avesse puntato su un ruolo determinante di Isabel Quinteros era dovuto al suo senso della perfezione. Lui, nel teorizzare, cercava sempre la spiegazione perfetta. E si aspettava la perfezione, sotto sotto, anche da un assassino. Per questo aveva finito per attribuire la messinscena a Isabel: perché era l'unica interpretazione che avesse una sua perfezione; e che fosse in grado di esaltare la sua genialità...

Anche la traiettoria illogica del secondo colpo doveva essere stata provocata da un fattore imponderabile: nella messinscena dell'esecuzione, il corpo di Bellani doveva essere sfuggito alla presa di Arlati, scivolando lentamente tra le sue braccia e inducendolo a una mossa inconsulta che aveva fatto partire la pallottola verso il basso. L'omicida non aveva invece perso il controllo della situazione durante la sua deposizione a Zurigo. In quell'occasione era stato pronto a firmare il verbale con la destra, quando aveva capito che lui, Ruffo, era alla ricerca di un mancino.

IL MEMORIALE DI ABDEL ASSADI

Memoriale da rivelarsi in caso di morte mia o della signorina Sofia Lynkas

In data 3 giugno 1991, un testimone (che sottoscrive questo atto, per quanto di sua pertinenza), mi ha dichiarato di aver assistito all'uccisione del banchiere Andrea Bellani, presso lo studio di questi, in piazzetta Bossi, Milano.

Se a suo tempo non ho riferito all'autorità giudiziaria italiana quanto narratomi dal testimone, è per un intrico di circostanze che vanno indietro nel tempo e che minacciavano non solo la vita mia e di altri, ma anche la sopravvivenza di due banche. Della mia omissione risponderò, in ogni caso, al Tribunale di Allah.

Con l'aiuto di un legale svizzero ho provveduto alla stesura di questo memoriale in lingua inglese, da affidarsi a un notaio di Lugano e da consegnarsi alle autorità giudiziarie competenti in caso di morte mia o della signorina Sofia Lynkas.

A uccidere Andrea Bellani è stato il signor Lorenzo Arlati, sorpreso nel suo atto omicida dalla signorina Sofia Lynkas, mia segretaria particolare.

Il signor Arlati ha ucciso il banchiere italiano a causa di rapporti che ho in parte vissuto e spartito, e che pertanto ho il dovere di rivelare.

I

Conobbi il signor Arlati nell'anno 1985, a Zurigo. Aveva da poco venduto agli americani l'azienda, di rinomanza internazionale, che aveva ereditato dal padre nel 1984.

Tra i motivi da lui prospettatimi per la cessione dell'impresa, vi era quello di aver ricoperto, in essa, il solo ruolo di direttore finanziario, senza aver mai partecipato alle scelte di strategia industriale. La verità, per quanto ne seppi, era che lui non fu in grado di affrontare i problemi di rinnovamento e di competizione con la concorrenza internazionale.

Nutrendo, per quanto inconfessato, un forte complesso di frustrazione e fallimento per non essere stato in grado di mantenere il controllo dell'industria paterna, Arlati coltivava grandi ambizioni di successo nel settore finanziario in senso lato. La costruzione di un impero finanziario, in luogo di quello industriale ereditato dal padre, sarebbe divenuta l'ossessione della sua vita. Da sue confidenze ebbi modo di capire che il suo patrimonio, all'epoca, era dell'ordine di quattrocento milioni di dollari, tra prezzo incassato per la vendita dell'azienda e capitali già accantonati, in Svizzera, dal padre in oltre vent'anni.

La figura del genitore, grande capitano d'industria, è stata involontariamente determinante nel forgiare il carattere complesso di questo personaggio.

Nel conoscermi, Arlati mi confidò che non intendeva lasciar marcire in banca il controvalore dell'azienda venduta agli americani, ma tramutarlo in iniziative di rilevante significato finanziario o politico. Tra i suoi visionari progetti vi era quello di fondare una banca per lo sviluppo del Medio e dell'Estremo Oriente (o comunque di partecipare, azionariamente, a una già esistente), progetto che trovò sostegno nel signor Reuss.

Di una tale banca aveva in mente anche il nome: "Banca di Investimenti Internazionali per lo Sviluppo".

Di questi deliri fui io stesso, in certa misura e del tutto involontariamente, la causa, per averlo introdotto in ambienti politico-finanziari del Kuwait e degli Emirati Arabi, e per averlo convinto che le operazioni finanziarie avveniristiche venivano messe in cantiere in Medio Oriente, dove fervevano le iniziative di potenziamento industriale, e non in Svizzera, dove ci si limitava a incassare dividendi e profitti.

Nella frequentazione, anche a Zurigo, di personaggi e ambienti di Kuwait City, Riad e degli Emirati arabi, divenne centrale, per Arlati, il rapporto con Kassim Askar, uomo d'affari e finanziere che aveva due livelli di attività: uno clandestino e uno ufficiale.

Quanto al primo, valendosi di relazioni nelle corti di vari paesi dell'OPEC, speculava sulle oscillazioni dei prezzi del petrolio, per sé e per cortigiani infedeli ai loro doveri istituzionali. In questa attività, di *insider trading* sui prezzi del petrolio, coinvolse anche Arlati, fino ad affidargli fiduciariamente la detenzione dei proventi illeciti.

Quanto alla seconda attività, Askar era amministratore delegato di una società finanziaria (la Gulf Investment Trust), che investiva, ufficialmente questa volta, capitali provenienti da varie fonti mediorientali e possedeva il venti per cento della *U.B.N.*

Del rapporto tra Arlati e Askar io divenni l'intermediario e il garante, fungendo da mediatore nei momenti critici.

Askar, giova dirlo, è un uomo di forte personalità, la cui filosofia finanziaria traduce in pratica le teorie di al-Badawi, di *assalto* all'economia occidentale. Le sue relazioni attraversano in lungo e in largo tutto il Medio Oriente, ma arrivano anche in Europa e negli Stati Uniti, essendo, tra l'altro, conoscitore di cinque lingue, tra le quali il tedesco e l'inglese.

Nel 1987, seguendo appunto le teorie di al-Badawi, Askar decise di profittare del crack di Wall Street per conquistare posizioni rilevanti in primarie società statunitensi. Strada facendo il piano divenne più ambizioso e prese di mira il pacchetto azionario di controllo di una delle società di cui rastrellava le azioni.

L'attacco a Wall Street si rivelò troppo dispersivo. Askar, quando ormai si era esposto in altri obiettivi, trovò forte resistenza nella scalata a quello principale, anche perché gli si era opposto un concorrente. E dovette scegliere, in breve tempo, tra una rovinosa liquidazione delle posizioni e la ricerca di un partner per sferrare l'ultimo assalto.

A causa della situazione determinatasi, si rivolse ad Arlati, chiedendogli, in un primo tempo, il prestito di duecento milioni di dollari; e, successivamente, di altri centocinquanta (si era ai primi del 1988). Per conseguire questi finanziamenti, Askar offrì in pegno il venti per cento del capitale *U.B.N.*, per il quale l'italiano aveva più volte manifestato il suo interesse.

Era evidente che investire la maggior parte dei suoi capitali in un'unica operazione era, per Arlati, un azzardo. Ma si trattava di investimento che poteva realizzare di colpo tutte le sue ambizioni. Askar, per il caso che la scalata si fosse rivelata vincente, gli aveva proposto, alternativamente, un grosso premio finanziario, ovvero l'attribuzione di parte del pacchetto azionario conquistato a Wall Street, con diritto a nominare amministratori, sé compreso, nel Board di una prestigiosa società multinazionale. E, per l'evenienza di un insuccesso, la restituzione dei capitali, con interessi superiori alla media di mercato. Insomma, gli aveva fatto ponti d'oro. E Arlati, data l'età, non avrebbe avuto molto altro tempo (e occasioni) per realizzare le sue grandi ambizioni.

Il pacchetto azionario di minoranza della banca era

allora stimato, in base a una regolare perizia, seicento milioni di dollari, senza calcolare il valore delle banche americane che la *U.B.N.* deteneva per interposte persone. La garanzia di Askar era dunque conforme alla prassi bancaria, secondo la quale il valore del pegno dev'essere doppio rispetto all'entità del finanziamento.

L'italiano, irresistibilmente attratto dalla proposta, si lasciò coinvolgere sempre di più: nella peggiore delle ipotesi, che per lui era in realtà la migliore, avrebbe messo le mani sul pacchetto di minoranza di una banca universale, che realizzava le sue visionarie ambizioni e il cui potenziale di rivalutazione appariva quasi illimitato. (La *U.B.N.* ha costituito il fatale miraggio di molti: da Askar ad Arlati, da Arlati a Bellani.)

Il pegno delle azioni *U.B.N.* fu costituito alla fine del mese di gennaio del 1988, a favore di società controllata da Arlati, la *I.F.S.*. Questi i patti:

1. la *I.F.S.* non avrebbe potuto realizzarlo prima di dodici mesi, termine entro il quale era previsto il rimborso;

2. in caso di messa in vendita dopo i dodici mesi, alla Intercontinental era in ogni caso riservato il diritto di prelazione;

3. la vendita a terzi avrebbe dovuto essere negoziata da rappresentante comune (scelto infine nella mia persona) per garantire il raggiungimento del miglior prezzo;

4. la *I.F.S.* avrebbe potuto convertire il pegno in proprietà a condizione di pagare un prezzo stabilito da una perizia neutrale, detratti gli importi anticipati e i relativi interessi.

Le azioni, nel frattempo, sarebbero state depositate presso una fiduciaria di Londra, cui sarebbe spettato il diritto di voto in assemblea, da esercitarsi attraverso la mia persona.

II

La conquista, da parte di Askar, della primaria società americana, quotata alla Borsa di Wall Street, fu mancata per un soffio.

Ma Arlati non aveva motivo di lamentarsene, perché disponeva di un pegno il cui valore, sulla carta, era superiore al suo investimento. In un'occasione, ricordo, disse al suo debitore: «Spero proprio che non mi rimborsi il prestito». Askar gli rispose da arabo: «Se vuoi, farò del mio meglio per accontentarti».

Ai primi di marzo del 1988, così mi pare di ricordare, Arlati ricevette, da una fonte bancaria londinese molto reputata, la soffiata, al tempo del tutto immotivata, che lo Sceicco di Abu Dhabi stava tentando di disimpegnarsi dalla *U.B.N.* ed era alla ricerca di compratori delle sue azioni, fatto che, se vero, avrebbe comportato una pesante svalutazione della banca.

Fortemente preoccupato, e con l'infondato timore di essere stato ingannato, provocò uno *showdown*: con me e Askar. Durante un incontro personale con me, arrivò al punto di esibirmi una rivoltella automatica e di dirmi che da allora in poi l'avrebbe tenuta puntata sulla mia tempia: avrebbe premuto il grilletto se non avesse ricevuto, da me e da Askar, garanzie straordinarie a fronte del rischio di un crollo delle azioni *U.B.N.* Io ero il suo capro espiatorio e il suo ostaggio.

Poiché Askar diede risposta sprezzantemente negativa alle richieste di garanzia, Arlati si rivolse a me e mi disse: «Preleverò, a parziale garanzia, tutti i capitali di cui sono detentore fiduciario in Svizzera. Se ti opponi, sai cosa ti aspetta». Pronunziò quelle parole con determinazione folle. Io gli risposi che era una pazzia, che Askar e le autorità giudiziarie gli avrebbero potuto sequestrare i beni. Lui rispose: «Askar non potrà fare nulla, perché si tratta di capitali illeciti e clandestini, e perché lui capirà bene le ragioni del mio atto. Quanto ai miei beni, io li ho persi tutti in speculazioni disastrose. Questa sarà la mia versione ufficiale, da ora in poi. E, purtroppo, sarà forse la verità».

Per evitare di essere coinvolto in una appropriazione indebita che non potevo impedire, partii per l'Iraq, dove avevo amici importanti e, grazie ad essi, mi feci passare per prigioniero per quasi due mesi. Per quanto mi sentissi vile, speravo che questo fosse l'ultimo atto dello sciagurato rapporto con Arlati.

A mettergli i bastoni tra le ruote, cogliendolo di sorpresa, e a impedirgli il buon fine della truffa, fu Bellani: per la prima volta, perché ve ne sarebbe stata una seconda.

III

Non rividi Arlati per alcuni mesi e speravo di non rivederlo più. Ma un giorno che mi trovavo a Londra, lui mi telefonò all'hôtel dove ero solito fermarmi, proponendomi un incontro. Avrei voluto denunziarlo (era un latitante ricercato dall'autorità svizzera), ma lui mi irretì con una frase: «Ho in mente una soluzione che può far tornare i conti per tutti». Era un messaggio che non poteva non suggestionarmi.

Le appropriazioni indebite di Lugano e Zurigo, a danno di Askar e dei suoi mandanti, avevano messo in crisi molti dei miei rapporti in Medio Oriente, in particolare quello con Askar: questi non sospettava una mia consapevolezza del piano di Arlati, ma mi riteneva in qualche modo responsabile dell'accaduto, quanto meno per non averlo previsto. Ero dunque anch'io alla ricerca di una via d'uscita e mi lasciai attirare dalla richiesta di un appuntamento. In quell'occasione Arlati mi espose il suo progetto: in virtù degli ottimi rapporti che intrattenevo con lui, avrei dovuto vendere le azioni *U.B.N.* a Bellani, che, a suo dire, era vulnerabile dalla tentazione di espandere a Oriente, e oltre, il gruppo *Bieffe*-Reuss. Fossi riuscito a combinare la transazione, lui avrebbe recuperato i suoi capitali e Askar sarebbe rientrato del residuo credito per le appropriazioni indebite. Se non gli davo una mano in questo disperato tentativo, avrebbe denunziato tutti, Askar e me, per avergli sottratto oltre trecentocinquanta milioni di dollari e i relativi interessi, costituendo in pegno azioni destinate a perdere di valore.

Io non solo cercavo una mia personale via d'uscita, ma vivevo da tempo con il terrore di quella pistola puntata alla tempia, sapendo che l'uomo era capacissimo di premere il grilletto, così come di far scoppiare uno scandalo internazionale; e avvertivo un vago senso di colpa per averlo indirizzato, a suo tempo, verso gli affari finanziari con Askar.

Non pensavo, inoltre, io come altri, che la crisi della *U.B.N.* fosse allora irrimediabile (al tempo dovevano saperlo in pochi: al-Badawi, Rawda e lo Sceicco).

Furono questi stati d'animo a determinare la mia acquiescenza al nuovo progetto di Arlati.

Iniziai la trattativa con Bellani presentandogli, nel corso di un soggiorno ad Abu Dhabi in cui fu mio ospite, personaggi influenti della Corte, vicini alla *U.B.N.* Poiché il negoziato era incompatibile, in quella fase temporale, con il contratto di pegno vigente tra Arlati e Askar, ne informai quest'ultimo. Askar ne autorizzò tacitamente la prosecuzione, prevedendone, per esperienza, i tempi lunghi, ma si riservò di opporvisi nell'imminenza della sua conclusione, quando avrebbe avuto una cognizione più aggiornata del valore delle azioni. Questo stava a significare che Askar credeva ancora nella *U.B.N.*

La trattativa durò circa sette mesi. Il giorno prima della scadenza del termine utile per il rimborso del finanziamento di Arlati, presi appuntamento con Askar per sapere se intendeva riprendersi le azioni, pagando il debito (con i relativi interessi), o consentirne la vendita, anche in deroga ai termini del contratto, da parte del creditore.

Askar mi fece passare nel suo ufficio alle cinque del pomeriggio e, prima di darmi la risposta definitiva, mi chiese ancora del tempo (parlo di ore), per continuare a fare alcuni suoi calcoli sulla situazione economica e le prospettive della *U.B.N.*

Alle otto di sera non aveva ancora finito le sue valutazioni. Mi autorizzò ad andare a cena in un vicino ristorante (lui, la sera, non cenava quasi mai, per tenere sotto controllo il suo peso, che aveva superato i novantacinque chili) e proseguì a fare conteggi di ogni genere: il suo tavolo era ormai del tutto colmo di bilanci, relazioni, documenti, fogli scritti con mano nervosa.

Quando tornai verso le dieci di sera, era sempre immerso in calcoli e previsioni economiche. Credo di aver capito in quella interminabile serata, come mai prima mi era capitato, cosa sia un finanziere.

Alla una di notte lasciò cadere la penna sul tavolo. Il sudore aveva imperlato la sua fronte e infradiciato la barba e i capelli brizzolati, da cinquantenne inoltrato.

Si passò una mano sugli occhi, e intuii che stava piangendo. Ma fu una questione di attimi, superati i quali pronunziò la sentenza: «Sarà molto difficile che la nostra amata *U.B.N.* superi la prova. Spero con tutta l'anima che non sia impossibile».

Era un modo, seppure indiretto, di autorizzare la vendita alla Reuss delle azioni *U.B.N.*. Il fatto stesso che Askar avesse deciso di non rimborsare il finanziamento, e avesse lasciato le azioni in mano al suo creditore, costituiva un segnale inequivocabile della crisi della *U.B.N.* Arlati non mancò di capirlo e diede, attraverso me, il definitivo impulso alla vendita, venendo incontro alle ultime richieste di Bellani sulla dilazione di parte del prezzo. Più tardi avrei appreso che Askar era una delle pochissime persone a sapere che l'Emiro, nel caso che la crisi della *U.B.N.* fosse divenuta irreversibile, non sarebbe intervenuto a suo sostegno. L'informazione ricevuta da Arlati, un anno prima a Londra, si stava rivelando esatta a distanza di tempo.

Chiaro che, con il suo inadempimento, Askar (che non aveva mai perdonato ad Arlati le appropriazioni indebite di Lugano e Zurigo) si metteva sullo stesso piano di scorrettezza dell'italiano.

Quando sottoscrissi il contratto con la banca Reuss, sperai con tutte le forze del mio cuore che quella soluzione si rivelasse buona per tutti, Bellani compreso. Allah mi è testimone del fatto che, a quel momento, io, Hafiz Abdel Assadi, non arrivavo a credere e immaginare che la grande *U.B.N.* potesse fallire.

Arlati considerò quell'operazione finanziaria di vendita alla Reuss un capolavoro della sua fantasia e del suo ingegno. E si concesse il gesto di risarcire al cento per cento, con gli interessi, Askar per l'appropriazione indebita perpetrata in Svizzera.

Ma Bellani, per la seconda volta, gli mise i bastoni tra le ruote. Con sacrosante ragioni. Dopo avermi diffidato, all'inizio del 1991, alla restituzione dei capitali pagati dalla Reuss per l'acquisto delle azioni *U.B.N.*, passò dalle parole ai fatti, scoprendo, dopo lunghe indagini, le banche dove erano depositati i capitali della *I.F.S.* e ottenendo a Londra il loro sequestro.

Eseguito il quale, Bellani ebbe l'accortezza di inviare una lettera circolare in Medio Oriente: ai vertici *U.B.N.*, all'Emiro, a Rawda ecc. Questo al fine di mobilitare forze che potessero intervenire sulla *I.F.S.* e indurla a recedere da quella che ormai appariva una truffa.

L'iniziativa si rivelò vincente per lui e un disastro per Arlati. Gli ambienti chiamati in causa temettero difatti che la controversia *I.F.S.*-Bellani potesse coinvolgere la *U.B.N.*, appesantendone la posizione, già critica.

Fu così che un emissario degli Emirati si recò da Arlati e gli consegnò personalmente una lettera di Rawda contenente un diktat e una minaccia:

1. il diktat era quello di trovare a tutti i costi una soluzione di compromesso con Bellani;

2. la minaccia era quella, per il caso che lui non si fosse attenuto alle raccomandazioni, di consegnare alle autorità inglesi un *affidavit* nel quale si sarebbe resa testimonianza a favore delle tesi di Bellani.

Arlati, a questo punto, era braccato: da tutti. Ma lui si illuse ancora.

La lettera dell'emissario indicava in me il negoziatore nell'interesse generale: poiché ero stato io a vendere le azioni a Bellani, fossi io a trattare una soluzione tra lui e Arlati.

Bellani fu realista e geniale nell'escogitare una transazione dalla logica perfetta: la Intercontinental avrebbe restituito i proventi della truffa e contribuito al salvataggio della *Bieffe* e della Reuss. Ricevendo in premio (non per la truffa, ma per il concorso al salvataggio) parte della plusvalenza della futura vendita delle due banche del gruppo alla Generale di Credito. In pratica la Intercontinental avrebbe legittimamente incassato, a due anni, circa duecentocinquanta milioni di dollari in luogo dei seicento che le erano stati sequestrati e che deteneva illegittimamente.

IV

Ma Arlati era un giocatore di poker. Quella, per lui, era una perdita secca. E così fece di tutto per farmi ritardare la conclusione della trattativa: alcuni legali londinesi, mi disse, gli avevano assicurato di poter ribaltare il sequestro dei capitali.

Poi, sempre più apertamente, cominciò a prospettare l'eliminazione di Bellani come "soluzione ideale" per tutti. Nella sua deformata visione delle cose, una volta eliminato Bellani, il gruppo *Bieffe*-Reuss non avrebbe disposto di uomini capaci di continuare la prova di forza:

erano tutti perdenti, fatta eccezione per Corvano, che non poteva permettersi di esporsi in prima persona. Solo Bellani conosceva i retroscena della vicenda; solo lui disponeva degli elementi e della personalità per vincere.

Io non lo assecondai in nessuno di questi discorsi. Ma Arlati andò oltre egualmente, ipotizzando un omicidio che apparisse un suicidio. Se fosse stata avvalorata l'ipotesi del suicidio, mi disse, i giudici inglesi non avrebbero potuto interpretarla che come un'ammissione di colpa.

Ma, più di questi argomenti, erano forse determinanti, in lui, l'odio profondo e lo spirito di vendetta nei confronti di chi l'aveva battuto due volte, facendolo nuovamente sentire un perdente. Distruzione o autodistruzione erano divenuti il suo imperativo; e Bellani il bersaglio della sua ossessione.

L'omicidio costituiva per lui l'appuntamento estremo di una evoluzione sempre più perversa, di una delirante ricerca della totale resa dei conti: con la sorte, con il padre, con se stesso.

Solo Anna avrebbe potuto salvarlo. Ma anche lei cercava una via d'uscita. Per sé. Così Arlati rimase agganciato al suo tragico destino: avere tutto, per i suoi sogni di potere, o nulla.

Il 3 giugno 1991, in pieno delirio, mise in atto il disegno criminale. Alle sette del pomeriggio, nello studio di Bellani, lo invitò per l'ultima volta a recedere dal sequestro. Al rifiuto di Bellani, lo uccise sotto gli occhi di Sofia Lynkas.

In fede: *Ali Hafiz Abdel Assadi*
Sofia Lynkas

P.S. *Tra le altre, mi assumo la responsabilità morale di aver ispirato la linea difensiva di Sofia Lynkas avanti all'autorità giudiziaria italiana, durante l'interrogatorio del giugno del 1991.*

Quando finì di leggere il testo, Ruffo, anziché un senso di sollievo per il definitivo chiarimento del caso, provò una acuta impressione di angoscia. Perché, con quel memoriale in giro, non poteva essere stato Arlati a uccidere Assadi.

Il sostituto non poté imputare di falsa testimonianza i vari Millo, Schuh, Ghislandi ecc., perché questi erano stati sentiti non come testimoni (tale veste viene assunta nel dibattimento e solo in quella sede il testimone presta giuramento), ma quali "persone informate dei fatti"*.

Ottenne invece dal Gip un'ordinanza di custodia cautelare per Anna Sanfilippo (la compagna di Arlati), da inoltrarsi attraverso i soliti canali ministeriali e diplomatici.

Quest'ultima, scomparsa da quasi tre anni, si rifece viva attraverso un avvocato di grido di Milano, che chiese udienza a Ruffo per consegnargli una dichiarazione della donna, resa in luogo imprecisato.

In breve, Anna Sanfilippo si impegnava a costituirsi non appena l'inchiesta, in via del tutto autonoma, avesse chiarito la sua assoluta estraneità al delitto Bellani; si dichiarava seconda vittima, dopo il «povero banchiere», della brutalità caratteriale di Lorenzo Arlati; vantava di aver consentito, attraverso una sua segnalazione, l'arresto in Svizzera dello stesso Arlati, e ciò al duplice fine di sottrarsi a un rapporto divenuto intollerabile e di evitare che Arlati potesse compiere atti criminali (dell'uccisione di Bellani da parte del suo convivente essa non avrebbe ricevuto confessione diretta, ma solo vaghi sospetti, privi di riscontri).

Quanto al luogo dove Arlati potesse trovarsi, essa nulla sapeva. Poteva solo anticipare, conoscendolo, che non sarebbe mai stato ritrovato. La tentazione del suici-

* Solo nell'estate del 1992 è stato introdotto il reato di false informazioni al P.M.

dio, in lui, sarebbe stata, ora, altrettanto forte di quella dell'omicidio. E si sarebbe trattato, quando avesse deciso, di suicidio senza clamori e senza tracce. Un uomo sprezzante come Lorenzo Arlati non poteva lasciare in ostaggio all'opinione pubblica neppure il proprio cadavere.

Si sarebbe sparato mentre navigava nel più profondo e remoto dei mari, assicurandosi che la sua identità personale fosse irrimediabilmente annientata. Non era uomo da restituirsi agli altri, men che meno alla giustizia. Una simile previsione sembrava confermata da una cartolina inviatagli dall'India, con la sola scritta: *"I am not long for this world"*. Si trattava di una frase tratta dai *Dubliners* di James Joyce. Verità o nuova messinscena.

45

Il salone era stato quasi del tutto svuotato del suo arredamento anni Trenta. Altrettanto l'ingresso e il resto dell'appartamento, per quanto Ruffo poté intuirne attraverso alcune occhiate. Sui muri, abrasioni e fori di varie dimensioni, che testimoniavano lo smantellamento degli infissi, dei mobili, delle *appliques*. Restavano, ai quattro lati, isolati dal tempo e disambientati, i quattro busti neoclassici sistemati su altrettante colonnine. Addossato a una parete, un cumulo di imballaggi.

Sul soffitto nessun lampadario: solo buchi e scrostature. «Sic transit gloria mundi» commentò Isabel Quinteros, allargando le braccia per esibire il desolante spettacolo.

Se era passata la gloria del mondo, non lo era la bellezza della donna, pensò Ruffo osservandola.

Esaurita l'esibizione, un po' masochista, del vuoto e della desolazione della casa, Isabel lo accompagnò verso lo studio, dov'erano rimaste due poltrone e le librerie vuote.

«In questi giorni ha dormito qui?» si preoccupò Ruffo.

«No. Avrei avuto incubi e paure. Ho dormito in albergo.»

«E cosa ne farà del mobilio?»

«Ho trovato a Madrid una casa per raccogliere tutti i miei ricordi. Ci tengo a convivere, per il resto della mia vita, con le cose che furono mie e di Andrea.»

Sei giorni prima di quell'incontro, Isabel Quinteros era rientrata a Milano. Per ritirare i mobili della sua casa.

Alcuni giorni dopo il ritorno, aveva chiamato Ruffo per informarlo della sua presenza in città.

«Venga a trovarmi» era stato il primo commento del sostituto.

«Alla Procura? Mai più. Per me è un incubo anche quella. Piuttosto la invito io a colazione in un ristorante.»

«Non posso accettare l'invito a ristorante da parte di una signora» se l'era cavata lui.

«E allora venga a fare un nuovo sopralluogo in via Gabba. Lo consideri un atto istruttorio. Le offrirò un tè nel deserto...» aveva proposto lei. Per concludere: «In caso contrario, pazienza...».

In termini di partita a scacchi, Isabel gli aveva dato scacco matto. E a Ruffo non era restato che rinunciare e ritirarsi, ovvero adeguarsi alle sue regole del gioco. Preferì accettare la proposta. Se lei era tornata, lo aveva fatto per dirgli qualcosa. O, almeno, anche per dirgli qualcosa. E lui non poteva rinunziare a saperlo.

Così si era recato in via Gabba, a prendere il tè nel deserto. Alle cinque e mezzo del pomeriggio.

Nello studio di Bellani era rimasto anche il tavolino rotondo che, lo ricordava, era situato tra le due poltrone in pelle.

Quando sedettero, Ruffo si limitò a dire, pacatamente: «L'aspettavo».

«Come mai?»

Lui tacque a lungo prima di rispondere: «Così...».

Seppe trasmettere, a quel brevissimo e apparentemente innocuo avverbio, la capacità di creare un clima di suspense. Vestiva una giacca blu su calzoni grigi e una camicia azzurra a quadretti, senza cravatta. L'invito era stato informale.

La donna seppe cogliere l'eccesso di significato impresso all'avverbio "così": «Posso chiederle di spiegarsi meglio?» chiese, aggrottando la fronte e accavallando le gambe abbronzate. Accortasi che lui le aveva furtivamente osservate, sentì il bisogno di giustificarsi: «Il sole della Costa Brava è l'unico privilegio che mi sono riconosciuta».

Ruffo fece un segno di assenso, prima di rispondere con una domanda a quella precedente della spagnola: «Mi spieghi prima lei, signora, che effetto le fa la scoperta della verità».

«Un effetto di totale inutilità. E di rabbia, anche, se si pensa alla follia del movente. Non si uccide un essere umano per rimanere potenti o diventarlo di più...»

«Nella mia carriera ho sperimentato che la futilità dei moventi non si conta. Prenda la vendetta, per esempio. Un atto neppure di follia, quanto di abuso di potere. Perché il diritto di punizione appartiene solo a Dio e a una ristretta categoria di uomini, comunemente denominati giudici.»

Lei si ritrasse: «Cosa intende dire?».

Ruffo soddisfò la sua ansia: «Che questa tristissima vicenda è stata dominata da tre grandi protagonisti: una vittima, un omicida e... un angelo vendicatore, che ha attraversato la scena da cima a fondo, ossessionato dall'amore perduto e assetato di vendetta».

«Vuole spiegarsi meglio?»

«Io speravo che fosse lei, a spiegarsi meglio. Anzi, a

confidarsi con qualcuno come me, che oltre a esserle amico, è un inquirente disarmato.»

«Confidarmi su cosa?»

Ruffo fece cadere nella conversazione un nuovo lunghissimo silenzio, durante il quale, con voluta lentezza e ostentato imbarazzo per la situazione, si accese una sigaretta.

Scrutò gli occhi della donna, prima di distrarsi su obiettivi pretestuosi: la libreria vuota, i muri scrostati, i soffitti sfregiati da chi aveva asportato i lampadari. Isabel lo controllava con aria preoccupata. La carrellata sull'ambiente, da parte del sostituto, aveva ora abbandonato l'interno dell'appartamento per rivolgersi all'esterno, concentrandosi sul giardino oltre le finestre. Era alberato e profondo, estendendosi, in pratica, dal retro di via Gabba ai palazzi di via Brera. I rami delle piante secolari smorzavano le luci di quel pomeriggio luminoso, a cavallo tra primavera e estate. Isabel lo assecondò in quel suo interesse, confidandogli: «È una delle cose che ho più amato a Milano. E che mi mancherà di più».

Infine, con voce sommessa, il sostituto si decise a rompere il suo silenzio: «Vorrà dire che mi confesserò io».

«Di cosa?» volle sapere lei, di nuovo apprensiva.

Il sostituto, dentro di sé, stava ammettendo la débâcle di una sua scommessa: quella che la donna, con lui, si sarebbe aperta. Capì solo adesso che la sua era stata una speranza assurda. Si fosse confessata, avrebbe potuto fornirgli una notizia di reato, ponendolo nell'imbarazzo di scegliere tra amicizia e dovere. Quale genere di follia gli aveva suggerito quella speranza? Si attendeva forse, da lei, un cedimento sentimentale? Follia, follia, tre volte follia. Lui avrebbe potuto parlare a lei, non lei a lui. Si liberò delle sue riflessioni e precisò: «Delle enormità che ho pensato».

«A proposito di chi o di cosa?»

«Di lei, Isabel!» Era la prima volta che la chiamava

per nome. E gli era venuto spontaneo farlo, perché lei era stata compagna di ventura della sua più importante esperienza professionale. Era per questo che non voleva farle del male.

La donna simulò una reazione di grande sorpresa. Che non fermò Ruffo: «I miei cattivi pensieri, distorti e ossessivi fin che vorrà, partono dal dato di fatto che Abdel Assadi, per quanto si muovesse in acque pericolose, non subì alcun attentato o minaccia né prima, né dopo l'uccisione del dottor Bellani».

Isabel lo seguì muta, inquieta.

«Continuano con la considerazione che io ho sempre pensato, trasmettendo a lei questa mia persuasione, che l'omicida di Bellani fosse l'amante di Sofia Lynkas.»

Nessuna reazione da parte di Isabel.

«Finiscono con il fatto obiettivo che io, non molto tempo fa, le confidai la convinzione che l'arabo fosse l'amante della Lynkas.»

«Ebbene?»

«Una ventina di giorni dopo, Assadi veniva ucciso...»

«E allora?»

«Niente. Sono rimasto molto impressionato dalla coincidenza. E speravo di avere da lei qualche confidenza...»

«Confessione, vuol dire?»

«Come vuole lei. Ma tenga presente, ripeto, che io sono un inquirente disarmato. Non ho poteri per iniziare un'azione penale contro teorici omicidi di Assadi: il delitto è avvenuto in Medio Oriente; io non dispongo, al riguardo, di dati specifici. In parole povere, sono incompetente. Resto un voyeur, per giunta suo ammiratore, che può avere, al riguardo, solo percezioni sensoriali, come direbbe il mio amico Arese. Se non bastasse, ho forse concorso in un eventuale delitto, dandole il nome, coperto da segreto istruttorio, dell'uomo da colpire.»

«Per cui potrei sbottonarmi tranquillamente» concluse Isabel, abbandonando l'atteggiamento passivo e impotente.

«Sarebbe più utile alla sua coscienza che a me, probabilmente. Io non la inseguo, non la considero socialmente pericolosa, tranne una irripetibile eccezione, con l'attenuante specifica della provocazione...»

«Lei, dunque, pensa che io possa essere stata capace, in Bahrein, di seguire Assadi in una toilette per uomini e di ucciderlo con un colpo di rivoltella...»

«Lei, o i servizi segreti spagnoli. O meglio, qualcuno dei servizi segreti spagnoli... Se assomigliano a quelli italiani o alla CIA, non dovrebbero aver avuto grossi problemi di coscienza» insinuò Ruffo con voluta mellifluità. Per completare il discorso con la precisazione: «Ma sempre in nome e per conto suo. Lei, su Assadi, andava a colpo sicuro: se anche non fosse stato l'omicida, era sicuramente l'uomo che aveva rovinato suo marito».

Isabel si raccolse in una sorta di meditazione spirituale. Silente, con gli occhi bassi, le spalle incurvate quasi a significare una volontà di rintanarsi in se stessa. Infine pronunziò una sola frase: «Io sono solo una povera donna...».

Era la prima verità che diceva quel pomeriggio, anche se non era una confessione. Ma lui non voleva una confessione. Aveva solo sperato che il cuore della donna gli si aprisse in nome della loro implicita amicizia. E in un certo senso gli si aprì, con una confidenza personalissima: «Vede, una volta io e Andrea facemmo tappa a Londra durante un viaggio per la Giamaica. La sera cenammo in un ristorante specializzato nella cucina del pesce: Scotts, ricordo ancora il nome. Accanto al nostro tavolo stava una coppia di settantenni, che sembrava non aver perso nulla dello charme dei tempi belli. Eleganti, raffinati nei modi, affettuosi e delicati l'uno verso l'altro. Ci conquistarono a tal punto che ci giurammo, per il caso fossimo vissuti a lungo, che avremmo celebrato in quel ristorante i settant'anni di Andrea e poi i miei. L'irresponsabilità di due uomini ci ha impedito la realizzazione di un sogno così bello».

La osservò con tenerezza. Era una povera, splendida donna, convenne, che ancora portava il lutto negli occhi. Anche per questo non voleva farle del male.

E ne aveva poi il potere? E il dovere?

Il pubblico ministero deve iniziare l'azione penale quando apprende una notizia di reato. In questo caso, la notizia non rientrava nella sua sfera di attribuzioni, e lui non poteva neppure vagliarla. E, inoltre, mancava un indizio (reale, non teorico), degno di questo nome, che portasse a Isabel.

Ogni collegamento tra la notizia e il soggetto imputabile era meramente ipotetico. Anche se tale collegamento, nel suo intimo, costituiva una forte suggestione.

Poteva, questa personalissima suggestione, o sospetto, tramutarsi in una qualsiasi iniziativa giudiziaria? Lui ne dubitava, con autentica e sofferta sincerità. E ancor più ne dubitava se prendeva in considerazione taluni aspetti morali della vicenda. Primo tra tutti, le sue responsabilità nell'omicidio del signor Assadi, ascrivibile, prima ancora che all'assassino, a chi non aveva tempestivamente intuito il ruolo svolto dal finanziere arabo nel caso Bellani e i rischi cui era esposto: non solo lui, ma anche il soggetto che l'aveva ucciso, o aveva ordinato la sua uccisione. Quest'ultimo, difatti, era stato trascinato verso il gesto delittuoso, se davvero l'aveva commesso, da una forza tanto irresistibile quanto riconoscibile (e comunque prevedibile) da parte di chi indagava e aveva il dovere, non solo di trovare colpevoli di delitti già commessi, ma di prevenire nuovi atti delittuosi.

Aveva dunque il diritto di trasmettere i suoi sospetti a colleghi italiani ed esteri, mettendo in moto un procedimento di indagini e interrogatori, quando il soggetto teoricamente imputabile, oltre che da lui ispirato, era stato abbandonato a se stesso da chi ne conosceva i sintomi di follia vendicativa, quantomeno temporanea? E quando, ancora, l'inquirente aveva tenuto a disposizione, dell'ipotetico soggetto imputabile, un bersaglio che poteva e doveva sottrargli?

Ma al di là di questo, lui non poteva coinvolgerla in un'azione penale per la semplice ragione che le sue erano mere illazioni. Punto e basta. Lui era sempre stato convinto (e lo era rimasto anche dopo l'introduzione in Italia del processo all'americana) che un semplice sospetto non può divenire il motorino d'avviamento di un'indagine. Aveva dichiarato un suo illustre collega, il procuratore Caselli: «Il magistrato è uno storico del passato», dei fatti reali e controllabili. Non dunque un "medium" che insegue le ombre.

La conversazione tra i due, in quel particolare pomeriggio a cavallo tra primavera e estate, fu così intensa e coinvolgente da non lasciare il tempo, a Isabel Quinteros, di offrire il tè al sostituto procuratore Michele Ruffo.

AGGIORNAMENTI DELL'AUTORE SU PERSONAGGI E CIRCOSTANZE

1. Nell'estate 1993 fu convocata in Londra l'assemblea dei creditori della *U.B.N.* L'incombente suscitò problemi pratici quasi insuperabili, data l'impossibilità di trovare una sede idonea. Il numero dei clienti, sparsi in tutto il mondo, era infatti di 250.000!

Le autorità inglesi, con il pragmatismo che le distingue, non si lasciarono scoraggiare e affittarono per l'assemblea lo Stadio di Wembley, che il giorno della adunanza risultò stipato come per una finale di Coppa di Inghilterra. La maggioranza dei clienti votò per una transazione con i liquidatori della *U.B.N.* Ma vanamente, perché la delibera fu impugnata da creditori che non vi avevano partecipato.

2. Negli Stati Uniti, il District Attorney Robert Morgenthau rinviò a giudizio, nella stessa estate, il partner dell'avvocato Baltimore di New York, personalmente implicato nell'amministrazione della *U.B.N.*, con l'accusa di essere stato a conoscenza dei traffici illeciti della banca, e di aver favorito l'acquisto, da parte della stessa *U.B.N.*, di tre istituti americani di credito.

Il processo si concluse con una assoluzione piena, perché non fu provata la conoscenza da parte sua del controllo clandestino delle tre banche, conoscenza che, risultò, aveva invece avuto la Federal Reserve, astenutasi consapevolmente dal prendere provvedimenti.

L'assoluzione rese giustizia postuma ad Andrea Bellani, perché dimostrò che solo ad altissimi livelli erano note, negli anni Ottanta, le anomalie della *U.B.N.*

3. Nell'anno 1993 gli investigatori americani del caso *U.B.N.* raggiunsero un accordo con l'Emirato di Abu Dhabi, in base al quale veniva riconosciuta l'immunità, quale capo di Stato, allo Sceicco Zayed Ibn Sultan an Nayan, contro la consegna agli Stati Uniti, da parte di Abu Dhabi, del *chief operating officer* della *U.B.N.*, Swaleh Nagvi, e di tutta la documentazione riservata sulla banca detenuta nelle Isole Caimane.

L'accordo del gennaio 1994 valse allo Sceicco l'abbandono di una causa per 1,5 bilioni di dollari, intentatagli dai creditori della First American Bank di Washington.

Nello stesso arco di tempo, lo Sceicco di Abu Dhabi, per completare il restauro della propria immagine, iniziò, presso una Corte dell'Emirato, una causa civile contro tredici amministratori della *U.B.N.* per essere risarcito di 9 bilioni di dollari.

4. In Italia, la signora Ghislandi non riuscì a ottenere, dalle autorità competenti, l'autorizzazione per l'ampliamento dei locali del Poldi Pezzoli. Per non abbandonare del tutto le sue ambizioni, conferì incarico a un noto civilista di Milano perché costituisse una fondazione cui donare la sua splendida collezione.

5. Millo, silurato dalla Generale di Credito (che peraltro onorò i suoi impegni contrattuali verso gli azionisti *Bieffe*), si ritirò nella sua villa di Capri, dove morì per un improvviso ictus nell'ottobre 1993.

6. Sofia Lynkas aprì nel 1993 un night club ad Atene, divenuto presto alla moda fra gli arabi di alto rango.

7. Arlati risulta ancora irreperibile al momento della stampa di questo libro.

Nel gennaio del 1993, la sua compagna si presentò in Milano al sostituto procuratore Michele Ruffo, accompagnata dal suo legale. Fu sentita per sei ore, e infine lasciata libera.

INDICE

7 Bellani: la fine
25 Bellani: gli inizi
29 Parma
35 Ruffo: le prime indagini
44 Bellani: la Spagna e la donna dal bañador rosso
52 Bellani: il ritorno a Milano
59 Bellani: la scalata alla *Bieffe*
70 Ruffo: il fermo della donna greca
81 Bellani: l'ascesa al potere
107 Ruffo: la relazione di Arese
115 Bellani: Isabel lo segue a Milano
119 Bellani: un incontro fondamentale
143 Ruffo: le deposizioni di Millo e della Ghislandi
152 Bellani: alla conquista della banca Reuss
175 Ruffo: la prima rogatoria all'estero
184 Bellani: l'arresto di Assadi a Baghdad
197 Bellani: i segreti di Assadi
206 Bellani: "il guado del pellerossa"
216 Bellani: il miraggio
252 Ruffo: dall'inchiesta alla routine

262 Bellani: l'anniversario del nuovo corso
269 Ruffo: altre rogatorie estere
276 Bellani: nel vortice
290 Ruffo: nuove audizioni della Quinteros e della Ghislandi
300 La *U.B.N.*: il crack
309 Sofia Lynkas: la scarcerazione
312 Ruffo: l'interrogatorio di Corvano
318 Ruffo: le deposizioni di Assadi e Arlati
340 Ruffo: il braccio di ferro con Corvano
343 Ruffo: l'inchiesta si sposta sempre più all'estero
350 Ruffo: verso la fine del tunnel
359 Ruffo: il secondo interrogatorio di Sofia Lynkas
381 Il memoriale di Abdel Assadi
402 Aggiornamenti dell'autore su personaggi e circostanze

«IL MIRAGGIO»
DI ALBERTO LEDDA
COLLEZIONE OMNIBUS

FINITO DI STAMPARE NEL MESE DI APRILE DELL'ANNO 1994
PRESSO ARNOLDO MONDADORI EDITORE S.P.A.
STABILIMENTO N.S.M. DI CLES (TN)

STAMPATO IN ITALIA – PRINTED IN ITALY